G000076785

El último verdugo

TONI HILL

El último verdugo

Grijalbo

Papel certificado por el Forest Stewardship Council®

Penguin
Random House
Grupo Editorial

Primera edición: junio de 2023

© 2023, Toni Hill Gumbao
Autor representado por The Ella Sher Literary Agency, www.ellasher.com
© 2023, Penguin Random House Grupo Editorial, S. A. U.
Travessera de Gràcia, 47-49. 08021 Barcelona

Penguin Random House Grupo Editorial apoya la protección del *copyright*.
El *copyright* estimula la creatividad, defiende la diversidad en el ámbito de las ideas y el conocimiento,
promueve la libre expresión y favorece una cultura viva. Gracias por comprar una edición autorizada
de este libro y por respetar las leyes del *copyright* al no reproducir, escanear ni distribuir ninguna
parte de esta obra por ningún medio sin permiso. Al hacerlo está respaldando a los autores
y permitiendo que PRHGE continúe publicando libros para todos los lectores.
Diríjase a CEDRO (Centro Español de Derechos Reprográficos, http://www.cedro.org)
si necesita fotocopiar o escanear algún fragmento de esta obra.

Printed in Spain – Impreso en España

ISBN: 978-84-253-6499-0
Depósito legal: B-7.827-2023

Compuesto en La Nueva Edimac, S. L.

Impreso en Rodesa
Villatuerta (Navarra)

GR 64990

Le dolía el cerebro, hubiera querido poder extraerlo de su cráneo y llevarlo a lavar.

El adversario,
EMMANUEL CARRÈRE

Prólogo

Hebden Bridge, West Yorkshire, 1990

«Está anocheciendo y mamá no llega».

Ha empezado a soplar un viento frío y Tommy lleva un rato oyendo las ramas de los árboles, que se agitan y emiten un murmullo sibilante. Quizá le advierten que entre en casa a buscar una sudadera, aunque él no piensa hacerlo. Se siente en la obligación de quedarse allí, en el jardín de casa, mirando el muro al que Neil se encaramó hace un rato. Tommy no sabría decir cuánto, porque solo tiene seis años. Es incapaz de calcular si han pasado treinta minutos, o tal vez incluso más. No llega a entender por qué hay veces en que las horas son tan lentas, como cuando mamá los obliga a esperar a haber hecho la digestión antes de bañarse en la playa, y otras en que sucede todo lo contrario: apenas ha salido a jugar con su hermano después de la merienda y ya los están llamando para cenar. Lo único que puede afirmar a ciencia cierta es que no hacía frío cuando Neil se fue, y que se veía con claridad el neumático reconvertido en columpio que ahora es apenas una mancha oscura situada en un rincón del jardín. Y el muro. Ese que ahora es una barrera negra. La tapia que los separa de la propiedad de los Bodman.

Tommy sabe algo más. Se lo han dicho muchas veces sus padres y, hace solo un poco, también su hermano. No hay que acercarse a la casa de los Bodman. «No te muevas de aquí», le ha ordenado Neil en un tono muy serio, y él no se ha atrevido a responderle que la prohibición de no rebasar esa frontera iba, en realidad, dirigida a los dos. Al fin y al cabo, alguien tenía que ir a buscar la pelota y a Neil le gusta ser el líder.

Con casi nueve años, Neil está convencido de que es una especie de segundo papá para Tommy, y a veces le riñe más que su padre de verdad. Claro que su padre no se enfada nunca con ellos. Ni siquiera el día en que tuvo que salir a buscarlos en plena noche porque él, Neil y el hijo pequeño de los Bodman, que va a la misma clase que Tommy, se habían ido de aventuras. Se montaron en una barca que había abandonada a orillas del canal y, empujados por la ligera corriente, avanzaron más lejos de lo previsto. Charlie Bodman se puso nervioso porque no quería llegar tarde a cenar; al intentar conducir la barca hacia la orilla, se cayó al agua. Neil tuvo que ayudarlo a salir mientras Tommy, orgulloso y seco, los miraba. Se les hizo tardísimo: iniciaron el camino de vuelta de noche, con Charlie y Neil chorreando. Luego Charlie se empeñó en tomar un atajo campo a través y este resultó ser un camino aún más largo. Su padre no se enfadó con ellos cuando llegaron, pero le brillaban los ojos de preocupación y los abrazó con fuerza; en cambio el señor Bodman se puso furioso, tanto que no le salían las palabras y empezó a tartamudear. Entonces a Neil le entró la risa floja y el señor Bodman le regañó en un tono muy agitado, tanto que su padre se interpuso entre ambos y los dos adultos estuvieron a punto de llegar a las manos. Aquella no había sido la primera discusión, pero desde ese día ya no pueden acercarse a la casa de los Bodman ni jugar con Charlie

A Tommy no le importa que no los dejen jugar juntos: Charlie era un pesado que hacía trampas y que siempre echaba la culpa de todo a los demás. Según Neil, era porque el papá de Charlie era mucho más estricto que el suyo, quien, en realidad, nunca los castigaba. Tommy no entendió la explicación ni le parecía bien. Para él la verdad era un valor absoluto y la mentira, una ofensa imperdonable, como decía mamá. Sobre todo cuando se mentía en beneficio propio. Y había sido Charlie quien destrozó los rosales de su padre en primavera, no ellos: los pisoteó a conciencia, una y otra vez, cuando en casa le prohibieron ir a la excursión de final de curso porque se le había olvidado regar las plantas del jardín. Tommy no comprendía por qué habían tenido que aguantar un sermón a gritos del señor Bodman, por mucho que su hermano le dijera que era un favor que le hacían a Charlie. Por si fuera poco, papá les hizo comprar unos rosales nuevos con sus ahorros y plantarlos en lugar de los otros, bajo la mirada severa del señor Bodman. Tommy recuerda lo que les dijo su padre: «Os permito una sola travesura importante por estación, ¿está claro? Os toca portaros bien hasta el verano». De hecho, terminó siendo así. Lo del canal pasó unos meses después, el verano anterior. Y a partir de entonces no han vuelto a dirigirse la palabra, ni los mayores ni los niños.

Neil no vuelve. Mamá había salido para llevar un encargo a la casa de los Clarke, y Neil se había negado a ir porque cada vez que ve a Samantha Clarke se pone muy rojo y empieza a tartamudear. A Tommy no le habría importado: le encanta acompañar a su madre a todas partes, sobre todo cuando papá está en Mánchester, como ahora, organizando alguna de sus exposiciones. Neil la convenció de que podían quedarse en casa jugando, de que no iba a pasar nada, de que él se ocuparía de Tommy. Y ahora Tommy está solo, sin saber qué hacer. Las ramas de los árboles susurran cada vez con más fuerza y él comprende de repente lo que le están diciendo. Le chillan que esto no es normal. Que Neil debería haber regresado hace mucho. Que no hay ningún motivo para que su hermano tarde tanto cuando solo tenía que saltar el muro, recuperar el balón y volver corriendo a casa. Que su deber es ir a buscarlo.

Tommy no es un niño atolondrado y sabe que lo primero que necesita para aventurarse en el jardín prohibido del señor Bodman es una linterna. Corre al cobertizo a buscar una y la prueba varias veces. Durante los primeros segundos se siente un poco más seguro con ella encendida; luego descubre que la luz también provoca sombras y que estas dan más miedo que estar envuelto en la oscuridad. Respira hondo y se arma de valor, intentando mirar solo hacia delante, caminar deprisa hacia donde debe ir sin distraerse con los rumores que parecen acecharle. Tommy deja la linterna en la parte superior de la tapia poniéndose de puntillas y luego se encarama sobre el muro. Le cuesta hacerlo, debe tomar carrerilla un par de veces antes de lograrlo y se rasca la rodilla cuando por fin consigue colgarse de la parte superior y alzarse hasta apoyar medio cuerpo sobre la tapia. Un último esfuerzo lo lleva a caer en el jardín vecino. Se apresura a recuperar la linterna de encima del muro, enfoca hacia la casa y respira aliviado. Todo está a oscuras: no hay nadie. No tendrá que enfrentarse a ningún miembro de la familia Bodman.

El terreno de los Bodman es mucho más grande que el suyo. Tommy sabe que frente a la casa hay una zona ajardinada, donde estaban los dichosos rosales. El resto es una extensión de tierra cubierta de maleza, un espacio tan irascible y hostil como su dueño, lleno de trastos inútiles: un motor viejo, herramientas oxidadas, sacos de cemento. Charlie presumía de que iban a construir una piscina, pero eso nunca ha pasado, y Tommy en parte se alegra: sería una tortura oír a Charlie chapotear en los días calurosos del verano sin que ellos pudieran bañarse también.

Tommy avanza despacio por el suelo desigual, plagado de arbustos y de malas hierbas, y enfoca hacia la antigua caseta de Buster, el perro de los Bodman. Habían visto como la familia lo enterraba en uno de los rincones de la finca. «No me extrañaría que ese zumbado hubiera molido a palos al pobre bicho», había dicho su padre en voz alta, y mamá lo había hecho callar. En ocasiones habían oído los gritos furiosos del señor Bodman amenazando a Charlie o a su hermano mayor, pero Tommy y Neil sabían que sentía una adoración absoluta por Buster. Quizá porque era el único de esa casa que siempre le obedecía.

—¡Neil! —llama Tommy en voz baja, sin saber muy bien por qué no levanta más la voz.

Quizá porque la oscuridad obliga a mantener un relativo silencio. O quizá porque recuerda que Derek Bodman, el hermano mayor de Charlie, le contó que algunas noches el espíritu de Buster salía de la tumba a cazar gatos y otros animalillos que devoraba antes de volver bajo tierra. Desde la casa oían sus gruñidos y por las mañanas encontraban los cadáveres reducidos a huesos. Tommy lo creyó a medias, porque todo el mundo sabía que Derek no era muy listo y disfrutaba asustando a los niños pequeños. Mamá siempre decía que Derek Bodman era un caso perdido. Pero ahora la historia vuelve a él con fuerza porque en ese páramo oscuro uno podría esperar encontrarse con cualquier cosa. Viva o muerta.

—¡Neil! —repite en voz más alta, moviendo la linterna hacia uno y otro lado, temeroso de que aparezca el perro fantasma, famélico y aterrador, listo para para arrancarle la carne a mordiscos.

No hay rastro del perro de ultratumba, pero tampoco de Neil. El silencio allí es palpable y abraza a Tommy como un manto invisible y frío. Por primera vez desde que empezó todo esto —desde que él chutó la pelota con mucha fuerza y se coló en la propiedad de los Bodman, desde que su hermano saltó para ir a buscarla y él aprovechó para ir al cuarto de baño y luego pasó por la cocina a por unas galletas, desde que salió de nuevo al jardín y llamó a Neil pensando que se habría escondido para gastarle una broma, desde que tomó la decisión de saltar—, Tommy siente algo que no es desconcierto ni miedo. Las lágrimas que empiezan a rodarle por las mejillas son de impotencia.

Llora con rabia porque él no debería estar ahí resolviendo esa situación. Llora enfadado con sus padres e incluso con Neil. Llora porque todo es injusto, Llora, furioso consigo mismo, porque solo tiene seis años y necesita ayuda.

Entre hipidos, se sienta e intenta calmarse. Y entonces, al enfocar el suelo con la linterna, hace un descubrimiento revelador que consigue frenar las lágrimas y darle esperanza. La pelota. La pelota está cerca de uno de los montones de chatarra del señor Bodman.

Se arrastra hacia ella sin levantarse: el rescate del balón se ha convertido ahora en el objetivo de una misión secreta. Lleva la linterna en la mano derecha y avanza como ha visto hacer a los soldados en las películas. Cuando tiene el balón a pocos centímetros, extiende el brazo izquierdo para cogerlo mientras dirige el haz de luz hasta más allá, hacia un punto donde el terreno parece hundirse abruptamente. Al verlo, Tommy empieza a gatear más deprisa porque de repente ya solo quiere descubrir que hay más allá.

Aunque hace tiempo que no juega en el jardín de los Bodman, está seguro de que ese agujero nunca estuvo allí.

Se asoma al borde como quien se acerca con prudencia al filo de un precipicio y enfoca con la linterna hacia el fondo. Al principio no ve nada, solo un foso negro y hondo. Tiene que desplazar medio cuerpo sobre el hoyo, y mover la luz hacia un lado para distinguir algo. Primero ve una pierna, sucia de tierra. Luego, al dirigir el foco hacia la derecha, descubre la camiseta roja del equipo favorito de Neil.

Lo llama una y otra vez, grita su nombre durante un buen rato. Después, sin darse cuenta, sigue repitiéndolo en voz baja, solo para sí mismo, porque empieza a comprender que su hermano ya no lo oye. Y que nunca volverá a contestarle.

PRIMERA PARTE

Invierno

Se despierta aturdido, con el estómago vacío y un intenso mareo. Lo primero que hace al recobrar la consciencia es entrecerrar los párpados para enfocar mejor, un empeño inútil porque está rodeado de la más absoluta oscuridad. Le cuesta respirar y comprende a medias que le han cubierto la cara con algo, una tela áspera que le roza en la frente y la nariz. Intenta mover las manos, sin conseguirlo. Tampoco logra incorporarse porque algo lo sujeta por el pecho y se imagina atado a una camilla. Al mover la cabeza de un lado a otro, nota que el cuello le choca con algo frío y recio, una especie de collar rígido. Trata de gritar, pero no sabe si lo consigue: la voz parece retumbar solo en sus oídos, como si estuviera sumergido en agua, porque la tela que le envuelve la cara amortigua el sonido. El pulso se le acelera y su piel empieza a bañarse de una capa de sudor frío.

Sin comprender lo que le está pasando, lucha contra las cinchas que lo oprimen. Intuye que no puede quedar-

se quieto; huele el dolor inminente, lo presiente en la negritud total de ese entorno desconocido. Se calma un poco cuando siente una mano apoyada en la cabeza, quizá porque el contacto humano tiende a infundir esperanza. Una voz le susurra al oído algo que no entiende, pero que, de nuevo, le transmite esa idea de que, dondequiera que esté, no se encuentra completamente solo. Hay alguien más allí. Esa voz y esos dedos pertenecen a una persona que quizá pueda ayudarle, ofrecerle consuelo o algún tipo de salida. Las lágrimas acuden a sus ojos y él balbucea un último ruego, una petición de clemencia ante esa amenaza tan real como invisible que lo acecha, lo rodea, se le cuela hasta las tripas a través de los poros de la piel.

El terror estalla cuando dilucida lo que la voz le estaba murmurando al oído. Cuando las palabras sueltas —oración, rezar, momento, última, garrote— conforman una frase que su cerebro es capaz de procesar, su cuerpo reacciona con un corazón desbocado y una nueva capa de sudor frío.

Luego todos sus sentidos se confunden, las sensaciones se mezclan. Oye un jadeo a su espalda y un ruido metálico que precede a la súbita presión que siente en el cuello. Abre los ojos en busca de una luz invisible al tiempo que la boca lucha por capturar el aire. Nota el contacto de algo puntiagudo, un aguijón dirigido a la nuca, y en su último momento de lucidez el miedo se transforma en un anhelo desesperado. El deseo de que todo termine, de que la muerte se imponga a la agonía, de que el maldito verdugo acabe cuanto antes su trabajo.

Lena

1

Barcelona, 11 de enero de 2021

«Las escenas de un crimen están plagadas de mensajes; para los expertos son una puerta abierta que permite indagar en la mente del asesino».

Lena recuerda haber escrito estas frases en su libro *Cara a cara con el mal*, y sabe que las ha pronunciado en sus clases y conferencias sobre psicología del crimen. Sin embargo, cada vez que está a punto de enfrentarse a un escenario real, siente un rumor a su alrededor, un enjambre de dudas molestas. Esa «puerta abierta» que tan bien suena en la teoría a veces se convierte en una simple rendija por la que intentar atisbar lo que subyace a lo evidente. Piensa eso mientras espera a que alguien la acompañe a la escena. Aún no ha amanecido: el aire gélido de la noche se combina con la clase de frío que la destempla desde dentro y para el que no existen prendas de abrigo.

—Oiga, no puede estar aquí. Retírese, por favor —le ordena un agente de los mossos, en un tono educado pero firme.

Lena contiene la respiración durante unos instantes para no responder con contundencia que está plenamente autorizada para hallarse allí. Es más, que han requerido su presencia con una llamada intempestiva, y que, como el agente puede entender, ella preferiría seguir en la cama en lugar de haberse desplazado en pleno invierno hasta ese paraje inhóspito situado más allá del Tibidabo, en las ruinas de un antiguo casino del que Lena nunca había oído hablar.

—Soy la doctora Lena Mayoral —responde—. Me ha llamado el subinspector David Jarque.

El agente le pide que aguarde detrás del perímetro señalizado justo cuando aparece otro coche de los mossos. El sonido de las ruedas sobre el camino de tierra da paso a unos faros potentes que deslumbran a Lena y al agente. Poco después, unos pasos rápidos se aproximan hacia ellos, y Lena reconoce a David Jarque: un tipo corpulento pero ágil.

—Hola, señora Mayoral. Gracias por venir.

—Buenos días, subinspector —señala ella.

Jarque le hace señas para que espere y se lleva al agente a unos pasos de distancia. Lena oye retazos de la conversación y observa como se une a los dos hombres un tercero, que procede de la escena del crimen perimetrada a la que ella aún no ha tenido acceso. En la breve charla queda claro que David Jarque está autorizado para hacerse cargo de esa investigación. De repente, Lena comprende a qué viene todo esto. Los terrenos del casino se encuentran en el término de Sant Cugat del Vallès, un municipio cercano a Barcelona que pertenece al ABP de Rubí. Mientras terminan de dilucidar el tema de las competencias, Lena se aleja del grupo y de la zona de acceso restringido. El sol empieza a asomarse y, con él, una luz azulada que permite discernir los contornos del edificio que entreveía cuando llegó.

Apenas quedan en pie paredes de lo que antaño debió de ser una construcción lujosa. Ruinas invadidas por la maleza, empeñada en demostrar que la naturaleza, en su versión más rebelde, es capaz de imponerse a toda intervención humana. Hay algo deprimente en estos muros que ya solo sirven para enmarcar un terreno agreste y descuidado, y que han sufrido el embate de grupos de grafiteros decididos a despojarlos de los últimos restos de dignidad: pintadas coloridas y a veces obscenas que se burlan de la elegancia que un día representaron. A su alrededor, el bosque se espesa devorando el espacio sin el menor recato. Lena siente un escalofrío al oír unos pasos entre los árboles seguidos de un jadeo que no puede ser humano. A su derecha, unos escalones se internan en las profundidades de ese bosque formando un camino que resulta más bien tenebroso.

De repente, en lo alto de esa escalera improvisada aparece la silueta de un animal. Lena da un paso atrás al distinguir la forma oscura que se ha detenido allí y que parece observarla con severidad, casi como si estuviera cuestionándole su presencia en unos dominios que no le corresponden. Permanecen unos segundos contemplándose a distancia: el amo del bosque situado arriba, grande y soberbio, y ella, una simple y minúscula intrusa que no se atreve a dar ni un paso hasta que la criatura, con actitud de desdén, da media vuelta y se pierde entre los árboles.

—Señora Mayoral...

—Eso era un jabalí, ¿verdad? —pregunta ella, aún impresionada.

—Me temo que sí. No son carnívoros, pero yo que usted no me acercaría mucho.

Lena había visto a David Jarque en una ocasión antes de esta noche, y durante poco rato. De aquel encuentro salió con la sensación de que el subinspector no era precisamente un fan de la psicología aplicada al crimen, y por eso le ha extrañado bastante la llamada de esta noche. Jarque debe de tener unos cincuenta y pocos, y su mirada parece bondadosa. Bien afeitado incluso a esas horas, a Lena le hace pensar en los padres de familia de las películas norteamericanas que veía de niña: afables, cariñosos, seguramente también estrictos si era necesario, pero nunca crueles. Lena siente casi envidia de esos pocos kilos de más que en algunos hombres resultan atractivos y evidencian que no viven obsesionados por el físico.

—Disculpe que la hayamos sacado de la cama a estas horas.

—No importa. Pero ya que he venido me gustaría ver algo más que un jabalí. —Se da cuenta de que su frase ha so-

26

nado más bien antipática cuando no era su intención. A veces, su impaciencia suena a malhumor.

—Por supuesto. Todo aclarado con la gente de Rubí. Acompáñeme, por favor.

Lena lo sigue y juntos regresan a la zona perimetrada donde el agente que la interceptó a la llegada ni los mira. Se adentran en esa parte del bosque, justo debajo de un torreón antiguo y decadente, el vestigio más visible del casino que se alzaba allí. El frío del amanecer es cada vez más intenso y empieza a levantarse un viento desapacible que parece querer ahuyentarlos. Lena mira hacia delante: lo primero que distingue, aparte de las personas que trabajan en la zona, son unas luces de colores que centellean a unos metros, y esa imagen, tan fuera de lugar, despierta su interés y la lleva a acelerar el paso. En ese momento, la curiosidad se impone a la prudencia y casi disipa el frío. A su lado, Jarque camina en silencio, casi resignadamente, y saluda al forense y a la jueza de guardia.

Ella los deja atrás: aquí y ahora le sobra todo el mundo, preferiría estar sola con la obra del asesino. Es un deseo imposible. La cantidad de profesionales que rondan por la escena de un crimen le recuerda a un mercadillo. Lena intenta aislarse mentalmente, contemplar solo el legado del monstruo, dejar que su cuerpo y su piel reaccionen de manera visceral a la estampa que el asesino quiso componer.

Pasa al lado de un grupo de cuatro o cinco jóvenes a los que aún están tomando declaración. Aunque van bien abrigados, acusan las horas de frío y el cansancio. Según le contaron brevemente por teléfono, los chavales habían encontrado el cuerpo mientras estaban de botellón en la zona. Está claro que ella ha dejado atrás esa fase de la vida, si es que alguna vez pasó por ella, porque la mera idea de emborracharse en un bosque en pleno invierno se le antoja un despropósito. Cruza la mirada con una de las chicas y piensa en ella veinte años antes, cuando tenía su edad. No consigue ver nada de sí misma en esa cara ojerosa y apática que pide en silencio que la dejen volver a su casa. Un chaval altísimo, vestido con una cazadora de ante de color marrón claro forrada de borrego, hace el gesto de pasarle un brazo por los hombros y la chica se deja abrazar sin demasiado entusiasmo. Está claro que sus planes para la noche no incluían este fin de fiesta.

Tampoco Lena pensaba empezar el día aquí, entrando al amanecer en el escenario de un crimen, con las manos en los bolsillos del chaquetón, intentando concentrarse solo en lo que ha venido a analizar. Y lo que ve consigue borrar todo lo que la rodea durante unos instantes. Ahí ya no hay agentes, ni expertos forenses, ni jovencitas hastiadas, ni siquiera el subinspector Jarque. Solo están ella y el cuerpo de ese hombre, el cadáver recostado en un árbol, con los ojos vendados y el rostro enrojecido. Aunque esto último también podría deberse al reflejo de una ristra de luces de colores parpadeantes que cuelga de una de las ramas y cae sobre el cuerpo, confiriéndole el aspecto de un payaso siniestro y ciego que da la bienvenida al túnel del terror.

A simple vista se aprecia que era un hombre alto, de

complexión robusta. La muerte le confiere ahora un aspecto desmañado, casi patético, realzado por aquella boca, desesperadamente abierta, como si aún tuviera esperanzas de conseguir el oxígeno que le faltó.

Lena da un paso adelante y se arrodilla para ponerse a la altura del cuerpo. Un agente situado a su lado lo enfoca con la linterna. Lena observa contusiones en la mejilla izquierda y unas marcas muy visibles en las muñecas y en el cuello. Aparte de eso, está bien vestido y hasta se diría que bien peinado, como si el asesino se hubiera tomado la molestia de adecentarlo para dejar al mundo un cadáver presentable.

—Lo mataron hace unas diez horas, quizá menos —apunta el forense, que se ha acercado a ella sin hacer ruido.

—¿Estrangulamiento? —pregunta Lena, un tanto sorprendida.

—Eso parece. Mire las abrasiones del cuello y... —El forense se agacha a su lado para mostrarle la oreja izquierda del cadáver: hay rastros oscuros, con toda probabilidad de sangre seca—. Estoy seguro de que cuando le quitemos la venda encontraremos petequias en los globos oculares. Lo estrangularon con algo rígido y duro. Una cadena tal vez, aunque es pronto para saberlo. Muy bestia todo.

Lena asiente, procesando este dato para incluirlo en una ficha mental que ya traía parcialmente hecha.

—Entonces ¿no murió desnucado?

—El subinspector acaba de preguntarme lo mismo. Pues miren, no. Es obvio que lo estrangularon. Y sufrió, de eso no cabe duda. Mire las uñas, están destrozadas. Se aprecian también marcas en las muñecas. Yo diría que estuvo atado durante un buen rato; luego el asesino se puso detrás, le rodeó el cuello con un instrumento rígido y...

El forense suelta un gorgoteo ronco, poco respetuoso pero muy descriptivo, y a continuación se encoge de hombros. Lena le pide al agente de los mossos que ilumine el resto del cuerpo.

—¿Busca algo por ahí? —pregunta el forense—. Sabremos mucho más cuando le hagamos la autopsia... aunque me da la sensación de que tanto usted como el subinspector traen algunas ideas preconcebidas. ¿Me equivoco?

Lena se fija bien en él por primera vez: es un hombre joven que no parece impresionado por la estampa que tiene delante. Ella siempre se ha preguntado qué mueve a alguien a trabajar rodeado de muertos. En ese lapso, cuando las lucecitas pasan del rojo y el verde al amarillo y el azul, Lena distingue algo en la boca del cadáver.

—¿Qué hay ahí?

El forense se acerca más al cadáver, molesto consigo mismo por haber pasado por alto el detalle. Aparta la lengua, que es ya un trozo de carne rígido e hinchado, con unas pinzas.

—Parece un papel —murmura—. Sí, es un papel doblado.

Las lucecitas de colores siguen parpadeando y ella se acuerda del arbolito de Navidad de cartón con los adornos incorporados que puso en su casa tres o cuatro años atrás solo porque se le hacía raro no tener ninguna decoración navideña. La deprimía tanto verlo que lo tiró a la basura antes de Reyes.

Mientras tanto, el forense ha extraído la hoja de papel y procede a desdoblarla con sumo cuidado. Lena se calla, ya que está casi segura de lo que hay escrito en ella. Lo mismo que en los otros dos muertos, pese a que en esos casos el asesino no se lo metió en la boca: se limitó a dejar el mensaje en el bolsillo de uno y a prenderlo de la chaqueta del otro con un alfiler.

—Hay algo escrito... Mierda, se me empañan las gafas con la dichosa mascarilla. Mire.

Lena asiente y sus labios dibujan en silencio la frase al mismo tiempo que el forense la pronuncia en voz alta:

«Alguien tiene que hacerlo»

2

—Ya sabes que no puedo hablar de eso —responde Lena con un deje de cansancio en la voz.

Desde que trajeron el postre, su editor ha estado insistiendo con sutileza en el tema, jurándole que guardará el secreto. Lena lamenta no poder contarle nada. La confidencialidad del caso y su discreción natural se lo impiden. Además, hablar del tema también supondría admitir que los datos y las conclusiones hasta el momento son vergonzosamente escasos.

—Claro. —Él le guiña un ojo y ataca el sorbete de limón con expresión resignada—. Que conste que no es solo curiosidad: es fantástico que estés colaborando con los mossos en esto.

Ella sonríe. Hace ya cinco años y dos libros que conoce a Lucas Soldevila, responsable de no ficción de un gran grupo editorial. Él fue quien le encargó el primer libro, *En la mente del asesino*, y quien le pagó un sustancioso anticipo por el siguiente, *Cara a cara con el mal*. Ya están trabajando en el tercer libro, pero Lucas se enteró a saber cómo de su recién inaugurada colaboración con la policía y se apresuró a organizar esa comida, aplazada desde hacía meses por las restricciones sanitarias, con la excusa de la quinta reimpresión de su segundo título y con el fin de discutir «los futuros proyectos».

—Creo que es mejor que nos centremos en la idea que ya teníamos —prosigue ella—. De hecho, he estado trabajando un poco. Tengo varios casos escogidos ya.

—Sí, por supuesto. *Jóvenes asesinos*. Me encanta el título.

—Espero poder entrevistar a la mayoría.

—Sí, desde luego. Y no te preocupes por los viajes, hoteles y demás. Esta vez nosotros corremos con los gastos.

Lena alza la copa pidiendo un brindis, sorprendida por la noticia. Cuando publicó su primer libro, un tratado ameno y didáctico de psicología criminal, no pensó que se convertiría en un éxito de ventas ni que años después la gente lo seguiría leyendo. El *true crime* se había puesto de moda y el público estaba ávido de casos reales, desde una perspectiva psicológica. La apoyaba un currículum impecable, con estudios en el extranjero (que siempre eran citados por todos los medios), y una reconocida carrera docente. Su aspecto elegante, más bien conservador, y su facilidad de palabra le habían abierto también las puertas de algunas tertulias televisivas de gran audiencia. Su faceta de experta le había reportado una gran popularidad y recientemente había empezado a colaborar con la Guardia

Civil y los Mossos d'Esquadra. Tenía motivos para estar orgullosa de sí misma. Y los elogios del editor, que se habían prolongado durante todo el primer plato y a lo largo de media botella de vino, contribuían a dicha sensación. Lena nunca había sido una gran bebedora, pero con la edad se había aficionado a los buenos tintos, como el que estaba degustando mientras envidiaba el postre de Lucas que ella se había prohibido. La niña gorda del pasado seguía estando dentro de ella y a veces se apoderaba de su voluntad. Esta noche, de momento, la mantenía a raya, emborrachándola para sofocar sus ansias de dulce.

El camarero se acerca a la mesa para preguntar si desean café y a ofrecerles un licor, cortesía de la casa. Ninguno de los dos pide nada, aparte de la cuenta, que corre a cargo de la editorial. Es un momento que a Lena siempre la hace sentir un poco incómoda. Absorta en eso, no se ha percatado de que Lucas seguía hablando, y de que había retomado el tema anterior.

—... al menos cuéntame cómo es el responsable de la investigación. Eso no es ningún secreto, ¿no?

Ella titubea.

—No, no es ningún secreto. —Se encoge de hombros—. Tampoco es que tenga mucho que decir. Lo he visto solo un par de veces. No sé, es un tipo serio, normal...

—¿Listo?

—Todos los policías son listos, Lucas. Lo del inspector cazurro es solo para las novelas malas.

Él parece contrariado.

—Sería espectacular que la mente más brillante del grupo fueses tú —le dice sonriendo.

Lena se ríe porque sabe que es una broma, pero no puede negar que en el fondo es competitiva y que ha disfrutado mucho demostrándole al subinspector Jarque que su opinión merece ser tomada en cuenta.

En cuanto llegó el informe de la autopsia del hombre encontrado en el antiguo casino, el inspector Raimon Velasco citó al subinspector Jarque, a dos sargentos y a ella. El informe confirmó las sospechas de todos. Las muertes de Marcel Gelabert Ribas, Agustín Vela Vázquez y Borja Claver Santamaría parecían obra del mismo sujeto perpetradas en distintos momentos. Alguien que los había secuestrado en plena calle de noche y los había asesinado pocas horas después.

«Un cazador —pensó Lena—, alguien que sale a merodear en busca de víctimas, un asesino al acecho, dispuesto a aprovechar la primera oportunidad para llevar a cabo su plan».

Tres víctimas en apenas ocho meses, aunque por suerte solo la última había saltado a los medios de comunicación. La gente estaba harta de noticias de la pandemia, y nada mejor que una muerte misteriosa para atraer el interés del público. Velasco quería discutir los últimos detalles del caso y definir las líneas de actuación ante la prensa.

Lena calculó que el inspector Raimon Velasco no debía

de ser mucho mayor que Jarque. Eran dos tipos de hombre absolutamente distintos. El subinspector, de aspecto más informal, con un punto desaliñado en su atuendo, contrastaba con el señor trajeado que tenía a su derecha, más parecido a un político que a un policía. «Un mozo atildado», habría dicho su abuela. En apariencia, se llevaban bien. En cambio, los dos sargentos apenas se habían dirigido la palabra. Jarque hizo las presentaciones antes de acceder a la sala de reuniones: Cristina Mayo, Jordi Estrada. Él la observó con curiosidad; ella la saludó y desvió la mirada, quizá por timidez, quizá porque no terminaba de entender la utilidad de una criminóloga en esa reunión.

Al entrar en la enorme sala notó una corriente de aire frío: las ventanas estaban abiertas con el fin de ventilar el espacio. La mesa era tan grande que las distancias entre ellos resultaban casi incómodas, pero Lena agradeció las medidas. La campaña de vacunación había empezado ya, aunque con cuarenta años recién cumplidos y una salud de hierro, todavía faltaba para su turno.

—Gracias a todos por venir —empezó el inspector Velasco—. El tema requería una reunión presencial. Bueno, precisará más de una, me temo. Los de arriba están empezando a alarmarse.

—Hemos mantenido alejada a la prensa… hasta ahora —dijo Jarque, y extendió las manos en un gesto que venía a decir que no podía pedírseles más.

—Por supuesto —convino Velasco—. No obstante, reitero que entre todos tenemos que realizar un esfuerzo por minimizar el impacto de la noticia. La población está ya sometida a suficiente tensión este año como para añadirle una inquietud de este calibre.

Jarque esbozó una media sonrisa y Lena se preguntó si el inspector hablaba siempre así: en voz muy baja y con una entonación ligeramente pedante.

—Todo seguiría igual si no se hubiera viralizado el vídeo del dichoso perro. La gente se vuelve loca con estas chorradas sentimentales —dijo el subinspector Jarque.

Lena sabía a qué se refería: a Sultán, el bóxer de Borja Claver, la víctima encontrada en el antiguo casino. El mismo vecino que había visto a Claver salir con el perro la noche de su desaparición declaró que el animal había llegado la mañana siguiente, solo y con aspecto hambriento, y se había apostado ante la puerta a aullar como un bebé. El vecino, conmovido, no tuvo mejor idea que grabar un vídeo y compartirlo en sus redes sociales. Así fue como la desaparición de Borja Claver pasó a ser noticia. El posterior hallazgo de su cadáver había aparecido en los titulares de algunos medios digitales. «Muerto en extrañas circunstancias el dueño de Sultán», decían los más comedidos. Lena incluso había leído uno que rezaba: «¡Sultán se queda sin su papá!», como si el fallecido, Borja Claver, propietario de varias tiendas de muebles, solo existiera en calidad de dueño de una mascota a la que había dejado huérfana.

—La gente abraza causas y las olvida rápido —atajó el inspector—. De lo que se trata es de no ofrecer más carnaza a los medios. No nos interesa en absoluto que empiece a circular la noticia de que hay un asesino en serie en Barcelona. Porque nos enfrentamos a eso, ¿verdad?

—No sé si podremos evitarlo durante mucho tiempo. Pero se intentará, inspector, se intentará. —Jarque hizo una pausa—. Y sí, tenemos a un pirado suelto por las calles. Tres muertos en ocho meses. Podría ser peor, supongo...

Velasco revisó unos papeles que tenía delante.

—¿Esta frecuencia podría clasificarse como estándar, señora Mayoral? —preguntó el inspector—. Por cierto, le agradezco a usted especialmente que se haya desplazado hasta aquí. Quiero que sepa que tenemos plena confianza en su criterio. Su currículum académico es impresionante y hablo en nombre de todos al afirmar que la posibilidad de contar con su colaboración supone un verdadero honor para nosotros.

Lena se sonrojó un poco, aunque no le había pasado por alto el énfasis que el inspector Velasco había puesto en el adjetivo «académico». Ya estaba acostumbrada. Se encontraba ante personas que llevaban años atrapando delincuentes más o menos comunes sin necesidad de recurrir a criminólogos, y entraba dentro de lo esperable que su presencia despertase suspicacias. Carraspeó un poco antes de responder.

—Muchas gracias, inspector. Espero serles útil. Y en relación con su pregunta, me temo que no hay estándares cuando hablamos de asesinos en serie. Cada uno sigue sus propias reglas.

—Veamos... —retomó el inspector—. La primera víctima, Marcel Gelabert Ribas, fue encontrado el 12 de mayo de 2020, causa de la muerte: traumatismo craneal. El segundo, Agustín Vela Vázquez, aparecido en el parque del Guinardó el 20 de agosto de 2020, misma causa. Y por último, Borja Claver Santamaría, hallado el 11 de enero de 2021 en la Rabassada. Estrangulado. ¿Hay indicios para pensar que no se trata del mismo sujeto en este último caso? ¿O al menos para establecer una duda razonable al respecto?

—No creo que existan muchas dudas, inspector. El *modus operandi* de los asesinos en serie puede variar en función del momento y de las circunstancias. Lo que no varía es su firma.

—¿Se refiere a las notas?

Lena asintió.

—Sí, pero no solo a eso. En dos de los casos, las víctimas tenían los ojos vendados. Los tres hombres fueron raptados en lugares públicos horas antes de su muerte. Todos fueron conducidos al lugar donde los asesinaron. Y entre veinticuatro y treinta y seis horas después de la desaparición los trasladaron de nuevo para colocarlos en los espacios públicos donde fueron hallados.

—No es exactamente así —intervino el sargento Jordi Estrada—. Los márgenes temporales también han ido variando. El primero, Marcel Gelabert, apareció pocas horas después. De hecho, como vivía solo, se halló el cuerpo antes de que alguien notase su ausencia. Con el segundo se demoró un poco más: alrededor de un día entero. Ahora, con el dueño del perro, han pasado cuarenta y ocho horas desde que se le vio por última vez hasta su aparición en el casino. Y gracias a que un grupo de chavales tuvo la genial idea de ir de botellón allí: podríamos haber tardado semanas en encontrarlo.

—En efecto. —Lena hizo una pausa. Luchar contra los estereotipos generados por el cine o la televisión no era sencillo. En la ficción resultaban coherentes los asesinos metódicos, que ejecutaban sus actos con la exactitud de robots. La vida real era otra cosa—. Pero eso no tiene por qué ser raro en sí mismo. Piense, piensen todos, en cómo se vive la experiencia desde el punto de vista del asesino. Es muy probable que pasara mucho tiempo fantaseando, anticipando el día en que llevaría a la práctica el ritual que ha imaginado, con el que se ha obsesionado. Tienen que entender la fuerza de ese deseo de matar, que muy probablemente ha estado reprimido durante años y que de repente se desborda. Con la primera víctima acabó enseguida porque las ansias de cumplir su fantasía eran demasiado poderosas.

—Dicho de otra manera, ya no aguantaba más —resumió Jarque—. Pero cuando habla de deseo, ¿se refiere a deseo sexual?

—No necesariamente, al menos no en el sentido clásico. Para muchos, la muerte de la víctima es la culminación de una fantasía de índole sexual: por eso suelen ser hombres que matan a mujeres o a otros hombres por los que se sienten atraídos. En este caso, sin embargo, no parece probable. No hay agresiones de ese tipo y las víctimas no responden a ninguna tipología física concreta. Dos hombres de mediana edad, uno más joven... no parece que sean el objeto de deseo erótico del asesino.

—También hay gente con gustos eclécticos... —murmuró la sargento Mayo en tono indiferente, aunque dejó la frase en el aire y cerró la boca, como si quisiera fingir que no había dicho nada.

—Entonces ¿qué diría usted que alimenta o impulsa el deseo de matar del sujeto en cuestión, señora Mayoral? —intervino Velasco.

—Es pronto para saberlo, inspector. El poder, por ejemplo, puede ser un gran propulsor. La fantasía de dominar, de erigirse en una especie de dios que decide sobre las vidas ajenas, es otra de las razones probables para los asesinatos. También puede sentir que el suyo es un cometido moral, una misión a cumplir.

—«Alguien tiene que hacerlo» —susurró Jarque—. ¿Qué diablos quiere decir con eso?

—Ya sé que no les va a gustar, pero todavía es difícil deducir la motivación del asesino. E intuyo que solo podremos llegar a ello a través de un perfil detallado de las víctimas.

La sargento Cristina Mayo tomó la palabra.

—¿Está segura? Llevamos meses con esto y hay pocos hilos de los que tirar. Yo me he encargado del primer caso: Marcel Gelabert Ribas, cincuenta y ocho años. Contable en una empresa de exportación de vinos. Su cuerpo apareció el 12 de mayo de 2020, como ya ha dicho el inspector, recostado sobre la puerta del teatro El Molino, en el Paral·lel. Allí no había lucecitas de colores: lo habían tapado con una manta y llevaba la cabeza cubierta por una capucha de tela negra. Lo encontró la brigada de limpieza al amanecer. Al principio lo tomaron por un borracho o un indigente. Luego vieron que estaba muerto, claro.

Cristina Mayo se calló algunos pormenores, como por ejemplo que a los de la brigada de limpieza se les había antojado divertido despertar al tipo con un chorro de agua. Con esa bromita podrían haber perdido la primera nota. Por suerte, el hombre la llevaba prendida de un alfiler en la camisa, por debajo de la chaqueta, y entre eso y la manta el papel apenas llegó a mojarse.

—La autopsia reveló que le habían fracturado las vértebras del cuello con una violencia extrema. Es casi imposible que se hubiera producido por una caída o cualquier otro accidente. Los detalles están en el informe... Pero, a lo que iba, hay poco que decir de la víctima. Un hombre tranquilo, soltero, que había vivido con su madre hasta un par de años antes del fallecimiento de esta. No tenía deudas, ni adicciones de ningún tipo más allá del coleccionismo. Con los años hubiera sido un potencial paciente con Diógenes, aunque de momento la casa seguía ordenada: llena de trastos pero limpia. Marcel Gelabert llevaba una vida monótona y aburrida.

—Hasta que se le ocurrió la idea de salir de juerga en pleno confinamiento —apuntó el sargento Estrada.

—Exacto. Sus compañeros se extrañaron al verlo. Tampoco es que fuera una gran fiesta, las cosas como son. Tomaron unas cervezas en un bar clandestino situado en la carretera de la Bordeta. Él y cuatro colegas más con ganas de saltarse las restricciones. Todos abandonaron el local después de las doce y se separaron para regresar a sus casas. Ninguno de los otros cuatro tomó la misma dirección que Gelabert. De hecho, tres se marcharon poco antes que él y el cuarto logró tomar un taxi cerca del hotel Plaza. Había otro cliente en el bar, que salió después de la víctima, al que no hemos conseguido identificar. Al parecer, nadie se fijó en él. Todos estaban demasiado emocionados con el encuentro para reparar en un tipo que no iba con ellos. No ha habido manera de localizarlo.

—Podría ser el sujeto que buscamos, ¿no? —preguntó el sargento Estrada.

—Podría serlo, sí. Pero el asesino también podría haber estado deambulando por el barrio e interceptar a la víctima cuando salió —argumentó Lena—. Partimos de la base de que este fue su primer crimen. Es probable que antes hubiera cometido actos violentos, agresiones de menor intensidad. —Carraspeó antes de proseguir—. Lo que es seguro es que llevaba bastante tiempo planeándolo. Debió de pasar meses sumido en ensoñaciones y posibilidades. Esa noche salió a cazar una víctima y la encontró.

Flotaba un tono de duda en su última frase, apenas perceptible pero suficiente para que David Jarque intentase ahondar en él.

—¿Diría entonces que fue algo casual? ¿Que podría haber matado a cualquiera que se cruzase en su camino?

—Sí y no. Es decir, podría haber matado a cualquiera que encajara en el perfil que tenía en la cabeza. El asesino salió a matar esa noche, sí. Aunque tal vez lo había hecho en otras ocasiones sin decidirse a perpetrar su crimen. Algo le hizo escoger a ese hombre para culminar por fin su fantasía. A partir de ahí ya no suele haber vuelta atrás... Necesita volver a matar, más tarde o más temprano.

—El hecho de que se tomara la molestia de cubrirlo indica un atisbo de arrepentimiento, ¿no? —preguntó el inspector Velasco.

—No necesariamente, por mucho que lo digan. Los psicópatas no se arrepienten, no como nosotros lo entendemos. Por eso siguen matando.

—En realidad, este se lo pensó poco —puntualizó Jarque—. Tres meses, para ser exactos.

—Sí. —El sargento Estrada miró los papeles que tenía delante aunque a esas alturas se los sabía casi de memoria—. Yo llevé el caso de Agustín Vela Vázquez. Treinta y un años, casado y a punto de ser padre. Su mujer ha dado a luz poco antes de Navidad. Agustín era el encargado de una franquicia de cafetería y venta de pan ubicada en el paseo Maragall. No tenía nada en común con Marcel Gelabert, la víctima anterior. No se conocían ni vivían en el mismo barrio. Sus edades y estatus socioeconómicos también difieren. Agustín era un tipo popular, con bastantes amigos, casado, como ya he dicho, nada que ver con el otro. Desapareció el 19 de agosto, cuando se dirigía a abrir la panadería a las seis de la mañana. Las empleadas del primer turno aguardaron en la puerta, llamaron a su móvil por si se había dormido, pero nada. Lo encontramos más de veinticuatro horas después. El asesino lo retuvo durante casi un día entero antes de matarlo.

—La experiencia con la otra víctima se le hizo corta —intervino Lena, pensativa.

—Puede ser. Y a este no lo tapó ni le cubrió la cabeza con una capucha. Lo dejó flotando en el estanque de la fuente del Cuento, en el parque del Guinardó, con los ojos vendados. A primera vista parecía un ahogamiento, pese a que apenas hay agua para que se ahogue nadie. Pero el forense lo descartó: la muerte se produjo por un traumatismo que le rompió la nuca, luego lo echaron al agua. No sé si lo habríamos relacionado con el cadáver de Gelabert de no haber sido por la nota, la venda en los ojos y la marca que presentaba en la base del cráneo...

El sargento se interrumpió de repente, como si hubiera perdido el hilo de su discurso. Cristina Mayo desvió la mirada y los dos superiores fingieron de manera ostensible que no había pasado nada. Lena percibió la tensión en el ambiente y estaba a punto de hacer alguna pregunta al respecto cuando el sargento Estrada siguió hablando y el ambiente se distendió de nuevo.

—Por cierto, con Agustín Vela se tomó la molestia de envolver la nota en un plástico para que no se echara a perder con el agua y la metió en el bolsillo delantero del pantalón.

—Es un cabrón metódico y cuidadoso —sentenció el subinspector—. No hay el menor rastro en ninguno de los cuerpos. Ni en las notas, ni en la manta, ni en la capucha, ni en las vendas... Ni en las lucecitas del tercero. Borja Claver Santamaría, empresario, divorciado sin hijos, cuarenta y tres años, residente en la avenida Pearson. Heredó una tienda de muebles en Barcelona y logró abrir otras dos más, en distintos municipios. En la carretera de Vilafranca hay una, y otra cerca del Masnou. Tenía bastante más dinero que los otros dos, de eso no hay duda.

—A los tres los secuestraron de noche —apuntó Cristina Mayo.

—Es lo más habitual —terció Jarque—. No resulta nada sencillo llevarse a un hombre adulto.

—Los drogó. A los tres. La autopsia revela restos de un narcótico líquido —explicó Jordi Estrada.

—Pero, volviendo a lo que hablábamos: ¿en serio cree que estos tres hombres habían hecho algo más que cruzarse con ese tipo en el momento equivocado? —insistió la sargento Mayo.

—Quizá no para una mente normal. El asesino tuvo que ver algo en ellos. De otro modo la nota no tiene explicación. «Alguien tiene que hacerlo» indica un deber, una responsabilidad —le respondió Lena, aunque veía que no la estaba convenciendo—. Y la nota es importante: es una constante que no podemos pasar por alto y que va ganando protagonismo. La usó como agresión en la tercera víctima: se la metió en la boca. Lo mismo sucede con la capucha y las vendas. No verles los ojos es una manera de deshumanizarlos, de cosificarlos.

«O quizá de protegerlos», pensó Lena, sin atreverse a decirlo en voz alta.

—Los ojos son el espejo del alma o algo así, ¿no? —preguntó Estrada, y Lena asintió.

—Entiendo lo que dice —dijo el subinspector—. Aun

así no acabo de encontrar nada que conecte a las víctimas. Son gente normal y corriente. Claver había salido en coche con el perro, presumiblemente para llevarlo a pasear, la noche en que desapareció: encontramos el vehículo abandonado. El asesino tuvo que seguirlo, hacerlo bajar del coche... Así que tenemos tres pautas por completo diferentes: uno había salido de fiesta, otro iba a trabajar y el tercero estaba de paseo.

—Tiene que haber una conexión —le contradijo ella—. Para el asesino no son personas como las demás. La verdad, creo que necesitamos conocerlas mejor.

—No hay nada de malo en que la señora Mayoral se entreviste con los parientes y amigos de los fallecidos —intervino Velasco—. Le pido la máxima discreción. De momento ignoran que las muertes de sus seres queridos guardan alguna relación con otras y sería preferible que eso siguiera así. ¿Está de acuerdo, subinspector Jarque?

David Jarque asintió. Pensaba sin decirlo que tampoco había mucho más que hacer hasta que ese monstruo volviese a matar. Lena lo intuyó y entendió la frustración del subinspector y de los sargentos. Ella les podría hablar de estadísticas, decirles que puede llevar años atrapar a un asesino en serie, pero no creyó que fuera el mejor momento para sacar esos datos a colación.

La reunión se prolongó hasta que el inspector Velasco miró la hora y se excusó: el comisario lo esperaba. Jarque y los sargentos Estrada y Mayo pasaron a analizar en un mapa los lugares donde habían secuestrado a las víctimas y donde habían sido halladas posteriormente. Lena los escuchaba a medias. En voz baja pidió al sargento Estrada las fotografías de la escena del segundo crimen y este las deslizó en dirección a ella por el centro de la mesa.

Agustín Vela flotaba en el estanque, boca abajo, como el protagonista de *El crepúsculo de los dioses*, pero no tenían su voz en off para contarles cómo había terminado allí. En la foto solo se veía a un hombre con los brazos extendidos flotando en un lecho de agua turbia. La venda que le cubría los ojos apenas se apreciaba en esa imagen. Tampoco se veía la marca de la nuca que había mencionado Estrada. Había algo austero en la fotografía: era verano y Agustín Vela solo llevaba una camiseta de manga corta y un pantalón de chándal fino. Con un cielo azul celeste podría haber pasado por el anuncio de unas vacaciones relajadas. Lena pensó entonces en las luces halladas junto a la tercera víctima y en su arbolito de Navidad barato. Y, sin darse cuenta de que interrumpía al subinspector Jarque, que seguía hablando de distritos y cuadrantes, exclamó:

—¡La manta! En las fotos que vi no se apreciaba bien, pero se trataba de una tela de algodón estampada, ¿verdad?

La sargento Mayo la miró de reojo.

—¿Eso es importante? —preguntó.

—Todo es importante para el sujeto —repuso Lena, un poco molesta.

—Era una manta vieja con un estampado de flores en distintos tonos de verde —puntualizó la sargento Mayo en tono condescendiente—. No encontramos en ella ningún rastro que nos resultase útil.

—Flores verdes. Agua. Luces de Navidad... —Lena entrecerró los ojos—. Pero algo no encaja. Nos falta...

—Señora Mayoral, disculpe, ¿de qué está hablando? —preguntó Jarque. Sus grandes ojos de un azul desvaído eran afables, como los de un profesor paciente.

—Marcel Gelabert fue encontrado en primavera, cubierto con una manta de flores. Agustín Vela en verano, flotando en el estanque, como si estuviera en una piscina. Y Borja Claver en invierno, bajo...

—Una tira de lucecitas navideñas —terminó el subinspector—. Pero... A ver, si ese es el patrón, hay algo que falla.

—El otoño. La víctima del otoño —dijo Lena—. Podría ser que se hubiera saltado esa estación. O bien...

—O bien hay un cadáver que aún no hemos encontrado. —Jarque dio una palmada sobre la mesa—. ¡Joder! —soltó separando las sílabas.

—Puedo estar equivocada, claro, pero lo que estoy pensando explicaría las escenificaciones en las que dejó los cuerpos. La manta floreada, el estanque, las luces de colores. Siguiendo este razonamiento, es obvio que nos falta una víctima.

—Tendríamos que revisar las desapariciones ocurridas entre el 22 de septiembre y... ¿Cuándo diablos se acaba el otoño?

—El 21 de diciembre, subinspector —apuntó Jordi Estrada.

—Si esta hipótesis fuera cierta, no habrá más cadáveres hasta la primavera —añadió Lena—. Y eso significa también que disponemos de unos meses hasta que el sujeto vuelva a matar.

—Si fuera cierta, usted misma lo ha dicho —recalcó la sargento Mayo.

—No perdemos nada por tenerla en cuenta. Es la única teoría que, de momento, explica los atrezos de las escenas de los crímenes —señaló Jarque.

La sargento Cristina Mayo se encogió de hombros con aire escéptico y unos instantes después esbozó una sonrisa y preguntó en tono irónico:

—¿Os apostáis algo a que la investigación pasará a llamarse «Operación Vivaldi»?

3

La perspectiva de pasar el fin de semana sola y sin salir de casa no es algo que inquiete a Lena en absoluto. Nunca ha sido una persona muy sociable, y se organiza los ratos de ocio con la misma severidad con que distribuye sus diferentes obligaciones laborales. Cincuenta minutos de yoga a primera hora de la mañana, seguidos de desayuno con lectura, compra de la semana, comida ligera, paseo y vuelta a casa. Incluso ha escogido ya las películas que verá el sábado y el domingo porque odia perder el tiempo navegando en los interminables catálogos de las plataformas de streaming. No echa de menos tener a nadie a su lado, porque desde que tiene uso de razón se recuerda así: jugando sola, y, a poder ser, sin hacer demasiado ruido.

Los hijos únicos tienden a ser solitarios, celosos de su intimidad y de su espacio. Lena lo sabe, aunque también es consciente de que el suyo no es un caso habitual. Ser hija única no es lo mismo que ser huérfana y haber sido criada por una abuela mayor que asumió la responsabilidad de cuidarla como lo que era: una carga excesiva para una señora de su edad. Lo mínimo que podía hacer Lena para agradecer su esfuerzo era no ocasionar problemas. Y no ocasionar problemas consistía en portarse bien, sacar unas notas razonables, no caer enferma y, en general, pasar desapercibida. También incluía entretenerse por su cuenta, porque a su abuela le horrorizaba la idea de tener más chiquillas rondando por su casa y además no quería preocuparse si su nieta salía a jugar a casas ajenas. En realidad, Lena tampoco tenía el menor interés por confraternizar con las compañeras del colegio más allá de lo indispensable.

En cambio, sí le hubiera gustado poder dormir con la luz encendida, al menos en los primeros años después del accidente, cuando se mudó con su abuela a la casa del pueblo. Para la abuela ese gasto era un capricho innecesario y nunca se lo permitió. Lo único que aliviaba un poco esos terrores nocturnos era el arsenal de dulces que acumulaba en la mesita de noche. El chocolate se reveló como un antídoto eficaz contra monstruos invisibles y susurros siniestros. Ahora cuando hace el gesto automático de apagar la luz al salir de su habitación, aunque vaya a volver un minuto después, Lena se imagina a la abuela esbozando una fría sonrisa en el más allá y la maldice en voz baja, pero es incapaz de contenerse. Hay cosas que se han convertido en hábitos profundamente arraigados. Como la costumbre de estar sola.

Los fines de semana siempre intenta no pensar en el trabajo, por lo menos durante unas horas. Intuye que este no lo conseguirá. El viernes a mediodía recibió otro correo de su editor que la ha tenido inquieta todo el sábado. Sabe que debe tomar una decisión e incluso cuál sería la opción más correcta, pero al mismo tiempo intuye que hacerlo le complicaría la vida.

Se trata de la elección de sujetos para el libro *Jóvenes asesinos*. Lucas ya le había escrito dos veces cuestionando su selección. En realidad, más que presentar alguna objeción a la lista de casos, le preguntaba por una ausencia notoria. Y, en el correo del viernes, insistía en el tema, como si los argumentos de Lena no hubieran hecho la menor mella en él.

Sentada ante la mesa del comedor, donde se ha preparado una cena frugal, como la de cualquier otra noche, ella entiende las dudas de su editor. ¿Por qué eliminar del libro uno de los crímenes más mediáticos de los últimos años? Un caso que se ajusta a la perfección al tema con la peculiaridad de que, por una vez, la mujer es la agresora y no la víctima. Ella se lo había explicado a Lucas: que no quería alimentar esa corriente que cuestionaba la existencia de la violencia machista tomando casos excepcionales como si fueran la norma. Casos como el de Cruz Alvar.

Era consciente de que su argumento era una excusa y ni siquiera una demasiado convincente. El suyo era un libro comercial, no un tratado ideológico. Y si hablaban de asesinos jóvenes, no había ningún motivo para excluir a la chica que había matado a su novio ocho años atrás, cuando solo tenía veintitrés años. Era un caso atípico, sí, y ahí radicaba su interés.

El domingo a media tarde, mientras espera que el té humeante alcance una temperatura que permita acercárselo a los labios sin abrasarse, abre el iPad y vuelve a leer el email en el que lleva pensando todo el fin de semana. Luego busca en Google el nombre de Cruz Alvar y cientos de miles de resultados aparecen en la pantalla, la mayoría se remontan a cuando sucedieron los hechos. Lena abre un enlace y vuelve a ver el rostro de esa joven, de una belleza poco refinada y a la vez potente. Las cejas depiladas, los labios perfectos, la tez pálida y unos ojos oscurísimos, casi negros, enmarcados por una raya que a Lena se le antoja vulgar, como de vampiresa de tebeo. Abre más fotos, las que salieron a la luz durante el proceso. Cruz y sus amigas. Cruz y Jonás Tormo, su novio. Una de las fotos muestra el estado de la caravana después del incendio y la imagen le provoca un escalofrío. Siente una punzada de aprensión al verlas, pero no es capaz de cerrar el navegador. Conoce los detalles del caso de memoria, y la sentencia que condenó a la chica por homicidio involuntario también. Por mucho que lo ha intentado, no ha podido olvidarlo. Recuerda perfectamente que se llegó a un acuerdo con la fiscalía: la joven aceptó el cargo de homicidio involuntario para librarse así de una condena por asesinato. La prensa montó bastante escándalo con el tema. Lena, que entonces estaba ocupada preparando su viaje a Estados Unidos, siguió la polémica en los medios. Doce años de condena significaba que en ocho años aquella mujer podría acceder al régimen de semilibertad.

«Ocho años que se cumplirán pronto», piensa ahora.

Lena se alegra por ella, pero también comprende que ese castigo debe de parecer poca cosa para la familia del chico. Por otro lado, ¿qué pena sería la adecuada? ¿La reclusión permanente? ¿Dónde queda entonces la posibilidad de la reinserción? Es uno de los temas clave en torno a los jóvenes criminales: por severas que sean las condenas, les queda toda la vida por delante después de cumplirlas.

Lena vuelve a abrir el correo. No tiene sentido amargarse más horas del fin de semana, así que escribe una respuesta rápida a su editor admitiendo que tiene razón. En *Jóvenes asesinos* abordará el caso de Cruz Alvar. Suspira intranquila y se da cuenta de que el té ya está a una temperatura razonable. Odia tomárselo frío. «Como la abuela», piensa. Por un instante, siente que la vieja bruja se está riendo de nuevo de ella desde dondequiera que esté y, para vengarse un poco de esa burla, se dirige a la alacena en la que guarda los dulces. Nada como el chocolate para hacerla sentir bien.

Cruz

4

Sobre el patio de la cárcel flota un sol lacio de invierno. En días así las internas se agrupan en busca de la zona más caldeada, como gatos frioleros que quieren arañar un rato de calor. No dejan de mantener una cierta distancia, porque después de las navidades han impuesto restricciones sanitarias con más rigor que nunca. Apenas se concedieron permisos, y aun así el virus se coló entre los muros. Corre el rumor de que hay varias celadoras afectadas, la enfermería ha vuelto a llenarse de reclusas con síntomas y las visitas han quedado suspendidas por tiempo indefinido.

«Hasta que pase la nueva ola», les dicen. «Hasta que estéis todas vacunadas».

Las distancias no obedecen solo a las medidas temporales contra el virus y a las órdenes de arriba: han existido siempre y todas las respetan. Para resistir en un lugar como ese hace falta un núcleo de confianza, un círculo trazado con pulso firme por un compás invisible que repele a quien intenta acercarse sin invitación previa.

—Vamos a morir todas —murmura Yanet, y las otras tres la miran con cara de fastidio.

Últimamente está fatal, la Yanet. Se pasa horas sumida en el silencio y solo abre la boca para soltar augurios nefastos. Todas lamentaron la muerte de sus padres, ambos víctimas del virus allá en Cuba, pero se les acaba la paciencia ante tanta profecía apocalíptica.

—Todas y todos, no los excluyas en esto —responde Feli, la mayor de las cuatro, una de las veteranas del centro. A veces presume de ello, como si las condenas fueran galones; otras, cuando cuenta los años que ha pasado entre rejas, se le nubla la mirada y se pone violenta. Las demás ya reconocen las señales y, de hecho, la entienden. Feli lleva más de veinte años en distintas cárceles del país. «Por buena», le replican a veces, cuando notan que está de buen humor. «Por gilipollas», sentencia ella siempre.

—¡Eh, quita, no me mates a mi churri ahora que se ha reformado! —Yolanda se ríe—. Me dijo ayer por teléfono que llevaba tres meses sin beber ni meterse nada.

—Eso no se lo cree ni la santa puta de su madre —se burla Feli—. Bueno, en realidad solo te lo crees tú, porque eres tonta.

—¿Y por qué no me lo iba a creer? —pregunta la aludida sacudiendo su melena rubia—. Dios le mostró el camino.

—Pues ya era hora, Pelopantén. Llevaba veinte años mostrándole solo el camino del bar. Y algún desvío donde encontrar a los camellos.

La cuarta integrante del grupo se ríe. Probablemente

es la que mejor se maneja en la cárcel de las cuatro. Fuera de ella tampoco le iba mal. A los dieciséis había montado su primer negocio: vendía anabolizantes a los cachas del gimnasio de su padre. Después había pasado de las hormonas a otras sustancias más lucrativas y se había hecho rica de verdad. A los cuarenta y seis entró en la cárcel por culpa de un exnovio rencoroso que se fue de la lengua. Se llama Milagros, pero las otras la llaman Milady por el estilo de vida que llevaba antes de que todo se fuera a la mierda.

—Deja a la Yola que se haga ilusiones. Que sí, amor, que todos podemos cambiar, y tu chorbo también. A lo mejor cuando salgas te lo encuentras trabajando en un banco en lugar de tirado en uno durmiendo la mona. Y tú, Yanet, déjate de muertos de una vez. Me tienes hasta los ovarios, cielo, de verdad te lo digo. Te voy a llamar nube negra, corazón, y no por esa piel de color café con leche que tienes. Es que cada vez que sueltas tus mierdas por esa boquita caribeña, se apaga el sol. Por cierto, y como según tú nos queda medio telediario para palmarla, ¿podrías devolverme la pasta que te presté el mes pasado? Está feo irse al otro barrio con deudas, seguro que Yemayú, o como se diga, no lo aprueba.

Yanet la mira y se encoge de hombros. Hace un esfuerzo para salir de su mutismo.

—No te apures —le responde—. Allá nos encontraremos todas. ¡Ya te pagaré cuando llegues!

—¡Esa es mi Yanet! —jalea Feli dándole una palmada en el hombro—. A ver, Milady, ¿para qué necesitas tú el dinero ahora mismo, so rácana? Deja a la negrita en paz, que está de luto la pobre.

—Sabes muy bien para qué lo quiero. Y no me calientes, que luego la que viene pidiendo algo para dormir eres tú. Bueno, tú y nuestra queridísima amiga Cruz. Y ahora que lo pienso, ¿dónde anda hoy?

—Tenía visita.

—¿Visita? ¿Cruz? Si están suspendidas —se extraña Milady.

Feli se lleva dos dedos a la boca y cierra con ellos una cremallera invisible. Yolanda enciende otro cigarrillo por puro aburrimiento. Nunca había fumado antes de entrar en la cárcel, pero ahora le gusta. «El tabaco es parte de tu reinserción», se burlaba a veces Milady, una fumadora compulsiva capaz de vender a su madre por un cigarrillo.

—Oye —dice Milady mientras le coge el mechero a Yolanda—, ¿y esas qué coño miran?

—¿Quiénes? —pregunta Feli súbitamente alerta.

—Las rusas —responde Milady—. Las que entraron hace poco. Están ahí al fondo. El otro día tuve la misma sensación. Como si nos observaran.

Feli se encoge de hombros.

—Ni idea. Pero no tengo yo el cuerpo para líos. Igual miran a la rubia, que es un bombón —añade, y Yolanda sonríe.

Yanet, ausente de la conversación, dirige la vista hacia el fondo del patio, hacia donde está el pabellón de madres, y musita en voz muy baja para que no la oigan:

—Los niños serán los primeros. Luego ellas... y luego todas nosotras.

—¿Qué estás farfullando ahora? —la regaña Feli.

Yanet no le contesta. Hace días que siente que la muerte las ronda, la percibe en el aire, la huele en el agua. Y la Cándida, la vieja cubana con la que habla a veces, se lo confirmó. «Está husmeando por acá, buscando un hombro sobre el que posarse. La sentí por mi celda y me puse a rezarle a la virgen *pa'* ahuyentarla hasta que se marchó. Igualmente, no venía a por mí. La vi otra vez, el día lunes, extendiendo sus dedos fríos sobre la nuca de una de las chicas. Se estuvo un buen rato ahí atrás, así que creo que ya escogió... Avisa a tu amiga», le dijo después de una pausa. «¿A la Feli?», preguntó ella, porque fue el primer nombre que se le ocurrió. «No, la vieja no, a la otra. A veces va con vosotras. Esa más morena, la que tiene el turno de lavandería contigo. No sé cómo se llama...».

«Cruz —pensó Yanet—. Se llama Cruz Alvar».

5

Cruz no tenía ni una pizca de ganas de hacer esa entrevista y es muy probable que se hubiera negado si su abogado no la hubiera prevenido contra ella.

«Se acerca el plazo a partir del cual podemos pedir la condicional. O al menos el régimen de permisos de fin de semana —le recordó él—; lo último que nos interesa es que sueltes algo que no debes a una periodista, criminóloga o lo que sea».

Muchas veces Cruz se pregunta por qué un tipo como Marc Bernal no ha tirado todavía la toalla con ella y sigue representándola con tanto celo. De hecho, nunca entendió por qué se ofreció a llevar su caso. Sospecha que al principio le atrajo la atención mediática que despertaba el tema y que ahora continúa a su lado por compasión; eso la corroe y la empuja a rebelarse, a desafiarlo, pero él jamás pierde la compostura.

«Como una especie de cura», piensa Cruz, sin saber muy bien por qué ya que nunca ha tratado de cerca con ninguno.

Lo que Bernal no ha tenido en cuenta al darle ese consejo es el tedio de la vida en la cárcel. A medida que pasa el tiempo, se revela como el peor castigo, la penitencia más cruel. Cruz está harta de recomendaciones, de que todo el mundo se crea con el derecho de decirle lo que debe hacer o no.

«Acude a las clases, participa activamente en los talleres, no busques problemas...».

Hay momentos en que no lo soporta más. Y, pese a sus buenas intenciones, nadie le explica cómo pasar esas horas interminables llenas de nada. Así que la perspectiva de conocer a la tía que estaba escribiendo un libro sobre asesinatos perpetrados por gente joven ha despertado su curiosidad. Cruz tenía ganas de verle la cara, en realidad tenía ganas de ver cualquier cara que fuera distinta a las habituales.

Por eso está ahí ahora, aunque empieza a arrepentirse en cuanto se sienta en la silla, convenientemente separada de su interlocutora debido a las medidas anti-covid, en una sala que da al patio. El aire frío acaricia las rejas de la ventana abierta. Apenas se oyen voces, la celadora que la había acompañado ya ha salido, y Cruz contempla a su visitante con el ceño fruncido. Le ha caído mal a primera vista, pero eso no es nada nuevo. Le ha pasado desde que era una niña. Los extraños la incomodan, sobre todo si visten con esa corrección tan patética y si se dirigen a ella en un tono de voz condescendiente y a la vez altivo, como si estuvieran tratando con una boba a la que hay que explicarle las cosas muy despacio para que las entienda. Eso está haciendo esta mujer que solo debe de tener seis o siete años más que ella. Le habla de sus libros, que ha traído consigo, y del proyecto que tiene entre manos.

Todo eso ya se lo había contado su abogado y escucharlo por segunda vez la está poniendo nerviosa. Así que se distrae, le cuesta mantener la atención, contempla la tarjeta que acaba de entregarle la criminóloga y se pregunta si ella debería corresponderle con otra igual. ¿Qué pondría en la suya? ¿«Cruz Alvar, presa» o «Cruz Alvar, asesina»?

—Llámame Lena, por favor. ¿Te importa que te tutee?

Cruz sonríe y se lleva la mano a la frente. «¿Cómo coño vas a llamarme? ¿Señorita Alvar?», piensa, sin llegar a decirlo.

—Ningún problema.

—Muchas gracias por haber aceptado verme. En serio. Para mí es muy importante escuchar lo que tengas que decir.

Cruz sostiene la tarjeta con las manos, alejándola de su cara como si necesitara esa distancia para leerla bien.

—¿Por qué? —pregunta transcurridos unos segundos—. ¿Por qué es tan importante para ti?

—Bueno... he leído todo lo relativo a tu caso, por supuesto, pero no sé nada sobre quién eras antes de que eso sucediera. Ni sobre cómo eres ahora. Quiero conocerte. Entender quién es Cruz Alvar más allá del delito por el que fue juzgada y condenada.

—¿Por qué? —repite Cruz mirándola fijamente.

Lena Mayoral apoya la espalda en la silla y le sostiene la mirada sin pestañear.

—Esto puede ser muy aburrido si sigues preguntando todo el rato lo mismo.

—Esto puede terminarse ahora mismo si no me contestas —ataja Cruz.

—Creo que ya lo he hecho. —Lena habla despacio—: Pero no me importa volver a decírtelo. Entiendo tus recelos. No estoy aquí para juzgarte, sino para entenderte.

—Vale. —Cruz carraspea—. ¿Y qué quieres saber? ¿A qué jugaba de pequeña?

—Por ejemplo. ¿A qué jugabas de pequeña?

Cruz suelta una carcajada irónica. Lena pone en marcha la grabadora y la deja en el suelo, al lado de su silla.

—¿De verdad te interesa eso? Pues a ver, déjame pensar. No jugaba a matar gatitos, si es lo que crees. Al revés, tenía uno y lo quería mucho. Era una niña de lo más normal, me gustaban las muñecas y los vestiditos. Jugaba al fútbol con los niños, aunque solo me dejaban ponerme de portera. Al final tuvieron que reconocer que paraba los goles mejor que el de antes.

—Parece que lo pasabas bien, ¿fuiste una niña feliz?

Cruz deja escapar un bufido.

—¿En serio? Sí, era feliz. Sacaba buenas notas, me portaba bien, tenía amigos y amigas en el colegio. ¿Y tú? —pregunta de repente.

—Yo no —confiesa Lena—. Odiaba la escuela. Y odiaba ser pequeña.

—¿Por qué?

—Eso ahora no importa. No estamos hablando de mí.

—Ya lo sé. Hablamos de mí. Pero no debido a mi infancia feliz, ¿no? Yo solo soy interesante por lo que pasó después.

—¿Prefieres que hablemos de eso?

Cruz se encoge de hombros.

—En realidad, no. Además ya has leído todo lo que necesitabas saber, tú misma me lo has dicho.

—Sigamos con tu infancia enton...

—No, mira. Tuve una psicóloga aquí y no acabamos bien. La pobre desistió. No estoy loca, no tengo ningún trauma, soy una tía normal, ¿está claro? No me importa charlar sobre el colegio, el parque, la familia y todo eso. Pero charlar, es decir, tú me cuentas y yo te cuento. Si solo hablamos de mí, me aburro enseguida porque ya me sé el cuento. Así que, dime, ¿por qué odiabas ser pequeña?

Lena desvía la mirada durante un segundo. En la actitud de Cruz se advierte una resolución firme.

—De acuerdo. No soportaba que todo el mundo decidiera por mí. Qué ropa ponerme, a qué colegio ir, qué extraescolares hacer.

—Sí, no lo había pensado nunca... —dice Cruz, y añade—: Creo que mi rebeldía nació después. Eso dicen, ¿no? Las niñas buenas luego somos las peores. Sobre todo porque cuando empezamos a desobedecer ya no hay vuelta atrás.

—¿Eso fue en la adolescencia? ¿Después de que...?

—Después de que muriera mi padre, sí. Oye, mira, me parece que lo sabes todo, al menos todo lo que necesitas para escribir tu libro. No te ofendas, pero tengo la impresión de que no me va a apetecer seguir con esto.

—¿Por qué?

—¿Ahora eres tú la de los porqués?

Cruz se inclina hacia delante y apoya los codos sobre las rodillas. Aunque no hay nada amenazador en el gesto, su interlocutora se retrae un par de milímetros.

—¿Las crías del colegio te trataban mal? —pregunta Cruz—. ¿Les tenías miedo?

—No has respondido a mi pregunta —repone Lena.

—Lo haré si tú contestas luego a la mía —dice Cruz con firmeza.

Lena asiente con la cabeza despacio.

—Igual no me apetece seguir porque sé lo que vas a terminar escribiendo. No eres la única que ha revisado lo que se publicó sobre el caso. Era curioso leer lo que otros escribían sobre mí sin conocerme. Y, al final, tú harás lo mismo que todos.

—Eso es un prejuicio tuyo.

—Ya. Venga, no soy tan importante. Vas a escribir la historia de la chavala que se volvió problemática porque su papá se cayó de un andamio y su mamá se pasó años deprimida después del accidente. Vas a decir que a la rebeldía adolescente se sumó que yo me sentí sola, enfadada con el mundo y me desmadré. Que mis hermanos estaban a lo suyo y no me pusieron freno. Que empecé a ir por el mal camino y ya no supe cómo volver al bueno. Y que mi rabia interior y mi mala cabeza terminaron jodiéndoles la vida a todos los que me rodeaban. —Cruz suelta un suspiro largo y estira los brazos, como si se desperezara—. Escribirás algo así y todo el mundo estará de acuerdo porque confirma la versión que tienen en la cabeza. Pero para eso no hace falta que perdamos el tiempo hablando.

—Bueno, en tu caso no creo que el tiempo sea un problema.

Cruz echa la cabeza atrás y se ríe.

—Vaya, empiezo a entender por qué no lo pasaste bien de pequeña. Y no es por toda esa mierda que me has soltado antes. No es que tú odiaras ser pequeña, no; es que las niñas te odiaban a ti.

—No me has dado la oportunidad de responder —puntualiza Lena.

—¿A que jode? Pues a mí me lo llevan haciendo años. Todo Cristo repetía la misma cantinela... «Una chica malcriada e incapaz de aguantar el rechazo, como tantos jóvenes de su generación». «Una choni de extrarradio que una noche se puso hasta las cejas y fue a vengarse de su novio». «Una tía que demuestra que las mujeres también somos capaces de cometer actos terribles». Dime una cosa, en el libro que estás escribiendo, ¿cuántas asesinas jóvenes hay?

—No muchas —admite Lena.

—¡Me encanta ser la puta cuota femenina! El aviso para navegantes... Eh, los tíos llevan hostiando a sus mujeres desde hace siglos, pero mira, tenemos a Cruz, el ejemplo viviente de que ellas tampoco son ningunas santas.

—¿Tu novio te pegó alguna vez?

—¿Estás loca? —A Cruz le cambia la cara, su expresión pasa de la ironía burlona a una seriedad que asusta—. Ni se te ocurra, ¿me oyes? Ni se te ocurra insinuar que Jon me pegara nunca. Eso también lo intentaron. Querían convertir a Jon en un hijo de puta y no los dejé. Así que no vayas por ahí o me encargaré de que todos tus putos libros acaben ardiendo...

Cuando se da cuenta de la frase que ha utilizado, Cruz se calla apretando los labios. Lena respira hondo y apaga la grabadora con discreción.

—No quiero marcharme sin responder a lo que me preguntaste antes. Tenías razón. Las niñas del colegio me detestaban. Primero pensé que era porque estaba gordita, luego me di cuenta de que no era solo eso. El peso era solo una excusa para meterse conmigo, para empujarme en el patio o en el vestuario y reírse de mí en cualquier momento. Ahora sé que me odiaban porque eso las hacía sentirse mejor, porque siempre necesitamos a alguien en quien descargar el miedo o las frustraciones y es más sencillo hacerlo sobre los que son diferentes. El niño gay, la niña gorda, ¿qué más da? La sociedad está cambiando y eso genera temores, recelos, inseguridades. Es el miedo lo que les hace desconfiar de los avances sociales, el que reclama símbolos para así aferrarse a las viejas costumbres. Creo que tú fuiste uno de esos símbolos y que es posible que una parte de la opinión pública se ensañara contigo para apoyar sus argumentos más retrógrados. Es una batalla que los más conservadores intuyen perdida, y por eso la combaten como jabatos.

Por primera vez en toda la conversación, Cruz observa a la mujer que tiene delante con interés. Mira su nariz fina, los ojos un pelín demasiado juntos, la cara ancha.

También ve más allá: busca a la niña gorda en aquella mujer que ahora no lo está en absoluto y la encuentra en unas mejillas que recuerdan un poco a las de un bebé, en un pecho generoso que trata de disimular con un conjunto de suéter y chaqueta de punto que podría haber llevado su madre. Si es sincera, entiende por qué unas niñas pudieron tomarla con ella. Se recuerda a sí misma en el instituto, guapa, arrogante, descarada, y se imagina empujando a esa chica insulsa para apartarla de su vista porque tenerla delante la irrita profundamente. Aunque nunca hizo nada parecido: esas chicas la rehuían, se sentían amenazadas por Cruz y sus amigas, por el grupo de populares que las incluía a ellas y a unos cuantos tíos más. Cierra los ojos, recuerda todo eso de una manera caótica, desordenada, y al abrirlos solo se le ocurre una pregunta:

—¿Estás segura de que la violenta no soy yo?

6

Han pasado siete días desde la visita de Lena Mayoral. Siete días en los que Cruz ha deambulado por la cárcel, taciturna, sumergida en un foso de recuerdos. Intenta sobreponerse, retomar la rutina, hacer acopio de ilusión ante la perspectiva de un permiso de fin de semana que le mencionó su abogado. Todo es en vano. Ya no desea salir a la calle y perder de vista las paredes de la prisión. Si pudiese elegir, se sentaría en un rincón de la celda y se iría marchitando, haciéndose más y más pequeña, hasta lograr pasar desapercibida por completo. ¿Cuánto tiempo haría falta para que el mundo se olvidara de Cruz Alvar?

Por supuesto, las normas del centro penitenciario no lo permiten, ni siquiera le garantizan un mínimo de soledad. Comparte la celda con otras cuatro presas, tiene actividades en grupo, sus amigas la interpelan, las celadoras la observan. El puto universo parece conspirar en contra de su único anhelo. El silencio. El aislamiento. La nada.

Así que Cruz sigue adelante, se mueve como si tiraran de ella mediante unos hilos invisibles. Hora de levantarse, hora de clase, hora de patio, hora de tareas. La rueda gira un día tras otro, y ella se deja llevar, pero cada gesto, cada paso, le cuesta un esfuerzo enorme. Sin embargo en su cabeza la actividad es frenética. Los engranajes de la memoria se mueven a toda velocidad, mezclando pasado y presente. Pasado y un pasado aún más remoto. No se detienen ni siquiera de noche. Los recuerdos cruzan su mente como una jauría de lobos, y algunos le muerden las sienes con fruición. Hay momentos en que literalmente tiene la sensación de que la cabeza le va a estallar de dolor y se remueve en la cama. Hunde la cabeza en la almohada para ver si así consigue frenar el aluvión de recuerdos o al menos ordenarlos. Reconstruir su historia, por patética que sea.

Solo tiene treinta y un años y se siente como si llevara viviendo un siglo. O como si hubiera sido personas distintas a lo largo de su vida. Una, la Cruz niña, risueña y afable, que contemplaba el mundo subida a hombros de su padre. Desde aquella atalaya privilegiada se sentía poderosa y segura. Nadie podía alcanzarla ni hacerle daño. Si estiraba los brazos, podía soñar con acariciar las nubes, pero prefería cogerse a las manos de su padre, a aquellas palmas ásperas que a ella le resultaban cálidas. Protectoras. Y, cuando papá se cansaba, uno de sus dos hermanos mayores tomaba el relevo. No era lo mismo, con ellos se sentía un poco más vulnerable. Sin embargo estaban ahí, altos como torres, más aún que su padre, y siempre dispuestos a hacerla reír. Nada hacía prever que aquella niña feliz fuera el prólogo de la adulta actual, la antesala de la mujer hosca y distante, aburrida de todo, harta incluso de sí misma. Para entenderlo hay que pasar por la Cruz número dos y la número tres.

La Cruz dos fue la preadolescente que descubrió que las montañas se desmoronan, que el mundo se derrumba, que las risas se apagan de repente, como si alguien las hubiera desconectado.

«Un accidente laboral», dijeron. «Pura mala suerte». «Un mareo en el peor momento, una caída imposible de prever». «Una tragedia».

A la familia ni siquiera le quedó el consuelo de arremeter contra los culpables, ya que la empresa se comportó como correspondía y abonó una cuantiosa indemnización con la que sus hermanos montaron un gimnasio poco después. Todos en la constructora apreciaban a Antonio Alvar, porque era imposible no hacerlo. Su padre estuvo en coma durante setenta y dos horas antes de que el cónclave familiar, su esposa y sus dos hijos mayores, decidieran poner término a su agonía. Durante mucho tiempo, Cruz no lo entendió, o no quiso comprenderlo, y se rebeló contra esa decisión y contra todos.

La suya fue una insurrección progresiva. Una mala respuesta. Un dejadme en paz. Un a la mierda el profe de ciencias. Un quiero estar sola en mi cuarto, joder, ¿acaso es tan difícil de entender? Tampoco hubo nadie que la llamara al orden. Sus hermanos se habían emparejado y se marcharon de casa poco después del accidente, y sus preocupaciones giraban más en torno a su nuevo negocio y a una madre siempre medicada. Más tarde, cuando el dolor por la pérdida se mitigó, las pastillas se habían convertido ya en el oxígeno de su madre. No lograba vivir sin ellas. Cruz ahora lo comprende a la perfección.

Alrededor de los dieciocho años, la adolescente desnortada y contestataria se convirtió en una joven voraz. Tenía hambre de mundo, hambre de drogas, hambre de diversión. Los días no le importaban: era por las noches cuando se sentía realmente viva. Noches que empezaban el jueves con una cerveza y finalizaban el lunes, de madrugada, con el estómago revuelto, la boca seca y la nariz irritada. En esa época comenzó a trabajar como camarera en una discoteca de Hospitalet. Servir cubatas era lo de menos: lo que importaba era sumergirse en la fiesta, formar parte de ella, vivirla como si fuera lo único que existía. Mucho alcohol, muchas rayas, mucho sexo, aunque menos del que le adjudicaba la mayoría. Cruz siempre fue exigente y se vanagloriaba de su fama de mujer inaccesible. Prefería acabar la noche con sus amigas que en la cama de un tío cualquiera, con más músculos que cerebro. Pero sexo hubo, claro. Polvos intensos, normalmente demasiado rápidos, chicos que le gustaban durante unos días, unas semanas, y que luego la aburrían. Compadecía a sus amigas: sobre todo a Nerea, que pasaba del amor eterno al desencanto más rabioso. «Solo es un tío, Nere, joder. ¿Tenía una polla mágica o qué?». Eli se reía al escucharlas discutir...

Nerea había sido su amiga desde el colegio, su compañera de juegos y luego de juergas, pero hace mucho que no sabe nada de ella. Se casó y se marchó a vivir a Sevilla, y al parecer ha estado demasiado ocupada con su marido y luego con su hijo para llamar. Eli, en cambio, se ha mantenido al pie del cañón. La pija, la llamaban ella y Nere al principio, sin terminar de fiarse de aquella chica mona, educadísima y mucho más refinada que ellas.

Y sin embargo fue Eli quien cambió las reglas del juego. Eli hablaba con desprecio de los tíos y les hacía pagar por sus desplantes. Al descubrirlo, ella y Nerea empezaron a mirarla con otros ojos. Elisenda Nadal, pese a su aspecto de Barbie boba, tenía más ovarios que ellas dos juntas, y les enseñó cómo vengarse de siglos de dominación patriarcal. Eli dominaba unos recursos que ella y Nerea desconocían, pero que estaban ansiosas por aprender. Por ejemplo, les enseñó el término «*sugar daddy*», que nunca habían oído, y así empezó a formar parte de sus vidas. «Putos viejos verdes», había dicho ella cuando Eli les confesó, con aquella vocecita aguda de niña ingenua, de dónde había sacado el último modelo del iPhone o aquellos zapatos de precio imposible para sus economías de veinteañeras.

«Solo hay que saber manejarlos —había dicho, casi en un susurro, como si estuviera a punto de abrirles las puertas a un saber prohibido—. Y yo puedo enseñaros a hacerlo».

Los lobos se calman, o al menos se agazapan. El torrente de recuerdos se detiene. Cruz oye los ronquidos suaves de una compañera de celda y, aunque en general le molestan, esa noche decide dejarse mecer por ellos. Se aferra a esa idea y se cubre entera con la manta. Hace frío. Las internas se han quejado mil veces sin que nadie les haga caso.

Cruz piensa en la criminóloga, la imagina en un piso caldeado y acogedor, pero sola. No sabe muy bien por qué, simplemente tuvo esa impresión.

Cierra los ojos porque no quiere entrar en la Cruz número tres, la que precede a la actual. De niña feliz a adolescente furiosa, y de esa a joven enamorada. No, no puede permitirse el lujo de evocar a Jon justo antes del amanecer; no ahora que no lo tiene ni lo tendrá nunca más a su lado para abrazarlo. Duele demasiado. Duele tanto que hasta los lobos se alejan y empiezan a aullar...

Casi no logra despertarse. El revuelo de primera hora en la celda la pone de un malhumor insoportable. Yanet, que duerme en otra de las camas, la sacude ligeramente y ella la ahuyenta con un gesto brusco.

—Tranquila, mi *amol* —le responde la cubana—. Pero hay que ir pasando a las duchas. Tú verás.

Cruz termina levantándose, arrastra los pies hacia el pasillo y desde allí hasta los servicios, con la mente embotada porque apenas ha dormido durante tres horas. No es que las otras estén muy habladoras tampoco. Aguardan turno en silencio. Cruz, en contra de su costumbre, deja pasar a algunas internas. Piensa que ser la última a lo mejor le permite un poco de privacidad. Cuando llega su turno avanza hasta una de las duchas del fondo con la toalla en la mano. Respira aliviada. No es que esté sola, pero los ruidos se han amortiguado mucho. Cierra la puerta y abre el agua, a sabiendas de que no estará tan caliente como debería. Ya ha oído las quejas.

«¿Qué les costaría subir la temperatura un par de grados?», se pregunta.

Quizá la respuesta es que no lo hacen porque simplemente no les da la gana. Es una manera de recordarles que, pese a que las duchas tengan aspecto de vestuario de gimnasio de barrio, siguen estando en la cárcel. Y no tienen derecho a protestar.

Cruz se estremece debajo del chorro de agua templada, cierra los ojos para enjabonarse la cabeza. Eli le hizo llegar este gel ahora que no puede visitarla, y ella ha tenido que defenderlo de más de una mano interesada. Cruz aspira el olor del jabón y empieza a despertar de verdad. Se enjuaga con rapidez, dejándose restos de espuma en las piernas porque el agua está cada vez más fría. Aterida, va a coger la toalla cuando nota un fuerte empujón que la hace entrar de nuevo en la ducha y chocar contra la helada pared de baldosas.

No tiene tiempo de gritar, una mano le atenaza el cuello. Los pies le resbalan en el suelo húmedo mientras intenta mover los brazos, clavar las uñas en la carne de su atacante, a quien ni siquiera reconoce. Un puñetazo en la boca del estómago la deja sin aire y sin fuerzas, y sus ojos ven algo que termina de paralizarla. Nota el primer pinchazo y busca inútilmente algo con lo que defenderse. El segundo navajazo, más potente, más hondo, la quiebra por dentro. El tercero la derriba.

«La sangre huele a jabón caro», piensa antes de perder la consciencia.

7

Bajo la luz de la mesita de noche, la fotografía brilla como una acusación. La penumbra solo la hace más palpable. Más escandalosa.

Es la única foto que hay en la habitación. Anna ha tenido el buen gusto o la sensatez de no transformar su cuarto en un altar mortuorio. Él no logra apartar la mirada de la fotografía enmarcada. La ha visto de reojo al entrar, ha quedado impresa en su cabeza durante el sexo. La observa sin ambages ahora, mientras se sube los pantalones con torpeza y se ciñe el cinturón. Va aún sin camisa y está descalzo, luciendo un vello canoso cada día más disperso.

Anna, sentada en la cama, mira hacia algún punto del suelo. No le importa que sus pechos blanquísimos, siempre abundantes pero ya no tan firmes, cuelguen sobre el embozo.

La habitación desprende ese olor pegajoso que permanece después del sexo. Un olor que pide abrir ventanas, sacudir cojines y airear cuartos, aunque a él no le resulta del todo desagradable. Claro que él está a punto de salir de ese piso y dejar atrás ese regusto agrio y esa habitación claustrofóbica, donde apenas cabe lo imprescindible: la cama, el ropero, las mesitas de noche. Volverá a su casa, donde el vestidor de su mujer mide aproximadamente lo mismo que todo ese piso.

Va a decir algo cuando un ataque de tos se lo impide.

—El tabaco te matará antes de tiempo —dice Anna.

—*Vsegda takoy dobryy.*

Anna sonríe.

—Soy amable, Kyril. Y también sincera.

—Ya tengo una esposa sincera, *spasiva* —repone Kyril.

—¿Zenya, sincera? Por Dios, no me hagas reír.

Kyril levanta la mano, pidiendo una tregua. Ella se encoge de hombros.

—Vale, vale. Tranquilo. Perdí esa batalla hace años. Ya lo sé. Pero las amantes tenemos algunos privilegios. Y uno de ellos es decir que esa tos es cada día más profunda y más frecuente. Tú verás lo que haces.

Lo que Kyril piensa hacer en cuanto salga al comedor es encender un cigarrillo, aunque de repente no se atreve. En su lugar, aparta un poco la cortina para ver la calle. El coche sigue apostado en su sitio, y su guardaespaldas está fumando tranquilamente absorto en el teléfono móvil. En ese momento siente casi envidia: una vida de servicio, sí, pero también sin la responsabilidad de tomar decisiones. Pura y simple obediencia, lealtad extrema. Bogdan Lébedev estaría dispuesto a morir por él, a dejarse ejecutar si Kyril Záitsev se lo ordenaba. Eso hacían los emperadores romanos, ¿no? En algún sitio había leído que Nerón, o quizá otro, mandaba despellejar a sus esclavos para que sus gritos de dolor le impidieran conciliar el sueño las noches que deseaba mantenerse despierto.

—Tu perro guardián sigue ahí, *dorogoy*. Tranquilo, enseguida podrás irte con él.

—No me iré hasta que tengamos noticias de Bernal —dice Kyril.

Anna se ha levantado y se ha reunido con él en la ventana. Por un instante, bajo aquella luz tenue, Kyril cree ver a la mujer joven de la que se enamoró treinta y cinco años atrás, al llegar a España, cuando no era más que un joven y ambicioso cachorro con aires de matón. Pocas personas hablaban ruso en la Barcelona de finales de los ochenta. Anna era una de ellas. Y también guapa, discreta, más refinada de lo que él llegaría a ser nunca. Por qué Anna se enredó con un tipo como Kyril siempre había sido un misterio para él, algo que durante los primeros años lo llenaba a partes iguales de orgullo y de recelo. En el fondo de su corazón, donde latía más la desconfianza que la bondad, sabía que algún día ella se marcharía.

Y lo hizo, claro.

—No me mires así —dice ella entonces.

—¿Así cómo?

—Como si aún fuera joven. Como si te gustara.

—¿Por qué no? —Kyril intenta cogerla de la mano—. No puedo evitar recordar.

—Pues no te olvides del final. De cuando te dejé. ¿No me odiaste un poco entonces?

Los dedos de él se cierran con fuerza alrededor de su muñeca. Sí, la odió, de la misma forma que se odia una tormenta durante una merienda en el campo: con cansada resignación. Solo se puede buscar cobijo y esperar a que escampe.

—Podría haber ido a buscarte. —Kyril lo dice como si eso hubiera sido un mérito, un tanto inesperado a su favor.

—Me alegró que no lo hicieras. Creo que fue ahí cuando empecé a respetarte de verdad. Cuando comprendí que me dejarías vivir en paz.

Él se encoge de hombros. Ahora mismo tiene ganas de irse; no le quedan ánimos para una conversación profunda, no sin una dosis de nicotina. Es algo que ha descubierto con el paso de los años: a pesar de lo mucho que le gustan las mujeres, llega siempre un momento en que le aburren. Quizá por eso había terminado casándose con Zenya: su frivolidad y su pasión por el dinero son casi obscenas, pero al menos nunca se muestra nostálgica. Ni reflexiva. Y no se trata solo de un tema de edad, sino de carácter. Para Zenya lo único que existe es el presente, y por extensión, un futuro que prevé como la continuación de ese ahora dorado y lánguido. Ni siquiera los leves signos de envejecimiento que asoman a su rostro, apenas apreciables a los casi cuarenta años, la turban demasiado. Lo único capaz de desasosegarla era su hijo, Andrej, y este, una vez superada la adolescencia turbulenta, ya pocas veces lo hace. Zenya sigue siendo hermosa, lo lee en los ojos del mundo, y eso le basta. A él, a punto de cumplir los sesenta y dos, también.

Al volverse hacia el interior del cuarto no puede evitar que su mirada se pose de nuevo en la fotografía. Lo atrae como un imán. Busca en aquel rostro joven y moreno de la imagen, de cejas pobladas y ojos casi negros, los rastros de su ADN sin llegar a encontrarlos. Compartió poco tiempo con ese chico y ya no tiene sentido pedirle explicaciones a Anna. Ella escogió que el hijo de ambos creciera sin su padre; lo que no escogió es que muriese tan pronto y de una manera tan horrible.

Un zumbido del teléfono móvil lo devuelve a la realidad. Es la llamada que esperaba. Nota que le tiembla la mano al buscar el teléfono. Contesta sin decir palabra y escucha con atención mientras Anna lo interroga con la mirada. Él asiente con la cabeza. Le gustaría esbozar una sonrisa pero no puede.

La llamada es breve. Después de colgar, Kyril coge a Anna de la mano y la atrae hacia su pecho. Le susurra algo al oído y ella ahoga un sollozo. El contacto dura poco: Anna se aparta y lo mira a los ojos. Él no sabría decir qué hay en esa mirada y se conforma con que no sea de desprecio.

—Su abogado me ha dicho que está en el hospital. Muy grave —aclara Kyril.

Anna le da la camisa. Siempre pone cuidado en colgarla bien para que no se arrugue, porque «las mujeres nos fijamos en estas cosas; no querrás que Zenya sospeche nada». Kyril sonreía. Zenya nunca prestaría atención a eso, y probablemente tampoco le importaría lo más mínimo. Pero le gusta la manera en que Anna trata las cosas:

con delicadeza y atención al detalle, como si cada objeto fuera valioso y mereciese unos instantes de dedicación.

Mientras Kyril se abrocha la camisa, ella se dirige a la mesita de noche donde reposa la foto y se queda quieta, mirándola.

—¿Morirá? —pregunta ella sin apartar la vista de la fotografía.

Kyril se acerca, ya completamente vestido, y apoya ambas manos en sus hombros.

—Bernal dice que es cuestión de horas —le susurra al oído mientras contempla la cara de su hijo.

Jonás sonríe en la foto, pero no es una sonrisa despreocupada, ni alegre, sino más bien pensativa. Tiene los ojos entornados y parece que mira hacia el futuro con aprensión. La misma que siente Kyril ahora al pensar que el tema de Cruz Alvar aún no se ha zanjado por completo.

8

El nombre de Cruz sigue retumbando en la cabeza de Lena aunque la inquietud se ha ido mitigando un poco después del primer impacto. Le parece mentira que una persona con la que estuvo hablando hace apenas unos días haya pasado las últimas horas entre la vida y la muerte. Se enteró de la agresión al llamar a la directora de la cárcel con el fin de agradecerle las facilidades para la entrevista, y desde entonces no ha podido dejar de pensar en lo que le contó. Siempre ha tenido una imaginación muy viva, la misma que alimentaba sus terrores infantiles. Su cerebro se empeña en mostrarle el cuerpo acuchillado, el suelo teñido de sangre, las heridas abiertas por las que a Cruz casi se le escapa la vida. La noche anterior había sido incapaz de conciliar el sueño porque cada vez que cerraba los ojos la habitación se llenaba de chillidos. Al final, se levantó y saqueó la alacena en busca de algo dulce, algo que frenó su ansiedad a la vez que disparaba una tremenda sensación de culpabilidad: odiaba la idea de que algo tan banal lograse sofocar sus temores. Al menos beber alcohol tenía una cierta dignidad adulta. Consolarse a base de bombones la hacía sentirse absurdamente infantil.

Intenta no pensar en nada de eso mientras se dirige a la silla que le han asignado en el patio de la librería, justo debajo de una preciosa enredadera. Se celebran pocos eventos literarios todavía: la vida literaria parece seguir en sordina después de la nueva ola. Sin embargo, a medida que mejoran los datos, surgen algunas actividades aisladas, sobre todo al aire libre. Esta librería cuenta con un coqueto patio donde celebrar presentaciones y Lena tenía pendiente una visita desde principios de marzo de 2020, cuando el virus lo canceló todo.

Por eso está hoy ahí, bien abrigada y sentada a una prudente distancia de la presentadora del acto, mientras contempla cómo un grupo de lectores, en su mayoría compuesto por mujeres, va ocupando tímidamente las diversas sillas. Ante ella tiene dos ejemplares de sus obras y un botellín de agua. No esperaban demasiada afluencia y Lena se siente reconfortada al comprobar que hay gente que ha vencido el miedo y la pereza para ir a verla.

La presentadora, una mujer más o menos de su edad, inicia el acto recitando su largo currículum antes de pasar a su primera pregunta, que Lena ya presuponía porque todos esos actos suelen empezar más o menos igual.

—¿Por qué crees que nos atraen tanto los crímenes reales, sobre todo los cometidos por psicópatas?

—Buenas tardes. Antes de responderte déjame dar las

gracias a la librería y al público que ha venido hoy. Es un gran placer reencontrarnos cara a cara... Y a ti, por supuesto. —Lena carraspea y da un sorbo al agua antes de lanzarse. Es un discurso que conoce bien—. Los crímenes nos han resultado interesantes desde tiempos inmemoriales. La Biblia da cuenta del primer asesinato: el de Abel a manos de su hermano...

Lena sigue hablando y percibe que el auditorio está encandilado. Habla del psicópata en términos rigurosos y a la vez accesibles para el gran público, desgrana su falta de empatía, su incapacidad para sentir emociones que ha aprendido a fingir imitando las de sus semejantes.

—No caigamos en el error de pensar que todos los psicópatas son asesinos en serie, aunque la mayoría de estos últimos sí que suelen ser psicópatas. Existe otra clase de personalidad psicopática que no alberga el menor deseo de matar. Si lo pensamos todos hemos conocido a alguno, y eso que suelen disimular muy bien su condición. Su frialdad se enmascara porque han asimilado cuáles son las reacciones que se esperan de ellos. La tristeza, la solidaridad... En el fondo no las sienten; solo saben que la sociedad los penalizará de algún modo si no dan alguna muestra de ellas en determinadas circunstancias.

—Aunque hay algunos que sí que matan. En tu libro citas bastantes ejemplos, en su mayor parte sacados de la historia reciente de Estados Unidos. ¿Hay más allí o solo se han estudiado con mayor profundidad?

—Es cierto que solemos asociar la idea del asesino en serie con Estados Unidos, pero te aseguro que los ha habido en todas partes. En el capítulo dedicado a España menciono unos cuantos.

—Como el Jarabo, por ejemplo. Aun así, en nuestra cabeza el estereotipo se enmarca más en otra cultura…

—Bueno, es innegable que es mucho más frecuente en Estados Unidos… También ha sido allí donde se han realizados los estudios más serios.

—¿Aprendiste mucho durante tu estancia en la Universidad de Maryland?

—¡Todo lo que pude!

—Nos has contado por qué nos fascina la figura del psicópata; ¿puedes decirnos qué te atrae a ti en particular? ¿Qué fue lo que motivó a Lena Mayoral a irse hasta Maryland para especializarse en este tema?

Lena lo piensa durante un instante.

—Había realizado estudios de psicología aquí y trabajaba en mi propia consulta, sobre todo con adolescentes conflictivos. Llegó un momento en que me notaba estancada y la mente criminal siempre me había apasionado, no solo la del psicópata sino la de cualquiera que rebasa esa línea. Así que decidí profundizar en el tema. Quizá en las novelas o en las películas matar a alguien resulte sencillo. En la vida real no lo es para la mayoría de la gente…

—¡Por suerte!

Lena sonríe y prosigue con su argumento. Mira de reojo la hora en el móvil porque percibe que el público empieza a estar cansado. Un par de preguntas después, la presentadora da por concluido el acto y unas cuantas personas se acercan a que Lena les dedique sus libros. Ella, tratando de disimular, no deja de mirar el móvil. La directora de la cárcel prometió avisarla si había alguna novedad en el estado de Cruz y no la ha llamado en todo el día. Quizá se haya olvidado o quizá esté retrasando una llamada que no es en absoluto agradable. Justo entonces el aparato vibra y ella pide perdón con un gesto a la señora que aguardaba su turno.

—Será solo un segundo.

Cuando vuelve a la mesa, Lena luce una amplia sonrisa. Las noticias no son excelentes pero sí las mejores posibles. Las tornas han cambiado: Cruz Alvar evoluciona positivamente. Salvo giros inesperados, su vida está fuera de peligro.

Para su sorpresa, la última persona de la cola es un hombre. Lena no cree haberlo visto entre el público, o tal vez no se fijó en él. Tiene que preguntarle dos veces su nombre porque no llega a entenderlo a la primera.

—Dedíqueselo a Neil, por favor —repite el hombre, que debe de ser algo más joven que ella—. Ene, e, i ele. Para Neil Bronte. Bronte, sí, tal y como suena.

Thomas

9

Hay pocas estampas tan relajantes como la de una ciudad de noche. Desde el mirador del parque del Guinardó, Barcelona recuerda a un belén pagano, sobre todo en las noches como esa, vacía de nubes y cargada de estrellas. Thomas no sabría decir si fue esa imagen lo primero que le fascinó cuando acababa de llegar. Recuerda haberse topado con el mirador casi por casualidad, ya que no queda demasiado lejos de su casa, y haber permanecido allí durante un buen rato, conmovido por el esplendor de una ciudad que durante el día podía parecer incómoda, a ratos frívola y un poco vanidosa. De noche, en cambio, los edificios más cercanos se desdibujaban, las arterias que descendían hacia el mar emergían como surcos arados en un gran campo urbano y las luces revestían al conjunto de una inusitada serenidad al que no le faltaba su punto transgresor: aquella torre fálica iluminada de vivos colores a un lado, y al otro las grúas que cercaban la Sagrada Família, tan fijas en la imagen que formaban parte del paisaje. En el horizonte, mar y cielo se unían en un todo oscuro moteado de puntos brillantes.

Se ha sentado en ese mismo banco muchas veces desde aquella primera vez. Después de contemplar la ciudad que se despliega a sus pies, siempre regresa a casa con el alma más tranquila, como si hubiera confesado en silencio sus pecados y la ciudad le hubiera absuelto. Antes, aprovechaba algunas veces ese rato de soledad para contarle a Neil los lugares que había descubierto, las personas que había conocido, cualquier detalle, por insignificante que fuera, que para él fuese importante. Parecía estar explicándole su vida a un amigo que hubiera emprendido un viaje a una tierra remota, un lugar al que solo podía acceder a solas, en la quietud de la noche, acunado por la paz de una ciudad dormida. En cualquier caso, ahora hace tiempo que Thomas anda con pies de plomo cuando se dirige a él porque intuye que Neil no podría perdonarlo, y tampoco se siente cómodo cuando se ve obligado a mentirle.

«No seas idiota. Neil está muerto».

La reflexión actúa como el conjuro contra un hechizo. De repente, la luna pierde parte de su fulgor y las luces urbanas parecen amortiguarse, el realismo contamina el paisaje, quitándole cualquier atisbo de inspiración. Lo que tiene ante sí ya es solo una ciudad como tantas otras, silenciosa y vacía.

Contempla el libro que ha comprado esa misma tarde: «Para Neil Bronte», reza la dedicatoria, escrita con la caligrafía pulcra de una niña aplicada, seguida por una firma casi ilegible, que contrasta con la frase anterior. Aunque no es un experto en grafología, intuye que habría mucho que analizar en ese garabato que apenas permite entrever el nombre de Lena Mayoral. Tampoco es que le interese mucho hacerlo; le divierte la seguridad con que los expertos como ella clasifican y definen a esos supuestos «monstruos» de los que hablan, analizándolos como si fueran miembros de una especie inferior. Usando una jerga pseudocientífica hablan de sus pulsiones básicas, de su crueldad, de su incapacidad para albergar sentimientos nobles; quieren diseccionar su mente, meterlos en jaulas de por vida para poder estudiarlos mientras, irónicamente, los acusan con furia de carecer de empatía. Thomas nota que la indignación va apoderándose de él, le nace del estómago y viaja a través de sus venas hacia la mano que sostiene el libro, *Cara a cara con el mal*.

«*Fucking pretentious*», piensa.

¿Qué sabrán ellos del mal de verdad? ¿Qué sabrá esa científica de baratillo sobre la auténtica maldad aparte de lo que ha leído en otros libros escritos por expertos tan estrechos de miras como ella misma? Siente la tentación de arrancar la hoja con la dedicatoria y clavársela en el pecho al siguiente cuerpo. Sería arriesgado, pero divertido. Un bofetón en plena cara.

«¿Cara a cara con el mal, doctora sabihonda?».

Entonces sonríe. Quizá lo haga cuando se haya aburrido de todo eso. De momento alisa la página, que ha arrugado un poco antes, durante su pasajero ataque de ira.

—¿Tan malo es el libro?

La pregunta lo sobresalta, sobre todo porque reconoce al instante la voz y no puede evitar que los rescoldos de la indignación anterior prendan de nuevo.

—¿Qué coño estás haciendo aquí?

En su acento extranjero, los tacos nunca suenan del todo naturales, y eso hace que el joven recién aparecido se ría.

—Dices «coño» como si llevara tres eñes —dice el chico en tono burlón.

—Yo no me estoy riendo, Germán. En serio, ¿qué haces aquí?

—Ahora suenas como mi padre. No eres tan viejo, Thomas. Podrías ser mi hermano mayor, eso sí.

Thomas lo contempla ahora que lo tiene frente a él, recortado contra el perfil de la ciudad. La luz a su espalda oscurece sus rasgos, pero él no necesita luz alguna para recordarlos. Los rizos furiosos, la nariz recta, los ojos burlones y los labios que ha mordido muchas veces. El tatuaje que asoma por su cuello y que él ha recorrido con la lengua hasta su nacimiento, a media espalda. Los vaqueros holgados, y la sudadera vieja ocultan el vello oscuro y recio que le cubre el pecho y las piernas. Incluso intuye sus uñas pintadas de negro, el único detalle de su aspecto que detesta: estropea sus manos grandes, de dedos perfectos. Intenta concentrarse en eso para sofocar el vendaval inconsciente de deseo. No lo consigue.

Germán enciende un cigarrillo, quizá porque sabe que Thomas odia verlo fumar. Exhala el humo despacio y se da la vuelta, situándose de cara a la Barcelona iluminada.

Thomas recorre con la mirada sus hombros y siente un impulso ambiguo: anhela tocar esas nalgas que se insinúan bajo el pantalón, frotarse contra ellas y aprisionar el cuerpo con los brazos, y a la vez siente la tentación de empujarlo, verlo caer y sustituir esa sonrisa falsamente cínica por un rictus de sorpresa. No hace ninguna de las dos cosas, y Germán debe de notar esa mirada ardiente porque vuelve la cabeza, suelta una profunda bocanada de humo y dice:

—Obviamente he venido a buscarte.

Le tiembla la voz y eso desarma a Thomas.

A pesar de las decisiones tomadas, de las palabras repetidas, de los insultos recibidos, se da cuenta de que Germán no es capaz de sostenerle la mirada, de que su desafío pierde fuelle, y eso lo enternece. O tal vez solo alimenta su orgullo. Sabe el gesto que el otro hará a continuación: adivina la mano que subirá, nerviosa, hacia los rizos que caen sobre la frente en un intento por dominar lo ingobernable. Lo ha visto muchas veces.

—Creía que te había dejado las cosas claras —dice Thomas procurando ahogar esa mezcla de compasión y deseo con una dosis de condescendencia.

Germán se encoge de hombros.

—Hoy te echaba de menos. Solo hoy. Esto no tiene por qué seguir después de esta noche.

Thomas respira hondo. La tentación es ya irresistible, aunque sabe que el «solo hoy» es una contraseña falsa, el caballo de Troya que utiliza Germán para colarse de nuevo en su castillo y en su cama. En su vida. Y eso es algo que no puede permitirse ahora mismo porque no les hará bien a ninguno de los dos. Hay un momento de duda, de decisión suspendida en el aire, uno de esos instantes que puede decantar la balanza hacia uno u otro lado. Es posible que ambos lo intuyan, así que Germán se decide a dominar la escena actuando primero. Su gesto es tímido y a la vez natural. Se limita a extender la mano para ayudar a Thomas a levantarse del banco y este la acepta con ingenuidad, sin detenerse a pensar que ese simple roce activará los resortes de la memoria y hará que su cuerpo actúe por cuenta propia, sin prestar la más mínima atención a su raciocinio. Ninguno de los dos sabrá si fue Germán quien lo atrajo hacia él y le acarició los labios con la lengua o si fue él quien avanzó en busca de esa boca hipnótica.

Tampoco importa mucho.

Al menos, no esa noche.

10

En el estudio de Sònia siempre hace calor, ya sea invierno o verano. Tiene la calefacción puesta a veinticinco grados, porque así puede trabajar ligera de ropa. Además el sol de tarde entra por el gran ventanal como una manada de caballos al trote, dibujando ríos de polvo a través de la persiana. Tal vez también la música contribuya a ese efecto, ya que por los altavoces suena una plácida bossa nova, susurrada por una voz cálida de terciopelo que da la impresión de estar cantando desnuda.

Thomas parpadea deslumbrado y busca un rincón donde refugiarse. Nunca ha logrado acostumbrarse del todo al tiempo barcelonés, y considera casi una afrenta personal que el calor empiece antes de la primavera. Marzo debería ser un mes de nubes y de lluvias, no ese preámbulo insolente de los días largos y brillantes del verano que solo se pueden soportar a orillas del mar. Desde la azotea del estudio de Sònia, ubicado en un piso viejo y grande del Poblenou, el mar no es más que una fina línea en el horizonte.

—¿Quieres que abra un poco la ventana? —le pregunta ella al verlo acalorado—. Hazlo tú mismo. Y coge algo fresco de la nevera. Termino esto en cinco minutos y te lo enseño. Pero no lo critiques, ¿eh, *my dear*? Hoy no.

Sònia acompaña sus palabras con una flexión de cabeza y se masajea la parte trasera del cuello. Bajo la camiseta blanca de tirantes, sus hombros ligeramente bronceados agradecen la caricia momentánea. Un pequeño tatuaje, una mariposa voladora, resalta en el omoplato izquierdo.

—Llevo desde las siete de la mañana pegada al ordenador —continúa ella con voz fatigada—. Pero tengo que contarte algo. Luego. En cuanto acabe.

Thomas se acerca a su silla y apoya las manos en la parte alta de su espalda. Los pulgares se hunden en esa carne suave, la amasan como si quisieran atravesarla. Ella suelta un suspiro que podría ser tanto de dolor como de placer.

—Si sigues así no voy a poder continuar trabajando, y lo sabes. Oh, Dios, a la mierda el curro... Deberían pagarte por esto.

Él la hace callar con un murmullo y prosigue con el masaje mientras ella baja la cabeza y se aparta el cabello, de un tono rubio oscuro, hacia un lado del cuello. Permanecen en silencio unos minutos. Thomas usa los nudillos para aflojarle la tensión de los trapecios. Le duele, pero es un dolor hermoso, necesario. La intensidad disminuye poco a poco, los dedos de Thomas vuelven a desplegarse rodeándole el cuello por completo, las uñas le rascan la nuca. Ella percibe su olor, la colonia que él siempre usa, y, pese a su estado de cuasi trance, un estremecimiento le recorre la espalda.

—Ya está —dice él—. Ahora te encontrarás mejor. Estabas muy tensa.

Cuando el contacto se interrumpe, Sònia tiene que hacer un esfuerzo para erguir de nuevo la cabeza y sonreír en lugar de derrumbarse sobre el teclado.

—Eres un hijo de puta, ¿lo sabías?

Él la mira, fingiendo sorprenderse.

—¡Vaya! ¿Así me lo agradeces? Okey, no volveré a hacerlo.

Sònia hace girar la silla y se queda mirándolo.

—No es justo que al dueño de las mejores manos que conozco no le gusten las mujeres. Bueno, me da igual que no te gusten en general. Me conformaría con gustarte solo yo.

Thomas abre los brazos en un gesto encantador que viene a decir que no hay nada que pueda hacer al respecto.

—No es mi culpa que tus amantes sean un poco torpes, querida. ¿Óscar no te da masajitos en la cama?

Sònia se ríe.

—Me da otras cosas, no te preocupes.

—¿Lo ves? No deberías quejarte. Tu amigo Thomas te empieza a quitar la tensión y luego Óscar te relaja del todo. ¿Qué más quieres?

—Será porque me lo merezco… Por cierto, vendrá en un rato.

—¿Quién? ¿Óscar? ¿Lo dices para que me vaya? —pregunta guiñándole un ojo.

—No seas tonto. Te lo digo porque te conozco y sé que

odias las sorpresas y los cambios de planes. Puedes quedarte a cenar si quieres. A Óscar le caes muy bien.

—Ni hablar. Y no porque no me apetezca, sabes que me parece un gran tipo. Hacéis una pareja estupenda, pero hoy no quiero liarme. Tengo un montón de cosas que hacer mañana y soy mucho más productivo si me levanto temprano. Me han encargado otra traducción y la quieren para antes del verano.

—Tú te lo pierdes —dice Sònia; ahora es ella quien le guiña un ojo a él.

—Estoy muy ocupado, de verdad. Todavía tengo que pasarme por la galería esta tarde. —Y tras un breve silencio añade—: Por cierto, ya es oficial: reabrimos la semana de San Juan. Cuento contigo, ¿no?

Ella asiente.

—Está casi terminado, aunque no pienso dejar que lo veas hasta el último momento, para que no tengas más remedio que aceptarlo.

—Sabes que todo lo que haces me parece interesante —le recuerda él, y luego, con un gesto rápido, se quita el suéter—. Dios, un día vas a arder aquí dentro.

Sònia se encoge de hombros. Nunca ha llegado a comprender cómo Thomas ha terminado instalado en una ciudad mediterránea. Siempre teme que decida regresar a su Inglaterra natal con la lluvia, los páramos y el paisaje neblinoso y verde. No se imagina cómo sería su vida sin él.

Lo contempla mientras saca una lata de té frío de la nevera: el pelo bien cortado, de color castaño oscuro; los ojos verdes, tan claros que a veces parecen azules, ocultos detrás de unas gafas que aumentan su atractivo, porque le dan un aire despistado a ese rostro serio, de proporciones casi perfectas. Cejas, pómulos, el corte clásico de la mandíbula... Lo único que distorsiona el conjunto es el puente de la nariz, levemente torcido, como si hubiera recibido un puñetazo a traición, lo que confiere también un aspecto un tanto peligroso, de tipo malo y a la vez tierno, que encaja con su cuerpo delgado, fibroso, más fuerte de lo que se diría a simple vista, y con esa barba que nunca llega a crecer del todo. Si Thomas no fuera homosexual, ella no habría podido resistirse a sus encantos. Y seguro que la relación ya habría terminado. Como ha pasado con Germán. El pobre Germán.

—¿Y al menos me dejas ver en lo que has estado trabajando hoy? —pregunta él.

—Claro. Pero no lo critiques. Ya sé que no apruebas lo que hago para ganarme la vida.

Sònia se levanta de la silla y va a buscar una chaqueta. Thomas ha abierto la ventana y el aire fresco de marzo la destempla.

—Más flores —oye decir a Thomas en tono irónico.

—Exacto. Necesito *cash*, querido. Y las pagan absurdamente bien —responde a gritos desde su habitación.

No son flores sin más. Es una serie de ilustraciones inspiradas en las pinturas de Georgia O'Keefe para una empresa de cuadros decorativos. Pétalos grandes, jugosos, sensuales, en tamaños y colores lo bastante variados como para armonizar con los de las paredes y muebles de casi cualquier piso. Flores a juego con el estampado del sofá.

Como Sònia es artista, lo que empezó como simple encargo alimenticio se ha ido convirtiendo en un proyecto más personal. De las flores exuberantes de tonos vivos ha pasado a otras naturalezas más sobrias y fantasmagóricas que también han encontrado su público. «Flores de otoño», las llaman en la web de la empresa, donde son expertos en poner nombres llamativos a todos sus productos.

—¿No dices nada? ¿Qué te parecen? —pregunta ahora, ya de vuelta y con la chaqueta puesta, a pesar de que acaba de decirle que no quiere críticas. Se corrige al instante—: No, es igual. Ya sé que para ti son una mierda.

—Nunca he dicho eso —responde él, muy despacio.

—Bueno, no lo has dicho con esas palabras, claro. Solo te parece mal. Te adoro, pero eres un poco pedante, *my dear* Thomas. Cada día más. Y no es una opinión exclusivamente mía, ¿sabes? Los chicos opinan lo mismo.

Los chicos son otros dos exalumnos de Bellas Artes a quienes Thomas y ella siguen viendo con regularidad. Hasta que Germán desapareció del mapa, los chicos eran tres.

Y por un momento, mientras contempla las imágenes en la pantalla del ordenador, Thomas siente un atisbo de recelo. Está seguro de que Sònia quiere hablarle de algo importante para ella, pero empieza a temer que la conversación vaya por derroteros demasiado personales. La mira de reojo y percibe que está distraída, pensando en sus cosas.

—Todo lo que haces es bueno, Sònia —dice él—. No puede ser malo. Pero...

—¡Pero podría ser mejor! —exclama ella conectando

de nuevo con la conversación—. Vaya, lamento decirle que esa es solo su opinión, mister Bronte. ¡Nadie parece muy interesado en esas cosas mejores que he intentado hacer! Al menos hasta ahora.

—*Fuck them!* Yo he visto de lo que eres capaz, no lo olvides.

—Eres mi único fan —dice ella con una sonrisa amarga—. Es una lástima que no seas un rico mecenas. Entonces no me importaría que fueras pedante.

—Te encerraría en una mansión y te obligaría a crear arte de verdad en lugar de cuadros de salón.

—Todo el arte es decorativo, querido. Siempre lo ha sido y lo sabes. Tú mismo nos lo enseñaste, así que ahora no me vengas con cuentos. El artista torturado y delirante pasó a la historia, gracias a Dios. Tú mismo te ríes de ellos en tu podcast.

—Una cosa es que la gente use el arte para adornar las paredes y otra que salga de tu cabeza con esa intención. Y nadie está hablando de tortura… solo de explorar y buscar lo que de verdad te importa, lo que te hace única.

—Mira, acabé harta de vivir encerrada conmigo misma el año pasado —frivoliza Sònia mientras saca una cerveza de la nevera y se estremece por el contacto con la superficie fría—. Pero se agradece la ofer…

Él no puede evitar interrumpirla, algo que no suele hacer.

—El arte surge de la tensión. Del desasosiego. Del misterio. De las preguntas sin respuesta. El arte es un esfuerzo por cuestionar, un intento de comprender. Pintar bien lo que uno ya sabe que es capaz de pintar bien no es más que técnica, Sònia. *And you know it* —dice Thomas, arrebatado—. Pero ya basta, me estoy aburriendo a mí mismo. Tienes razón. Este calor prematuro me vuelve más pedante de lo normal. Cambiando de tema, ¿no me has dicho antes que querías contarme algo?

Sònia se ríe.

—Menos mal que no has perdido del todo la capacidad de burlarte de ti mismo. Estaba a punto de lanzarte la lata a la cara... Y sí, ven al sofá y te cuento. Además, tengo que pedirte un favor y ya sabes el corte que me da.

Él toma asiento, sonriendo, alegrándose de antemano porque es obvio que Sònia va a compartir una buena noticia. El brillo de los ojos revela la emoción de Sònia y disipa los temores de Thomas.

—¡La beca de la Real Academia de España en Roma! —exclama ella, y toma aire antes de proseguir—. Me la han concedido. ¡Y pienso aceptarla!

Thomas sonríe. Es una gran noticia, exactamente la que necesitaba Sònia Serra para salir de su estancamiento. La chica que conoció cuatro años atrás en una exposición para recién licenciados en Bellas Artes no se habría conformado con pintar flores por encargo. Sònia solo tiene veintisiete años, diez menos que él. Thomas fue la primera persona que compró una obra suya y eso le ha otorgado el derecho a opinar desde entonces.

Mientras todavía estudiaba, Sònia había rastreado al presentador anónimo del podcast «*Fuck the artist!*», al que estaba absolutamente enganchada. Nunca había escuchado hablar de obras y pintores con esa ironía, y a la vez con ese conocimiento profundo sobre su técnica y el trasfondo histórico. Cuando descubrió que la persona responsable del podcast era Thomas Bronte, propietario de una galería de arte en el Barri Gòtic, y que este acababa de comprar su cuadro, el flechazo fue instantáneo. Platónico pero inmediato.

—¡Enhorabuena! —exclama Thomas.

Si fuera otro, Sònia lo abrazaría, pero le consta que Thomas odia el contacto físico si no lo inicia él. «¿Todos los ingleses sois así de ariscos?», le preguntó ella una vez. Y él se encogió de hombros.

Sònia sigue hablando de los detalles de la beca, de la estancia en Roma, de que se marchará en verano y pasará allí hasta finales de ese año, de la idea de su proyecto, y él se limita a asentir, encantado de verla tan contenta y a la vez abrumado ante la avalancha de información.

—Solo hay un problema, Thomas —dice Sònia haciendo una pausa tras el aluvión de noticias, y él casi suelta un suspiro de alivio—. No quiero perder este estudio. Ni tampoco quiero pedirle a mi padre que lo pague. Así que voy a realquilarlo. Hay una chica interesada, pero necesito un lugar donde guardar mis cosas.

Sònia señala la parte posterior de la estancia, donde se acumulan bocetos, cuadros a medias y algunas obras acabadas. Casi todas de gran tamaño.

—¿Crees que podría dejarlas en tu sótano? Eso y alguna cosa más. Nada de muebles, tranquilo.

Thomas sonríe, impasible.

—La verdad es que tengo el sótano lleno de trastos... Tendría que ordenarlo. Y ahora estoy muy liado. Deja que lo piense y vea si puedo organizarme.

—Óscar se encargaría de llevarlo todo hasta allí —insiste ella.

Thomas no está seguro de que Óscar, su novio desde hace unos meses, esté entusiasmado con la beca ni con la estancia en el extranjero. Pero Sònia es de esas personas que han crecido rodeadas de gente que las quería bien y ni siquiera contempla la posibilidad de que los suyos no se alegren por sus buenas noticias. Es uno de los rasgos más adorables y a la vez más ingenuos de su carácter.

Thomas apoya las manos en las rodillas para levantarse.

—Óscar debe de estar a punto de llegar y yo me tengo que marchar. *I'm sooo proud of you*. Enhorabuena, en serio. Ya hablaremos de lo de tus cosas.

—Sé que te alegras. Por cierto, tenemos que organizar una cena de despedida con los chicos. Podríamos hacerla en San Juan, coincidiendo con la inauguración de la exposición y la reapertura de la galería. No nos reunimos todos desde antes de todo este horror. Hace siglos que no veo en persona ni a Chema ni a Pol...

La ocasión sería ideal y Thomas lo sabe, pero no tiene la menor intención de aceptar ese compromiso y menos aún en su casa. De repente, mientras él se dirige a recoger el suéter que había dejado sobre una silla, Sònia aprovecha para soltar la bomba.

—Por cierto, Germán vino a verme el otro día.

Él finge no haberla oído. Intenta mantener la misma expresión serena, aunque le da la espalda y se aleja de ella para cerrar la ventana. Es un gesto inconsciente que en el fondo está lanzando de forma sutil un mensaje.

—¿No vas a preguntarme cómo está?

«Demasiado sutil», piensa él, y respira hondo. No contesta, con la esperanza de que el silencio sí consiga transmitir un mensaje diáfano e inconfundible.

—Thomas, odio meterme en estas cosas...

—Pues no lo hagas.

La frase es brusca; la sonrisa, amable.

—Vale. —Ella suspira y se encoge de hombros—. Como quieras. Pero que sepas que no te soporto cuando te pones así, en plan hombre de hielo.

—Si fuera un hombre de hielo me habría derretido aquí dentro —bromea Thomas—. En serio, Sònia, no te preocupes. A veces es mejor dejar las cosas claras. Lo superará.

—Le hiciste daño, Thomas. Estaba... asustado.

La cara de Thomas adopta una máscara seria, sus ojos se ensombrecen.

—*Enough*, Sònia. Por favor. —Hace una pausa—. Mira, creo que Óscar ya está aquí.

Efectivamente. Óscar, un chico que siempre parece estar yendo o viniendo con la mochila del gimnasio, abre la puerta con su propia llave, un detalle que a Thomas no le pasa desapercibido. Es con diferencia el más interesante de todos los líos que Sònia ha tenido en los últimos tiempos, aunque eso no significa que le augure un futuro más prometedor. Óscar es bastante reservado, y su mirada posee un poso de seriedad. Fue adoptado con poco más de tres años por sus madres, que viajaron a Senegal en los albores de la adopción internacional. Pese a los años vividos en España, conserva el aire de quien se sabe distinto. Óscar observa discretamente y calla, mientras que Sònia mira de frente sin dejar de hablar.

«Hacen buena pareja», piensa Thomas.

Lo mejor es que, a diferencia de otros novios de Sònia, Óscar no alberga aspiraciones artísticas: es médico especializado en medicina deportiva y sus preocupaciones versan sobre ligamentos rotos, meniscos gastados y nuevos tratamientos revolucionarios.

Ahora saluda a Sònia con un beso dulce y agita la mano en dirección al invitado.

—Yo ya me iba —dice Thomas—. Os dejo solos.

Un observador menos perspicaz que Thomas no habría visto la expresión de alivio del recién llegado. Él sí la percibe y sonríe para sus adentros. Es normal que a Óscar le apetezca quedarse a solas con Sònia, sin el amigo-colega-mentor de tercero en discordia. Además tiene cosas que hacer. Se marcharía en ese instante, pero Sònia recibe una llamada y le hace señas para que se espere, así que Thomas observa como Óscar deja la bolsa de deporte en un rincón del estudio y se dirige hacia la nevera.

—¿Seguro que no quieres nada más? —le pregunta mientras saca un Aquarius de limón—. Sònia parece haber asaltado el supermercado, hay de todo.

—No, gracias. En serio debo irme.

—Vale. ¿Todo bien?

Thomas asiente, convencido de que Óscar es bastante torpe para las conversaciones banales. Dos segundos después el chico saca el móvil del bolsillo del chándal, como si necesitara entretenerse con algo para no tener que hablar.

—¿Has visto esto? Dicen que podría haber un asesino en serie por Barcelona —comenta, agradecido de haber hallado en la pantalla un tema de conversación.

—¿Qué? —pregunta Thomas, mirando hacia el fondo del estudio donde Sònia sigue pegada al teléfono.

—Lo del cadáver en las ruinas —insiste Óscar señalando el móvil—, ¿no te has enterado? Un tal Borja no sé qué. Fue después de Navidad. Salió a pasear al perro y lo encontraron muerto varios días después en el casino de la Rabassada. No sabía que existiese ese sitio, por cierto. He visto fotos que dan muy mal rollo. Lo encontraron unos chicos que estaban de botellón, y ahora este periodista ha entrevistado a uno de ellos, que le ha contado todo lo que vio esa noche. El artículo insinúa que ese cadáver podría no ser el primero, pero los mossos aún no han dicho nada oficialmente.

Thomas advierte la excitación en el tono de Óscar y agradece que el chico siga con la vista puesta en el móvil. Tenía que ocurrir, tarde o temprano, y él lo sabe. Sin embargo, la resonancia pública le provoca un escalofrío que le recorre todo el cuerpo, una descarga eléctrica que avanza por su brazo derecho hasta paralizarle la mano. La abre y la cierra para ahuyentar el calambre. Óscar lo mira entonces.

—¿Te pasa algo?

—No, solo se me ha dormido un poco la mano. Debo irme, de verdad. Despídeme de Sònia, por favor.

11

Necesita volver a casa. Encerrarse, correr las cortinas y consultar las redes, enterarse de los detalles que han trascendido como el fraile que lee a escondidas un libro prohibido. Durante el trayecto que cruza la ciudad desde el mar hasta la montaña, en metro y luego en autobús, observa a los otros pasajeros. Una señora se aparta de él cuando toma asiento a su lado en el vagón de metro y, aunque Thomas es consciente de que se trata de una reticencia propia de la pandemia, no puede evitar la idea de que quizá la gente sienta otra clase de temor a partir de ahora. Miedo a una amenaza desconocida. Miedo a encontrarse con alguien como él.

Camina con paso rápido hasta la calle del Portell, donde se encuentra su casa. Es una calle tranquila, de edificaciones bajas, con vistas al Carmel. La primera vez que visitó la casa, Thomas pensó que desde allí arriba uno podía llegar a sentirse el amo de la ciudad, el señor feudal que contempla sus dominios que se extienden hasta el mar. Antes de entrar mira a su alrededor, pero el atardecer le muestra un mundo que parece irrealmente vacío. Oye el ruido de la llave al abrir la verja y sus propios pasos recorriendo el trecho corto que lo separa de la puerta. Nadie lo espera hoy.

Cuando llega al salón, la precaución de correr las cortinas le parece excesiva e intenta calmarse un poco antes de sentarse al ordenador para empezar a buscar noticias. Permanece unos quince minutos recostado en el sofá, un chesterfield de piel marrón, antiguo y sumamente cómodo. Frente a él tiene una chimenea que no enciende casi nunca y los cuadros de Jason Bronte. Contemplarlos siempre le infunde una paz extraña. Allí están la cascada de Lumb Hole, cercana a Hebden Bridge, que tantas veces visitó de niño, y otros dos paisajes que muestran granjas desoladas bajo un cielo de nubes grises. Jason Bronte fue un pintor de parajes sin figuras, pero conseguía imprimir a ese espacio emociones humanas. Soledad, melancolía, la belleza de la austeridad... Solo en uno de los cuadros se atisbaba una sombra detrás de la ventana de la granja, aunque era imposible deducir si se trataba o no de una silueta humana.

Thomas recuerda que la primera vez que Germán vio ese cuadro se pasó horas mirándolo, embobado. El mismo Germán que había dejado de ser amante y compañero para convertirse en alguien a quien debe evitar. Thomas espera que lo haya comprendido, que todo haya quedado claro después de la noche que compartieron.

El amanecer lo encontró despierto, los pies enredados en las sábanas, atento a la respiración pausada del hombre que estaba a su lado y que desprendía un calor tenue. Germán dormía siempre en la misma postura: de lado, aferrado a la almohada como el san Juan Bautista de Caravaggio se abraza al carnero. Se había dormido enseguida, desnudo, y Thomas intentó en vano cubrirle con la sábana pero él se zafaba de ella una y otra vez con la tozudez de un niño rebelde. Sentado en la cama, Thomas podía contemplar la espalda fuerte, surcada por un dragón sinuoso de larga cola cuyas fauces voraces le mordían la parte inferior del cuello.

«Solo esta noche», había dicho Germán, y con la llegada del alba, Thomas sonreía para sus adentros al pensar en la posibilidad de despertarlo para decirle que el sol marcaba el final de la tregua y luego echarlo a la calle sin más preámbulos. Intuía que Germán no se daría por vencido: era inmune a los mensajes no respondidos y a los desplantes. Desde su ruptura, provocada por Thomas a finales de 2019, había seguido apareciendo en su casa de vez en cuando, dejándose caer por la galería o por otros lugares que él frecuentaba, convencido de que Thomas caería de bruces ante su atractivo, algo que había sucedido en más de una ocasión.

Habían retrocedido a la casilla de salida, cuando Thomas concluyó que debía apartarlo de su vida. Era una decisión innegociable y necesaria. Y pese al momento de debilidad, sabía que era la única posible, aunque no sabía muy bien cómo llevarla a la práctica de manera definitiva.

No podía arriesgarse a que Germán se presentara en su casa en cualquier momento… Por su propio bien.

Obedeciendo un impulso se levantó de la cama y abrió las cortinas y luego la ventana. Salió de la habitación dando un portazo para que el ruido brusco despertase al bello durmiente y tuvo la satisfacción de oír un gruñido de queja. Cuando Germán bajó a la cocina en calzoncillos y camiseta, frotándose los ojos de sueño, lo halló vestido, sentado frente al ordenador trabajando. Thomas ni siquiera apartó la mirada de la pantalla mientras el otro revolvía la alacena buscando «su» taza para el café.

—¡No la encuentro! —exclamó.

—Creo que se rompió —respondió él, y entonces abandonó la silla y fue a la cocina—. Escucha, tengo muchas cosas que hacer. Deberías irte.

—¿No me puedo tomar ni un café? —Germán enarcó las cejas mientras se rascaba la parte posterior del muslo. Luego alcanzó a coger otra taza, desconchada como la mayoría.

—Claro. Ya sabes dónde está todo. —Thomas comprendió entonces que la brusquedad no funcionaría. Germán no aceptaría fácilmente un no rotundo. Su ego caprichoso no asimilaba la ruptura, así que lo más inteligente era llegar a un pacto—. Eh, deja, yo te lo hago —dijo cambiando de tono mientras buscaba otra cápsula para la cafetera y le acariciaba la mano al quitarle la taza—. Oye, tenemos que hablar, ¿okey?

Y mientras la taza se llenaba, con su voz más persuasiva Thomas se esforzó por formular una petición que era en realidad una orden, camuflándola con un repertorio de elogios.

—… prométeme que no volverás a venir sin avisar. Aunque seas irresistible, no tienes derecho a hacerlo, lo entiendes, ¿verdad?

Germán desviaba la mirada con el aire indiferente de quien sabe que no tiene por qué aceptar órdenes.

—Eh —le instó Thomas—, estoy hablando muy en serio. Puedes llamarme cuando quieras. Podemos quedar si un día te apetece. Pero no aparezcas de repente por aquí, ni en la galería, ni… Bueno, ya sabes lo que quiero decir.

Le tendió la taza humeante de café solo y Germán la cogió con ambas manos, como si quisiera calentarlas con ella.

—Vuelves a tratarme como si fuera un crío —rezongó por fin—. Lo que quieres decirme es que te deje en paz, ¿no? Pues vale. *No problem.*

—Lo que quería decirte te lo dije hace más de un año. Aquí mismo.

Germán se sonrojó.

—Y lo entendí. Ya no estamos juntos. Es solo que a veces… Bah, es igual. Déjalo. Me marcho. Tienes razón. Si quiero verte te llamaré antes. Entendido.

Thomas sofocó el suspiro de alivio con una sonrisa, pero duró poco.

—Lo que pasa es que me gustaría que fueras más sincero conmigo —prosiguió Germán—. He estado buscando cosas sobre ti, ¿sabes? Y sobre tu padre, el pintor.

Y sobre tu hermano. ¿Por qué nunca me has hablado de ellos?

Y entonces las baldosas se volvieron rojas y la luz del fluorescente se convirtió en un rayo y la cocina comenzó a sacudirse como si la agitara un temblor de tierra. La taza voló por los aires cuando Thomas embistió a Germán contra la pared. Unos segundos después fue consciente del pánico dibujado en sus ojos y de que su joven rostro estaba contraído por la falta de aire. El brazo de Thomas presionaba con fuerza su cuello.

«Habría sido tan fácil», piensa Thomas. Habría sido un error, pero no le habría costado mucho ejercer un poco más de presión y haber presenciado su último aliento. Ni siquiera recuerda qué le dijo después. Y por una vez Germán fue incapaz de esbozar esa sonrisa entre cínica y seductora; como había dicho Sònia, estaba asustado. Thomas ignora si ese miedo bastará para mantenerlo alejado.

«Ha llegado la hora de descubrir qué es lo que se dice», piensa, y se desplaza del sofá hasta la mesa, que antes usaba para comer y que ahora preside el ordenador portátil. Para su alivio la búsqueda apenas arroja media docena de resultados. Como le había comentado Óscar, uno de los periódicos de la ciudad ha insinuado que podría haber un asesino suelto en Barcelona. El primer artículo relaciona las muertes de Borja Claver, el dueño del perro del vídeo viral, con otras acontecidas el año anterior. El periodista, un tal Guillem Reig, entrevistó a los chicos del botellón que encontraron el cuerpo de la última víctima y alguno ha entrado en detalles de lo que vieron. Las luces de Navidad dan a la historia el morbo preciso, aunque no se especifica mucho más. Le inquieta comprobar que los mossos no han querido pronunciarse. Todavía.

Sin embargo, hay algo en el relato que le provoca una especie de cosquilleo; es una sensación alejada de la preocupación inicial, menos desagradable. Intenta analizar la situación con frialdad y concluye que algún día las muertes ocuparán las páginas de los periódicos e invadirán las noticias. Eso solo ha sido el aperitivo.

Incapaz de permanecer sentado, se levanta y deambula por el salón. Recorre la estancia con la vista, ignorando los cuadros, hasta posarse en una recia estantería de madera donde se acumulan recuerdos sin importancia y algún que otro objeto de mayor valor. Libros de arte, novelas de bolsillo que casi nunca logra terminar de leer y una selección de volúmenes antiguos que ha comprado en subastas. No es que sea un gran aficionado a las antigüedades, pero en alguna ocasión algún conocido lo ha llamado cuando vaciaban la casa de la abuela, por si le interesaba algo. Y sí, había encontrado una cosa muy interesante. Aunque esa no está a la vista.

Se acerca hasta la ventana y mira hacia el exterior. La calle sigue igual de tranquila que siempre, ya anochece. Le gusta esa hora del día: ese periodo en el que la noche tan solo asoma y el día se resiste a partir. Le atrae el color del cielo: anaranjado, plácido, mucho más acogedor que el descarado azul intenso mediterráneo.

Cuando oscurece del todo, baja al sótano. A lo largo del día actúa como si ese espacio no existiera, como si lo que sucede allí no tuviera nada que ver con él. En cambio, son muchas las noches en que busca ese refugio. Es su paisaje nocturno, el lugar donde se siente libre y rebelde a la vez.

No hace caso a la silla situada en el centro del cuarto, apartada de todo, un elemento aislado y a primera vista inocente. Vacía pierde todo su significado. Avanza hacia la mesa que tiene al fondo, donde solía producir los podcasts sobre arte; en realidad aún lo hace, aunque con menos frecuencia porque prefiere grabar otras cosas.

Encima de la mesa está el libro de páginas amarillentas y hojas desgajadas que se ha convertido para él en un manual, en una fuente de conocimiento. *Semblanza de un hombre memorable*. Desde luego, el protagonista de esa obra lo fue. Thomas acaricia la cubierta gastada, luego se coloca los auriculares y respira hondo antes de elegir la grabación número uno. Las cosas siempre es mejor hacerlas ordenadamente.

—*Play it again, Tommy* —dice en voz alta.

Quizá la primera pregunta que se nos ocurre a todos es la siguiente: ¿por qué mataban los verdugos? A priori la respuesta es sencilla. Lo hacían por dinero. Sin embargo, ¿de verdad era solo por eso? ¿Merecía la pena realizar una tarea tan dura y tan mal vista solo a cambio de un buen sueldo? Permitidme que lo dude. Creo que siempre hubo algo más. La sensación de que a su manera contribuían a una sociedad mejor. Exigía un sacrificio, sí, un sacrificio personal en aras de un bien mayor. Porque nadie apreciaba a los verdugos: la gente se apartaba de ellos, los temía. Llevaban consigo un halo macabro y el ser humano lo percibe, lo huele... Con ellos viajaba el aroma de la muerte.

Tal vez una de las mayores diferencias entre esos verdugos y la persona que les habla obedezca a los cambios que han ido moldeando el mundo actual. Como sucede con tantas otras profesiones, lo que antaño fue un trabajo remunerado ahora es solo una ocupación vocacional. Y las vocaciones, como todos sabemos, se pagan mal o no se pagan en absoluto.

En confianza, debo deciros que hay algo más. Toda labor vocacional requiere de pasión... y de necesidad. Creo que los verdugos profesionales terminaban siendo víctimas de ese hechizo, de la adicción que provoca el hecho de ser el escogido para administrar el último rito. Ser la persona encargada de llevar al condenado de la vida a la muerte.

La sensación es intensamente poderosa, me temo que no podéis imaginar hasta qué punto. Y quizá sea mejor que no lo hagáis, que no deis ese paso. Porque en cuanto entras en este mundo ya no puedes salir de él. Esta sería la primera regla del buen verdugo. Saber que esta labor cambiará tu vida, que tendrás que renunciar a muchas cosas. Aunque sea en nombre de la justicia, matar es algo de lo que no vas a salir indemne.

Por irónico que parezca, matar también te hace morir un poco.

SEGUNDA PARTE

Primavera

Hay algo reconfortante en completar una tarea. Después del esfuerzo, de las dudas, de los intentos fallidos, observar el resultado produce en el individuo que la ha realizado una íntima satisfacción. Las horas invertidas devienen en una recompensa visible, en algo palpable que antes no estaba ahí.

Recuerda haber leído en alguna parte que los trabajos de verdad son aquellos en los que se obtiene algo tangible y que el ser humano, por naturaleza y por herencia, está predestinado a construir cosas. Herramientas, vehículos, casas… En ese mismo artículo se decía que gran parte de la insatisfacción de la sociedad moderna venía de haber renegado del instinto que nos llevaba a transformar los elementos a nuestro alcance en algo distinto, más grande o útil, y conformarnos con otro tipo de ocupaciones en las que el producto final es abstracto e intangible, tareas intelectuales que nos privan de la sensación de los logros palpables.

«Sí, sin duda hay algo hermoso en la obra terminada», *se repite sin apartar la mirada de la silla, el poste, el collar* *de hierro, también llamado «corbatín», el tornillo. No le* *ha resultado fácil y aún no está seguro de que el mecanismo* *funcione como debe. Ahí está su creación: erguida, solemne,* *amenazadora. Se acerca hasta su obra y desliza la mano* *por el hierro envejecido del collar y luego palpa el tornillo* *que, en el momento adecuado, buscará con fruición la* *vértebra axis en la región cervical de la columna produ-* *ciendo, en el mejor de los casos, un coma cerebral y la* *muerte instantánea.*

Claro que eso no solo depende del buen funciona- *miento del mecanismo, sino también de la fuerza y la* *pericia de quien lo maneja. Él puede afirmar que todos* *los elementos están bien ensamblados, que el tornillo* *atravesó con decisión la nuca del maniquí que yace en el* *suelo. Lo encontró en un contenedor y decidió darle una* *segunda vida. O una segunda muerte. De repente se pre-* *gunta cómo sería sentarse en la silla, experimentar en su* *propia carne la caricia fría del collar. Está seguro de que* *los verdugos lo hacían en algún momento, pero también* *le consta que no estaban solos. Se imagina atrapado por* *el collar en ese sótano, sin que nadie pueda rescatarlo, y* *aleja la tentación.*

«Esa sería una travesura estúpida, ¿verdad, Neil?», *piensa sonriendo.*

Abril

12

Lena lleva unos días alterada por una mezcla de ilusión y de temor. Por un lado, el ambiente general se ha vuelto más optimista: las vacunas están surtiendo efecto y la población reconquista las calles. La esperanza también se contagia. Por otro, está convencida de que esa primavera, más luminosa que nunca este año, no tardará en verse empañada en la ciudad por una nueva muerte tan cruenta como las anteriores. Alguien morirá a manos de ese asesino desconocido en las próximas semanas y aún resulta imposible predecir quién será ni por qué.

Apenas han logrado ningún avance. No le sorprende demasiado, pero le resulta difícil convivir con la frustración del equipo de los mossos encargado del caso, sobre todo la del subinspector Jarque. Él es plenamente consciente de que el caso no se resolverá de manera sencilla y ella nota su impaciencia ante una espera que va contra su propia ética. El asesino debe volver a matar, tiene que aparecer una nueva víctima; en definitiva, otro inocente tiene que morir para que esa historia esté más cerca del final.

Las últimas semanas han abordado la investigación desde tres vías: la científica, que ha seguido analizando todo lo relacionado con los cadáveres y las escenas de los crímenes; el análisis de los entornos de las tres víctimas, dirigida por el sargento Estrada, en el cual participa Lena, y por último, la búsqueda, hasta el momento infructuosa, de un cuarto cuerpo basada en las denuncias de desaparecidos durante el otoño. La sargento Mayo se encarga de ese frente, y Lena ha aprendido a apreciar su diligencia, aunque no tanto su eterna brusquedad, solo amortiguada por destellos de humor tirando a negro.

En cualquier caso, incluso ella está a punto de tirar la toalla. Los tres hombres muertos no parecen tener secretos ni vidas ocultas. Marcel Gelabert era tan inofensivo y soso como daban a entender las primeras indagaciones. Borja Claver respondía al patrón del empresario moderno: eficaz, comprensivo con sus empleados, algo impaciente a veces, pero en ningún caso susceptible de generar un odio homicida. Más bien al revés: incluso sus dos exesposas hablaban de él con afecto. Una de ellas había declarado que el divorcio se produjo porque él se negaba a ser padre y ella quería hijos; la otra, en cambio, afirmó que el matrimonio había sido un error fugaz. Ninguno de los dos estaba dotado para la vida en común y se separaron de mutuo acuerdo meses después de la boda. Según todos sus conocidos, a Claver le gustaban los placeres de la vida, como disfrutar de una buena comida y de excelentes vinos, lo cual según la autopsia estaba poniendo en riesgo su salud. Su médico le había advertido al respecto y le había aconsejado seriamente introducir el ejercicio físico en sus rutinas. Por eso había adoptado a Sultán, para tener la obligación de sacarlo a dar largos paseos. Claver también tenía una compañera sexual esporádica, que se mostró apenada por su muerte sin llegar a hacer un drama por ello. Lo echaría de menos, pero ni estaba enamorada ni pretendía de él nada más de lo que compartían. En ningún aspecto de su vida había rencores ni malas jugadas, nada que hiciese pensar que el señor Claver acabaría estrangulado bajo un árbol con unas luces de Navidad sobre la cabeza.

«Alguien tiene que hacerlo».

Alguien tuvo que hacerlo.

La frase persigue a Lena como un eco, un mantra perverso que consigue reactivarla cuando el ánimo flaquea.

«Alguien tendrá que pararte, cabrón», se dice; luego respira hondo y sigue adelante.

Como hoy, un día en el que se ha impuesto la ingrata tarea de entrevistar a María José Román, la esposa de Agustín Vela, la víctima que apareció flotando en el estanque del parque del Guinardó. Han quedado en su casa, no muy lejos de la cafetería donde él era encargado, y hacia allí se dirige Lena cuando faltan veinte minutos para las doce. La cita es al mediodía y odia llegar tarde.

María José la recibe vestida con unas mallas grises y una sudadera ancha. A pesar de la ropa cómoda, es obvio que se ha tomado la molestia de arreglarse un poco: lleva un pintalabios suave, se ha pintado la raya de los ojos y se ha cepillado el pelo, una media melena de color caoba brillante que no acaba de encajar con el tono azul eléctrico de la sudadera. El piso no es muy grande, apenas sesenta metros, calcula Lena, y el sol no llega hasta un comedor que parece atestado de cosas. Si era evidente que la dueña del piso había intentado adecentarse para la visita, aún lo es más que su esfuerzo no se extendió a ordenar el espacio. Encima del sofá hay un montón de ropa por doblar y en la mesita de vidrio que tiene delante se aprecian rodales de vasos. Nadie le ha pasado un trapo desde hace días y en el ambiente flota un ligero olor a cerrado y a leche agria.

La chica parece darse cuenta del desorden en ese momento y carga la colada en los brazos hacia el dormitorio. Lena entrevé la cama sin hacer, prendas de ropa por el suelo, y desvía la vista educadamente mientras el recuerdo de la voz de su abuela regresa con fuerza. Ella le inculcó los conceptos del orden y la limpieza, y también el desprecio inmediato hacia quienes no cultivan ambas virtudes, sobre todo si se trata de mujeres. Intenta despojarse de esa rémora moral con una sonrisa y le asegura a María José que todo está bien cuando esta ensaya una disculpa.

—Tengo la casa patas arriba… El niño no me deja descansar por las noches y voy zombi todo el día. A cambio, luego se pasa la mañana durmiendo como un tronco, pero hoy le ha costado dormirse.

Lena sacude con discreción unas migas del sofá antes de sentarse y acepta el ofrecimiento de la anfitriona.

«Sí, un café estará perfecto. Con un poco de leche, por favor».

Mientras María José lo prepara, ella observa el entorno. Muebles de Ikea, sencillos y prácticos; un sofá demasiado grande y una reproducción de un grafiti de Banksy. Una niña riega un corazón que crece en la tierra: el concepto es tan ingenuo como bonito y el rojo intenso del corazón combina a medias con el granate oscuro del sofá. Frente a él, debajo de la pantalla de televisión colgada en la pared, hay un mueble bajo de madera clara con varias fotografías en marcos blancos. Lena observa la foto central, tomada el día de la boda. No es el clásico posado sino una más espontánea en la que los novios de la mano se ríen bajo una lluvia de confeti. Entonces María José llevaba el pelo castaño, un color que sin duda es más elegante que este rojo agresivo, y lucía un traje de novia de corte tradicional con el cuello bordado y un ramo pequeño de flores. A su lado, con un traje oscuro adamascado y corbata a juego, Agustín tenía un brazo en alto, tratando de despejar los minúsculos papelitos de colores. Aunque en la foto había salido con los ojos entrecerrados, era indudablemente un hombre guapo, de sonrisa ancha, nariz masculina y dientes blanquísimos. A la derecha, hay una foto del bebé recién nacido vuelta hacia la imagen de la boda, como si formaran un díptico familiar. De repente, Lena siente una profunda compasión por aquella familia: por el atractivo padre muerto, por el niño huérfano que no ha llegado a conocerlo y por esa chica que el día de su boda se refugiaba feliz del confeti en el hombro de su marido. Esa chica que algún día se verá en la obligación de contarle a su hijo que su padre apareció asesinado una mañana de verano.

María José se mueve con lentitud cuando regresa con una bandeja provista de dos tazas de café.

—Ya está listo. Yo solo tomo sacarina, ¿le va bien? Tengo que adelgazar. El embarazo me ha dejado como una foca.

María José se deja caer en èl sofá con un suspiro y recoloca un cojín para que le cubra la zona lumbar con un gesto hábil. Lena intuye que debe de pasarse muchas horas así: sentada en el sofá, mirando esas fotos que la transportan a un pasado feliz.

—Dios, ¿es posible estar cansada a todas horas? —le pregunta ahora.

—Me han dicho que durante el primer año de crianza, sí —responde Lena sonriendo, aunque era una pregunta retórica.

—Y eso que mi madre viene por las tardes a echarme una mano. Si no, no sé cómo me las apañaría. Pero supongo que no ha venido a que le cuente mi vida...

—No te preocupes. Y tutéame, por favor.

—El sargento Estrada me dijo por teléfono que estaba... que estabas ayudando en la investigación, y que querías hablar conmigo de algunas cosas. De Agus, supongo. Me... me cuesta un poco, ¿sabes? Hablar de él. Menos con el bebé. Es curioso, ¿no? A veces, cuando no se duerme, le llevo hasta esa foto y le cuento cosas de su padre. Le digo lo mucho que le gustaba el fútbol y que él tiene que ser del Barça. El pobre no me entiende, claro, pero algo le quedará, digo yo. Estuve a punto de perderlo, ¿sabes? De la impresión. No... no podría creerlo. Pero el niño aguantó. Y supongo que yo aguanté también. Y aquí sigo, aguantando. No sé... es que... una no piensa que vaya a quedarse viuda, así de repente, con treinta años y embarazada. Y de una manera tan horrible. Aquí antes no pasaban estas cosas —concluye María José, y parece echar la culpa de su tragedia a un presente incontrolado y salvaje, como si la ciudad hubiera sido invadida por una turba peligrosa.

Lena deja la taza de café en el platillo y se prepara para soltar el discurso ensayado y cuidadosamente ideado para no despertar más inquietud en los seres queridos de las víctimas. Jarque había conseguido contener a la prensa por el momento y, aunque nadie confiaba en que esa tregua fuese a durar mucho, la consigna de no sembrar la alarma brillaba en su cabeza como un letrero de neón. Sin embargo, no le hace falta recitar la perorata: la chica la interrumpe enseguida aduciendo que el sargento Estrada ya le comunicó el porqué de esa visita.

—Lo único que quiero es saber quién le hizo eso —recalca María José sin vacilar—. Y que los encierren.

Habla en plural, como si achacase el crimen a una banda mafiosa.

—Eso es lo que queremos todos, te lo aseguro. Y por eso necesitamos saber más cosas de Agustín y de su vida.

—Ya. Lo que pasa es que no sé qué contarte. Nunca pensé que pudiera pasarle algo... algo así. Era un... un chico normal. Nos conocimos en Tinder, ¿sabes? A mí me daba mucha vergüenza abrirme una cuenta, pero mis amigas insistieron. Decían que así era como se ligaba ahora. Y mira, sí... Funcionó.

Si bien María José había dicho que le suponía un esfuerzo hablar de su marido muerto, una vez que comenzó pareció superar todos sus reparos. Media hora más tarde Lena tenía una avalancha de información sobre sus primeras citas, sus primeras peleas e incluso sus primeros encuentros sexuales. Lo único que había grabado en el disco duro de su cerebro era que o a Agustín se le daban demasiado bien las chicas o María José era de naturaleza celosa. Lo más probable es que fueran ciertas ambas cosas. No cabía duda del carácter fogoso del chico, explicitado con todo lujo de detalles por su viuda. Tuvo la impresión de que María José se olvidó durante un rato de que Agustín, ese chico guapo, muy «viril», que necesitaba sexo al menos una vez al día y que disfrutaba regalándole lencería picante y otros juguetitos sexuales, no iba a aparecer por la puerta al final de la tarde con un conjunto de raso negro para ella.

A medida que avanza la conversación, Lena es consciente de la inutilidad de esa entrevista y el desaliento se apodera de ella de nuevo. Un desánimo demasiado conocido que se unirá a una pregunta que le resulta francamente incómoda. Ni siquiera recuerda cuándo fue la última vez que tuvo sexo con alguien aparte de sí misma. Podría añadir que, para su desgracia, la ocasión tampoco fue nada memorable.

—¿Quiénes son estos chicos? ¿Amigos vuestros? —pregunta señalando otra de las fotografías y deseosa de cambiar de tema. Casi le había pasado desapercibida porque se encuentra en un extremo, detrás de otra en la que aparece María José, ya visiblemente embarazada, y Agustín de rodillas frente a ella.

—Amigos de Agus. Son del barrio, su grupo de siempre. Se conocían desde el colegio. Los mossos hablaron con ellos también. Pobres, estaban todos de vacaciones cuando pasó. Por suerte, no veraneaban lejos y Luis pudo venir al entierro.

Lena se levanta y se acerca hasta la fotografía.

—¿Luis es el más rubio?

—Sí, el que está a la izquierda de Agus. El otro, el que va rapado, es Salva. La foto es de la despedida de soltero. Se fueron a Ibiza un fin de semana. Los chicos solos. —María José se encoge de hombros, los recuerdos parecen haberla agotado aún más—. A mí no me hizo ninguna gracia, conociéndolos… Pero estaban tope emocionados con el viaje. Como si tuvieran que darlo todo antes de la boda. Esas cosas de tíos.

Lena se acerca hasta el bufet. Los chicos están sentados en un muro: Agus en el centro con Luis pasándole el brazo por los hombros. Un poco más separado, a la derecha, está Salva, rapado como ha dicho María José y con unas gafas de sol de espejo que le dan aspecto de poli malo ochentero, al que para colmo le han amputado parte del brazo derecho. Hay algo desequilibrado en la imagen: los dos chicos juntos por un lado y el tercero solo y casi fuera de la foto. Al mirarla con más atención distingue una mano apoyada sobre la pierna de Salva.

—¿Había alguien más en la foto? —pregunta de sopetón.

María José asiente con la cabeza.

—Sí. Isaac. Isaac León, aunque le llaman Bosco. Formaba parte del grupo por aquel entonces. Luego se pelearon y a Agus le dio un arrebato y recortó la foto. Me burlé de él diciéndole que parecía una novia cornuda, pero me soltó una bronca tremenda sobre la amistad y la traición. Todo muy sentido. Ya sabes cómo son los tíos a veces: hay cosas que no se perdonan. Creo que Bosco se intentó ligar a la novia de Salva o algo así, y los dos terminaron a hostias en la puerta del gimnasio.

Entonces se oye un gemido en la habitación contigua y María José se levanta del sofá de un salto.

—Se ha despertado. ¿Quieres verlo?

Lena asiente por cortesía. No tiene demasiado interés en conocer al bebé. Espera en el comedor hasta que María José vuelve con él en brazos y le dice todo lo que se supone que debe decir. La verdad es que es un niño mono, con un pelo oscuro y fuerte.

—Discutimos mucho por el nombre —explica María José—. Al final se llama Leo, como Agus quería. Por Messi, ¿sabes?

Y la joven madre vuelve a retomar el hilo de la cotidianidad doméstica anterior a la tragedia con una larga anécdota sobre los nombres que barajaron durante el embarazo. Lena ya no quiere saber más. El ambiente se ha cargado de una nostalgia densa salpicada de unas inconfundibles motas de humildad y ella tiene que hacer un esfuerzo para no disipar esa bruma melancólica con un bufido severo. Se despide de María José con un «no quiero robarte más tiempo», como si eso le importase, cuando en realidad lo que quiere y hace es huir. Escapar de ese pisito pequeño y de los sueños truncados de una pareja de falsa clase media con la misma celeridad con que lo haría de un callejón oscuro en una ciudad desconocida y por la misma razón: ambos lugares le provocan claustrofobia. En ambos escenarios se siente vagamente culpable: en uno por su miedo irracional al peligro y en el otro porque pone de manifiesto todo lo que ella nunca quiso y que, en contadas ocasiones, tiene miedo de añorar.

Respira hondo al salir y saca sin pensar el móvil, que ha tenido en silencio durante toda la visita. Un audio del sargento la devuelve a la realidad. Mientras busca un taxi para reunirse con él, anota en el móvil el nombre de Isaac León, alias Bosco, el borrado de la fotografía, y se pregunta qué será eso tan importante que Jordi Estrada quiere decirle en persona.

13

A primera hora de la mañana, desde la ventana del hospital se aprecian unas nubes débiles. Hilos grises como el aliento de un fantasma. Cruz apoya una mano en la ventana, mira hacia abajo. Contempla el recuadro de edificios que ha sido su única vista durante el último mes y medio, desde que la trasladaron allí después de un par de semanas en la UCI. Ese paisaje pronto será una imagen fija del pasado. En unas horas dejará de ser una enferma para recuperar su papel de presa y, aunque no añorará el hospital, está segura de que echará de menos ser tratada como una víctima en lugar de un peligro social. Pese al dolor y a las molestias, nadie ha sido tan amable con ella en mucho tiempo como las enfermeras de esta planta y el médico que la trata. No podría reconocer sus caras, siempre cubiertas por mascarillas, pero el tiempo no le hará olvidar sus ojos: alentadores, preocupados por ella y satisfechos por su evolución. Por primera vez en años Cruz ha sentido que el entorno que la rodeaba no deseaba reprenderla o reeducarla sino cuidarla, protegerla. A ratos, incluso mimarla. Y eso le había dado las fuerzas necesarias para recuperarse.

Dos meses después del ataque, puede andar, aunque con dificultad, y está mucho más delgada. Su cuerpo quizá se encuentre aún débil; sin embargo, en su interior ha nacido una fortaleza que antes estaba aletargada. El abrazo cortante de la muerte ha actuado como antídoto contra el desánimo. Por desolador que sea el futuro más inmediato, por mucho que la agobie la perspectiva de volver a la cárcel, en esas últimas semanas ha descubierto que ningún dolor dura para siempre y que su cuerpo, aún joven, alberga unas insospechadas ganas de vivir.

La puerta se abre y ella se vuelve, sorprendida, porque el traslado a la cárcel no estaba previsto hasta el mediodía. Suspira aliviada al ver que se trata de Marc Bernal, la única persona que ha podido visitarla en los últimos dos meses aparte de los mossos que investigaban el ataque que sufrió en las duchas. En eso el hospital ha sido estricto: nada de visitas. Los protocolos anti-covid siguen vigentes.

—No te esperaba —dice Cruz.

—Si te digo la verdad, no estaba seguro de si me dejarían pasar. Pero tenía que verte. Traigo novedades, y son buenas noticias. Más o menos.

Cruz se sienta en la cama. Todavía no aguanta mucho rato de pie y prevé que el día será largo.

—Cuéntame.

—En primer lugar he conseguido que te instalen en una celda para ti sola. En el módulo de madres. Teniendo en cuenta que no han logrado averiguar nada sobre quién te atacó, me parece lo más sensato.

Cruz asiente con la cabeza. Al principio le dio muchas vueltas a eso y luego dejó de interesarle. En la cárcel los odios eran súbitos y las venganzas se llevaban a cabo sin pensar. Ella tampoco tenía la menor idea de quién había podido ser ni la más remota esperanza de que lo descubrieran.

—Pero eso no es lo mejor: empezarás a disfrutar de permisos de fin de semana inmediatamente. Y conseguiremos el tercer grado alrededor del verano. No existe ninguna razón para que te lo denieguen, y menos ahora que el sistema penitenciario no te ha protegido como debía. Serán solo tres meses más, Cruz. Quizá incluso menos. Esto está a punto de terminar.

Ella escucha a su abogado y siente un vacío en el estómago, un ligero mareo. Ocho años contra un centenar de días. La comparación es ridícula y aun así intuye que ese último periodo será insoportable, eterno.

—He hablado con tu familia —prosigue Bernal—. Ya, ya sé que tú también. El piso de tu abuela estará esperándote cuando salgas, tal y como estaba previsto. Tendrás un lugar donde plantearte el futuro con calma y también un trabajo, en el gimnasio de tus hermanos. Tu vida volverá a empezar, Cruz. Es cuestión de muy poco tiempo.

No puede evitar una sonrisa al pensar en cuánto aguantaría en la cárcel alguien como Marc Bernal. El tiempo fue también el argumento que esgrimió en su día para convencerla de aceptar el trato de una sentencia menor por homicidio involuntario a cambio de declararse culpable. La alternativa era asumir el riesgo de ser condenada por asesinato y pasar muchos más años en la cárcel. «Hay atenuantes», le dijo; con un poco de suerte podría quedar en ocho años y verse en la calle en menos de cinco. El juez, sin embargo, había desestimado todos los argumentos. Cuando le impuso doce años ya era demasiado tarde para volverse atrás. Su confesión la despojaba de cualquier derecho. A ojos de todo el mundo ella había matado a Jonás.

—Por cierto, tengo una sorpresa para ti —le dice él mirando el reloj—. Creo que te gustará. Y está a punto de llegar.

Como si lo hubiera oído, alguien llama con suavidad a la puerta y Marc se acerca a abrirla. El guardia que la ha estado custodiando en los últimos días parece irritado y el abogado intercambia unas palabras con él.

«Serán solo diez minutos. Va, hombre, en un par de horas volverá a la cárcel...».

Se oyen cuchicheos y una figura femenina se desliza entre los dos hombres.

—¡Eli! —exclama, y nota como unas lágrimas imprevistas le suben a los ojos—. Eli...

Ver a su amiga abre una ventana a un tropel de emociones que tenía contenidas. El miedo, el dolor, el miedo al dolor y sobre todo a la muerte. La vulnerabilidad absoluta que había sentido en los momentos de mayor desesperación. El personal había sido siempre amable, pero ella habría dado lo que fuera por ver una cara conocida, por sentir a su lado una mano que la quisiera de verdad.

—Eh... ¿qué te pasa, nena? ¿A qué vienen estos llantos? Si me han dicho que ya estás bien.

—¡Diez minutos! —advierte el guardia desde la puerta antes de cerrarla y dejarlas solas.

—Va, va... déjalo ya, por Dios.

Cruz no puede parar. No recuerda haber llorado así desde hace años; desde luego nunca durante su estancia en la cárcel, donde había combatido las lágrimas con el estoicismo de un soldado troyano. No, las últimas brotaron antes y no fueron de tristeza sino de rabia: esa clase de llanto que más que aliviar sirve para avivar el odio. Lloró por alguien y contra alguien. Ahora balbucea una disculpa que apenas se entiende y se abraza a su amiga como si no fuese a soltarla nunca. Hace mucho tiempo que los abrazos no existen en su vida.

—Ya está, ya está. Venga, ¿dónde está mi Cruz? Las chicas malas no lloramos, ¿recuerdas? ¡Que lloren ellos!

Y esas dos frases tienen la virtud de hacerla viajar en el tiempo. A la barra del Salamandra donde trabajaba, a los cubatas engullidos como si fueran agua, a las pastillas que pintaban el ánimo de colores.

A las noches que empezaban al amanecer y no parecían tener fin. A esas luces que dibujaban un mundo de cuerpos fragmentados moviéndose al son de un ritmo avasallador, devotos de un culto pagano y nocturno, adictos a la música y a la felicidad química, que enarbolaban el botellín de agua como si fuese el símbolo de su fe. Al sudor y al sexo rápido.

«Que lloren ellos».

Eran las seis de la mañana de un domingo de agosto. Un par de aficionados al running fingieron no verlas sentadas en un banco del parque. Ellas habían tenido una noche larga y agotadora. La gente con ganas de correr les despertaba un odio feroz.

—Ojalá la palmen de un infarto por gilipollas.

—No seas bruta, Nere. ¿Nos queda tabaco? —preguntó Eli.

Cruz arrugó el paquete a modo de respuesta.

—Ni uno. Aquí la amiga Nerea se lo ha fumado todo esta noche —dijo en tono burlón.

—No me jodas, Cruz.

Nere querría demostrar su enfado cuando una arcada se lo impide. No solo se lo había fumado todo, también había perdido la cuenta de los cubatas y en su estómago se estaba celebrando un combate épico. Ron contra vodka, Coca-Cola contra Schweppes de naranja. Un puto gin-tonic, una invitación que no había sabido rechazar, le llenaba en ese instante la boca de un sabor ácido, y la garganta le ardía por el exceso de humo.

—Vaya mierda de noche —sentenció Nere.

—Estás fatal, tía. —Eli podría haberlo dicho en tono preocupado. No fue así: se limitó a constatar un hecho.

Luego se levantó del banco, se echó el pelo hacia atrás y se cerró la chaqueta.

—¿Te vas? —preguntó Cruz.

—¿Se te ocurre un plan mejor? Esta y su drama nos han jodido la noche. Para variar. No os mosqueéis, pero la verdad es que me aburro, chicas.

Cruz se molestó. Por Nerea, sobre todo. Y porque no era la primera vez que Eli se ponía en plan mujer de hielo y las despreciaba sin miramientos. Nerea se habría puesto hecha una fiera si no hubiera tenido que salir corriendo a vomitar detrás de un árbol.

—Lo que faltaba. Ahora sí que me largo.

—Joder, tía, no te pases. ¿No ves que la pobre está hecha polvo?

—Hecha polvo... Está atontada, que no es lo mismo. —Eli rebuscaba en su bolso y al final logró encontrar un paquete arrugado de cigarrillos—. ¡Sabía que me quedaba uno! Esto no se puede aguantar sin nicotina.

Cruz hizo un intento de acercarse a Nerea, aunque sabía que no soportaba que la vieran vomitar. No quería darle la razón a Eli, pero ella también estaba un poco harta de esas escenas.

—Se pasa la noche arrastrándose como un felpudo delante del Rubén. Luego se pone como una cuba cuando él la manda a la mierda. Y nosotras mirando como dos pavas. Pues lo siento, conmigo no contéis más. Esta peli ya la he visto demasiadas veces.

—Os estoy oyendo... —protestó Nerea entre arcada y arcada.

—¡Ya podrías aprender de lo que oyes, bonita! Llevamos así todo el puto verano. Tú te vas a destrozar el hígado y él… Sabes dónde está él ahora, ¿no? En su cama, con la rubia tetona esa que tiene labios de muñeca hinchable. Otra boba que se pasa las noches riéndole las gracias, pero al menos a ella se la lleva a su casa en la moto. No la deja tirada después de calentarla con un par de morreos en el baño.

Lo peor del discurso de Eli era que nadie podía negarle que tenía razón. Incluso Nerea sabía que estaban jugando con ella y aun así no lograba salir de ese bucle.

—Conste que hoy se ha pasado un huevo, el tío —dijo Cruz.

—¿Hoy? —Eli se rio—. Lleva desde carnavales así. «Te quiero si no surge nada mejor». Y esta —prosiguió, levantando la voz para que la aludida lo oyera con claridad— cae como una tonta cada vez en lugar de mandarlo a la mierda.

Un señor mayor que cruzaba el parque se las quedó mirando. Llevaba un perrito horroroso atado con una cadena vieja y lo soltó no muy lejos de ellas. Nerea abandonó el árbol, sofocada pero más serena. Había conseguido al menos despojarse de parte de la amargura de la noche. Y con la paz interior parecía haber alcanzado también una extraña lucidez.

—¿Qué fue lo que me dijiste el otro día? —le preguntó a Eli—. Que ya estaba bien de llorar, ¿no?

—Que lloren ellos. Eso es lo que te dije. Pero no me has hecho ningún caso, corazón. Mírate. Estás hecha un asco.

Nerea cogió el bolso que había abandonado en el banco. Temblaba un poco, no porque hiciera frío sino porque lo que estaba pensando la destemplaba.

—Se acabó. Hoy va a llorar él.

—No me digas... —Eli puso los ojos en blanco—. ¿Qué vas a hacer? ¿Mandarle otro mensaje patético insultándolo? ¡Ese tío se hace pajas cuando lee tus mensajes!

—No. Pienso borrar su número. Ya sé que Rubén no me quiere, ni a mí ni a la rubia. Pero hay algo que sí quiere con locura.

—¿De qué estás hablando? —preguntó Cruz.

El perro que corría por el parque se acercó a ellas y Eli le tiró el paquete de tabaco vacío. El bicho no se inmutó demasiado. Lo olisqueó un poco y se marchó.

—De su moto nueva —respondió Nerea—. Lo único que le importa a ese desgraciado es la puta moto. Se ha pasado dos años currando como un negro para comprársela. La quiere más que a su madre, el muy gilipollas.

Desfallece al recordarlo. Esa fue la primera venganza. La moto de Rubén desapareció esa mañana y apareció destrozada en la otra punta de Hospitalet. La profecía se cumplió: el chico acabó el día llorando. Y ellas salieron de nuevo la noche siguiente para celebrarlo.

—Perdona —susurra Cruz volviendo al presente—. Te he dejado la chaqueta perdida.

—No importa. Me alegro de que ya puedas hablar. Consolar a los demás nunca ha sido mi fuerte, y lo sabes. Lo que sí tengo son Kleenex. Límpiate, anda, o en el hospital se van a creer que te he hecho daño o algo. Por cierto, el guardia que tienes en la puerta está para quedárselo, ¿eh?

Cruz sonríe mientras se seca la cara con el pañuelo.

—Ni idea. Los van cambiando.

—¡Mejor aún! —se ríe Eli—. Así no da tiempo a aburrirse.

Por un momento Cruz se pregunta si su amiga está representando el papel de adolescente frívola solo por ella, para que se sienta como cuando era libre, o si su amistad se ha quedado congelada en esa fase y no sabe cómo avanzar hacia el presente. Su apariencia ha cambiado y es probable que sus ideas también hayan evolucionado. En realidad, Eli no suele hablar mucho de sí misma. Nunca lo ha hecho.

—No sé por qué, pero de repente me ha venido a la cabeza el día de la moto. La moto de Rubén... —dice Cruz, y añade—: Y Nerea empujándola por el terraplén.

Eli sonríe.

—Qué locas estábamos, por favor. Pero fue divertido, las cosas como son. Nunca pensé que Nerea se atreviera a hacerlo.

—La tiró barranco abajo —prosigue Cruz—. Luego bajamos todas y terminamos de destrozarla. Cierro los ojos y es como si lo viera ahora mismo. Creo que ahí fue donde empezó todo.

Eli se encoge de hombros.

—No tiene mucho sentido mirar atrás. Éramos unas crías —sentencia Eli.

—Bueno, teníamos casi veinte años. Sabíamos lo que hacíamos.

—¿Y qué hacíamos, Cruz? Aparte de dar una lección a algunos capullos que la estaban pidiendo a gritos.

Cruz se calla porque hay algo que la ha estado carcomiendo los últimos dos meses. Tendida en el hospital, insomne porque la amenaza de la muerte la había dejado en un estado de alerta constante, ha tenido mucho tiempo para pensar. A diferencia de en la cárcel, ahí recordar era como meterse en un túnel eterno en el que a veces se filtraba la luz. No sabía si podía confiar o no en su memoria porque algunas imágenes se superponían con otras.

—Tengo que decirte algo —susurra Cruz en voz baja—. Debo contárselo a alguien o me volveré loca. La noche en que pasó lo de Jonás...

—Cruz, ¿ahora me vienes con eso? ¿A estas alturas? ¿No sería mejor mirar al futuro?

—No puedo. De verdad. El futuro se me... No logro imaginar un futuro si no ordeno el pasado.

Eli suspira.

—Pues hasta ahora nunca habías querido tocar el tema. Ni siquiera entonces. Cuando era el momento de hablarlo, perdona que te lo diga.

La puerta se abre y el guardia hace su aparición. Su lenguaje corporal deja claro que no va a concederles ni un segundo más. Cruz se calla: siente una repentina vergüenza, una timidez que le ata la lengua. Niega con la cabeza y se separa de su amiga. Eli quizá la entienda o simplemente no desea insistir.

Para Eli, hablar de la noche en que murió Jonás ya no tiene sentido.

A Cruz, en cambio, es lo único que le importa. Después de haber cumplido casi ocho años de condena y de dos meses de hospital, tras haber visto la muerte de cerca, hay algo que le cuesta confesarse incluso a sí misma.

Y es que más allá de su despecho y de su rabia, de sus ganas de venganza una noche pasada de drogas y de la repentina decisión de destruir a su rival, su memoria se funde en un momento, como si alguien la hubiera desconectado.

Lo siguiente que recuerda son las llamas, el calor abrasador en la cara, y el humo denso y negro que ha envuelto su vida desde entonces. Una niebla que ha empezado a disiparse hace apenas unas semanas mostrándole algo que no sabe si es real o un espejismo creado por su mente.

14

Cada vez que acude a la comisaría Lena tiene la sensación de estar accediendo a un lugar prohibido. El formalismo que impera en el lugar tampoco ayuda. Después de dar su nombre a la mossa que está en la ventanilla, Lena se ve obligada a esperar con quienes han ido hasta allí a poner una denuncia o a realizar alguna otra diligencia. Nota a la gente incómoda, como si fuesen culpables de algo difuso que podría concretarse en cualquier momento. Por mucho que las fuerzas del orden se empeñen en su labor de atención al ciudadano, la comisaría no transmite precisamente la sensación de territorio amigo.

«Quizá porque nadie en este mundo es cien por cien inocente —se dice Lena—, y todos tememos ser descubiertos».

Sentada en una de las sillas, Lena revisa el móvil por segunda vez y está a punto de llamar a Estrada cuando este aparece y le hace señas con la mano para que lo siga.

—Disculpe. Pedí que la acompañasen hasta la sala de reuniones en cuanto llegara.

—No pasa nada —miente ella—. Salía de ver a la viuda de Agustín Vela cuando recibí su mensaje. He cogido un taxi para llegar cuanto antes —recalca sin poder evitarlo.

—Lo siento, de verdad.

El joven sargento parece debidamente contrito cuando le abre la puerta de la sala y se aparta para cederle el paso y ella se abstiene de insistir: los buenos modales siempre la apaciguan.

En la sala está la sargento Mayo; la recibe con un breve movimiento de cabeza que es más un reconocimiento de su presencia que un saludo propiamente dicho. Le recuerda por un momento a doña Dolores, la maestra de manualidades del colegio de monjas, y de forma automática se sienta erguida, con la espalda recta. Baja la mirada a propósito mientras se ríe por dentro al imaginar a Cristina Mayo haciendo figuras de papel.

Hay otra silla vacía que Lena supone reservada para el subinspector Jarque y está a punto de preguntar si va a asistir a esa reunión cuando Estrada se le adelanta:

—El subinspector está atendiendo un asunto urgente. Vendrá en cuanto pueda. Nos ha dicho que empecemos sin él.

Con un leve gesto, el sargento cede la palabra a Cristina Mayo.

—Bien —dice esta mirando directamente a Lena—, siguiendo su teoría hemos dedicado bastante tiempo a buscar la supuesta víctima del otoño. Lamento decir que no hemos obtenido resultados reseñables. Centramos los esfuerzos en varones cuya desaparición tuvo lugar entre finales de agosto y la tercera semana de diciembre en la ciudad de Barcelona y municipios circundantes. Una vez descartados los menores, tutelados y no tutelados, y los adultos cuyos casos se cerraron por una u otra razón, siguen en activo unos ciento veinte casos.

Lena no puede evitar una expresión de sorpresa.

—¡No sabía que pudieran ser tantos!

—Ya. —Con esa única palabra, la sargento confirma que hay muchas cosas que la criminalista realmente desconoce.

—Para que se haga una idea —explica el sargento Estrada—, en España desaparecen al año alrededor de veinte mil personas. Muchas son menores no tutelados, adolescentes que se escapan de casa, enfermos mentales que se pierden… Piense otra cosa: no hay nada que impida a un adulto largarse sin más explicaciones. La familia puede intentar encontrarlo, pero…

—Muchos necesitaron un cambio de aires después del confinamiento —le interrumpe la sargento Mayo en tono irónico—. ¡Demasiada familia! En cualquier caso, hemos ido afinando la búsqueda en la medida de lo posible, aplicando parámetros como la edad, la situación laboral, la ausencia de conflictos personales o familiares. En resumen, ahora mismo estamos centrados en una veintena de casos. Muchos más de los que mi gente puede asumir, por cierto.

Lena comprende por dónde va la sargento: no existe ninguna certeza de que uno de los desaparecidos sea la tercera víctima que buscan, entre otras cosas porque ni siquiera pueden estar seguros de que haya una tercera víctima. El hecho de que ella albergue pocas dudas al respecto no supone ninguna garantía.

Se siente tentada de señalar que resulta extraño y significativo que un asesino que ha expuesto a tres de sus víctimas sin el menor reparo haya ocultado tan bien el rastro de otra. La tentación es tan grande que acaba diciéndolo.

—¿Quiere decir que entre esos desaparecidos podría estar alguien que nos lleve directamente al entorno del sujeto? —pregunta Jordi Estrada.

—Podría ser.

—¡También podría ser que lo hubiera arrojado al mar! O que se hubiera tomado vacaciones en esos meses —estalla la sargento Mayo.

Lena respira hondo, no por las palabras de la sargento sino por el tono que ha usado al pronunciarlas.

—No lo creo —dice tras una pausa—. Hay que ponerse en la mente del psicópata. Nada, o casi nada, es producto del azar. Si ha establecido el patrón de escoger una víctima por estación, solo una causa mayor podría hacer que lo variara. Gran parte de su vida, por no decir toda, gira en torno a esos actos. Es más que una obsesión; no tiene nada que ver con un pasatiempo del que te puedes tomar vacaciones. —Se detiene ahí para no decir nada abiertamente ofensivo—. Estoy segura de que con su experiencia y conocimiento pueden reducir aún más ese número de investigados por desaparición. ¿No hay ningún caso singular o absolutamente inexplicable?

Cristina Mayo carraspea.

—A decir verdad, los últimos días he estado siguiendo tres de los casos. Juan Francisco Soler García, un arquitecto de cuarenta años afincado en el Maresme que desapareció sin dejar rastro a mediados de septiembre. Vivía solo, así que no resulta sencillo poner fecha a su desaparición. Guillem Miró i Puig, veinticuatro años, estudiante de Derecho. Fue con sus colegas a Sant Pol de Mar a pasar el segundo fin de semana de septiembre y debía volver a Barcelona el lunes día 13. Sus amigos se quedaron en la playa, pero lo acompañaron a tomar el tren, del que debía bajarse en la estación de Arc de Triomf para ir a su casa. Nunca llegó. Sus padres están desesperados, pobre gente. Y, por último, un caso raro. Un extranjero. Derek Albert Bodman, cuarenta y siete años. Voló a Barcelona desde Mánchester el 16 de octubre. Se alojaba en un hotel barato de Via Laietana, donde debía pasar cuatro noches según constaba en la reserva. Nadie en el hotel está seguro de cuándo lo vieron por última vez, pero el día que debía marcharse y pagar la cuenta no apareció. Tampoco se había llevado sus cosas, entre las que estaban el móvil, el pasaporte y un par de gramos de cocaína. El hotel lo denunció, claro.

—¿Un guiri que se larga de un hotel barato y se deja la coca? Seguro que la droga costaba más que la cuenta del hotel —comenta Estrada.

—También dejó dinero en metálico, suficiente para pagar la cuenta, así que no se trataba de un *simpa*. Tres mil euros metidos en un sobre que hallaron dentro de una bolsa de viaje. Los del hotel fueron bastante honrados, todo sea dicho. Bodman no ha podido abandonar el país sin pasaporte, y desde luego no cogió el vuelo que tenía reservado el día 20 de octubre de regreso a Mánchester. No podemos descartar que le gustara más nuestro clima. Aun así, dejar atrás la pasta y la cocaína no tiene ninguna lógica. Tenía antecedentes en Reino Unido. Nada muy serio: robo con intimidación, un par de condenas menores por tráfico de estupefacientes y una por agresión. Le atizó con un bate de beisbol al hijo de un vecino musulmán, un menor. Y hasta aquí los casos que podríamos considerar singulares.

—Joder, siempre nos quedamos por aquí a los mejores —dice el sargento Estrada.

—*Barcelona, ciutat oberta,* ya sabes. *Volem acollir!* —remata la sargento Mayo.

El ambiente se distiende un poco, aunque Lena no siente la suficiente confianza como para añadir nada a la broma.

—Mi turno —dice él—. Hemos seguido investigando en los entornos de las víctimas. No hay nada sobre Borja Claver, y eso que a priori parecía más sencillo encontrar algo turbio en un empresario adinerado. Sin embargo, sí que podríamos tener algo sobre Gelabert. Por eso la he llamado —añade dirigiéndose a Lena—. Pero antes, cuéntenos usted: ha ido a ver a María José Román, ¿verdad?

Es la viuda de Agustín Vela —aclara Estrada en dirección a la sargento Mayo.

Lena les hace un breve resumen de la visita y aprovecha para comentar el detalle de la foto recortada y del colega de Agustín que cayó en desgracia.

—Es posible que no tenga ninguna importancia, pero…

—No, es un buen apunte. Yo no me fijé en la fotografía a pesar de que he ido a ese domicilio varias veces. Hablaremos con él —dice tomando nota del nombre que le da Lena—. Volviendo a Marcel Gelabert… Veamos.

»Hemos partido de la base de que "alguien tiene que hacerlo" señala que el psicópata está convencido de que hace un bien a la ciudad, es decir, que las víctimas merecen ese final que les hubiera llegado de un modo u otro. Como ya sabéis, a primera vista con Marcel Gelabert nos encontrábamos ante un oficinista gris, coleccionista de objetos, soltero y sin demasiados amigos. Ni amigas. Ni nada raro en sus contactos online, que quede claro, por si estáis pensando en aficiones perversas. No, el señor Gelabert no escondía vicios ocultos. Pero sí un enemigo… O al menos alguien que le odiaba bastante.

Lena se echa hacia delante, interesada. Es la primera vez que tiene la impresión de que esta conversación le permitirá encajar una pieza más del puzle que revela la identidad del psicópata.

—Además de su trabajo, el señor Gelabert completaba sus ingresos con los alquileres de dos pisos en el Raval. Eran propiedad de sus abuelos, unos pisos viejos de renta antigua que primero pasaron a la madre de nuestra víctima y luego, a la muerte de esta, a Marcel Gelabert. La madre mantuvo los alquileres, porque según nos han dicho no necesitaba el dinero y se llevaba bien con las familias que los tenían alquilados desde hace años.

—Pero Marcel decidió actualizar las condiciones cuando los heredó, ¿no? —interviene Cristina Mayo.

—Exactamente. Eso fue a lo largo de 2019, antes de la pandemia. Negoció con ambas familias. Una asumió el aumento de renta, aunque les jodió, claro. La otra intentó por todos los medios quedarse en el piso o negociar un alquiler más ajustado, pero Gelabert se negó. Dejaron de pagarle y él terminó desahuciándolos. En noviembre de 2019, para ser exactos. Digamos también que la familia en cuestión era un cuadro: padre parado de larga duración, esposa enferma, un hijo con problemas mentales severos y otra que, según los vecinos, se largó a los dieciocho y nunca volvió a aparecer por allí. Los tuvo que sacar del piso la Comisión Judicial y una unidad especial de los Mossos d'Esquadra en medio de un gran revuelo. Vamos, lo típico. Se quedaban en la calle, pobre gente. El padre se encaró con los agentes y acabó pasando un par de días en el calabozo. Al salir se puso a recorrer los bares del barrio, que ya debía de frecuentar antes, para poner a parir a Gelabert, amenazándolo de muerte y todo lo que se le ocurría.

Jordi Estrada hace una pausa.

—Todo muy prometedor, ya lo sé. Pero lamento deciros que ese hombre no lo hizo. Ni su mujer tampoco. Fallecieron ambos de covid en la primera ola. El hijo está en una residencia de la Generalitat y tiene pinta de que se va a pasar la vida allí. Por otro lado, fue el gestor del señor Gelabert quien se ocupó de todo, y él no se lo comentó a ninguno de sus compañeros de trabajo. Nadie lo sabía. Sin embargo...

Lena asiente despacio.

Sin embargo, alguien pudo enterarse de eso, alguien pudo pensar que Gelabert merecía un castigo por dejar a una familia sin recursos en la calle. No se trataba de nada definitivo, claro, pero al menos era algo.

Absorta en sus reflexiones, pierde el hilo de la conversación. Se plantea cómo pudo enterarse el sujeto de ese detalle de la vida de Gelabert si ni siquiera sus colegas estaban al tanto de él. Por un momento le imagina sentado en uno de esos bares del centro, escuchando la diatriba del padre de familia desahuciado, interesándose por su historia, recabando más información, convenciéndose de que el hombre que había sido capaz de expulsar de su propiedad a una gente en esas condiciones era un desalmado que merecía ser su primera víctima... O quizá no hubiera sido así: tal vez conociera a Gelabert. O a su gestor.

Va a decir eso último cuando se percata de que se ha salido una fotografía de la carpeta de la víctima que tenía Estrada. Es una imagen que no había visto antes y que se le antoja terrible. Está compuesta de dos tomas, una de frente y otra de perfil, que enfocan directamente el cuello de la víctima. Lena se estremece al ver la dimensión del cuello de perfil: su grosor es mínimo, del todo anormal, como si lo hubieran comprimido hasta reducirlo a su mínima expresión, inutilizándolo para sujetar la cabeza. Prendida con un clip, en la parte inferior de la foto hay un dibujo en blanco y negro de un artilugio que no logra identificar.

El sargento Estrada intenta apartar la fotografía, pero ya es demasiado tarde. Cuando por fin se ha recuperado de la impresión, Lena nota que empieza a indignarse. La pregunta es obvia y surge de sus labios en voz alta y diáfana:

—¿Por qué diablos no me han mostrado esto antes?

La respuesta es el silencio. Las caras de ambos sargentos evidencian su embarazo. Incluso Cristina Mayo parece incómoda durante un instante y se vuelve hacia la puerta esperando que alguien, probablemente el subinspector Jarque, entre para hacerse cargo de la situación. No es así, y el sargento Estrada ensaya una respuesta en tono suave.

—No ha sido cosa nuestra. Ni de Jarque. Hay órdenes de arriba que no podemos ignorar.

Lena respira hondo.

—Ah, perfecto —dice mientras se levanta de la silla y recoge sus cosas—. Pues no pienso invertir mi esfuerzo en esto hasta que las órdenes de arriba me garanticen el acceso a toda la información que tienen sobre el caso. Tengo muchas cosas que hacer y poco tiempo. Y, sobre todo, poca paciencia para dejar que me tomen el pelo. Buenas tardes.

Abandona la sala y al pasar ante la recepción de la comisaría se cruza de lejos con el subinspector Jarque.

Cree ver en su cara una ligera expresión de asombro. Lena no responde a su gesto de saludo y sale por la puerta cortando el aire, sin mirar atrás. Con la cabeza bien alta, habría dicho su abuela.

15

Hay un ritual que Kyril lleva a cabo todos los fines de semana que está en casa. De enero a diciembre, tanto el sábado como el domingo, cruza los pocos metros que lo separan de la playa de buena mañana y se da un baño en el Mediterráneo. La sensación de sumergirse le resulta dolorosamente placentera y, a la salida, su cuerpo se siente más joven, más vigoroso, capaz de partir las rocas del espigón. Y, además de esa renovada forma física, también su fuerza de voluntad sale renovada: su cerebro le recuerda que no siempre fue rico, que no siempre disfrutó de una casa a orillas de un mar azul, que la sombra de la pobreza se cernía sobre él no hace tanto tiempo, despiadada, punzante como un chapuzón en invierno. Le recuerda también que ser pobre te deja débil, rencoroso. Amargado.

Zenya siempre le augura que algún día sufrirá un infarto en el mar y que ella no entrará a sacarlo, y Kyril la cree. Parece mentira que los ancestros de su esposa provengan de la helada Rusia: ella no soporta el agua fría ni siquiera en verano y busca el sol como un gato perezoso.

«Una gata —piensa él—, marrullera pero arisca».

También está seguro de que Anna no se dejaría intimidar por el agua fría. Correría hacia el agua y lo arrastraría hacia fuera, Quizá luego le propinaría un bofetón por desoír sus consejos, pero nunca se quedaría en la orilla. No porque lo quiera más que su esposa; simplemente se creería en la obligación de hacerlo. De todos modos, ninguna de las dos lo acompaña en esa mañana de domingo de mediados de abril. A su lado está su hijo Andrej, sacudiéndose el pelo, demasiado largo para el gusto de Kyril, y la pereza.

Andrej no le acompaña siempre y Kyril nunca se lo pide ni le pregunta al respecto. Empezó a hacerlo a mediados del año anterior, cuando terminó la fase más dura del confinamiento. Un buen día Kyril se lo encontró en la terraza con el bañador puesto y la toalla al hombro. En su rostro, esa mirada seria que tenía desde que era un bebé, idéntica a la suya, aunque siempre pensó que su propia seriedad se debía a la vida dura que le había tocado.

«Quizá los recuerdos también se heredan», piensa a menudo.

Quizá Andrej, a pesar de haber disfrutado de una serie de lujos que Kyril de joven ni siquiera sabía que existían, lleva grabada en su ADN la secuencia de la pobreza de muchas generaciones anteriores. En cualquier caso, fue una sorpresa agradable verlo allí. Andrej no es un gran conversador y los momentos de intimidad entre ellos siempre han sido escasos, así que casi un año después, él se siente desilusionado cuando, por la razón que sea, su hijo no aparece en la playa.

Lo observa quitarse la camiseta retando al fresco de la mañana, y se dice que Andrej tiene ahora más o menos la misma edad que Jonás cuando murió. Por aquel entonces Andrej era un chico de apenas quince años, tímido hasta la desesperación, encerrado en sí mismo, físicamente infantil. Con el paso del tiempo ha cambiado la timidez por reserva y la postura desmañada por un porte erguido que lo hace parecer más alto de lo que realmente es. Kyril lo ve avanzar hacia el agua y sumergir un pie en la orilla, con cuidado, y luego salir corriendo hasta lanzarse contra las olas que lo cubren con un manto de espuma.

Él tarda unos segundos en hacer lo mismo. Corre detrás de su hijo mientras piensa que, algún día, le habría gustado compartir esa misma carrera hacia el agua con él y con Jonás. Andrej nunca ha sabido que tenía un hermano, y ya no tiene sentido que se entere, pero a él le gustaría contárselo.

Cuando su cuerpo se estrella contra el agua se dice que le gustaría explicarle que su medio hermano murió y que ha sido vengado. Con este ejemplo, Andrej entendería muchas cosas, no solo sobre su familia, sino sobre la vida en general. Las repasa con cada impulso de las piernas, con cada brazada.

El amor por los de tu sangre.

Lo que estás dispuesto a hacer para protegerlos.

Lo que debes hacer para respetarte a ti mismo.

Se sumerge una última vez ahora que su organismo se ha aclimatado. Cuando sube a la superficie se percata de que su hijo ya nada hacia la orilla, alejándose de donde está él y de esas lecciones que no se atreve a enseñarle, porque en la amable y moderna Barcelona del siglo XXI resultan difíciles de explicar.

Al salir, los dos se secan con brío porque el sol de abril al amanecer es tan lánguido que apenas se percibe. Andrej respira hondo y sonríe como quien ha vuelto a superar una prueba difícil. Kyril enciende un cigarrillo y su hijo pone los ojos en blanco. Como siempre.

—Primero te bañas para estimular el ritmo cardiaco y luego le metes esa mierda a tus pulmones.

Kyril da una calada larga. Paladea la sensación del humo en la garganta. Tose con fuerza.

—Al cuerpo hay que acostumbrarlo a todo —responde tras un silencio—. El exceso de hábitos saludables lo deja desprotegido.

—Ya. —Andrej se pone la camiseta sobre la piel salada—. Pues el tuyo se queja cuando fumas, no cuando lo tratas bien.

—Porque se está volviendo blando, hijo. Como los músculos. Es la edad.

—Entonces deberías empezar a cuidarlo. —Andrej aguarda unos instantes y después menea la cabeza y se echa la toalla sobre los hombros—. Te lo he dicho muchas veces. Haz lo que quieras.

Kyril sonríe por dentro. ¿En qué momento se invirtieron las tornas? ¿Cuándo empezaron los hijos a reprender a los padres? Le gusta la sensatez de Andrej. Lo tranquiliza en más de un sentido, pero al mismo tiempo le resulta levemente aburrida, y eso le provoca un hastío que se esfuerza por disimular. El mismo hastío que le abrumaba cuando su hijo era un niño y Zenya lo llevaba de un psicólogo a otro convencida de que sus dificultades de aprendizaje eran una paradójica prueba de su genialidad dormida. Para Kyril las terapias eran un síntoma claro de la debilidad de un país, del mundo, que no era capaz de criar a sus propios hijos sin la ayuda de extraños. Optó por no interferir demasiado. Tenía otros asuntos de que ocuparse mientras que Zenya cumplía con la única obligación de su ociosa y cara vida: hacer de Andrej un hombre de provecho.

Y la verdad es que lo ha conseguido.

Andrej se marcha a desayunar y Kyril se queda un rato más en la playa. Se sienta en la toalla y estira las piernas sobre la arena húmeda, contempla ese mar que va tornándose más azul a medida que se aclara el cielo. Las olas traen hasta la orilla un amasijo de algas verdosas y alguna que otra botella de plástico, las tristes ofrendas de un mar de ciudad. Tres cigarros después, oye unos pasos a su espalda. No necesita volverse para saber de quién se trata. Lo hace solo para comprobar que Marc Bernal no haya venido vestido de traje otra vez.

—Buenos días —le saluda el abogado, que en esa ocasión ha optado por un atuendo más acorde al entorno. Aun así, se lo ve incómodo, fuera de lugar.

A Kyril no le importa: hay temas de los que solo habla

al aire libre, sin teléfonos ni paredes de por medio. Lo aprendió hace años.

«Como casi todo», se dice mientras espanta con el pie a una gaviota descarada que ha aterrizado demasiado cerca de él.

—¿Sigues con tu afición a los baños matutinos? —pregunta Bernal a pesar de que la respuesta es obvia.

Kyril no responde enseguida.

—Me despejan la mente —dice tras aguardar unos instantes, y extiende la mano para que el recién llegado lo ayude a levantarse—. Estaba pensando en muchas cosas. En el futuro. En mi hijo...

Bernal asiente. Se ha acostumbrado a las súbitas confidencias de un hombre que no suele hacerlas.

—Pensaba... —Kyril esboza una sonrisa que no llega a formarse del todo—. Si te digo la verdad me preguntaba por qué la mafia rusa tiene tan mala fama. A los italianos siempre se los representa con mucho más carisma. Capos fríos en los negocios pero con buen corazón, amantes de sus familias, que se rigen por un código de lealtad. En cambio, a nosotros... —La sonrisa termina de aparecer—. Somos fríos, extremadamente violentos. Casi sádicos. Será por la comida, ¿no crees? Cuesta ensañarse con los que inventaron la pasta y la pizza.

Kyril enciende otro cigarro y empieza a andar por la orilla del mar. Bernal lo sigue, intentando que las olas, a veces invasivas, no le mojen los zapatos. Se le están poniendo perdidos de arena, piensa contrariado.

—Los americanos han conseguido que hasta sus mafiosos nos caigan bien —prosigue Kyril—. Gracias a las películas y series sobre la mafia italoamericana. Marlon Brando, Tony Soprano... Siempre son los buenos. Son buenos los gángsteres y aun mejores los agentes del FBI. ¡Qué hijos de puta! Quizá deberíamos financiar una serie de televisión. Para lavar nuestra imagen

Bernal carraspea. Duda que Kyril Záitsev, antiguo traficante de armas convertido en blanqueador oficial de las fortunas de sus colegas, le haya hecho ir un domingo por la mañana para discutir sobre la imagen de la mafia en el cine estadounidense.

—Nosotros también tenemos hijos. Y los queremos. Y a veces nos vemos en la obligación de vengarlos... Las idiotas aquellas no cumplieron con su trabajo.

—¿Es un reproche? Te advertí que no era una buena idea.

—Tu trabajo es advertirme y el mío decidir. ¿Cuándo sale la desgraciada esa?

Marc Bernal enrojece un poco.

—En verano. Julio, seguramente. Déjame que insista en mi consejo: no intentes nada más mientras esté presa. Las idiotas al menos se las arreglaron para que no las pillaran. ¿Acaso crees que se habrían callado si las hubieran descubierto? Aquí las cárceles son lugares relativamente seguros, Kyril. No te la juegues.

El otro asiente con la cabeza.

—Debe de estar contenta. La desgraciada, digo. ¡Qué mierda de justicia!

—Ha cumplido ocho años de los doce. Te recuerdo que ese era tu plan. Que sufriera en la cárcel un tiempo. Y luego, cuando saliera a la calle… No sé por qué te empeñaste en cambiarlo.

Kyril sí que lo sabe, pero no quiere darle la satisfacción de confesarle que no tuvo alternativa. Que Anna no soporta la idea de ver libre a esa mujer.

—¿Quieres que te cuente una historia? —dice Kyril, pensativo—. Es muy corta, y para variar está protagonizada por un americano. En 1950, un profesor llamado Curt Richter llevó a cabo un experimento con ratas. Las metió en unos tarros altos de cristal, luego los llenó de agua y observó como se ahogaban los animales, algo que solo podría interesar a un científico o a un sádico. Las pobres ratas no tenían posibilidad de saltar ni de agarrarse a los bordes, así que la mayoría sucumbió al cuarto de hora. Pero entonces Richter, que era bastante retorcido, varió el experimento: poco antes de que los animales desfallecieran, él y sus ayudantes los sacaron de los tarros, los secaron y los dejaron descansar durante unos minutos. Luego, en nombre de la ciencia, volvieron a sumergirlos. En esta segunda fase, las ratas aumentaron su resistencia y siguieron nadando sin tregua durante una media de sesenta horas convencidas de que el rescate iba a llegar. Conclusión: la esperanza es lo último que se pierde, incluso si eres una rata asquerosa.

—No sé muy bien qué quieres decirme con esto…

—¿De verdad que no? Ahora va a costar más acabar con Cruz Alvar. En la cárcel esa desgraciada no tenía nada que perder. Cuando esté en la calle, peleará por su miserable vida como si fuera un tigre en lugar de una rata.

—¿Y eso importa mucho? —pregunta Bernal—. ¿Acaso tiene alguna posibilidad?

Kyril Záitsev mira hacia la casa, el fastuoso hogar donde vive su familia, el espacio que ha construido para que Zenya y Andrej estén seguros y sean felices. También ve a Bogdan, que los ha estado siguiendo a una distancia prudencial. Se ha convertido hasta tal punto en una parte de su sombra, de su paisaje habitual, que ya ni siquiera repara en él.

Se dice a sí mismo que es Anna la que le insta a terminar con la vida de esa chica. No es del todo cierto. Lo hace por ella y por ese hijo al que apenas vio media docena de veces, pero también por Zenya y Andrej, por su familia. No podría dormir tranquilo si la persona que ha matado a uno de sus hijos andara libre por el mundo.

—Respondiendo a tu pregunta: no. Cruz Alvar estará muerta antes de que acabe el verano.

16

«Sant Jordi debería estar prohibido para los que sufren de mal de amores». Quizá se trate de la primera vez que Sònia piensa en esos términos, pero no se le ocurre ninguna forma mejor de expresarlo.

Hace un esfuerzo para no mirar con preocupación las seis rosas que le ha traído Óscar a primera hora de la mañana y que ahora la inquietan desde un jarrón improvisado. «Una por cada mes juntos», le había dicho él, y ella se había sentido completamente fuera de lugar, como un personaje que se hubiera equivocado de película y se hubiera colado sin querer en un telefilme romántico de sobremesa.

Óscar había captado el rubor, la sonrisa escéptica que se había dibujado en su cara, pero lejos de ofenderse apartó las rosas y se lanzó a besarla consciente de que para Sònia el amor era algo físico. Era piel, labios y caricias tiernas, aunque también fuerza, músculo y frenesí salvaje. Follaron sobre la alfombra y en el sofá, luego por fin consiguieron llegar a la cama, donde empezaron de nuevo. Fue ahí donde Sònia se preguntó si le quería mientras contemplaba el ramo de rosas abandonado sobre la mesa, y entonces, sin pensarlo demasiado, le susurró a Óscar al oído: «Creo que te quiero».

«¿Lo crees? ¿No estás segura?», preguntó él, mirándola serio. Había algo en aquellos ojos negrísimos que era duro y triste a la vez, como la mirada de un cachorro indefenso. Sònia no fue capaz de aguantar la presión. «No sé muy bien lo que siento», repuso, y se abrazó a él agotada por el placer y turbada por la revelación. La sinceridad no se lleva bien con el sexo y todavía menos con el amor. Sònia se esforzó por no darle más vueltas, por limitarse a sentir y a dejarse llevar. Sin embargo, su cerebro se empeñaba en traicionarla.

Aunque Óscar no apreciara la frase, para Sònia esa afirmación dudosa tenía algo de definitivo, de solemne, y eso la atemorizaba. Por primera vez en la vida, en su cabeza se proyectaban imágenes de futuro que luego la hacían sonrojar: se veía desayunando con él mientras unos niños de piel tostada jugaban a su alrededor; lo imaginaba mayor, con canas en las sienes, y la idea le gustaba.

Al mismo tiempo, Sònia quería soltarse, expandirse. Vivir el presente con la misma despreocupación con que lo había hecho hasta entonces, sin hipotecas ni ataduras de ningún tipo, sin otra inquietud que su carrera de artista. Roma era el primer paso, pero con el tiempo podrían surgir oportunidades de ir a lugares más lejanos, a ciudades nuevas. Horizontes que la atraían, pero que últimamente empezaban a parecerle menos acogedores sin esa mano fuerte a su lado.

Sònia miraba con ternura las rosas mientras que una voz en su cabeza se burlaba de ella. De repente llegó a una resolución. Si se trataba de vivir el presente, si esa tenía que ser su filosofía de vida, ese era un día para estar enamorada. Él se merecía un día inolvidable, por las rosas y pese a ellas. Lo único que esperaba era que Óscar fuese lo bastante listo como para disfrutarlo sin formular más preguntas.

Habían pasado el día juntos, aprovechando que él se había pedido la jornada libre. Habían caminado cogidos de la mano por el centro de una ciudad que ese año aún vive la fiesta un poco a medio gas. Como manda la tradición, habían subido por la rambla de Catalunya y ella había escogido para él un libro, *El adversario*, porque sabe que Óscar adora los *true crimes*. Habían comido en un restaurante japonés situado en un pasaje que conecta la rambla con el paseo de Gràcia y luego habían vuelto a casa porque el romanticismo también agota. Ella había propuesto una siesta, a lo que él no opuso la menor objeción, y la tarde se deslizaba hacia una noche que se preveía memorable, entre caricias y copas de vino, cuando habían llamado a la puerta y la burbuja de felicidad había explotado como una simple aunque enorme pompa de jabón.

Germán tenía un aspecto lamentable, y lo primero que Sònia había pensado al verlo era que debían llevarlo al hospital. Balbuceaba incoherencias, aunque de su relato, y sobre todo de un obvio golpe en la ceja que le había ensuciado la cara de sangre, se deducía que se había metido en alguna pelea. Lo cual no era del todo raro, pero no había sucedido tan a menudo en los últimos años y ella había creído que esa vena conflictiva se había suavizado con la edad. Óscar le había curado la ceja y le había endosado un analgésico que, mezclado con el alcohol y demás sustancias que llevaba Germán en el cuerpo, le había provocado un sueño casi instantáneo.

Ahora Germán duerme postrado en el sofá del salón, tapado con una manta, y hasta las rosas parecen algo mustias después de compartir oxígeno con él. Ni siquiera dormido parece descansar: tiene el ceño fruncido y un sueño agitado, tenso. Sònia no consigue dejar de mirarlo.

—Tranquila, no le pasará nada —susurra Óscar antes de desperezarse—. Solo era un corte, nada grave.

Sònia asiente, aunque su preocupación no tiene nada que ver con la ceja lastimada, ni siquiera con el colocón o el bajón que tendrá mañana. Germán ya ha pasado por eso otras veces.

—¿Una última copa de vino? —pregunta ella.

—Claro. Si quieres me quedo a dormir.

Sònia duda un momento y luego dice que sí con la cabeza porque le apetece y porque esta noche, con Germán convaleciente en el sofá, se siente más tranquila con un médico en casa. Coge la botella, Óscar se encarga de las copas, y se dirigen a la parte trasera del estudio, lejos de las ventanas, donde ella pinta. Óscar no suele ir allí, así que es como si estuviera enseñándole una parte de sí misma. Hay una mesa y un par de sillas viejas en un rincón; junto a las paredes desconchadas se acumulan algunos cuadros, bocetos, pruebas. No es precisamente acogedor y está mucho menos iluminado que el resto del piso. Sònia, gran amante del sol, rehúye la luz natural para pintar.

—¿Puedo curiosear? —pregunta él.

Ella se encoge de hombros.

—No hay nada secreto.

—Ya. Pero no te gusta que venga aquí. Lo sé.

—No es que no me guste… —Ella sirve dos generosas copas de vino—. Es un poco como dejar que la gente lea tu diario, ¿lo entiendes?

—Supongo. Aunque los cuadros están para ser expuestos.

«No todos», piensa ella sin decir nada.

—¿Este es en el que estás trabajando ahora? ¿Para la exposición de Thomas?

—Sí.

Óscar se queda en silencio, observando un lienzo donde aparece una pareja en un interior, de paredes viejas de color amarillo mostaza. Los personajes del cuadro no se miran. La figura masculina, sentada en un lado del cuadro, tiene la cabeza vuelta hacia la chica mientras que esta, de pie, parece contemplar la pared dándole la espalda. Hay algo desasosegante en el cuerpo de ella, desnudo, en contraposición al de él, vestido con un traje que evoca el estilo de los años cincuenta. Los cuerpos están separados y solo el humo de sus cigarrillos, el que él sostiene en la mano y otro que debe de tener ella en la boca, se entremezcla en la parte superior del cuadro.

—Es... triste —dice Óscar.

—Mis obras casi siempre son tristes —murmura ella. De repente no quiere que él siga observando el cuadro, ni mucho menos que empiece a analizarlo o a hacerse preguntas—. Aún no está terminado. Ven, por favor.

Él obedece aunque sigue mirando la pintura desde lejos. Luego coge la copa de vino y le da un buen trago, algo impropio de él porque no es un gran bebedor.

—Me gustaría saber decirte más cosas —comenta después—. Pero la verdad es que no puedo. Solo me atrevo a decir que me gusta mucho. Y que me hace sentir triste.

—Me vale con eso. Ya tengo bastantes amigos artistas con opiniones elaboradas y teóricas. Y nunca se las callan. —Lo comenta en tono ligero, aunque ella misma sabe que no es del todo cierto; intuye que algún día necesitará compartir algo que él no podrá entender—. Como el que está tirado en el sofá. Joder, menudo final de día. Lo peor es que Germán me cabrea y me da pena a la vez.

—¿Y crees que todo esto es por Thomas?

—Bueno, si te digo la verdad, Germán ya era un desastre antes de Thomas. No vamos a echarle a él toda la culpa... Pero sí, supongo que esta nueva caída a los infiernos es cosa suya.

—Es un tipo raro. Me refiero a Thomas.

Ella lo piensa. Bebe. Añora un cigarrillo, la sensación de la nicotina avivándole el cerebro. Dejó de fumar durante el confinamiento porque, de repente, sintió un pánico absoluto a la muerte.

—En este gremio todos somos un poco raros —murmura ella por fin.

Él se ríe.

—No, lo digo en serio —insiste Sònia—. Te has metido en un círculo de gente excéntrica. En cuanto a Thomas... sí, últimamente está distinto. —Lo dice enfatizando el verbo—. Hace unos meses no era así.

—Bueno, yo no lo conocí antes y no puede decirse que le conozca bien ahora. Es un tío educado y parece muy listo. Pero lo que contó Germán el otro día de que Thomas estuvo a punto de golpearle me sorprendió. No me había dado la impresión de que fuera violento.

Sònia se frota las manos. Siempre hace frío en esa zona del estudio aislada del sol.

—Tampoco te tomes al pie de la letra todo lo que cuenta. Y, por otro lado, ¿por qué coño se le ocurrió mencionar a su hermano? No es un tema para sacar a la ligera con Thomas, joder.

—¿Por? Lo siento, a lo mejor me lo has contado ya y no me acuerdo.

Ella vuelve a beber y se queda callada.

—No. No te lo he contado. No me gustan los crímenes ni los dramas. Y menos cuando hay niños involucrados. Además, no es que sepa la historia completa.

Óscar no dice nada, y el silencio la invita a seguir.

—Thomas era pequeño, unos seis años o algo así. Su hermano Neil tenía ocho o nueve, no lo sé. El caso es que vivían en una de esas casitas inglesas en un pueblo de York-shire, con su padre pintor y la madre también artista. Ceramista, creo recordar. Un día encontraron al hermano de Thomas muerto en la casa de los vecinos. Se había caído a un pozo que estaban excavando. No sé qué pasó luego, pero su muerte destrozó a la familia de Thomas. Sus padres nunca creyeron que hubiera sido un accidente y supongo que la policía lo investigó... No se descubrió nada concluyente. Lo que sí está claro es que eso acabó con la familia de Thomas. Los padres se separaron: él dejó de pintar y empezó a beber, ella cayó enferma. Los dos están muertos... En fin, un horror todo.

»Thomas nunca ha querido hablar de lo sucedido: lo sabemos porque el último cuadro que pintó su padre está dedicado al hermano. Es su obra más valorada y, si buscas información sobre ella, te enteras de la trágica historia. Germán y yo nos enteramos antes de conocer a Thomas, cuando solo éramos seguidores de su podcast.

—Ya...

—Tampoco es tan extraño que no quiera tocar el tema, ¿no crees? —dice Sònia con vehemencia—. Y menos con Germán en plan mosqueado y fingiendo saber más cosas de las que sabe. Se lo soltó para joderlo y se encontró con una respuesta que no esperaba. Es típico de él: se mete en líos y luego se convence de que el universo conspira en su contra. ¡A veces me entran ganas de pegarle yo también!

—Pero le quieres. Es tu amigo —repone Óscar.

Sònia se encoge de hombros.

—Como dice mi madre, hay que aprender a quererlo...

Sí, claro que le quiero y me importa, pero eso no significa que no me desespere de vez en cuando.

Óscar sonríe y se acerca hasta ella. Se inclina para besarla.

—¿Yo también te desespero? ¿O te aburro?

Sònia suelta un bufido.

—¿Por qué todos los tíos queréis hablar siempre de vosotros mismos? Tú no tienes nada que ver con Thomas. Ni con Germán. Tú... tú eres distinto.

—Ya. Por eso mismo quiero saberlo. Me da miedo que te canses de mí. Hasta mis madres creen que soy un poco soso. De pequeño me animaban a que me portara mal de vez en cuando y yo no sabía cómo hacerlo. —Sonríe y logra que ella lo haga también—. Siempre... no sé, siempre he tenido la impresión de que debía ser bueno y portarme bien para que no me enviasen de vuelta a Senegal...

—¡Por favor! ¿Qué estás diciendo?

—Es la verdad. Era un temor ridículo, pero soy consciente de que eso me ha convertido en alguien poco interesante. No me drogo. Bebo lo justo. No sé nada de arte. Me interesa el deporte y...

—Y los crímenes —le corta ella, bromeando, porque empieza a sentir una ternura que la incomoda—. En el fondo eres un morboso. Todos tenemos un lado oscuro. El tuyo...

—El mío se ve a simple vista. Mira: lo tengo a flor de piel.

Sònia se ríe. Es algo que Óscar no valora demasiado de sí mismo: su capacidad para hacerla reír.

—Antes has dicho que creías que me querías —dice él al tiempo que se arrodilla a su lado—. Tranquila, no voy a pedirte en matrimonio. No es el momento. Solo quiero decirte que yo he pasado a la fase siguiente. Ya no creo que te quiero, simplemente es así, no puedo evitar saberlo. También sé que te echaré mucho de menos cuando te marches a Roma, y que quizá ese viaje sea el final de todo porque allá conocerás a un artista guapo, apasionante y lleno de talento... Pero si no es así, yo te estaré esperando cuando vuelvas.

Ella asiente con la cabeza y combate unas estúpidas ganas de llorar. Le revuelve el pelo como si fuera un cachorro.

—Te prometo que volveré. Y entonces hablaremos en serio, ¿vale? No puedo... no quiero decirte algo ahora. Tengo demasiados planes, demasiados proyectos.

—Solo dime que uno de tus planes soy yo.

Sònia le da un beso largo.

—Uno de mis mejores planes siempre eres tú —le susurra al oído.

Mayo

17

No siempre resulta sencillo encontrar un nuevo reo. Hasta ahora los indeseables habían ido cruzándose en su camino sin que él hubiera tenido que esforzarse en buscarlos. En cambio, Thomas no ha conseguido dar con el candidato idóneo en las últimas semanas. Se dice que eso podría deberse a que ha estado muy ocupado con la reapertura de la galería, prevista para la tercera semana de junio, y con la grabación de un par de episodios de su podcast *Fuck the artist*. Todo eso, unido a la traducción que le encargaron con relativa urgencia a principios de año, lo ha mantenido enfrascado en asuntos profesionales que le dan de comer y, por lo tanto, sin el suficiente tiempo libre para dedicarlo a otras tareas.

Sin embargo, los días van pasando y, con ellos, crece la inquietud. A Thomas le gustaría poder analizarla, mantener la frialdad necesaria como para observarse desde fuera. Lo único que puede constatar es que el insomnio se aviva con el pasar del tiempo; que, si bien no le cuesta conciliar el sueño, se despierta al cabo de pocas horas impulsado por la ansiedad de bajar al sótano. Y que, en sus momentos de ocio, intenta imaginar cuál será el rostro de su siguiente invitado y por qué estará allí.

Las últimas noches ha repasado las grabaciones compulsivamente. En el sótano, de madrugada. Escucharse narrando los hechos le provoca una excitación creciente, y, junto a su voz, resurgen los recuerdos. Borja Claver yendo hacia el coche, con la culpabilidad impresa en la cara; Gelabert deteniéndose para responderle en medio de una calle vacía y oscura; Agustín intentando explicarse, poniendo todo su esfuerzo en defender su inocencia... como si algún condenado alguna vez se hubiese creído merecedor de la pena. El librito sobre Nicomedes Méndez, la *Semblanza de un hombre memorable*, lo explicaba bien.

«Nunca ajusticié a un inocente», decía el verdugo, aunque, al final de sus memorias confesaba que había tenido serias dudas sobre la culpabilidad de uno de sus reos.

En el caso de Agustín Vela, Thomas piensa ahora que la desesperación lo embellecía, otorgaba más carácter a unos rasgos ya de por sí armónicos. Había algo insuperable en acabar con la vida de alguien hermoso, especialmente para una persona como él, que admiraba la belleza física tanto como otras cualidades más íntimas. Por eso se resistió a ponerle la capucha y se limitó a vendarle los ojos cuando llegó el momento final. Recordaba haberse compadecido de él y todo, no tanto porque sus argumentos lo convenciesen, sino porque le fascinaba ver aquellos ojos castaños, brillantes por la emoción, implorando clemencia. La boca de labios perfectos, que en otro contexto habría deseado besar. Y luego, claro, llegó la fase del arrepentimiento: unas excusas desgarradoras, el propósito de enmienda más firme que uno podría escuchar.

Esa noche, al escuchar de nuevo su relato grabado de los hechos, Thomas cierra los ojos y evoca la intensidad del momento, la desolación de sus disculpas, la aparente sinceridad de las mismas y sus promesas de no reincidir. Como si eso tuviera algún sentido llegados a ese punto... Desde luego que el desgraciado de Agustín no volvería a hacerlo. Thomas estaba incluso dispuesto a creerse sus buenas intenciones. Pero lo que importaba era lo que ya había hecho.

«Los actos tienen consecuencias. —se oye decir—. No podemos actuar como si no se hubiesen producido».

Cometer malas acciones es como subirse a un tren de una única dirección, entrar en un túnel oscuro que se dirige a un único destino, marcado de antemano.

Me pareció una buena metáfora y dediqué unos segundos a pensar en ella, orgulloso de mí mismo, mientras le acariciaba el pelo. Lo tenía húmedo de sudor. Su cara estaba pálida, la mirada borrosa por las lágrimas.

Nicomedes tenía razón: la proximidad de la muerte otorga a los reos una belleza extática, sugerente.

Los rasgos viriles de Agustín me hacían pensar en un soldado en las trincheras a merced del fuego enemigo, o en un desertor que aguarda los disparos del pelotón de fusilamiento. Lo imaginé en un paisaje al atardecer de Turner o contemplando las nubes negras de su triste destino como el caballero del cuadro de Caspar David Friedrich. Animado por esa idea, intenté infundirle un poco de valor, aunque en el fondo esa mirada nublada se me antojaba hermosa y algo en mí anhelaba que siguiera así: asustada e indefensa.

«Intenta calmarte. Hay que saber morir como un hombre. Lo que tiene que pasar, pasará. ¿No es mejor que aproveches estas últimas horas para partir en paz contigo mismo?».

Eso lo alteró aún más. Empezó a removerse en la silla, a proferir insultos, sin darse cuenta de que no era una buena idea ofender al verdugo.

«*Not a clever move, my dear*».

Pero yo lo entendía, claro que lo entendía; lo que Agustín no llegaba a comprender era que todo eso era inevitable, que suplicar era colocarme en una posición embarazosa que solo un verdugo experto podía resistir. Me situé detrás de él y apoyé las manos en sus hombros para serenarlo. Le susurré al oído que aún no había llegado el momento.

«Te prometo que será una ejecución limpia. No eres el primero y yo soy bueno en mi trabajo. El mejor».

Y entonces al pobre desesperado se le ocurrió apelar a su futura paternidad. ¿Cómo iba yo a dejar a un niño sin padre? ¿Qué sería de él? ¡Su familia le necesitaba!

Todo resto de piedad se esfumó. Con absoluta sinceridad, el mayor favor que podía hacerle a esa criatura era librarla del ejemplo de un padre como Agustín. Ojalá el mundo hubiera librado a muchos niños de padres así. Neil estaría vivo si el miserable de Albert Bodman hubiera sido ejecutado antes de ser padre.

Así que me aparté de él. Algo en mi interior me impulsaba a

terminar con él en aquel mismo instante. Habría sido sencillo, Agustín ya estaba atado a la silla, inmovilizado por el cuello, atado de pies y manos.

Sin embargo, las cosas tenían un orden, el ritual era importante. Ningún verdugo habría llevado a cabo una ejecución antes de la hora prevista. Así se lo dije, en voz alta, con la mayor frialdad, para que no dedujera de mi voz la menor esperanza.

«Faltan cuarenta y cinco minutos. Luego todo terminará».

Y lo dejé solo, pensando que también merecía respeto, un rato consigo mismo para enfrentarse en vida a sus demonios.

No apagué la luz del sótano. Me pareció un gesto necesario y compasivo. La muerte nos asusta, sobre todo porque nos imaginamos hundidos en un pozo negro, porque no sabemos qué hay más allá. No vi necesario sumirlo en la oscuridad antes de tiempo; tendría toda la eternidad para acostumbrarse a ella.

Quizá sea esta otra de las reglas del buen verdugo: dejar que la luz acompañe las últimas horas del condenado. Aunque estaría bien disponer de una bombilla más cálida que esta. Me prometí cambiarla antes de que llegara el siguiente.

Thomas apaga el reproductor. Contempla la silla, ya preparada. Únicamente falta alguien a quien sentar en ella. Decide que no puede tardar mucho en encontrarlo. Tan solo necesita observar a su alrededor con la debida atención, porque está seguro de que sus caminos se cruzarán cuando menos se lo espere. Como sucedió con los otros.

Los días siguientes se levanta muy temprano y termina la parte de la traducción que se ha asignado para cada jornada. Luego se dedica a pasear por la ciudad. Deambula por calles principales y por otras que nunca ha pisado. Se pierde por diferentes barrios, desde los más turísticos, todavía un poco mustios, hasta los más habitados. Se sienta durante horas en la plaza d'Osca, en Sants, y contempla a unos borrachos pendencieros que podrían suscitar en él la ira; en cambio, solo le despiertan una mezcla de desprecio y lástima. Recorre las empinadas calles del Carmel a la caza de algo que no sabría definir. Solo sabe que su instinto reaccionará cuando dé con el estímulo adecuado. No puede contar con que siempre va a tener la suerte de la que ha gozado hasta entonces.

Hay algo intenso en esa búsqueda, en ese caminar sin rumbo pero con un objetivo. Escucha las conversaciones en los transportes públicos, escruta las caras de quienes se cruzan con él. Su mirada, en apariencia inocente, es la de un animal hambriento. Sería tan fácil escoger a un individuo al azar que a veces se siente tentado a dar ese paso.

Pero no: Neil no podría perdonárselo.

Y, en el fondo, él tampoco.

18

Mientras pone en marcha la grabadora y comprueba que funciona, Lena piensa que la segunda entrevista con Cruz Alvar se presenta con una atmósfera radicalmente distinta a la anterior. No solo porque Cruz esté más débil, en su rostro aún se percibe el tono macilento que se te pega en las habitaciones de hospital, sino por la sensación de que la chica tiene verdaderas ganas de hablar con alguien. Fue ella misma quien requirió la visita y Lena no ha podido negarse.

—Vale, esto parece que va bien —le dice Lena en tono afectuoso—. ¿Qué tal si empezamos ya?

Cruz asiente con la cabeza y Lena le hace señas para que lo exprese de viva voz.

—Ah, sí, claro. Adelante.

—Muy bien. ¿Cuándo conociste a Jonás Tormo?

—A principios de 2012. El 15 de febrero, el día después de San Valentín. Luego nos reíamos con eso.

—¿Dónde os conocisteis?

—Uf… es una larga historia. Y no muy bonita. Supongo que tengo que contártela.

—No, si no quieres. Pero me ayudaría mucho a conocerte más. A conoceros más a los dos.

—Vale. De hecho, para eso estamos aquí, ¿no? No merece la pena guardar secretos, aunque debo decir que este me da bastante vergüenza. Venga, allá vamos. Te lo resumiré, así nos ahorramos los detalles. Mi amiga Eli me convenció para que pasara una noche en un hotel en Sitges con ella y dos… *sugar daddies*. No tengo que explicar lo que son, ¿verdad?

—No. Dices que el plan era una propuesta de tu amiga Eli…

—Sí. Para mí era la primera vez y me daba bastante mal rollo. Yo qué sé. Era una niñata subnormal y le dije que sí.

—¿Nunca habías hecho algo parecido?

—No. Bueno, más o menos. Había salido alguna noche a cenar con Eli y su *sugar daddy*. Era un tipo baboso pero tranquilo. Y muy generoso: era facilísimo sacarle pasta. Al día siguiente ella y yo siempre nos íbamos de compras. Me aseguró que el otro era un buen tipo, que eran colegas.

—¿Y el plan del hotel incluía tener relaciones sexuales con alguno o los dos *sugar daddies*?

—¡No! Ese era el trato, al menos. Eli siempre decía que eso lo hacían las putas y que esto era otra cosa. El tipo le metía mano de vez en cuando y ella se dejaba. Ya está. Por eso acepté lo del hotel. Les dejé claro tanto a ella como a su *daddy* que no quería que el otro se pasara ni un pelo y ambos me juraron que así sería.

—¿Y qué ocurrió?

—Digamos que mi *sugar daddy* era más joven que el de Eli. Más joven, más asqueroso y con las manos más largas. ¡El tío se creía que estaba bueno! Era un miércoles de invierno y Sitges estaba desierto… Salimos a cenar y cuando volvíamos al hotel, caminando por el paseo marítimo, comprendí que aquel gilipollas quería follar conmigo. Subí a la habitación, y cuando estaba recogiendo mis cosas, el muy guarro se me echó encima. Ya, ya… ¿Qué podía esperar si me iba con él a pasar una noche a un hotel? Eso mismo le decía yo a Eli siempre, pero ella me respondía que si sabías manejarlos, eran mansos como corderitos.

—Siempre hay un lobo escondido entre los corderos.

—Exacto. Y me tocó a mí. Pero ese lobo lo único que se llevó fue una patada en los huevos y un arañazo en los morros. Cogí mis cosas y me largué pitando de allí.

—¿Y qué papel juega en todo esto Jonás?

—Su madre era la directora del hotel y él trabajaba por las noches en la recepción para sacarse un poco de pasta. Terminaba su turno cuando yo salía por la puerta principal y me preguntó qué me pasaba. Yo no quise decírselo… Solo le conté que me había peleado con mi novio y que no tenía cómo volver a casa. El último tren hacia Barcelona ya había salido y el siguiente no pasaba hasta las seis de la mañana.

—¿Y?

—Él me dijo que tenía la llave maestra que abría todas

las habitaciones y me llevó a una suite. Joder, no había visto una habitación como esa más que en las pelis.

—¿Pasasteis la noche juntos?

—No como estás pensando. Se quedó conmigo y charlamos hasta el amanecer. Pero me habría acostado con él allí mismo si me lo hubiera pedido. Sin la menor duda.

Después, sola en su celda, Cruz repasa la conversación que ha mantenido esa tarde y se reprocha su incapacidad para expresarse, para contar con palabras lo que había sido el amor. Lo que había sido Jonás. ¿Cómo resumir en apenas quince minutos un año y un mes de su vida? ¿Cómo contar las caricias, las confidencias, los momentos íntimos? ¿Cómo contar a Jon?

Incapaz de conciliar el sueño, Cruz abandona la cama y se sienta abrazada a sus rodillas en un rincón. Los ruidos nocturnos de la cárcel siempre le hacen pensar en los de una casa encantada. El silencio pesa. Los pasos crujen. O quizá sean las puertas metálicas las que se burlan con sus chirridos, recordando a las presas que siguen ahí, inquebrantables, conformando un cerco que ellas no pueden eludir. Alguien grita a lo lejos, y se encienden algunas luces. Luego se oyen varias voces de reclusas que reclaman a gritos su derecho a descansar en paz. El tumulto dura poco; enseguida regresa esa falsa calma preñada de pequeños sonidos. Cruz no hace nada, ni siquiera se mueve de su rincón. Cuando el módulo queda de nuevo a oscuras, estira las piernas. Ese es todo su espacio ahora, y aun así es una privilegiada por poder disfrutar de él a solas.

Faltan veinte minutos para la medianoche. En menos de ocho horas la rutina empezará de nuevo y expulsará a los recuerdos. Solo necesita entretener su mente, pero hoy solo puede pensar en una cosa.

«¿Cómo era Jonás Tormo?», le había preguntado la psicóloga.

Ella había intentado hacerle justicia. Explicarlo bien. Transmitir su entusiasmo, sus miles de planes, sus valores, su capacidad para divertirse, su desenfado para todo lo relacionado con el sexo, su vitalidad contagiosa. Desde la primera vez que se acostaron, pocos días después del encuentro en el hotel, ella supo que era algo distinto aunque no entendía por qué. Era así, nada más, entre ellos ardía un fuego que no parecía consumirse nunca. Las brasas permanecían encendidas, aguardando el menor roce, la más mínima caricia para prender de nuevo. Sin embargo, no se trataba solo de eso. Existía también el vacío cuando él no estaba, la sensación de que sin Jon la vida era un otoño feo y desabrido, el preámbulo de un crudo invierno.

Tras haber pasado la tarde hablando de él, Cruz se desliza sin red hacia la nostalgia. Cierra los ojos y evoca su voz, coge sus manos invisibles y las pasea por sus piernas, como solía hacer Jonás; oye su risa, ve su sonrisa de dientes blancos y roza con las puntas de los dedos el vello suave y firme de su pecho. Por primera vez en todo el día, es plenamente consciente de que pronto saldrá a una ciudad, a un mundo, en el que Jonás ya no está. La idea, nueva y avasalladora, sepulta todos los recuerdos bajo una dolorosa avalancha de piedra gris que la hunde en el rincón.

«¿Qué voy a hacer ahí afuera sin ti?», susurra. Vuelve a abrazarse a sus rodillas y se gira hacia la pared. Desea llorar, pero sus ojos están tan secos como los huesos de Jonás en la tumba. Los cierra de nuevo para ahuyentar esa imagen: Jonás descompuesto, sus restos rendidos a miles de gusanos voraces. Todo por culpa de su arrebato, de su orgullo. De su cólera desatada. Cruz se muerde los nudillos hasta hacerse sangre para no gritar. Los dedos de Jonás, largos, fuertes, descienden por su nuca intentando calmarla.

Ya es tarde.

Cruz solo siente la caricia helada de un muerto.

Ha tenido que bajar el volumen de la grabación porque de noche todas las voces suenan como gritos y, de alguna manera, Lena desea preservar esas palabras, tratarlas con delicadeza, cubrirlas con un manto de discreción mientras las pasa de la cinta a la pantalla.

L. M.: Cuéntame qué pasó la noche del 22 de marzo de 2013.

(Suspiro. Pausa.)

C. A.: ¿Podemos parar un momento?

L. M.: Claro.

(Descanso.)

L. M.: ¿Te encuentras mejor? ¿Te apetece seguir?

C. A.: Sí. Pero me cuesta hablar de ese día. Ni siquiera recuerdo bien qué hice la semana anterior. Estar cabreada, supongo. Y triste.

L. M.: Me has dicho que Jonás quedó contigo por última vez justo siete días antes, el viernes 15 de marzo. Y que fue entonces cuando te dijo que... bueno, que necesitaba un descanso de lo vuestro.

(Risa breve.)

C. A.: Eres tan fina hablando... No, no lo expresó así. Yo no lo entendí así al menos. Habíamos empezado a planear el viaje antes de Navidad. Él llevaba años acondicionando la caravana. Cuando la compró era un trasto. Nos marcharíamos en la primavera y pasaríamos todo el verano juntos, viajando de un sitio a otro. No teníamos fecha de vuelta. Iba a ser un viaje único. Inolvidable.

L. M.: Y ese día te comunicó que había un cambio de planes. Que quería marcharse solo.

C. A.: Exacto. Me dijo que se iría solo y que no tenía muy claro si iba a volver. No era un descanso. Lo nuestro se había terminado. Y no me dio ninguna explicación más.

L. M.: Ahora, al mirarlo con distancia, ¿se te ocurre cuál fue el motivo de su decisión?

C. A.: No. Eso fue lo más fuerte. La sorpresa. El shock. La frialdad. Unos días antes habíamos estado hablando del viaje. De hecho, no hablábamos de otra cosa. Yo había dejado el curro, tenía medio preparada la mochila. Y de repente va y me dice que se acabó. Que quiere estar solo. Que necesita alejarse de todo y que no sabe si volverá o no algún día. Que *ciao*, bonita, que ha sido un placer. Que la caravana no es lo bastante grande para los dos.

L. M.: Y tú te enfadaste. Es totalmente comprensible. Volvamos al 22 de marzo, por favor.

C. A.: No me enfadé. Me puse furiosa. Una vez superado el primer impacto me sentí completamente imbécil. Le había dicho a todo el mundo que me largaba, que nos íbamos juntos del puto Hospitalet y del país. Me había sacado el pasaporte, había dejado el curro...

L. M.: Sí. Me lo has contado ya.

C. A.: ¡Pues te lo vuelvo a contar! Porque si no, no se entiende. No lo entiendo ni yo ahora, joder. ¡Joder! *(Sollozo).*

(Pausa.)

C. A.: Estoy tranquila. Sí, no te preocupes, todo bien. Venga... 22 de marzo, allá voy. Las chicas se empeñaron en hacerme salir.

L. M.: ¿Las chicas son...?

C. A.: Elisenda Nadal y Nerea Barrios. Mis amigas de siempre. Yo estaba hecha polvo. No tenía ningunas ganas de pisar la calle. Se presentaron las dos en casa sobre las ocho de la tarde y casi me arrastraron.

L. M.: ¿Qué hicisteis?

(Sonrisa triste.)

C. A.: Beber. Fumar. Fumar porros quiero decir. Lo de siempre cuando algún tío nos hacía una putada. Eli trajo sus píldoras de la felicidad. No sé cuántas me tomé. Todo me importaba una mierda.

L. M.: ¿Cuándo se te ocurrió ir a buscar a Jonás?

C. A.: Nunca fui a buscar a Jonás. No tenía ningunas ganas de verlo. Con las chicas teníamos un dicho: «Que lloren ellos». Y a medida que fue avanzando la noche me dije que lo único que podría consolarme un poco sería verlo llorar.

L. M.: No era vuestra primera venganza, ¿verdad?

C. A.: No, ya lo sabes. Salió en el juicio. La moto de Rubén. El *sugar daddy* del hotel...

L. M.: ¿Qué le hicisteis al de Sitges?

C. A.: Eli se enteró de su dirección. Nos colamos en su casa y le pusimos las paredes y el sofá perdidos.

L. M.:¿Nunca os denunció nadie?

(Risa.)

C. A.: El Rubén ni se enteró de que habíamos sido nosotras. El otro... imagino que lo sospechaba, pero tampoco estaba en posición de montar un escándalo. Además tenía pasta: volvería a pintar y se compraría un sofá nuevo.

L. M.: Y esa noche pensaste que Jonás se merecía un escarmiento.

C. A.: Sí. Para qué negarlo... Habíamos seguido bebiendo y de repente en mi cabeza empezaron a aparecer imágenes de la caravana. Y pensé que sería maravilloso que ardiera hasta quedar reducida a cenizas.

L. M.: ¿Cuándo te fuiste al camping donde la tenía aparcada?

C. A.: No lo sé. Les dije a las chicas que me iba... Ellas quisieron acompañarme, pero no las dejé.

L. M.: ¿Seguro? ¿No lo dices para protegerlas?

C. A.: No. Jonás era cosa mía y quería encargarme yo sola. Además... *(Pausa)*. Además tampoco sabía si iba a tener los ovarios de hacerlo.

L. M.: ¿Temías arrepentirte en el último momento?

C. A.: Sí. Y no quería que nadie me comiera la cabeza. Así que me fui a casa, cogí el coche de mi hermano y tiré para Sitges. Para Vilanova, mejor dicho. Jon tenía la caravana allí, en un camping. Y de camino, como ya sabes, paré en la gasolinera para llenar una garrafa.

L. M.: Cuéntame qué pasó luego, cuando llegaste allí.

C. A.: Seguía medio colocada, la verdad. Y con esto no quiero decir que no fuera responsable. No lo digo para disculparme. Pero no estaba bien. Casi me estampo contra otro coche en el cruce del camping.

L. M.: Cruz Alvar vio unos focos cuando giraba hacia el camping donde estaba estacionada la caravana de Jonás Tormo. Estuvo a punto de sufrir un accidente. Obviamente, su estado no era el adecuado para conducir. Enfadada, borracha, con la mente alterada por las drogas, tal vez la noche hubiera acabado de otra forma si el choque se hubiera producido. Recuerda el susto y la sensación de perder el control del coche. Sin embargo, no pasó nada. El otro vehículo siguió su camino y ella también. Había llegado a su destino.

Todo estaba tranquilo a esas horas en la madrugada del 23 de marzo. La caravana estaba en su lugar habitual. Jonás Tormo había llegado a un acuerdo con la gente del camping y le dejaban aparcarla allí en temporada baja, algo alejada de las instalaciones pero dentro del recinto. Según cuenta Cruz Alvar, aparcó el coche, sacó la garrafa llena de gasolina del maletero y se acercó a la caravana. No había luz en el interior, nada que indicara que había alguien allí. Pese al estado de confusión producido por el alcohol, la rabia y las drogas, Cruz sabía que los viernes Jonás trabajaba en el turno de noche del hotel y no salía hasta las seis de la mañana. Por eso, si creemos su versión, su intención era destruir el vehículo, «reducirlo a cenizas», no matar a Jonás Tormo.

En este punto la narración de Cruz se vuelve confusa, ya sea porque su memoria falla o porque se niega a admitir lo que hizo. Atendiendo a su relato, Cruz Alvar vació la garrafa de gasolina alrededor de la caravana, dibujando un círculo.

«Como un aquelarre», me dijo.

Luego se apartó y encendió un cigarrillo. Su plan era arrojar la colilla al círculo y ver cómo ardía. Recuerda que temblaba. Pensó en Jonás, en su sueño de dar la vuelta al mundo, primero en la caravana y luego, cuando ya no quedaran países a los que llegar por tierra, a bordo de un velero. Unos sueños que había compartido con ella y que, en cierto sentido, le había contagiado. Hasta que lo conoció, Cruz no se había planteado jamás algo así. Le quedaba demasiado grande, era un anhelo demasiado ambicioso para una chica que apenas había salido de su ciudad. Quizá fuera eso lo que vio Jonás, lo que le llevó a terminar la relación y continuar con sus planes sin ella.

Lo siguiente que Cruz recuerda es un fogonazo y un reguero que empezaba a arder. Se miró los dedos y, siempre según su versión de los hechos, vio que todavía sujetaba el cigarro. Las llamas crecieron y retrocedió. Y entonces, y dejo constancia aquí de que jamás había dicho nada parecido ni en los interrogatorios ni en sus comparecencias ante el juez, Cruz Alvar vio a alguien. Una sombra que huía del incendio en dirección a la carretera. No se le ocurrió seguirla. Se quedó allí parada, viendo como el fuego devoraba la alfombra mágica que llevaría a Jonás lejos de ella. Después una explosión la tumbó de espaldas y ya no recuerda nada más. Tan solo que al recobrar la consciencia se enteró de que Jonás Tormo, su novio hasta la semana anterior a los hechos, se encontraba dentro de la caravana y había muerto carbonizado.

19

Sin previo aviso, lo que Thomas tanto anhelaba sucede. Es martes, 11 de mayo, alrededor de las siete de la tarde. El encuentro es apenas un cruce de miradas, una conversación oída a medias, una situación que le revuelve el estómago. No puede decirse que sea definitivo. Solo... ¿cómo lo diría...? Ilusionante. Las horas de vigilancia, la impaciencia, las caminatas eternas... todo se desvanece cuando se produce el hallazgo en el lugar más insospechado. O quizá no sea tanto el sitio lo que le sorprende, sino el momento. Y la persona, porque nunca hasta ahora se había planteado ejecutar a una mujer.

Reflexiona y se dice que debe tomarse las cosas con calma: tiene que cerciorarse de que le falla el instinto y recabar más pruebas. Podría haberse equivocado, y su tarea no puede tomarse a la ligera.

Un error de juicio sería imperdonable: no puede basarse en una única impresión, por certera que le pareciese hace solo unas horas.

Como suele decirse, las cosas pasan cuando menos se esperan. Esa tarde, Thomas había salido a dar una vuelta. Había tomado la resolución de detener la búsqueda temporalmente porque la falta de resultados lo agobiaba. De todos modos, y dado que los días ya se iban prolongando y apetecía pasar más tiempo en la calle, se decidió a dar otro de sus largos paseos alrededor de las seis. Escogió una ruta poco habitual para él: tomó el metro hasta la Zona Universitària y una vez allí emprendió la vuelta al centro por la avenida Diagonal. Por la anchura de la calle y la afluencia de gente, no era el lugar idóneo para captar conversaciones o fijarse en nadie, y eso lo tranquilizaba un poco. Caminar sin la tensión que conllevaba la búsqueda serviría para aclararle las ideas. Con lo que no había contado fue con un tiempo cambiante, que en cuestión de minutos transformó unas nubes inocentes en una tromba de agua. Cayó un chaparrón colérico que anegó las aceras y logró que los transeúntes, pillados de improviso en una avenida amplia, buscaran refugio. No había demasiados sitios para escoger. Por suerte, a Thomas le sorprendió el aguacero cerca del centro comercial L'Illa y, como tantos otros que pasaban por allí, se metió en los soportales a esperar a que amainase.

Desde allí observó como la lluvia más bien arreciaba, orgullosa de sí misma y de su poder sobre los paseantes de la ciudad. Apenas se veía a nadie a pie, y en la calzada empezaba a formarse un atasco considerable, así que desestimó la posibilidad de volver a casa en taxi y se dedicó a recorrer las tiendas. Al descender a la planta inferior, donde se hallaba la zona de restauración, las vio. La vio, para ser exactos.

Lo primero que le llamó la atención fue la niña, que caminaba alegremente empujando un carrito en el que llevaba un perrito blanco de peluche. Luego vio a la que supuso que sería su madre. Su mirada se cruzó un segundo con la de la mujer, que estaba unos pasos por detrás de la niña. Se sorprendió cuando un instante después, la mujer, en lugar de caminar hacia su hija, dio media vuelta y empezó a gritar, atrayendo la atención de la gente. La niña, Sofía según los gritos de la madre, se detuvo desconcertada al oír su nombre. Tanto como él, que no acababa de entender por qué esa mujer había fingido no ver a la cría cuando la tenía a escasos diez metros de distancia. Pero había algo más: la niña se quedó paralizada, como si un rayo se hubiera abierto paso por el techo del lugar y la hubiera alcanzado de pleno.

Una señora se paró junto a la menor para preguntarle si se había perdido. No obtuvo respuesta. Apenas un par de minutos después, reapareció la mujer haciendo grandes aspavientos y abrazando a su hija como si acabara de salvarla de un tren en llamas. Thomas se había apartado ya un poco de ellas y continuó observándolas movido por la curiosidad. Se percató de que la madre, que no debía de tener mucho más de treinta años, regañaba en voz baja a la niña y luego la agarraba con firmeza de la mano, «para que no vuelvas a escaparte». La pobre Sofía tiraba del carrito, ahora con una sola mano, lo cual retrasaba el avance de ambas.

Fue entonces cuando se produjo el hecho definitivo, el que le erizó la piel y despertó todos sus sentidos, la señal de que tal vez había encontrado lo que buscaba. Aparentemente harta del paso lento al que iban, la mujer se detuvo, sacó con brusquedad el peluche del carro y lo tiró a una papelera.

«Las niñas que se escapan no merecen tener juguetes», le dijo a la cría en voz muy baja, algo innecesario porque solo él le prestaba atención.

Pero lo que le removió la sangre no fue el acto en sí ni el extraño comportamiento anterior, sino la cara de la mujer al llevarlo a cabo. Esperaba verla enojada o alterada; sin embargo, en su rostro se dibujaba una sonrisa gélida que se afianzó aún más cuando Sofía rompió a llorar desconsolada.

De repente Thomas entendió, o creyó entender, la secuencia de acontecimientos: todo lo que acababa de presenciar —la falsa escapada de la niña, la absurda búsqueda y la reprimenda posterior— tenía como objetivo este desenlace. Por extraño que pareciese, la mujer estaba disfrutando, aunque tardó poco en disimularlo. Luego cogió a la niña en brazos, como si estuviera consolándola por el llanto. Thomas oyó parte de lo que le decía, algo de tomar un baño cuando llegaran a casa. Él observó los ojos llenos de lágrimas de Sofía. A medida que su madre le susurraba al oído, el brillo de las pupilas de la niña mutó hacia una expresión de terror absoluto: su mirada se volvió opaca y su boquita empezó a temblar de un modo que él hacía muchos años que no veía en la cara de un niño. No sabía qué estaba escuchando la pequeña, solo que su cara reflejaba un pánico real.

El carrito se quedó abandonado cuando ellas se alejaron. Thomas permaneció unos segundos allí. Sacó el perrito blanco de peluche de la papelera diciéndose que aquella niña merecía recuperarlo, y, puesto que ya había dejado de llover, las siguió hasta su casa a una distancia prudente, sin que se dieran cuenta de ello.

Sabe dónde viven: en la calle Berlin, no muy lejos del centro comercial, cerca de la plaza del Centre. Tiene previsto acercarse esa tarde con la esperanza de volver a verlas. Ha de ser cuidadoso: ahora llega la parte más difícil de su tarea, la de constatar la verdad y a la vez pasar desapercibido.

Pero en su cabeza ya ve a la mujer sentada en la silla, sujeta con las correas, el collar ceñido al cuello, y él recitándole al oído su despedida. Lo había aprendido en el libro: los reos se aferraban a la plegaria fueran o no creyentes. Se abrazaban a esos últimos segundos de vida, convencidos de que mientras ambos susurrasen el padrenuestro seguían estando a salvo. No era así.

¿Sabes rezar? ¿Quieres que recitemos juntos una oración? Repite conmigo: Padrenuestro que estás en los cielos.

Padrenuestro... que estás... en los cielos,

Santificado sea tu nombre.

Santificado sea... tu nombre.

Venga a nosotros tu reino.

Venga a nosotros tu...

Clac.

20

Cuando alquiló el piso, hace casi seis años, Sant Antoni era un barrio clásico de Barcelona, conocido por el mercado e influido por la proximidad del Paral·lel. En ese tiempo, Lena ha asistido a la peatonalización de alguna de sus calles, a la reforma del propio mercado, que ahora luce con el esplendor de un palacete, y a la proliferación de bares y cafeterías que poco tienen que ver con los establecimientos de antaño, aunque muchos resisten amparados en su toque clásico y su buena cocina. Lena adoraba el pulpo que preparaba una vez por semana el señor del bar A Pedra, muy cerca de su casa, y que ahora se niega a cocinar porque, según él, ya está mayor y solo quiere jubilarse. Las croquetas siguen siendo estupendas, y se le hace la boca agua pensando en ellas mientras arrastra la maleta hacia su portería esa tarde de mediados de mayo.

Hace tan buen tiempo que decidió venir andando desde la estación cuando llegó en el AVE en lugar de tomar un taxi. Es un paseo de unos veinte minutos, lo que necesitaba después de tres horas sentada en un vagón de tren en las que ha intentado trabajar. Siempre le sucede lo mismo: se deja algo para terminar durante el viaje y nunca lo consigue, ya sea porque la vence el sueño o porque se distrae con cualquier cosa.

Se apresura en el último tramo precisamente por eso. Le remuerde la conciencia no haber cumplido con lo que se había propuesto y se promete acabarlo en cuanto llegue a casa. Sus buenos propósitos fallarán por segunda vez hoy, y no tanto por falta de fuerza de voluntad sino porque en la puerta del inmueble donde vive, en la calle Manso, la aguarda una visita inesperada.

—Buenas tardes —le dice David Jarque—. Vaya, ¿llega ahora de viaje? No quiero importunarla.

«Eso ya lo sabía», piensa Lena, aunque es posible que el subinspector no la creyese del todo cuando le comunicó en un escueto email que pasaría las dos primeras semanas de mayo en Madrid, dando clases en un máster de Psicología del Crimen y grabando su intervención para una serie documental.

Se limita a señalar la maleta.

—¿Puedo ayudarla?

Lena está a punto de responder que no hace falta pero su edificio, antiguo y con mucho encanto, no dispone de ascensor y tiene que subir a pie los tres pisos cargada con la maleta. Por lo tanto, asiente y Jarque se hace cargo del equipaje como lo haría el botones de un hotel. Ella sube delante y rebusca las llaves en el bolso, sin encontrarlas. Pasa por un momento de pánico y está a punto de volcar el contenido del bolso en el suelo cuando el subinspector sugiere educadamente:

—¿En la chaqueta, tal vez?

Ella se lleva la mano al bolsillo recordando que las metió ahí justo por eso, para no perder el tiempo buscándolas cuando llegase a casa. Abre la puerta, sintiéndose extraña al llegar acompañada, y se pregunta cuándo fue la última vez que sucedió. Sin embargo, la idea de que haya alguien esperándote al llegar de viaje no le resulta del todo desagradable.

—Llevo dos semanas fuera —comenta, a modo de excusa vaga.

—Y seguro que estará cansada —añade Jarque—. No se preocupe, podemos hablar en otro momento.

—No. —La respuesta le surge más deprisa de lo que querría—. Creo que puedo ofrecerle un café. O un té. Solo deme un momento.

No hay mucho que ver en el apartamento, un piso de dos ambientes: el salón bastante grande, con cocina americana y una barra delante, y un dormitorio minúsculo adonde se dirige ella para dejar la maleta. Sale enseguida y se encuentra al subinspector echando un vistazo a los estantes de libros, de donde saca uno sonriendo.

—¡*El conde de Montecristo*! —exclama—. Adoro esta novela. Yo no era un gran lector, pero la empecé por aburrimiento a los quince años y la devoré en apenas tres días. Edmundo Dantés..., ¡qué recuerdos!

Le brillan los ojos mientras hojea el ejemplar.

—Se la regalé a mi hijo el año pasado. Se me ocurrió que podría entretenerlo durante el confinamiento. Casi me lo tira a la cabeza.

—¿Té o café? —pregunta ella. Es el primer detalle de la vida personal del subinspector que conoce.

—Café, si puede ser. Solo.

Jarque deja el libro en su sitio y se acerca a la zona de la cocina. Se apoya en uno de los taburetes de la barra, que parece demasiado pequeño para él. De hecho todo el piso se ve más reducido con él dentro, como en una escena de otro clásico, *Los viajes de Gulliver.*

Lena duda si servirle el café allí o en la mesita de centro que hay enfrente del sofá. El problema es que eso los obligaría a sentarse juntos, uno al lado del otro, y Lena intuye que mantener las distancias es una estrategia mejor para la conversación que sospecha que se va a producir. Así que se acomoda en el otro taburete y lo mira a los ojos ligeramente desafiante.

—¿Cuántos años tiene su hijo? —pregunta entonces.

—Álex tiene catorce. El pequeño, Teo, once y medio. Viven con su madre —añade él tras una pausa, y Lena registra el dato—. Me mudé bastante cerca cuando nos divorciamos, así que nos vemos con frecuencia. No es lo mismo que tenerlos todo el tiempo, pero es lo que hay.

Ella asiente educadamente. Recuerda lo que pensó la noche del casino de la Rabassada: Jarque tenía pinta de ser un buen padre.

—Bien, pues usted dirá, subinspector —dice ella con franqueza, reconduciendo la conversación.

—Supongo que ya sabe por qué he venido.

—Digamos que puedo imaginarlo. ¿Azúcar?

Él asiente.

—Le pedí disculpas por teléfono y también por email... Se lo repito ahora en persona. Lamento el malentendido y asumo toda la responsabilidad. No supe gestionar bien la información con usted. Esto es así, y no me extraña que se sintiera molesta.

Ciertamente, se lo había dicho en un mensaje de voz, pero escucharlo en directo es mucho más convincente. Hay algo muy atractivo en un hombre que se excusa con sinceridad, y más aún si se trata de un individuo con la presencia física del subinspector Jarque.

—Más que molesta me sentí un poco ridícula, subinspector.

—Repito que no era mi intención. Nuestra intención. —Él apoya las manos en los muslos y respira hondo—. Lo único que puedo decir en mi descargo es que lo hicimos por dos razones. En primer lugar, no lo tuvimos claro hasta que apareció el tercer cadáver. Y en segundo... Bueno, digamos que prevaleció la precaución. No podíamos estar seguros de que usted...

Jarque se calla porque ahí está el quid de la cuestión. La confianza.

—¿Le importa contarme los detalles que desconozco ahora?

—Claro que no. A eso he venido. La reunión del otro día era específicamente para eso, aunque usted no me crea.

Lena no está segura de creerle, pero ya no importa demasiado. Su curiosidad es mayor que la dignidad ofendida.

—El hallazgo del primer cuerpo nos dejó con muchas incógnitas. No solo por la nota, sino por la dificultad para discernir cuál había sido el arma homicida. Usted ya vio las fotos. El sujeto murió por aplastamiento de las vértebras del cuello, pero antes lo sometieron a una tortura terrible. Algo apretó su cuello, de delante hacia atrás, con una fuerza tan descomunal que comprimió el diámetro del mismo.

Ella no puede evitar un estremecimiento y da un sorbo al café. No la ayuda a entrar en calor.

—El departamento forense estaba desconcertado. Nunca habíamos visto nada parecido. Por eso intuimos enseguida que aquel no era un caso común, que detrás había más de lo que parecía a simple vista.

Lena asiente con la cabeza mientras su cerebro empieza a buscar respuestas.

—El cadáver de Agustín Vela nos aclaró algunas dudas. Y también nos generó otras. En su caso se trató de un golpe limpio. Algo le rompió las vértebras del cuello. Había marcas en la nuca, pero en absoluto tan intensas como en el primer cuerpo. Estábamos casi seguros de que se trató de una muerte rápida. Algo le perforó el cráneo por detrás dejándole la marca de una incisión. —El subinspector hace un gesto con las manos, como si aplastara una cabeza invisible—. Perdón, no es muy agradable.

—No se preocupe. —Lena recuerda el diagrama que

vio prendido de la foto de Gelabert y empieza a entender—. ¿Y el tercer caso? O el cuarto, si mi teoría es correcta, como me recordó la sargento Mayo.

—No se lo tenga en cuenta. Cristina es así con todo el mundo. Incluso conmigo. La tarde de la reunión, después de que usted se marchara de la comisaría, me soltó una bronca épica que yo no le habría tolerado a nadie, por mucha razón que tuviese.

A Lena le sorprende enterarse de esto. Habría jurado que Cristina Mayo preferiría seguir sin ella.

—El cadáver de Borja Claver primero sembró nuevas dudas y luego nos dio la respuesta. O eso pensamos. Su aspecto era más parecido al del primer caso, con la diferencia de que Claver murió asfixiado. La marca en el cuello estaba presente, pero no era la causa la muerte. Creemos que su cuello era demasiado grueso para...

Ella cierra los ojos durante un instante. A su mente acude la escena de una película antigua cuyo título no recuerda. Una ejecución en la plaza pública. Un reo sentado en una silla que tiene un poste por respaldo, el cuello del condenado está rodeado por una pieza de acero, y detrás de él, el verdugo, listo para actuar. Preparado para girar la manivela que empujaba el tornillo. Recuerda el primer plano y el ruido macabro, después la cabeza colgando.

—¿Los «agarrota»? —pregunta sin saber muy bien si ese verbo existe.

—Es la única explicación. Creemos que ha ido probando con distintos modelos. Aunque no lo crea, existe más de uno. Llevo días leyendo todo lo que encuentro al respecto.

—Jarque se frota las manos, como si el espectro de algún ejecutado se hubiera colado en el piso dejando un rastro invisible y frío—. En su momento se consideró un avance con respecto de la horca. El reo moría sentado, en lugar de pataleando, lo cual confería a la ejecución una cierta dignidad. El tema es que algunos modelos no resultaron ser tan eficientes como se pretendía: presionaban desde la parte delantera, hundiendo el cuello hacia la pieza que había de romperles las vértebras en lugar de al contrario. Por cierto, quien mejoró la técnica lleva su apellido. Un tal Gregorio Mayoral, el verdugo conocido como el Abuelo.

—Nada que ver conmigo, que yo sepa.

—Lo supongo. Era imposible pasar por alto la coincidencia. Da igual: la cuestión es que su método sí funcionaba de manera eficaz. Me niego a decir que fuese menos cruel, la verdad. El tornillo avanzaba con más rapidez hacia el cuello, provocando la muerte instantánea. A menos que...

—A menos que se tratara de un cuello especialmente recio. Como el de Borja Claver.

—Por eso murió asfixiado. El «Verdugo» no tuvo suficiente fuerza física. Solía pasar... Siguió apretando y apretando hasta ahogarlo. Una muerte horrible.

Lena se levanta del taburete porque no soporta la idea de estar sentada. Sin darse cuenta, se lleva la mano a la nuca.

—Sí... a todos nos pasa lo mismo. Es hablar de esto y empiezas a notar un cosquilleo en la base del cráneo.

—«Alguien tiene que hacerlo» —susurra ella.

—Ahora también estamos bastante seguros de a qué viene eso. Mire.

Jarque saca el móvil y se lo ofrece. En la pantalla aparece la imagen escaneada de una entrevista antigua, fechada a principios del siglo pasado. Es el relato de una ejecución en Barcelona y las horas previas a la misma, escrito por un periodista que fue testigo. Hay una frase subrayada en el texto.

Y cuando le preguntas al verdugo sobre lo espeluznante de su tarea, Nicomedes siempre contesta: «No es un trabajo agradable, pero alguien tiene que hacerlo».

Lena levanta la vista, tan fascinada como horrorizada.

—Señora Mayoral, le presento a Nicomedes Méndez. El verdugo de Barcelona entre 1877 y 1908. Y el inventor de un nuevo modelo de garrote vil. Todo un carácter, el bueno de Nicomedes. Un gran servidor público. —Se calla un momento y luego baja la voz y habla más rápido, en un esfuerzo por hacerse perdonar—. ¿Entiende ahora por qué no quisimos contárselo hasta estar seguros de poder confiar en su discreción? Hay un tipo por las calles de Barcelona dispuesto a ejecutar a quien se le antoja con un arma tan macabra como esa. ¿Se imagina por un momento lo que haría la prensa con esta información?

21

Y, por fin, llega el día. Si todo sale como está previsto, esa noche el sótano tendrá un nuevo huésped.

La perspectiva de que sea la primera mujer en visitarlo lo perturbó al principio. Las lecciones aprendidas y su talante natural lo predisponían en contra. No albergaba la menor duda de que estadísticamente las mujeres eran más víctimas que agresoras. Sin embargo, quince días después del primer encuentro en el centro comercial, Thomas había logrado desactivar todos los prejuicios, todas las ideas preconcebidas. Ahora mismo, nadie habría podido disuadirlo de que Mónica Rodrigo Valls merecía con creces ser la elegida. Pocas veces ha estado tan seguro de hacer lo correcto.

«Alguien tiene que hacerlo», se dice, y la frase no es para él un mantra o una firma sino la expresión objetiva de un hecho. Alguien tiene que pararla.

Es paradójico. Hay tanta gente en todas partes. Y nadie mira, nadie escucha de verdad. Nadie sospecha. A veces parece que Barcelona es la ciudad de los ingenuos. Tan bonita por fuera, tan cálida y luminosa, que los rincones oscuros pasan desapercibidos. Un escenario gaudiniano por donde pasean turistas admirados, un fondo perfecto para las fotos de Instagram.

La maldad parece fundirse bajo el sol de primavera, alejarse gracias al soplo amable de la brisa. Pero no es así: solo se esconde. Se oculta a la vista de todos, extiende sus raíces como una planta voraz, hermosa por fuera y podrida por dentro. Mónica es así y no tiene remedio.

Malvada.

Hermosa.

Podrida.

Perfecta.

La gente reaccionaría ante una agresión obvia: se indignarían, llamarían a la policía, intervendrían de alguna manera... Sobre todo si la víctima es una niña. Sin embargo, Mónica no hace eso, al menos no en público. Su tortura es más sutil, más retorcida. Más sádica. Tienes que observarla de cerca para percatarte. Tienes que estar al acecho. Tienes que mirar como solo un verdugo sabe hacerlo.

Él averiguó su nombre gracias a los buzones del edificio donde reside y se ha dedicado a seguirla durante esas dos semanas. Es curiosa la cantidad de cosas que uno puede descubrir si se fija con atención. Por ejemplo, que existe un marido, un tipo apático que pasa varios días a la semana de viaje. Y un detalle esencial: Mónica no es la madre de la niña aunque ejerza esas funciones. Se enteró poco después de comenzar a vigilarla, cuando se sentó cerca de ellas en la terraza de una cafetería en la plaza de la Concòrdia, donde suelen merendar junto con otra madre, más joven, y el hijo de esta, un crío pequeño que justo empieza a andar.

Esa tarde en la terraza de la cafetería, Thomas estuvo a punto de descartar a la elegida. Sentado a una mesa detrás de las dos mujeres y de los niños, fingiendo leer mientras alargaba un té, se dijo que seguramente lo del día del centro comercial había sido un hecho aislado, o que tal vez se trataba de una mala interpretación por su parte. Seguía pendiente de ellas más por aburrimiento que porque esperase descubrir nada nuevo. Mónica charlaba despreocupadamente con su amiga, atendía a su niña y le hacía carantoñas al bebé, que estaba sentado en su silla de paseo. Sofía parecía tranquila, aunque no se fue a jugar con el resto de la chavalería que correteaba por la plaza. Miraba un muñequito que sostenía el bebé y se lo devolvía cuando este lo tiraba al suelo, entre grandes carcajadas. Entonces la amiga se levantó para ir al baño y, a partir de ese momento, todo sucedió tan rápido que Thomas parpadeó para asegurarse de que lo había visto con claridad.

Apenas dos minutos después de que la amiga se hubiera ausentado de la mesa, Mónica se inclinó hacia donde estaban Sofía y el bebé. Thomas no logró ver bien qué hacía, pero todo el mundo en las mesas circundantes oyó el alarido del crío y la voz airada de Mónica, reprendiendo a la niña.

La amiga llegó volando y cogió a su desconsolado bebé en brazos mientras la otra seguía regañando a Sofía, que enrojecía por momentos.

—Es un horror —repetía Mónica—. Le ha pellizcado adrede. Lo he visto. No sé qué voy a hacer con esta niña, de verdad.

Sofía estalló. Gritaba una y otra vez que no había sido ella, y acompañó su rabieta de un manotazo que derribó un par de vasos de la mesa. Mónica suspiró, miró a su alrededor buscando comprensión y la obtuvo. La concurrencia, formada en su mayor parte por otros progenitores con sus vástagos, asintió con simpatía. Fue entonces cuando la amiga comentó en voz baja lo buena que era, la paciencia que tenía considerando que ni siquiera era su madre. Mónica suspiró con cara de mártir mientras se esforzaba por calmar a Sofía, que seguía en pleno ataque de llanto furioso. Cualquiera que la viera habría pensado que era una niña incontrolable enfrentándose a una adulta paciente y responsable, que terminó abrazándola a pesar de que el pequeño cuerpo de Sofía era un bloque rígido e inexpresivo.

—Tranquila —le susurró—. Ahora nos iremos a casa: un baño caliente te sentará bien.

Thomas no sabe por qué lo hace. Y, siendo sinceros, ni siquiera le importan mucho los motivos. Lo que sabe es que lo hace. Porque la vio: fue Mónica quien le hizo daño al bebé delante de Sofía para luego acusarla. Imagina la impotencia de esa niña, la desesperación que se esconde en sus protestas de inocencia ante un mundo que no la cree, ya que la verdad resulta absolutamente inverosímil. Pura locura. Y Mónica juega bien esas cartas: siguió aparentando calma y preocupación, en ningún momento castigó a la niña; al menos no ahí, no delante de todo el mundo. Pero Thomas no sabe qué pasa en su casa. Nadie lo sabe con exactitud. Solo ha podido hacerse una ligera idea.

Un par de días más tarde, Mónica no recogió a su hijastra en el colegio y en su lugar lo hizo otra madre, que se la llevó junto con otros chavales de su edad a un cumpleaños en un parque. Los ocho niños se dedicaron a correr por la hierba y Sofía con ellos. Se la veía feliz. Sonreía más que cuando Mónica andaba cerca, eso era obvio.

Jugaban al escondite cuando, por casualidad, Sofía se ocultó detrás de un árbol cercano al banco donde estaba Thomas. Él miró a su alrededor: no había nadie más cerca y las madres estaban demasiado lejos para verlo. Entonces Thomas sacó el perrito de peluche de la mochila, que llevaba encima sin saber muy bien por qué, y, con voz de dibujo animado, llamó a la niña por su nombre.

Sofía se volvió, extrañada al principio y fascinada cuando vio a su muñeco en manos de un desconocido. Se olvidó del juego, abandonó su escondite y se acercó a él.

—¡Coco! —gritó, y Thomas le hizo señas para que bajara la voz.

—Ahora vive conmigo —le dijo él—. Aunque te echa de menos. No te preocupes, pronto volverá a tu casa.

—¿Pronto? —preguntó esperanzada Sofía.

—Te lo prometo. De momento no quiere ir… no mientras ella siga allí —añadió Thomas en voz baja.

La carita de la niña se ensombreció y él se odió a sí mismo por arruinarle la tarde en un día en que parecía feliz. Pensativa, Sofía asintió.

—Ella seguirá en casa —dijo con tristeza—. Es mejor que no vuelva. Ella no lo quiere.

Thomas volvió a echar un vistazo al entorno. Era probable que los niños continuasen jugando, que sus gritos resonaran en el parque; él ya no oía nada. Tuvo la impresión de que una especie de burbuja los rodeaba a los dos, un espacio seguro y silencioso, invisible para el mundo, donde la verdad podía decirse sin rodeos.

—Ella le castigaba, ¿verdad? Cuando se portaba mal…

Quizá Sofía se diera cuenta de que ya no hablaban del peluche. Quizá no. Pero ese desconocido de cara amable era la primera persona que le preguntaba algo parecido. Y no dudó en la respuesta:

—Sí. Y él no hacía nada. Ni yo tampoco, nada. Pero mi papá no me cree.

Thomas asintió, comprensivo.

—A lo mejor ella es una bruja —le dijo él entonces—. Las brujas son muy listas y consiguen engañar a todo el mundo.

Sofía afirmó con la cabeza en voz baja.

—Pero a mí no me engaña, ¿sabes? —prosiguió.

—¿Y tú quién eres? —preguntó Sofía.

—Un amigo. Un mago. Y estoy cuidando muy bien de Coco. Él está contento, ¿verdad, amiguito?

Sofía sonrió cuando Thomas meneó la cabeza del perrito de peluche.

—¿Quieres decirle algo a Coco? Antes de que me vaya.

Ella lo pensó y luego se encogió de hombros.

—Estarás mejor en tu nueva casa, Coco —dijo Sofía en la oreja del peluche—. Seguro que allí el agua no está tan fría.

—¿El agua? —preguntó Thomas.

La niña enrojeció. Miró a los lados, como si estuviera a punto de revelar un secreto peligroso.

—La del baño. Casi siempre está helada. O quema… a veces quema mucho.

—¿Y tú papá? —preguntó Thomas tratando de mantener la calma.

La niña se encogió de hombros.

—Él no me cree. Y muchos días no está en casa. Estoy yo sola… con la bruja.

Thomas se alejó enseguida. Estaba seguro de que nadie se había fijado en él, pero había corrido un gran riesgo. No hay nada más sospechoso que un adulto hablando con un menor en un parque. Además, la breve charla con Sofía lo había perturbado más de lo que estaba dispuesto a admitir. Abandonó el lugar y tomó una de las calles que iban hacia el centro. Necesitaba andar, despejarse; meditar cuidadosamente cuál sería el siguiente paso.

—¡Thomas!

Oír su nombre le sacó de sus cavilaciones de una manera abrupta, casi irreal. Miró a ambos lados sin ver a nadie conocido, y tuvo que forzar una sonrisa al descubrir a Óscar, el novio de Sònia, al otro lado de la calle.

—¿Dando una vuelta por la ciudad? —le preguntó el chico después de cruzar y reunirse con él.

—Más o menos. He ido a ver un piso donde quizá había antigüedades de valor. Ya sabes, para la galería. Pero ha sido una pérdida de tiempo. ¿Y tú?

—Tengo un paciente aquí cerca. Servicio de rehabilitación a domicilio. De hecho, tengo que irme enseguida. Me están esperando.

Thomas agradeció que Óscar no fuese de los que se entretienen hablando.

—Sí, yo también —le dijo Thomas.

—¿El peluche es una antigüedad? —añadió Óscar en tono de broma cuando ya se iba.

Thomas creyó que las mejillas le iban a arder. Se las arregló para sonreír de nuevo y guardó el muñeco en la mochila, donde había olvidado volver a meterlo al abandonar el parque a toda prisa.

—No. Lo encontré en el suelo y lo cogí, no sé por qué. Es gracioso, ¿no?

Óscar observó el perrito blanco y se encogió de hombros.

—Sí. Es una mascota ideal, no como el de mis madres, que lo muerde todo.

Thomas asintió y se despidió de él con un gesto. En cuanto lo perdió de vista, se colocó junto a la calzada y paró un taxi.

Ha esperado hasta hoy para llevarlo a cabo porque se enteró de que Mónica sale con sus amigas el último jueves de cada mes. Antes iban al Sutton, pero como sigue cerrado, ahora se reúnen en casa de una de ellas. La oyó hablar con la anfitriona por teléfono, planeando la velada.

«Luego vuelvo en taxi a casa, no te preocupes —le dijo—. Sí, Felipe se quedará con la niña, esta semana no viaja. ¡Ya se lo advertí! O salgo una noche con las chicas o me dará un ataque de algo».

Luego Mónica se rio y colgó.

Thomas pensó que, con su padre en casa, Sofía se mantendría a salvo. No se habría perdonado que le sucediera algo justo cuando su martirio estaba a punto de desaparecer.

También pensó que pronto serían la niña y él quienes se reirían a gusto. Incluso Coco, el perro de peluche, parecía sonreír.

22

—Así que, a partir del nombre que me dio la señora Mayoral, me puse en contacto con Isaac León, el Bosco.

Lena intuye que el sargento Jordi Estrada la menciona delante del subinspector Jarque a propósito, para que se sienta bien. Nadie ha hecho ningún comentario sobre su brusca partida de la reunión anterior, pero todos parecen esforzarse hoy para que se sienta cómoda y reconocida. Incluida la sargento Mayo, se dice ella sonriendo para sus adentros.

—¿Y el apodo a qué viene? —pregunta esta ahora—. ¿Pinta?

—Qué va, es mucho más sencillo —responde Estrada—. Bosco es su segundo apellido. Supongo que en el barrio o en el colegio había más de un León y les dio por llamarlo así. Isaac es mecánico, no tiene pinta de darle a la brocha ni fina ni gorda. Y es un tío majo, la verdad. Yo diría que más que sus colegas.

Lena levanta la vista, interesada.

—El caso es que fui a ver a Bosco al taller donde trabaja. Me costó bastante sacarle algo, todo hay que decirlo. Me hizo prometer que no se enteraría la mujer de Agustín, espero poder cumplir mi palabra… Es cierto que los cuatro de la foto eran colegas desde el instituto, como le había contado María José Román, y que se pelearon después de otra despedida de soltero. La de Luis Romero, que se casó un año más tarde que Agustín. Bueno, de hecho, la disputa surgió durante el viaje. Isaac cogió un vuelo antes y se volvió solo.

—¿Demasiada juerga para el Bosco? —pregunta la sargento Mayo.

—No, yo creo que la juerga le va. O le iba, al menos. Pero no como las que montaban estos. Digamos que no le gustó cómo trataban a las chicas. O que quizá no le molestaba antes, pero que con los años dejó de sentirse cómodo. En resumidas cuentas, según me dijo, Agustín y Luis, sobre todo, iban a saco. Y les molaban las orgías por así llamarlas, porque en realidad el plan era una o dos mujeres para los cuatro. Al parecer, durante ese viaje, una de las participantes era una chavala muy joven que quiso irse y Agustín se puso violento.

—¡Menudos cabrones! —exclama la sargento Mayo.

—A ver, Isaac lo disculpa en parte diciendo que iban todos colocadísimos y que ella se había apuntado a la fiesta voluntariamente. Él intentó calmar los ánimos, la sacó del cuarto del hotel y estuvo un rato tranquilizándola. Con el jaleo, la que se había quedado también se marchó porque la escena le había cortado el rollo y los otros tres pillaron un buen mosqueo. Cuando Isaac volvió a subir a la habitación, Agustín le montó un cristo. Palabras textuales. No llegaron a las manos porque estaban los otros dos y porque la gente de recepción amenazó con echarlos, pero a la mañana siguiente, Isaac cogió sus cosas y se largó.

—Eso tuvo que suceder hace tiempo, ¿no? —pregunta Lena—. María José no me dijo desde cuándo estaban peleados, pero me dio la impresión de que llevaban bastante sin hablarse.

—Sí, eso fue tres años antes de la muerte de Agustín. Yo también pensé que era un suceso demasiado lejano para que tuviera relación con el crimen. Sin embargo, luego me dije que los tíos que son como Agustín no cambian. Y que él tenía a su alrededor a unas cuantas jovencitas en la panadería.

Lena piensa en María José, en las anécdotas fogosas que le contó.

—Así que fui a verlas. Y bueno, confirmé que nuestro cadáver del estanque, también conocido como la víctima del verano, era un ligón. Le ayudaba el físico, sin duda, y era muy simpático. Las tres empleadas han dicho lo mismo. Hasta el embarazo de su mujer Agustín más o menos se controlaba. Alguna bromita, un cachete al pasar, un chiste subido de tono. Luego, en los meses anteriores a su muerte, se había puesto más… insistente, por decirlo de algún modo.

—¿Insistente o directamente abusador? —pregunta tajante la sargento Mayo.

Jordi Estrada se encoge de hombros.

—Ninguna de las empleadas de la panadería quiere

hablar mal de él ahora. O al menos no muy mal. Pero una me confesó que había tenido problemas serios para sacárselo de encima alguna mañana, cuando le tocaba abrir con él. La chica no se despidió porque... bueno, pues porque necesitaba el trabajo. Él le dejó claro que desde aquel momento sus tareas podían incluir también otras obligaciones y ella no quiso entrar en detalles, pero deduzco que cedió. Fueron solo un par de veces, según me dijo. Un par de felaciones rápidas, aunque ella no lo contó exactamente así.

Se produce una prolongada pausa en la que todos parecen estar pensando en la misma dirección.

—Vale —dice el subinspector Jarque—, supongamos que Agustín Vela era un jefe indeseable y un acosador de mujeres. Y Marcel Gelabert un casero poco comprensivo. La pregunta es la siguiente: ¿nuestro Verdugo los mató por eso? Y yendo un paso más allá: ¿cómo se enteró? ¿Los conocía a los dos?

Lena intuye que las cuestiones van dirigidas a ella en particular.

—Creo que nuestro Verdugo, como usted lo llama, es un rastreador. Deambula hasta dar con la víctima que merece el castigo. No tenía por qué conocerlos personalmente, tan solo haber oído hablar de ellos.

Lo imagina a las puertas de la cafetería mientras las chicas hacen un descanso, escuchando a escondidas su conversación. Rondando por el Raval el día del desahucio o cuando el pobre desahuciado despotricaba contra Gelabert en los bares.

—¿Quiere decir que va por la ciudad con la antena puesta? —interviene la sargento Mayo.

—Creo que sí —respondió Lena—. Aunque quizá estemos sacando conclusiones precipitadas. No sabemos nada de Borja Claver, ni de la cuarta víctima.

En otro momento Cristina Mayo habría añadido la coletilla de «si es que existe», pero hoy se abstiene de señalarlo.

—Lo que nos está diciendo, señora Mayoral, es que nos hacen falta más víctimas, ¿verdad? —pregunta el subinspector Jarque—. Que no tenemos suficientes datos para sacar un patrón fiable que nos conduzca hasta ese tarado. ¿Es eso lo que tengo que comunicar a Velasco? ¿Al comisario? ¿Cuánta gente más tendrá que morir? Lo siento —añade enseguida—. No pretendía...

—No se preocupe. Lamento decirles que es así. No quiero ser agorera, pero, salvo que un error fortuito del asesino cambie las cosas, morirá más gente. Hágase a la idea. Esto acaba de empezar. Pero hay algo más. Si estamos en lo cierto y es un verdugo, un justiciero, que elimina de la sociedad a las manzanas podridas, no se conformará con permanecer en el anonimato durante mucho tiempo. Los verdugos eran temidos y a la vez respetados. No creo que tarde en reclamar la atención pública. Todo lo que hace: las notas, la parafernalia que rodea a las escenas, no es para pasar desapercibido. En algún momento dará un paso adelante. Tengo pocas dudas al respecto.

Nicomedes Méndez no tuvo una vida feliz.

Desde que el subinspector mencionó su nombre, Lena se ha dedicado a recopilar información sobre aquel hombre, en apariencia siniestro. Sin querer, ha pasado de la repulsión a una cierta lástima. Durante su carrera como verdugo, si es que podía denominarse así, ajustició a entre cincuenta y ochenta reos. Era zapatero de profesión y, según quienes le conocieron, un hombre afable, tranquilo, aficionado a la cría de canarios. En una entrevista publicada en *La Vanguardia* en 1892, el periodista lo describía como un individuo de características loables.

> Un hombre de estatura regular, vestido sencillo y decorosamente, con el aspecto de un menestral endomingado. El rostro es apacible, sereno; con frecuencia risueño; sus líneas son regulares y correctas; los ojos pequeños, de un gris claro, miran con suma naturalidad, sin embarazo y sin osadía; un pequeño bigote obscuro cubre el labio superior; en suma, una de esas fisonomías como se ven muchas...

Ese hombre risueño llevaba sobre sus espaldas 41 ejecuciones cuando publicaron la crónica de ese encuentro. Y tal y como comentó Jarque, había modificado la técnica del garrote, añadiéndole un punzón accionado por un tornillo principal que rompía el bulbo raquídeo provocando así la muerte instantánea del reo. Aunque, para ser fieles a la verdad, había otros historiadores que disputaban esa afirmación. De lo que sí se hacían eco todos era de su rivalidad con otros verdugos de la época, entre ellos el tal Gregorio Mayoral, el verdugo de la Audiencia de Burgos, con el cual Lena esperaba no compartir genealogía.

Pese a su diligencia en el cumplimiento de su oficio de verdugo, Nicomedes tuvo una vida trágica. Su esposa falleció prematuramente y, según ha leído Lena, su hija se suicidó después de ser abandonada por su prometido, quien rompió con ella al enterarse de la macabra ocupación de su padre. Otras historias, no verificadas, añadían que el hermano de esta se metió en una pelea que acabó mal y que Nicomedes llegó a pensar que quizá tendría que ejecutar a su propio hijo.

«Pero lo que da al personaje un trasfondo más patético es sin duda su final», piensa Lena mientras relee toda la información que ha hallado sobre él.

Una vez jubilado de su puesto de verdugo, Nicomedes tuvo la pretensión de montar en el Paral·lel de Barcelona, el Palacio de las Ejecuciones, un espectáculo donde narraría sus experiencias como verdugo y mostraría al público su buen hacer ejecutando en directo maniquíes. Obviamente el ayuntamiento no le concedió el permiso y acabó sus días alcoholizado, relatando sus batallitas a los clientes del bar que frecuentaba, una taberna de Poble Sec cercana a El Molino. Murió el 27 de diciembre de 1912 a los setenta años.

Lena no tiene ninguna duda de que la aparición del primer cadáver en la puerta del teatro El Molino es un claro homenaje a las fantasías de jubilado del antiguo verdugo. Al mismo tiempo se dice que el sujeto es lo bastante listo y precavido para no insistir en esa ubicación. Quizá en mayo de 2020, con el toque de queda y las calles vacías, fue sencillo depositar allí un cuerpo sin ser visto. Ahora, un año después, resultaría un acto temerario.

«La obsesión por Nicomedes tiene un límite», se dice, y lo anota rápidamente, no porque se le vaya a olvidar sino porque necesita poner sus ideas sobre papel para que tomen una forma más precisa. El retrato difuso del psicópata irá definiéndose así, poco a poco, hasta conformar una imagen más nítida. Un perfil más preciso.

Está cansada. Es casi medianoche y necesita despejarse antes de meterse en la cama para no soñar con ejecuciones, reos y muertes violentas. Aparta los papeles, apaga el ordenador y se sobresalta al oír el móvil a esas horas. Nadie de su entorno la llamaría si no es por una urgencia y ella no habría contestado de no ser porque podría ser de la comisaría.

No es así.

Ojalá lo fuese. La voz que oye al otro lado de la línea es la de alguien con quien no deseaba volver a hablar.

—¿Doctora Mayoral?

—Sí. ¿Qué quiere?

—Me recuerda, ¿verdad? Sí, ya veo que sí. Es muy tarde y no quiero entretenerla mucho tiempo. Me he enterado de que ha estado hablando con Cruz Alvar.

Lena no responde. Tampoco hace falta.

—Creo que llegamos a un acuerdo muy claro. Y yo cumplí con la parte que me tocaba. El dinero se ingresó en su cuenta sin ningún problema.

—Lo sé.

—Pues entonces espero que usted cumpla con su palabra. Hay detalles del caso de Cruz Alvar que no deben salir a la luz. Es consciente de eso, ¿verdad?

—Absolutamente.

—Entonces no tengo nada más que decir. Estamos en el mismo barco. A todos nos interesa que las cosas sigan así. Buenas noches. Espero que esta sea nuestra última conversación.

23

Aunque parezca improbable, Thomas sigue sintiendo la misma emoción del primer día/ De la primera noche, mejor dicho, cuando arrastró hasta la silla el cuerpo inconsciente de Marcel Gelabert./ Mónica pesa más o menos lo mismo, lo cual supone un alivio después del último huésped, casi inmanejable para él. Thomas ha podido llevarla con facilidad desde el garaje hasta el sótano. Además, Mónica sigue dormida porque en la cena había bebido y el alcohol incrementa el efecto del narcótico; solo se removió un poco mientras la ataba a la silla y luego volvió a sumirse en un sopor plomizo. Se la ve pálida, pese al exceso de maquillaje que se había puesto para salir. Y vulnerable...

Thomas ha leído que a muchos psicópatas les excita justamente eso: la indefensión de sus víctimas, saber que se hallan a su merced. No es su caso. Sus reos más bien le inspiran repulsión, y una pizca de compasión también, como Mónica ahora. No por lo que va a sucederle, no puede haber piedad ahí, tan solo porque una mujer como ella, joven, relativamente guapa, en una posición económica desahogada, podría haber escogido otro camino. Un sendero más luminoso y positivo que no la habría conducido hasta la penumbra de ese sótano.

Thomas calcula que ella no tardará mucho en volver en sí, de manera que decide subir a prepararse un té mientras espera. Se pregunta qué solían hacer los verdugos antes de las ejecuciones. Todos tenían otras ocupaciones, familias que atender y quehaceres… No podían aislarse del mundo durante dos días para concentrarse en su otra labor. Él, en cambio, es un privilegiado: durante las próximas cuarenta y ocho horas nada lo distraerá de su deber. También tiene que elegir el lugar donde dejará el cadáver de esa mujer que todavía dormita delante de él. Le gustaría encontrar una ubicación especial, el sitio perfecto para ella.

Mientras sube a por el té, se pregunta si se habrán percatado de la ausencia de Mónica. Debía llegar a casa alrededor de medianoche y ya son las tres de la madrugada. Su marido tal vez siga dormido o no, quizá haya empezado a preocuparse… Él también debería tener sueño, pero no es así: la tensión lo mantiene avizor, como las otras veces. Después, cuando todo haya terminado, se desplomará en la cama y dormirá más de doce horas seguidas.

«El descanso como premio al deber cumplido», piensa entonces en la cocina, añorando el momento.

La súbita vibración del teléfono lo sobresalta un poco. A las tres de la mañana el mensaje solo puede ser de una persona.

Ers un cabrón xro te echo d menos

«Germán. *Who else?*», piensa Thomas, y maldice el momento en que se dejó llevar por otra ley, la de la atracción, que tiene poco que ver con la justicia.

Puedo ir esta noche

Insiste dos segundos después, sin especificar si se trata de una pregunta o de una afirmación.

«No, no puedes», susurra Thomas mientras decide cuál será la respuesta más eficaz. Germán es totalmente capaz de presentarse en su casa a esas horas, ya sea por ganas de sexo o simple aburrimiento. O, lo que es peor, en busca de pelea si se siente ofendido o ignorado.

La verdad es que yo también te echo de menos
pero esta noche no.
Te llamo en un par de días, ok?

Tiene la esperanza de que eso lo deje tranquilo, ni indignado ni dispuesto a recorrer la ciudad de madrugada.

Seguro?

I promise

Se da cuenta de que recurre al inglés cuando quiere parecer sincero, como si nadie fuera capaz de mentir en su lengua materna.

Si no lo haces vendré sin avisar ☹

Thomas suelta un intenso suspiro.

Duerme bien. Te llamo pasado mañana seguro

Desde el sótano se oye un gemido y Thomas corre escaleras abajo para evitar que su huésped empiece a gritar.

Otra regla esencial del buen verdugo: mantener al reo amordazado a menos que se esté lo bastante cerca para hacerlo callar al instante.

Ahora Mónica está en silencio. Un mutismo profundo. Hosco. Casi de fiera que espera el momento de morder. Al contrario que Agustín, la desesperación no le confiere la menor belleza, sino que desvela su verdadero rostro, el que se escondía tras una máscara que ha caído al mismo tiempo que los pecados salían a la luz. El alma se expone con toda su impudicia. Su aspecto nada tiene que ver con las brujas de los grabados de Brueghel, ancianas desdentadas y monstruosas; el rostro de Mónica, sus ojos enormes pero inexpresivos, su rictus hostil, revela otra clase de maldad más íntima, la de una mujer consciente de su vileza. Desde el momento en que ha comprendido que nada importa incluso se siente orgullosa.

No fue así al principio, por supuesto. Confundida, aterrorizada, suplicante, incapaz de entender qué le estaba pasando ni la razón que la había conducido a esa situación, Mónica Rodrigo conservó la máscara durante el resto de la madrugada y parte de la mañana siguiente. Claro que para ella ya no existían ni día ni noche, tan solo la luz brillante y fría del sótano que Thomas no había cambiado aún. La verdadera Mónica, la que tan solo él y la pobre Sofía habían llegado a atisbar, surgió más tarde, alrededor del mediodía, cuando él representó para ella una breve escena.

—Te gustará —le dijo—. Yo lo llamo el juego de los baños.

Thomas llenó un pequeño barreño con agua ardiendo en el grifo que había en un rincón del sótano y se lo puso a Mónica delante de la cara. Ella no reaccionó. Solo lo hizo cuando él cogió el perrito de peluche y lo sumergió en el agua mientras profería gritos de dolor con voz de falsete. En ese instante Mónica comprendió sin asomo de duda y casi podría decirse que se serenó un poco. Se acabaron los ruegos, los gritos y las preguntas. También se negó a abrir la boca para dar ninguna respuesta, así que Thomas decidió que la ejecución sería doce horas más tarde, poco después de la medianoche.

Cuenta las horas que faltan, apenas dos, mientras deambula por el sótano sin prestar atención a Mónica. Por eso le sorprende oír un gemido sofocado por la mordaza y se acerca hasta ella. Los ojos de Mónica le piden algo, prácticamente se lo exigen.

—Nada de gritos —le advierte él—. No porque puedan oírte, es solo que resultan muy irritantes.

Ella asiente con la cabeza y Thomas libera su boca de la mordaza. Durante unos segundos, Mónica se limita a respirar, a hacer acopio de oxígeno. Luego, con voz impasible, pregunta:

—¿No tengo derecho a un último deseo?

—Claro —responde él sorprendido. Aunque parezca mentira es la primera persona que hace uso de esa prerrogativa. A Thomas casi le hace ilusión poder concederla.

—No quiero comida ni nada por el estilo. Solo que me contestes a una pregunta muy sencilla.

Thomas se sienta ante ella, mirándola a los ojos.

—¿Te crees mejor que yo? —le espeta ella.

Él sonríe, más atónito aún.

—¿De verdad solo quieres que te conteste a eso? Bueno, pues con franqueza te diré que sí.

—Sí, ¿verdad? —Mónica se ríe—. Lo suponía. Te crees que le estás haciendo un bien al mundo o algo así, ¿no?

—Algo así.

—¿Qué eres? ¿Un pobre niño maltratado? ¿Alguien que va buscando a quienes hacen a otros lo que le hicieron a él?

Thomas se sonroja de indignación. No desearía perder la calma, así que desvía la mirada y se limita a responder.

—En absoluto. Mis padres jamás nos habrían hecho nada parecido, ni a mí ni a mi hermano.

—No te creo. Al menos podrías tener la decencia de no mentirme —le espeta Mónica con desprecio.

—¡No te miento! Pero sí vi lo que provocan los padres como tú. Lo vi muy de cerca...

Ella lo mira a los ojos ahora y él nota que esas pupilas oscuras penetran en su cabeza, revuelven en ella, intentan abrir los cajones cerrados de la memoria. Son como dos reptiles viscosos que se arrastran dentro de él, como carcomas hambrientas de secretos.

—¿Sabes una cosa, estúpido? Puedes matarme, pero el daño ya está hecho. Sofía no podrá olvidar. ¿Crees que lo del agua del baño era lo peor? ¿Quieres que te cuente qué más le hacía?

Thomas se levanta de la silla y da un paso atrás.

—¡Vaya! Ahora resulta que eres demasiado sensible —se burla Mónica—. ¿Acaso no tengo derecho a una confesión completa? ¿A que alguien perdone mis pecados? ¿O es que no puedes soportarlo porque eso te recordaría lo que te hicieron a ti?

—Ya te he dicho que...

—¡Mientes! —susurra ella—. Solo los que hemos pasado por esto sabemos verlo. Y nos reconocemos...

—Mis padres nunca...

—Tal vez no fueran tus padres. Yo no soy la madre de Sofía. —Mónica sonríe satisfecha de estar abriendo una herida, dispuesta a hurgar en ella—. Aunque todo el mundo diría que la adoro como si fuera su auténtica mamá. Todo el mundo menos tú, claro. Por algo será. Venga, no seas así. No te regodeas, pero vas a disfrutar haciéndome daño. Tanto como yo cuando la cría esa sufría y callaba mientras yo hacía ver que la quería. Tú finges ser un verdugo, has dictado sentencia, me has atado aquí, no sé muy bien para qué... En el fondo eres tan sádico y miserable como yo. Como quien te hizo lo que fuera que te han hecho. Como quien me lo hizo a mí. Como Sofía cuando lo haga algún día porque, perdona que te lo diga, has llegado demasiado tarde.

Thomas se coloca detrás de la silla. Ajusta el collar de acero, que se cierra con un chasquido. Mónica se calla de repente. En el sótano solo se oyen sus dos respiraciones, igual de tensas. El grifo gotea de repente y el tintineo del agua los sobresalta a los dos. Él contempla su nuca, pero sigue viendo esos ojos invasivos que intentan saquear sus recuerdos. Teme que se le queden ahí dentro, alojados en su mente para siempre.

—Ya es la hora —miente él—. ¿Quieres añadir algo más? ¿Deseas decir alguna oración?

Los hombros de ella se agitan con un súbito ataque de risa, una carcajada que casi no logra rebasar la presión del cuello.

—¿Oración? —jadea ella—. No me jodas. ¿Por qué no me cantas algo, hijo de puta? Venga, no seas soso. Cántame la nana que te dedicaba tu madre después de que papá te metiera la polla por...

Él da una vuelta de manivela y aprieta el corbatín por primera vez, obstruyéndole la voz. Intuye que el tornillo ya está acariciándole la nuca. Sabe que en cuanto dé otra vuelta ese punzón de acero avanzará como un ariete, taladrándole las vértebras y cerrando sus ojos para siempre. De momento lo deja así, amenazante como el aguijón de una avispa, rozando su piel. Piensa que no se ha molestado en ponerle la venda y decide no hacerlo. Quiere ver morir esos ojos. Entonces se inclina hacia ella y en voz muy baja le canta al oído, muy despacio, como lo haría un amigo o un hermano mayor:

—*Somewhere over the rainbow, way up high. There's… a land… that I heard of once… In a lulla…*

Culmina la ejecución con un golpe seco, como el que se da a un timón en plena tormenta. Nota en su propio cuerpo el tirón en el cuello, siente incluso el pinchazo en la nuca como si fuera ella y se estremece. Ve como la cabeza, sujeta por el corbatín, se ha convertido en el extremo de una rama quebrada. Se inclina más aún hacia ella.

Los ojos de Mónica siguen abiertos.

Pero ya no ven nada.

Él cierra los suyos y aspira el olor de la muerte. Se lo traga como si fuera el elixir de la inmortalidad. Su mente flota en un espacio azul donde hay cabida para miradas intrusas. El pasado sigue encerrado. A salvo. En paz.

Lo invade una sensación de felicidad extrema, de orgullo máximo, que deja paso a algo parecido a la impaciencia. Ya es hora de que el mundo sepa lo que está pasando, que conozcan la labor que está llevando a cabo.

Ya es hora de que la ciudad empiece a despertar.

Junio

24

Las circunstancias que rodearon el hallazgo del cadáver de Mónica Rodrigo fueron bastante distintas que las de los otros cuerpos. Sobre las tres de la madrugada del domingo 30 de mayo, el periodista Guillem Reig recibió una llamada anónima. Luego se supo que se había realizado desde el teléfono móvil de la víctima. En ella, una voz masculina con acento extranjero le detallaba el lugar donde había dejado el cuerpo y relacionaba esa muerte con otros tres asesinatos cometidos en la ciudad, los de Marcel Gelabert, Agustín Vela y Borja Claver. A la pregunta de por qué había cometido tales crímenes, el sujeto solo dijo una cosa: «Alguien tiene que hacerlo».

El periodista, que justo estaba a punto de acostarse tras una noche de juerga, podría haber llamado a los mossos al momento. Debería haberlo hecho. Sin embargo, cogió la moto y se plantó en el sitio indicado, El Corte Inglés situado en Cornellà, cerca de la salida de la Ronda de Dalt.

Tardó poco en localizar el cuerpo. Habían depositado sobre él uno de los carteles del centro comercial en el que se leía uno de los célebres mantras de la cadena: «Ya es primavera».

Entonces, después de llamar a su jefe y mientras redactaba una noticia a toda prisa, Reig llamó a la policía.

Así la noticia de que un asesino en serie con ínfulas de verdugo campaba por la ciudad pasó de ser el rumor no contrastado de un diario digital a convertirse en el titular del día. Un asunto que despertó la inquietud, pero también el morbo de muchos lectores y televidentes. En la Barcelona vital e ilusionada de la primavera de 2021 se cernía una amenaza distinta. Letal y, al menos de momento, absolutamente desconocida.

—Esto es un puto desastre —murmura Jarque, y Lena asiente con la cabeza sin querer recordarle que, en realidad, se trataba de algo ineludible—. Dimos una rueda de prensa hace dos días, puntualizando lo que sabemos. Pero los medios no paran...

—El hecho de que haya cuatro víctimas de las que ocuparse les da mucho juego —comenta Cristina Mayo—. Y eso que aún no han descubierto demasiadas cosas sobre ellas. Al menos hemos descartado a la víctima del otoño de 2020. El tipo que llamó no mencionó ningún otro nombre.

Lena pasa por alto el tono levemente acusador de la sargento Mayo y se dedica a revisar los titulares en el móvil. «¿Por qué ellos?», reza uno, sobre las fotos de las cuatro personas asesinadas. «¿Quién es el nuevo Verdugo de Barcelona?», señala otro, cuyo redactor ha tenido la genial idea de añadir la imagen en negro de un hombre con una capucha negra. Otros, más serios, realizan un análisis más riguroso y menos alarmista, recogiendo las declaraciones de la policía y reduciendo la especulación a los mínimos razonables.

—¿Y qué sabemos de la última víctima? —pregunta Lena.

Cristina Mayo se centra en sus papeles.

—Mónica Rodrigo Valls. Treinta y ocho años, administrativa en paro. Se casó hace tres años con Felipe Ramos Guzmán, viudo y padre de una niña, Sofía, de cinco años.

—Pobre hombre —comenta el subinspector Jarque.

—Está consternado. Su primera mujer murió de cáncer cuando la cría era muy pequeña.

Lena mira las fotografías de la pareja. Es bastante desigual: Mónica sonríe a la cámara como si fuera una modelo y el hombre que tiene al lado, que parece más un tío lejano que el novio, posa con falsa naturalidad. Es algo más bajo que ella, poco atractivo, con esas entradas que Lena asocia a otra época.

—Muy buena pareja no hacían, no —comenta la sargento Mayo—. Y la niña ha salido al padre. Obviamente no podía parecerse a Mónica, pero ya me entendéis.

En ese instante entra el sargento Estrada.

—Hay algo nuevo, jefe. Sobre el caso de la última víctima. Esta mañana el padre ha encontrado en el buzón un perrito de peluche. Al parecer la niña lo perdió hace días por la calle. Pero el hombre se ha fijado en que había una nota prendida al muñeco. Me acaba de mandar la foto. Mirad.

La letra es sin duda idéntica a las de las notas anteriores, pero el texto es distinto. Solo dice: «Promesa cumplida».

25

Como había anunciado la sargento Mayo, Sofía no es una niña agraciada. Se parece a su padre en la forma de la cara y también en sus rasgos, tiene las mismas bolsas bajo los ojos que le apagan la mirada. Como Felipe Ramos, ella también parece mayor. Una niña envejecida que ahora agarra el perrito contra el pecho con miedo de que vayan a quitárselo.

—No se despega de él —comenta su padre—. Y yo no tengo ánimos para llevarle la contraria.

—Intentaré que nos lo dé voluntariamente, ¿vale? —propone Lena al sargento Estrada.

Han ido los dos hasta el domicilio de la familia, en la calle Berlín. Analizar muñeco en busca de huellas se ha convertido en la prioridad, a pesar de que todos sospechan que será tan inútil como necesario. Lena se ha ofrecido a acompañar a Jordi Estrada para conocer a la niña, hablar con ella y, sin duda, llevarse el perrito.

—¿Me enseñas tus juguetes, Sofía? —le pregunta Lena, y extiende la mano hacia ella.

Es un gesto que queda en el aire. Sofía sigue inmóvil, sin apartarse de su padre. Este la anima a seguir a Lena y luego, al ver que sus esfuerzos resultan infructuosos, se encoge de hombros y se deja caer en una butaca.

—Yo no puedo más —dice abatido. Parece estar al límite. Inesperadamente rompe a llorar. No es un llanto desatado, apenas unos sollozos que le desfiguran la cara, pero quizá por eso se revela como más auténtico.

Sofía baja la mirada. Está claro que no quiere presenciar esa escena, así que Lena aprovecha el momento.

—Oye, tu papá tiene que hablar un rato con el sargento. Será mejor que los dejemos solos, ¿te parece? Son cosas de chicos.

Si bien la niña no parece muy convencida, cede y se deja llevar. Las dos caminan por el pasillo hasta su cuarto. Es una habitación de tamaño mediano, sencilla, que a Lena le recuerda vagamente la suya antes de mudarse a casa de la abuela. Un armario, una mesita donde hay dibujos y lápices de colores, y la cama con unas cuantas muñecas acostadas encima.

—¡Qué bonita es tu habitación! —comenta Lena mientras toma asiento sobre la colcha—. Ya has visto que tu papá está muy triste... ¿Sabes por qué?

Sofía asiente con la cabeza.

—Mónica se ha muerto —responde en tono resuelto—. ¿Te enseño las muñecas?

Durante los siguientes veinte minutos Lena mantiene con la niña una charla casual. Sofía es más locuaz de lo que parecía y no tiene ningún reparo en hablarle de su colegio, de sus amigos y de sus juguetes. A pesar de que va ganando confianza, sigue agarrando con fuerza el perrito. Lena ya sabe que se llama Coco.

—¿Y esa muñeca de ahí? —le pregunta ella señalando a una que está tirada boca abajo en un rincón del cuarto en lugar de la cama con las demás.

Su intención es distraerla y que suelte el peluche sin darse cuenta.

—Esa es mala. Por eso no está con las otras. Está castigada.

—¡Vaya! Pobrecita... seguro que se arrepiente. —Lena se levanta y va hacia la muñeca—. ¿Cómo se llama?

Sofía enrojece furiosamente.

—No tiene nombre.

—¿No? Todas las demás sí que tienen nombre. Deberías ponerle uno. A lo mejor es mala por eso, porque no la has bautizado.

La cría niega con la cabeza despacio.

—Es una chivata. Me la regaló Mónica —dice Sofía muy seria.

Es la segunda vez que llama así a la que fue su madre durante tres años y Lena se pregunta el porqué. Si las fechas son correctas, Sofía no ha conocido a otra madre. La suya murió cuando apenas tenía un año.

—¿La vas a echar de menos? ¿A Mónica? —pregunta Lena con tacto.

Sofía elude la pregunta y se va a la mesita.

—¿Te hago un dibujo?

—Por supuesto. ¿Me lo podré llevar a casa?

Por primera vez desde que han llegado, la niña suelta el peluche y lo deja a los pies de la mesita, muy cerca de ella. Lena se aproxima y la ve dibujar unos árboles, y luego un monigote que parece ser un hombre con barba. A su lado hay una niña.

—¿Esta eres tú? ¿Con tu papá?

Sofía niega con la cabeza.

—No. Es el mago —responde con una sonrisa.

—¿El mago?

—El que cuidaba de Coco. Lo vi en el parque y me dijo que me lo devolvería.

Lena se pone súbitamente tensa. Intenta seguir aparentando naturalidad porque sabe por su experiencia con niños que cualquier detalle puede hacer que Sofía se cierre en banda.

—Vaya… ¿Y es un mago bueno? —pregunta Lena con un tono jovial.

—Claro.

—¿Y por qué tenía a Coco?

La niña se encoge de hombros.

—Se lo encontró.

—¡Qué suerte! —exclama Lena—. Lo habías perdido, ¿verdad?

—No —responde Sofía en voz baja.

—¿Ah, no? Creía que sí. No pasa nada. Yo también perdí a un osito cuando era pequeña…

—¡He dicho que no lo perdí! —Sofía hace tanta fuerza con el lápiz que la punta se rompe—. Ella lo tiró a la basura.

—¿Quién es ella?

Lena se arrodilla junto a Sofía y le acaricia el pelo.

—¿Fue otra niña la que te lo quitó? —le pregunta Lena ahora con dulzura.

—No. Fue la bruja.

—¿La bruja?

—Sí —responde Sofía—. Él me dijo que era una bruja. Pero yo ya lo sabía.

—¿Y qué más te dijo?

—Nada. Que la bruja se iría pronto y entonces Coco podría volver a vivir aquí.

—Esa bruja sí que tiene nombre, ¿verdad?

La niña se encoge de hombros.

—Ya no quiero dibujar más. Toma. —Sofía le tiende la hoja a Lena sin mirarla.

—Sofía, cariño, esto es importante. —Lena se pone de cuclillas para estar a su altura—. ¿La bruja tiene nombre?

La respuesta es una sonrisa fría, un gesto que Lena había visto pocas veces en la cara de una criatura de esa edad.

—Ahora ya no está.

—Por eso puedes decírmelo. Al oído si quieres.

Sofía se acerca más a ella.

—¿Me prometes que no va a volver?

—No puedo prometerlo si no sé su nombre...

—Es muy mala. Y no quiero que vuelva.

—Tranquila, si acaso regresara, te protegeríamos.

—Yo creo que no va a volver —sentencia Sofía con firmeza—. Mi mamá de verdad también se murió y no la hemos visto nunca más.

—¿La bruja se ha muerto?

—Claro. El mago me lo dijo. Y ahora papá está triste, pero es porque no sabía que Mónica en verdad era una bruja. Solo lo sabíamos el mago y yo.

Al final hubo que quitarle el peluche a la fuerza, y durante muchas noches, Lena, sola en su casa, sigue escuchando los alaridos de protesta, el llanto furioso e inconsolable de Sofía. Tras una exploración psicológica llevada a cabo por un experto, saben más cosas. Y sobre todo intuyen otras.

Por su propia salud mental intenta aislar lo que han averiguado de Sofía y centrarse en Mónica, y en ese mago que ha roto parte de sus esquemas. Por primera vez tienen constancia de que el sujeto se ha acercado al entorno de una víctima antes de acabar con ella. No solo eso: también ha alterado el protocolo del abandono del cuerpo llamando a la prensa y se ha expuesto públicamente, primero hablando con Sofía en el parque y luego devolviendo el perrito de peluche.

Está claro que para el sujeto ese es un caso especial.

Lena no debe pasar por alto ningún detalle. El perfil psicológico va revelándose poco a poco ante sus ojos.

26

Como no podía ser de otra manera, Sònia ha llegado tarde a su propia cena de despedida. Ha aparecido envuelta en una nube de prisas y deshaciéndose en excusas, escoltada por Óscar. El color de la piel del chico disimula mejor el brillo; en cambio, la de ella, radiante y arrebolada, no deja lugar a dudas sobre el motivo real del retraso, que desde luego no tiene nada que ver con haber vuelto a casa a por unas botellas de vino.

Tampoco importa demasiado. Thomas se siente súbitamente exhausto. Han sido tres semanas agotadoras. La inauguración de la galería fue el jueves 17 y ha seguido con atención el revuelo mediático provocado por el hallazgo del cuerpo de Mónica Rodrigo. Todo ello lo ha mantenido en un estado rayano con la euforia y ahora, en la víspera de San Juan, ha aparecido el cansancio. Le apetecería que la fiesta hubiese terminado ya. No ha podido negarse a celebrarla. Sònia, con esos modales sutilmente imperativos que tienden a organizan las vidas ajenas, lo había dado por hecho.

La disculpa de Óscar suena mucho más sincera, y Thomas la ataja con una sonrisa y un brindis. Pol y Chema bromean desde sus respectivas sillas en un tono algo más alto del habitual, resultado de la botella de vino que ya se han tomado. Y, al final, Thomas también ha invitado a un profesor de arte jubilado, Manuel Carmona, que se ha presentado acompañado de una señora de su edad. Todos los chicos fueron alumnos del profesor Carmona, que por supuesto acudió a la reciente inauguración, donde surgió de manera espontánea la invitación como agradecimiento a su apoyo a la galería y a su ayuda con algunos detalles de su última traducción. Por suerte, Germán se ha ido a pasar la verbena con otros amigos fuera de la ciudad.

Thomas ha bebido poco, lo que significa que los chicos llevan ya en el cuerpo unas cuantas copas de vino. Lo mismo puede decirse de Carmona, que no es nada tímido a la hora de servirse. No así su acompañante, que apenas ha dicho una palabra y se ve que se encuentra fuera de lugar.

Thomas los contempla un momento desde la puerta de la cocina con una sonrisa estampada en la cara con la que intenta aliviar unas ojeras oscuras y una fatiga que parece crecer dentro de él a medida que avanza la noche. De fondo suena la voz de ultratumba de Nick Cave, y al darse la vuelta para entrar en la cocina, Thomas se pregunta qué pensaría cualquiera de sus invitados si bajara al sótano.

Al regresar con dos bandejas de aperitivos en las manos, percibe que alguien ha cambiado la banda sonora del encuentro, aunque las voces de los chicos sofocan la música. Óscar se ofrece a ayudarlo y Thomas acepta mientras Sònia se lanza a por una croqueta sin esperar a nadie.

—¡Lo siento, estoy muerta de hambre!

—Pero qué morro tienes... —la reconviene Pol—. Llegas la última y ahora no esperas a nadie.

—Ser la estrella de la velada tiene esas ventajas —responde ella, y el chico pone los ojos en blanco.

—Te van a devolver de Roma envuelta con un lazo —le dice Chema—. Por cierto, ¿ya has vaciado el estudio?

Sònia niega con la cabeza.

—Al final la chica se rajó. Pero Thomas es un encanto y me ayudará a pagar el alquiler...

—A cuenta de la venta de tu cuadro —completa él, que llega cargado con la fuente del asado. Detrás de él, Óscar lleva otra bandeja, donde están las patatas, las verduras y la salsa.

—¡Oh, por Dios! Este olor me vuelve loca. Mira que en Navidad juré que no volvería a comer tanto y aquí estamos otra vez en San Juan. ¿Por qué dicen que los ingleses no sabéis cocinar? ¡Adoro tu *gravy*! —aúlla Sònia.

Es el mismo olor a carne recién horneada con hierbas y especias que resulta demasiado intenso para Thomas. Deja la fuente en la mesa y se aparta con rapidez. Óscar lo mira, ligeramente preocupado.

—¿Te encuentras bien? —le pregunta en voz baja.

—Sí, no pasa nada —responde Thomas—. Demasiado vino antes de que vinierais.

Regresa la sonrisa, aunque a su voz le falta convicción.

—Ya que has llegado la última, te toca servir —dice mientras va a sentarse en su silla.

Sònia esboza una sonrisa radiante y se levanta.

—¡No se os ocurra dejarme sin salsa mientras os sirvo! Empiezo por el anfitrión, ¿no? Pásame el plato, Thomas, por favor. Vaya, me siento como una matrona inglesa dando de comer a su familia... Quiero ver verduras en todos los platos, ¿eh? —bromea Sònia.

De repente, Thomas tiene la sensación de que lo que está sucediendo ante sus ojos es una película, una escena entrañable de una comedia dramática. El sabroso aroma de la comida perfuma el ambiente y los muebles antiguos transmiten la solidez del hogar. Sin embargo, Thomas no está allí: es solo un espectador que intenta pertenecer a ese mundo, apropiarse de ese salón, de esa gente, cuando el lugar que le corresponde es otro, más sombrío, más adusto.

—Perdona, no sé tu nombre —pregunta Sònia a la otra invitada a la cena, que sigue en silencio—. ¿Quieres un trozo más?

—No, está bien así, gracias. —La señora esboza una sonrisa tímida—. Me llamo Anna, por cierto.

—Sònia. Encantada.

Óscar sigue observando a Thomas de reojo, pero justo entonces Chema derrama una copa de vino al servirse las patatas, y Thomas puede huir de esa mirada inquisitiva. Cuando regresa, bayeta en mano, está decidido a representar la mejor versión de sí mismo para ahuyentar cualquier resquemor. Lo logra sin el menor problema; incluso se termina la carne y elogia sus propias habilidades culinarias mientras atiende con interés la charla de sus invitados. Propone un brindis antes del postre, por Sònia y su inminente viaje.

Nadie habría adivinado que desearía verlos a todos lejos, sanos y salvos pero fuera de su casa. Fuera de su película.

Y luego beben relajados; Óscar le da un beso a Sònia, como si no pudiera resistirse a hacerlo; Chema va en busca de su chaqueta porque ha dejado allí sus porros bien liados, y Pol se despereza sin el menor recato mientras departe con el profesor Carmona y su acompañante.

Las mechas de Pol, de un amarillo insolente, contrastan con sus cejas negrísimas, perfectamente delineadas, con la raya oscura que decora sus ojos y con una tez pálida de lienzo. Sònia y Germán siempre bromeaban sobre su aspecto de lánguido vampiro victoriano y sobre su promiscuidad desatada. Ahora mira abiertamente a Óscar, como si quisiera hipnotizarlo, con tanta intensidad que Sònia chasquea los dedos. Pol se ríe.

—Solo estoy practicando. Quiero ligarme a un hetero del curro.

—Pues no lo mires como si estuvieras a punto de comértelo —le aconseja ella.

—A las chicas os mola —replica Pol.

—¡A mí no! Ni a ninguna que yo conozca.

—Eso es lo que decís... Te digo yo que funciona. Pásame un porrito, Chema, anda.

Los dos se dirigen a la puerta porque saben que Thomas no soporta el humo en casa, ya sea el del tabaco o el de la marihuana, de manera que a la mesa solo quedan los mayores con Sònia y Óscar.

—¿Y qué me decís de esto del Verdugo? —pregunta el profesor Carmona.

—¡Qué horror! —exclama Sònia—. Óscar está enganchadísimo a esta historia.

Thomas se ocupa de servir más vino. Lo hace en silencio, repentinamente interesado en el tema.

—A ver, es un pirado —continúa Sònia—. Todo ese cuento de que ejecuta a los que lo merecen… Un psicópata con ganas de matar, nada más.

—¿Estás segura? —La pregunta surge de Anna, que se incorpora a la conversación de manera activa por primera vez en toda la noche.

—Bueno, sin duda es alguien con serios problemas mentales —tercia Carmona.

—Claro, Manuel. Eso no lo discuto —dice Anna—. Pero me refería más bien a su… no sé cómo llamarlo. ¿Su misión, su cruzada?

Óscar asiente con entusiasmo.

—Exacto. ¿Habéis leído lo de la niña? Parece ser que su madrastra la maltrataba.

—Vaya, ¡qué raro! Las mujeres siempre somos las malas —comenta Sònia.

—A veces lo somos —dice Anna en voz baja.

Manuel carraspea y logra sugerir con el gesto la necesidad imperiosa de cambiar de tema, pero Óscar, demasiado interesado en el asunto, no capta la indirecta.

—No creo que se trate de algo sexista. Mató a tres

hombres antes. Y, objetivamente, no todas las mujeres sois unas santas, Sònia.

—Ya lo sé. Pero es curioso que enseguida empiece a circular el rumor de que se lo merecía. ¿No te parece, Thomas?

El interpelado va a contestar, decidido a llevar la conversación por otros derroteros, cuando Anna le interrumpe:

—Ese es el quid de la cuestión. No que fuera mujer u hombre, lo siento. ¿Hay gente que no merece vivir? Ya sé que suena terrible, pero yo siento que es así. Alguien que acaba deliberadamente con la vida de otra persona no debería seguir viviendo.

—Anna...

Manuel le cubre la mano con la suya y ella asiente con la cabeza.

—Ya. No te preocupes, estoy bien. ¿Alguno de vosotros me invita a un cigarrillo? No fumo casi nunca, pero ahora me apetece. Tranquilo, Thomas, saldré al porche. Con los chicos...

Pero en ese momento Pol y Chema vuelven al comedor y Anna sale sola. Su ausencia provoca un silencio extraño y Thomas permanece unos minutos pensativo. El retorno de los chicos ha cambiado el tono de la conversación, que ahora se centra en las vacaciones y los viajes. Sònia y Roma. El profesor Carmona afirma que hace años que pasa el verano en una casita que tiene en el Empordà, para huir del calor y de las masas. Todos se burlan de Óscar, que se marcha a Inglaterra, a recorrer el condado de Yorkshire con sus dos madres.

Thomas no siente el menor interés por el tema y su atención sigue puesta en la dama que acaba de abandonar la mesa. Le sorprende pensar en ella en esos términos, hacía mucho que no aplicaba esa descripción a nadie. Movido por la curiosidad, se levanta y se dirige hacia el porche abandonando al resto de sus invitados.

«No parece una noche de verbena», piensa él.

Se oye algún petardo lejano y algún cohete llena el cielo de luces, pero falta el estruendo, la humareda, el fragor de la fiesta de verdad. Thomas no la echa de menos y, por lo que parece, tampoco la mujer que tiene a su lado.

Al observarla en la penumbra del porche, se dice que sin duda se trata de una dama, una señora hermosa que tiene la dignidad y la elegancia de no disimular su edad. Fuma en silencio sin tragarse el humo, y él piensa que el cigarrillo fue tan solo una excusa para huir de la mesa.

—Hace una noche estupenda —comenta él.

—Así es. Thomas…, disculpe si me he puesto un poco vehemente antes. A veces me sucede.

—No se preocupe. Solo espero que la conversación no la haya molestado. Ninguna de ellas —añade Thomas sonriendo—. Los chicos pueden ser un poco excesivos.

—Al revés. A mí me parecen de lo más modoso —dice Anna, y se ríe—. En mi época éramos mucho más salvajes. Más rebeldes. Ahora los escuchas y tienes la sensación de que están… no sé, adormilados. No todos, claro. Los de esta noche me han caído muy bien. Estoy segura de que Manuel tiene razón: harán grandes cosas.

—Tienen talento. O eso creo yo. Lo que harán o no en el futuro es imposible adivinarlo.

Ella apaga el cigarro en un cenicero.

—Al menos tienen futuro. Un futuro largo, quiero decir. Lo siento —dice Anna mientras niega con la cabeza—. A veces dejo que Manuel me convenza para asistir a eventos sociales. Es un buen amigo y no soporta que haya decidido recluirme… Pero la verdad es que me he acostumbrado a estar sola, Thomas. Y eso es algo terrible. Mucho peor de lo que imagina.

—Estoy seguro de que si está sola es porque así lo desea.

—No. Nadie escoge la soledad. Te encuentras con ella sin querer, como quien se topa con un suéter viejo. Te lo pones porque es cómodo y te hace sentir a gusto aunque siempre sabes que existen prendas mejores.

Anna se ciñe el chal que llevaba sobre los hombros.

—Usted opina como yo, ¿verdad? —pregunta ella mirándolo fijamente a los ojos—. Cree que hay personas que no merecen vivir.

—Pienso que es un tema complejo —dice Thomas con cautela—. La pena de muerte, en manos de cualquier Estado, termina volviéndose un arma política.

—Eso es verdad. No puedo negarlo. Sin embargo… Es igual. Supongo que mi certeza procede de mi experiencia personal. Alguien mató a mi hijo, ¿sabe?

Thomas susurra, en voz muy baja:

—Alguien mató a mi hermano. Hace mucho… era solo un niño.

Ella asiente con la cabeza y levanta la vista hacia el cielo oscuro, hacia una ciudad que finge estar alegre. Luego empieza a hablar, con voz firme, contando su historia, la historia de su hijo, la historia de la mujer que lo mató. Y a medida que habla Thomas percibe como la noche se ilumina, como su cuerpo se va recargando de energía.

Cuando Anna termina su relato, unos fuegos artificiales llenan el firmamento de colores, la rúbrica irónica a un momento triste, y él se siente extrañamente satisfecho. Le gustaría abrazarla y reconfortarla, contagiarla de la esperanza fugaz que se desprende de esos cohetes brillantes, pero sabe que no puede hacerlo.

En su lugar, contempla en silencio el paisaje urbano mientras piensa que, oficialmente, el verano acaba de empezar.

TERCERA PARTE

Verano

El lugar:
Un piso viejo no muy lejos del hospital Vall d'Hebron.
El tiempo:
Un día cualquiera de finales de 2019.
El protagonista:
Un aficionado a las antigüedades, de origen inglés, que dirige una galería de arte y que de vez en cuando se deja convencer para valorar algunas antiguallas en domicilios particulares.
El momento:
La apertura de una maleta rectangular, que recuerda al estuche de una trompeta, olvidada entre un montón de trastos inútiles. El cierre está tan oxidado que él piensa en desistir. La curiosidad le empuja a golpear esa pestaña metálica con un martillo hasta hacerla saltar.
Resulta difícil entender qué es lo que hay dentro. Una argolla de hierro y varias piezas y utensilios más del mismo material, firmemente anclados en el interior de la ma-

leta, con aspecto de llevar años encerrados. El anticuario amateur no ha visto nunca nada parecido: es como mirar el interior de un sepulcro. El hierro está tan oxidado que tiene miedo a tocarlo, incluso con los guantes puestos.

Es posible que lo hubiera dejado allí, junto con el resto de los objetos que no le interesan (prácticamente ninguno de aquella estancia inmensa) de no haber sido porque, encajado en la parte interna de la tapa superior, encuentra un librito antiguo.

Semblanza de un hombre memorable, dice el título.

Y él lo abre.

En la primera página, que cruje al tocarla, distingue un dibujo, unas líneas que muestran el contenido del estuche una vez montado.

En la segunda, una dedicatoria: «A la memoria del gran Nicomedes Méndez, el verdugo de Barcelona».

Y a partir de la tercera, una historia fascinante que remueve en él algo que ya estaba allí, aletargado, a temporadas profundamente dormido. Algo que más que despertar, estalla, convirtiendo el hallazgo fortuito en una revelación que es capaz de redefinir una vida.

Se dice, casi extasiado, que aquellos dos objetos llevaban allí años sin que nadie les prestara atención.

Está seguro de que ellos también esperaban su momento.

Le esperaban a él.

Julio

27

Esa tarde de principios de julio, Lena ha decidido aislarse del mundo aunque sea durante solo unas horas. Dejar fuera de su mente el ruido mediático, las especulaciones, los rumores e incluso las teorías policiales. Quiere examinar los hechos desde su perspectiva, a la luz de sus conocimientos; compararlos con otros casos que ha estudiado en profundidad. En definitiva, necesita alejarse para observar esa historia con una mirada objetiva. Ha optado por hacerlo fuera de su casa porque tiene la sensación de que en un espacio más aséptico, menos íntimo, será capaz de analizar los datos y alcanzar sus propias conclusiones sin que se vean contaminadas por opiniones ajenas.

Esa misma mañana había estado escuchando una tertulia de radio en la que un supuesto experto pontificaba sobre la psicología del nuevo Verdugo. Lo hacía en base a la información publicada en la prensa, su única fuente, por supuesto, pero aun así soltaba una perorata sólida, trufada de términos científicos, tan convincente como infundada.

Lena se descubrió gritándole a la radio, rebatiendo indignada el discurso del criminalista aficionado y desmontando su teoría como si fuera un castillo de naipes.

Sabía que David Jarque pasaba por situaciones parecidas: todo el mundo tenía su propia estrategia para capturar al sujeto y una idea muy clara de cuáles eran los pasos que la policía debía seguir para lograrlo. Y esos discursos calaban, al menos en ella, y la hacían sentir que no se esforzaba lo suficiente.

«Los vagos nunca llegan a ninguna parte», decía su abuela cuando le encomendaba tareas que a todas luces eran excesivas para una niña de su edad. Lena se desvivía por realizarlas, se tomaba como un reto personal completar aquellas engorrosas labores domésticas para que la vieja estuviera orgullosa. A su favor debía decir que la vieja nunca se enojaba si no alcanzaba a hacerlo todo. Solo se encogía de hombros y repetía esa frase: «Los vagos nunca llegan a ninguna parte». Lo decía con tanta indiferencia que ella, con apenas diez años, se sentía como un absoluto fracaso después de haber estado esforzándose durante horas. Si alguna vez lograba hacerlo todo y bien, su premio consistía en no escuchar la sentencia de la abuela. En su lugar escuchaba su otra frase favorita, que no era tanto un elogio como un reproche en diferido: «Querer es poder».

Jarque la llamó al mediodía para comunicarle que tal y como sospechaban, el peluche tenía tal cantidad de huellas que llevaría semanas sacar algo en claro si es que lo conseguían.

«Y para eso le disteis un disgusto a Sofía», pensó Lena, aunque se abstuvo de decirlo.

El subinspector, con tono fatigado, le dio otra noticia que Lena esperaba: habían comenzado a recibir llamadas en la comisaría, ya fuera de personas que querían inculparse de los crímenes o acusar a un vecino de ser el Verdugo. En la vorágine, el subinspector había conseguido más gente a su cargo, pero la concesión de efectivos comportaba la exigencia explícita de resultados.

Después de esa conversación y del burdo sofoco con el falso experto de la radio, Lena había decidido instalarse en la biblioteca que le quedaba más cerca, en la calle Urgell, con su portátil y las notas tomadas durante las reuniones con los mossos.

En el mes de julio, a las cuatro y media de la tarde, la sala de estudio está casi vacía. Es un lugar fresco y silencioso, perfecto para pensar.

A pesar de que su casa no es de las más calurosas, Thomas detesta el calor y para aplacarlo se ha acostumbrado a darse un baño en la playa, sobre las siete de la tarde, cuando el sol ya empieza a retirarse. Luego pasa por el estudio de Sònia a darse una ducha antes de volver al Carmel. En realidad fue idea de ella: ya que él se había ofrecido a pagarle el alquiler mientras estaba en Roma, era justo que lo utilizara como piso de vacaciones. Le pareció una idea absurda, pero apenas una semana después de esa conversación en la que ella le entregó las llaves, disfruta del lujo de disponer de un apartamento cerca de la costa, como si fuera un turista en lugar de un residente en la ciudad.

La playa de Barcelona no es precisamente paradisíaca, sin embargo a Thomas le resulta de lo más placentera la posibilidad de sumergirse en el mar en un día cualquiera, sin necesidad de estar de vacaciones. «Es un privilegio que los barceloneses no aprecian lo suficiente», piensa después del baño, mientras se tumba en la toalla, con la piel húmeda y salada, y se deja mimar por el sol apacible de media tarde.

Está relajado. El rumor de las olas y de las conversaciones se convierte en un arrullo que lo apacigua. Tiene por delante días de relativa tranquilidad: Pol y Chema se turnan en la galería por las tardes durante los dos meses de verano y no tiene la necesidad imperiosa de andar rastreando a otra víctima. Un proceso que le apasiona tanto como le consume. Se alegra de poder ahorrárselo por una vez.

La siguiente víctima, elegida la noche de San Juan, está protegida tras los muros de la cárcel. Encuentra la situación irónica y atractiva: la prisión se ha convertido en el espacio seguro y la calle será donde por fin se hará justicia. Por lo que le contó Anna, apenas faltan unos días para que Cruz Alvar recupere una libertad que no merece y por la que deberá enfrentarse al castigo final.

De momento no hay ninguna prisa. Tiene todo el verano por delante para ejecutar la sentencia.

«¿Qué es un verdugo?», escribe Lena en una hoja en blanco. Quiere empezar por lo básico.

1. Persona que se encarga de ejecutar a los condenados a muerte o, antiguamente, de aplicar los castigos corporales que dictaba la justicia.
2. Persona muy cruel que maltrata o tortura a los demás.

No hay nada demasiado revelador en el diccionario. Lena subraya las últimas palabras de la definición de la primera acepción, «que dictaba la justicia», y se dice que el verdugo al que se enfrenta no obedece dictado alguno. Él es juez, jurado, ejecutor… e incluso policía. Porque está segura de que descarta y escoge, de que lleva a cabo algo parecido a una investigación para confirmar sus sospechas antes de pasar a la acción. De lo contrario, el riesgo que corrió al abordar a Sofía resulta inexplicable.

«Arrogancia/superioridad moral», escribe a continuación. No son rasgos originales, pero en ese caso cree que merece la pena destacarlos.

«El sujeto castiga a personas que la sociedad está dejando impunes. Probablemente eso le hace sentir que es mejor que el resto. Más perspicaz, más atento a lo que sucede alrededor. Alguien que sabe mirar, que se fija en su entorno, que capta lo que pasa desapercibido para los simples ciudadanos».

«¿Quiénes desarrollan estas capacidades?», se pregunta después.

«Psiquiatras, sacerdotes, médicos, sociólogos, gente vinculada a los servicios sociales».

Tras una ligera vacilación añade: «Fotógrafos y artistas plásticos, que deconstruyen y reconstruyen la realidad a través de su propia mirada. Periodistas y escritores, que saben ver los ángulos más recónditos de las historias, los que pasan desapercibidos para la mayoría de la gente».

«Método de ejecución», escribe Lena un segundo después.

Cuando la pena de muerte estaba en vigor, los verdugos no escogían el método para aplicarla. El sujeto podría haber optado por la horca o la decapitación, por ejemplo, y en cambio escogió el garrote. Tuvo que tomarse la molestia de fabricar uno, lo cual requería una cierta habilidad manual. Lena ha buscado varias veces las imágenes que muestran cómo funciona, y cada vez que las ve se estremece. Que en su día el garrote vil se considerase un método caritativo, un buen sustituto de la horca que se adoptó cuando el rey Fernando VII se sintió molesto al ver como un reo pataleaba hasta morir, solo reafirmaba su convicción de que la hipocresía humana tiene pocos límites.

«Dificultad de fabricación y de utilización», añade bajo este apartado. «Fascinación por ese método en concreto, que le lleva a insistir en usarlo incluso después de un primer intento que no salió como esperaba. Pero ¿por qué esta fijación ahora? ¿Es posible que se enterara de su existencia hace poco? O tal vez ya lo conocía y algo se lo recordó: una película, un libro, una imagen».

El garrote vil era un método de ejecución típicamente

español, que se exportó a los territorios de ultramar como Filipinas, Puerto Rico o Cuba, y que se usó en otros países, como Portugal. En varios lugares se citaba la variante «catalana» del garrote, una versión que incorporaba un afilado punzón de hierro que penetraba por la base del cráneo y destruía las cervicales, en lugar del tornillo clásico, acabado en una bola, menos práctico para ese menester, que prolongaba innecesariamente la agonía de los presos y a menudo terminaba matándolos por estrangulamiento.

«¿Quién defiende hoy en día la pena de muerte?», se pregunta a continuación.

«Sigue vigente en 92 países, aunque de estos hay algunos en los que está abolida en la práctica. Fundamentalistas religiosos, políticos de ultraderecha, nostálgicos de la dictadura».

Lena apoya las manos en la mesa. Los mossos han hecho un seguimiento de todos aquellos que se habían manifestado a favor de la recuperación de la pena capital. Los escasos defensores identificados no se la aplicarían a los «reos» que escoge el sujeto, de eso está segura.

«Esa es la gran contradicción —piensa Lena—. El método más tradicional, uno de los más crueles en el imaginario moderno, usado para castigar conductas que, apenas merecerían reproche desde el punto de vista ultraconservador».

Tumbado en la toalla, Thomas nota que el ruido del entorno se amortigua un poco y que el sol ha iniciado definitivamente el ocaso. Adora ese momento y desearía que se prolongara el mayor tiempo posible: los pies hundidos en la arena, restos de sal en la piel, la ligera brisa que anuncia el anochecer. La conciencia tranquila.

Desde la muerte de Mónica Rodrigo ha empezado para él un periodo de serenidad.

«Neil tenía razón —piensa—. Hacer las cosas bien siempre reporta paz espiritual».

Neil no lo expresaba así, sino en términos mucho menos sofisticados, más acordes con su edad. De todas maneras, Thomas a menudo se pregunta cómo un chaval de solo nueve años podía ser tan sabio. A él le ha costado mucho entender conceptos que Neil parecía tener claros cuando era un niño. Lo que estaba bien y lo que estaba mal. La justicia y la injusticia. Qué travesuras merecía la pena cometer y cuáles los iban a meter en un lío serio a cambio de nada.

Thomas siente que su labor actual merece la pena, que debe perseverar, aun siendo consciente de que no cuenta con la aprobación de Neil. En ese aspecto, Neil era como su padre, quizá porque compartían el temperamento artístico y tendían a embellecer las personas y el mundo. Creían que la gente se enmendaba sola, que la maldad era una especie de término metafísico y no real, una mera ausencia de bondad.

En cambio, Thomas sabe que no es así. La vida se lo ha enseñado. El mundo es mejor sin Mónica Rodrigo, nadie en su sano juicio puede dudarlo. Ni siquiera Neil.

Se anima pensando que desde la ejecución de Marcel

Gelabert su carrera de verdugo se ha afianzado, ha ganado en profundidad y, desde luego, en destreza. Le avergüenza su falta de habilidad con ese hombre y lamenta la tortura a la que le sometió. Se consuela pensando que incluso el gran Nicomedes, y otros que desempeñaron en su día tan ingrata labor, pasaron por apuros parecidos. Por alguna razón, el punzón que debía desplazarse no se movía, y con cada vuelta del manubrio el collar iba hundiéndose en la parte carnosa de su cuello. Tuvo que detenerse, desesperado, mientras oía los gemidos agónicos del pobre tipo que a esas alturas lo único que deseaba era morir. Se vio obligado a rematarlo, pero antes debió aflojar el corbatín y ajustar bien el maldito punzón que, por fin, cumplió con su cometido y taladró las vértebras como un estoque.

Thomas se incorpora para alejar esa imagen de su mente.

«Hay que sobreponerse a los errores, aceptarlos como parte del oficio y esforzarse por no repetirlos», se repite. Borja Claver le había supuesto otras dificultades, aunque debe decirse en su descargo que la ejecución de Claver no estaba prevista. Al tiempo que contempla las olas, que también parecen calmarse con la puesta de sol, decide centrarse en los éxitos. Agustín, Mónica y Derek.

Se pregunta si debería sentir algo distinto respecto a Derek y llega a la conclusión de que no. Su muerte no fue una venganza, Thomas nunca habría ido en busca de Derek Bodman: fue él quien se le acercó, después de tantos años, intentando avasallarlo como había hecho siempre y se encontró con que Thomas ya no era un niño pequeño y asustadizo.

«Bad luck, Derek.

»Fuck you, bully».

«Las víctimas». Lena las repasa intentando reducirlas a una mera etiqueta, como seguramente hizo el sujeto: un casero inflexible, un acosador de mujeres, una madrastra mala. Esa última sirve como indicación de que el Verdugo no se mueve por razones de género, a pesar de que la proporción se decanta hacia los hombres. Nada se sabe de Borja Claver ni de las razones que lo convirtieron en el tercer reo. O en el cuarto...

En su llamada al periodista, el sujeto enumeró los nombres de las víctimas halladas, lo cual parecía zanjar la cuestión de que hubiera alguna más y a la vez debilitaba su teoría sobre la frecuencia estacional de los crímenes. Lena debe admitir la posibilidad de estar equivocada aunque su cerebro se rebele. No se trata solo de prurito profesional ni de su reticencia a admitir un error. Si en verdad existiera ese cadáver, la víctima del otoño, la conducta de negación del sujeto en relación con ella resultaría muy reveladora...

«No es momento para especulaciones basadas en cadáveres inexistentes», se dice, antes de volver al análisis detallado de los datos.

«Como señalaba antes, el método escogido (cruento y tradicional) contrasta ideológicamente con las razones que podría tener el sujeto para sus ejecuciones. Aplica la pena capital a conductas que, en líneas generales y según los valores de nuestra sociedad actual, se condenan desde los sectores más progresistas. Esto nos hace pensar en alguien bastante joven, que vive en sintonía con la moral moderna. Por este motivo resulta muy significativa la elección del garrote vil, cuyas últimas aplicaciones en España se dieron en los estertores de la dictadura y fueron ampliamente condenadas por quienes se oponían a ella».

Lena se detiene ahí porque teme que su propia ideología la lleve por derroteros equívocos. Sin embargo, no puede dejar de imaginar a un hombre moderno, de clase media desahogada, un profesional con suficiente tiempo libre para recorrer la ciudad: alguien que trabaja por su cuenta o posee su propio negocio. Un hombre con una cierta sensibilidad estética, con un sentido del humor irónico (el cartel del centro comercial que cubría el cuerpo de Mónica Rodrigo así lo indica) y especialmente preocupado por los niños. En el caso de la madrastra había cruzado por primera vez una barrera; se había tomado la molestia de devolverle el peluche a Sofía. La niña dijo que el mago se lo había prometido. Había sido imposible sacar de ella ninguna descripción física del hombre más allá de que tenía barba.

Un sujeto que se esfuerza por cumplir sus promesas. Cuidadoso, metódico pero a la vez creativo, de entre treinta y cincuenta años, sensible y, con toda probabilidad, protector con las personas de su entorno.

Un individuo que lleva una doble vida y que posee la suficiente confianza en sí mismo para correr riesgos. Alguien que en su faceta pública goza de prestigio o de éxito. Está acostumbrado hasta tal punto al reconocimiento que ahora necesita extender esa notoriedad a su lado más oscuro, el que debería permanecer oculto por su propio bien.

Un hombre amoral, satisfecho de sí mismo y orgulloso de sus logros que necesita publicidad para alimentar su vanidad. Probablemente alguien atractivo para el sexo opuesto o para el propio, tal vez algo excéntrico o singular pero sin nada que haga sospechar a los que le rodean de su profunda perturbación mental.

Lena lo imagina ahora siguiendo las noticias, saboreando los rumores y regodeándose en su nuevo papel como protagonista de la actualidad. Su única preocupación en ese momento debe de ser la elección de su siguiente víctima. Está casi segura de que, de no ser por eso, el Verdugo podría incluso estar entregado a unas vacaciones que él considera merecidas.

La playa se ha quedado casi desierta. Thomas vence a la pereza y se levanta de la toalla. La sacude bien y luego la enrolla con cuidado antes de guardarla en la mochila. Ve a un chico de unos treinta años que se dirige hacia uno de los chiringuitos, arrastrando los pies por la arena. Ya se había fijado en él hace un rato, y el otro le había devuelto la mirada, pero Thomas prefirió descansar en la toalla en lugar de entablar conversación con un desconocido. No

hay duda de que es extranjero y tiene un cuer
atractivo a pesar de que el bronceado aún se le ɪ

Hay algo en el ambiente, en la languidez del
que le dificulta irse directamente al estudio o a su
cuerpo le pide una cerveza y también, por qué no   ⁻
partirla con alguien, así que se recoloca la mochila y sigue
los pasos del turista interesante. A medio camino, el otro
se vuelve. En el cruce de miradas y de sonrisas está todo
lo que hace falta decirse. El chico se detiene a esperarlo y
él acelera el paso.

«Vamos allá», piensa Thomas. La perspectiva promete. Está convencido de que, tras los últimos meses de duro
trabajo, él se merece un premio. Una recompensa en forma de turista guapo y bien moldeado con ganas de pasar-
lo bien.

«*God bless karma*».

28

Cuando la puerta se cierra y se queda sola, Cruz se vuelve hacia el pequeño comedor y respira hondo. Sus hermanos han hecho lo que han podido para transformar un piso antiguo en un espacio acogedor y ella se lo agradece. Le consta que no les sobra el dinero. Durante el último año, el gimnasio ha estado más tiempo cerrado que abierto debido a las restricciones sanitarias, y ellos han tenido que echar mano de sus ahorros y de las ayudas del Gobierno para sobrevivir. Cruz sabe que contaban con los ingresos del alquiler de ese piso, el único legado de su abuela, pero no han dudado ni un instante en ponerlo a disposición de la hermana pródiga ni en darle un empleo de recepcionista en el gimnasio. A cambio de un sueldo simbólico, también es verdad.

Sería una ingrata si no estuviera contenta y ella nunca lo ha sido. Menos aún ahora, a punto de disfrutar de la primera semana completa de libertad, de vida normal. No obstante, tras cerrar la puerta siente una tristeza profunda. Ignora si ya estaba allí o si es ella quien la está propagando sin querer. Tiene la impresión de que las paredes, los muebles, todos los objetos del piso la rechazan en silencio. No ha pasado tanto tiempo desde que falleció su abuela y, pese a la mano de pintura, el lugar todavía le pertenece.

«Basta», se ordena. Enciende las luces para despejar el ambiente y también el televisor, con el fin de llenarlo de otras voces, de ocupar el espacio y marcar las reglas. Se dirige a su cuarto, la antigua habitación de doña Cruz. Aunque sabe que su abuela murió en el hospital, siente aprensión al contemplar la cama, la colcha de siempre, la incongruente muñeca con la que la dejaban jugar de pequeña y que ahora parece reprocharle su largo abandono. El armario no cierra bien y el espejo del interior, desconchado y con una capa de polvo que nadie ha logrado quitar, le devuelve una imagen de sí misma borrosa, deslucida. Como si ella no estuviera del todo allí.

Antes de darse una ducha, Cruz revisa el móvil. Eli la había llamado antes y su familia acaba de marcharse. Cae en la cuenta de que no tiene nadie más a quien recurrir, excepto a Nerea, que sigue sin dar señales de vida, lejos de aquí. La intimidad que tanto anhelaba en la cárcel es ahora un sentimiento distinto: soledad pura y fría. En un impulso busca el número de la única persona con la que ha tenido contacto últimamente. Cuando salta el buzón de voz, se limita a dejar un mensaje rápido, un breve saludo, y en cuanto cuelga se promete no volver a llamarla. Está segura de que Lena Mayoral le dio su teléfono por pura cortesía.

Lena escucha el mensaje y reconoce la voz, pero no devuelve la llamada. Su relación amistosa con Cruz Alvar debe terminar ahora que la chica está en régimen de semilibertad. Es lo mejor para las dos.

Duda entre prepararse algo ligero en casa o bajar a picar algo. El barrio ha florecido ese verano y el leve bullicio de las charlas despreocupadas es un imán que la impulsa a salir. Ya se ha decidido a cenar fuera cuando el teléfono suena de nuevo.

Ahora sí que responde la llamada, pese a que el número es desconocido.

—Lena, aquí la sargento Cristina Mayo. El subinspector me ha pedido que la llame para informarla. Hace dos días se encontró un cadáver. Tranquila, no es la víctima del verano, si es que podemos seguir pensando en esos términos. Este lleva muerto varios meses. Aún no se ha confirmado su identidad, pero existen indicios para pensar que podría tratarse de Derek Bodman, el turista inglés desaparecido en octubre de 2020, entre otras cosas porque llevaba una sudadera del Manchester United. El cuerpo está bastante descompuesto, como es lógico. Estamos a la espera de saber qué dice la autopsia.

—¿Había alguna nota? —pregunta Lena.

—No. Ni en los bolsillos ni en ninguna otra parte. Claro que el tipo llevaba varios meses enterrado en los terrenos de un edificio en construcción en la zona norte de Barcelona. Al parecer, las obras se paralizaron por problemas de permisos y no han vuelto a empezar hasta hace poco. Cuando identifiquen la causa de la muerte, podremos avanzar. O no.

La sargento Mayo cuelga sin despedirse y deja a Lena con un montón de preguntas y sin ganas de salir. Entre ellas, si cree que el subinspector Jarque ha leído ya el informe que le remitió hace varios días con su análisis provisional. Le molesta un poco que el subinspector no la haya llamado para comentarlo.

29

El ánimo de Cruz oscila entre momentos de optimismo acelerado y otros, no menos frecuentes, de lento desánimo. Por las mañanas suele levantarse muy activa, se da una ducha rápida y acude con brío a su trabajo en el gimnasio, donde realiza sus escasas tareas con avidez e incluso se inventa algunas para mantenerse ocupada. Por las tardes, cuando cae el sol y las terrazas de la rambla Just Oliveras, cercanas a su casa, se llenan de grupos que buscan el fresco del anochecer, la invade una emoción que no sabría calificar. Tiene algo de nostalgia y también de vergüenza. No se atreve a sentarse sola y mostrarse ante sus vecinos disfrutando de un rato de ocio. A pesar del tiempo transcurrido, está segura de que alguien la reconocerá y detesta la idea de que alguno piense que está exhibiendo su recién estrenada libertad.

Casi se siente mejor los fines de semana, cuando vuelve a la cárcel. Ahí no tiene que disimular: comparte el espacio con personas que han cometido algún delito, nadie se ve con el derecho de tratarla como si no mereciese estar allí. Por extraño que parezca, en la prisión se siente en casa, a salvo de las miradas de reojo y de los comentarios no dichos pero mal disimulados de quienes se le acercan de lunes a viernes. Como el de Rubén.

No le extrañó nada encontrárselo en el gimnasio ni descubrir que va todos los días, siempre a última hora de la tarde, montado en una moto bastante más cara que la que le destrozaron aquel verano. Está segura de que al principio Rubén no la reconoció, aunque sí debió de darse cuenta de que la recepcionista había cambiado porque es de la clase de tíos que siempre se fijan en esas cosas. Al parecer, no ató cabos hasta unos días más tarde, cuando vio a Cruz hablando con uno de sus hermanos. Ella notó la atención súbita, la curiosidad, como si fuera un foco de luz dirigido a ella, y no le sorprendió que esa misma tarde Rubén permaneciese en la sala de pesas casi hasta la hora del cierre. Cruz lo vio entrenar con calma y luego dirigirse a las duchas con la parsimonia de quien no tiene prisa. Ese día le tocaba cerrar, así que dio una última vuelta, recolocó esterillas y otros materiales, y se quedó un rato charlando con la profesora de yoga y con el encargado de la sala de fitness, los únicos monitores que todavía estaban a esas horas en el centro. Las chicas de la clase de yoga se ducharon deprisa y salieron corriendo, porque las mujeres siempre suelen tener cosas que hacer. La profesora se marchó con ellas porque había quedado con algunas para cenar. Así que cuando el monitor de sala se despidió y le avisó de que había un rezagado en el vestuario, Cruz no tuvo la menor duda sobre quién era.

Rubén salió diez minutos después de la hora oficial del cierre, lo cual le dio la excusa perfecta para acercarse a disculparse. Pese a que a ella nunca le había gustado, era obvio que seguía siendo guapo. Mejor dicho, estaba bueno, con ese atractivo básico que confiere la mezcla de juventud, buen cuerpo y arrogancia. Cruz se preguntó si Nerea lo habría olvidado del todo ahora que era esposa y madre. Decidió que sí. No había nada memorable en Rubén más allá de unos músculos perfectos y, según Nere, un miembro algo menos recio pero juguetón.

—Eh, tía, lo siento. Se me fue el santo al cielo con el entreno.

Olía a desodorante y a champú, llevaba aún el pelo mojado y lucía una sonrisa idéntica a la que tenía una década antes. De eso último Cruz dedujo que debía de seguir siendo igual de imbécil.

—Oye —dijo él como si acabase de reconocerla—, tú eres Cruz, ¿verdad? La hermana de Nico. ¿No te acuerdas de mí? Soy el Rubén.

Cruz adoptó su expresión más impasible mientras recogía el bolso y apagaba las luces del gimnasio desde el interruptor general. Solo quedó encendida la que los alumbraba a ellos en la recepción.

—Ahora no caigo —mintió Cruz—. Seguro que nos conocemos del barrio, claro.

—Joder, tía, claro que tienes que acordarte. Yo salí un

tiempo con una amiga tuya. Con la Nere. Hace un huevo que no la veo, por cierto. Íbamos al Salamandra todos los findes... ¿Tú no currabas allí?

Cruz asintió.

—Hace mucho de eso —dijo mientras buscaba la manera de poner fin a la conversación—. Tengo que cerrar. ¿Te importa ir saliendo?

—Ya. Es que me ha hecho ilusión, tía... Sí que han pasado años, sí. Pero tú estás igual. Siempre me gustaste mazo, ¿lo sabes?

Él se apoyó encima del mostrador para estar más cerca y, como si fuera lo más natural del mundo, extendió la mano para cubrir la de ella, un gesto que la pilló por sorpresa. También lo hizo su propia reacción, porque de manera absolutamente inesperada, la invadió esa flojera tonta que acompaña al deseo. Quería retirar la mano y al mismo tiempo seguir notando el contacto.

Quizá, si Rubén se hubiera callado en ese momento, si hubiera dejado que las pieles se rozasen un poco más, ella habría cedido, habría sucumbido a la ilusión de comprender que su cuerpo era capaz de sentir de nuevo un deseo puro y básico. Sin darse cuenta Cruz se humedeció los labios, como si fuesen la puerta que él debía cruzar para iniciar el camino. Pero, en lugar de deslizarse por esa entrada secreta con un beso, Rubén tuvo que hablar y estropearlo todo.

—Debe de hacer mucho tiempo que no follas, ¿verdad? ¿O hay algún pavo que fuera a visitarte en la cárcel?

El comentario la hizo apartar la mano y retroceder lo

que le permitía el reducido espacio del mostrador de recepción. ¿Aquel idiota creía que estaba tan necesitada como para montárselo con él justo allí? El hecho de que había estado a punto de responder a su avance la irritó consigo misma casi más que con él.

—No creas —le dijo—. Las mujeres nos las sabemos apañar muy bien solas.

Rubén respondió con un bufido escéptico.

—Y ahora ve saliendo, que tengo que cerrar.

—Vale, vale —dijo Rubén—. Joder, no te pongas así. Ya me lo he aprendido: que no es no y todo ese rollo. No me hacen falta líos. Que sepas que no te guardo rencor por lo de la moto, ¿eh? Pero diría que al menos me debes un polvo.

—Espérate sentado —repuso ella.

—No. Te esperaré follando para practicar. La verdad es que casi prefiero que te pongas al día con otro. Al primero que pilles lo vas a dejar seco, tía... Da un poco de acojone. ¿Cuánto tiempo has estado en el trullo? ¿Siete, ocho años?

—No tanto como para olvidar lo gilipollas que eras, Rubén —le atajó Cruz—. En serio, habría necesitado una cadena perpetua para eso.

Cruz supuso que el comentario fue lo bastante contundente, porque sin decir nada más él dio media vuelta con el casco en la mano y la mochila al hombro y se fue hacia su moto. El estruendo del motor debía de ser su manera de responder a los cortes, daba gas como si así pudiera ahorrarse las palabras.

Luego, durante el paseo de veinte minutos de camino a su casa, Cruz tuvo la incómoda sensación de que alguien la seguía. Miró hacia atrás en un par de ocasiones y al final aceleró el paso. Aún no había oscurecido y las calles estaban llenas de gente, pero la impresión de que la acechaban no se desvaneció hasta que estuvo sana y salva en su piso.

30

A lo largo de los últimos diez días Thomas ha averiguado
todo lo que podía sobre Cruz Alvar. No le ha costado
mucho investigar su historia pasada ni tampoco enterarse
de sus circunstancias más recientes, que incluyen su trabajo en el gimnasio propiedad de sus hermanos y su casa,
situada en una calle céntrica de Hospitalet, un enorme
municipio cercano a Barcelona. Thomas no lo conocía, así
que en sus paseos de vigilancia ha descubierto una ciudad
viva, no precisamente bonita pero sí cargada de energía.
En la zona donde vive Cruz, ha encontrado varias plazas
sobrecargadas de niños, con sus consabidos gritos, llantos
y balones; tiendas de barrio, terrazas, cafeterías, bares...
En resumen, vitalidad.

Thomas querría dedicar más tiempo a observar a Cruz,
pero ahora que la galería ha reabierto sus puertas, solo
dispone de las tardes y al menos los días que él la ha seguido, ella siempre está trabajando a esa hora. Ha conseguido verla volver a su casa desde el gimnasio a las diez

de la noche y poco más: una chica que avanza a paso rápido por una rambla atestada de gente, sin detenerse nunca, con las gafas de sol puestas incluso de noche. No le ha sido posible acercarse a ella, ni siquiera oír su voz, porque anda con una prisa inusitada.

Thomas comprende que debe hacer acopio de paciencia. No le va a resultar nada fácil abordarla si ella mantiene esos hábitos, si nunca sale de noche ni se mueve por calles más vacías. La única opción de secuestrar a Cruz sería en el momento en que cierra el gimnasio, y, por lo que ha visto, suele estar rodeada de otros clientes que apuran hasta última hora. El verano en una zona popular complica las cosas porque circula más gente.

El año pasado tuvo suerte, piensa: Agustín abría la cafetería-panadería a horas intempestivas y las calles estaban más vacías. Para colmo, Cruz aún pasa los fines de semana en la cárcel, así que su vida se reduce a ir y volver de casa al trabajo y poco más. Una tarde estuvo a punto de entrar en el gimnasio, fingiendo interés en las instalaciones, ni que fuera para tenerla un poco más cerca, pero se contuvo a tiempo… Necesita que su instinto confirme que esa chica no merece seguir viva, pero, hasta el día de hoy, ni siquiera ha logrado oírle la voz.

Cruz se detiene en seco en mitad de la rambla porque le resulta imposible no hacerlo: el encuentro, tan fortuito como inesperado la deja desconcertada.

—¡Cruz!

La chica que casi acaba de chocar con ella mientras perseguía a un niño de apenas dos años que correteaba de un extremo a otro de la amplia avenida a una velocidad prodigiosa se ha parado también unos metros más arriba. Sin perder de vista a Cruz, la joven coge al niño en brazos y lo eleva hacia el cielo con una sonrisa. El chaval, increíblemente rubio, se ríe a carcajadas. Unas risas tan contagiosas que Cruz no puede evitar sonreír.

—Pensaba llamarte —dice Nerea un segundo después—. Llevo solo unos días aquí y aún no he tenido tiempo para nada. Mi madre me dijo que ya habías salido.

Cruz vuelve la cabeza hacia la terraza del bar desde la que se había levantado Nerea. Allí están: sus padres, que no parecen haber cambiado nada en este tiempo, y un hombre al que reconoce vagamente de las fotos que Nerea le enseñó hace cuatro o cinco años, cuando empezaron a salir. Él la observa con curiosidad.

—¿Y este niño tan guapo? —pregunta Cruz, para desviar el tema de las llamadas pendientes, que se remontan a hace demasiado.

—Este es Joel. Joel, dile hola. Es una amiga de mamá.

—Es una monada. ¡Y ese pelo!

—Ya, tía. Ha salido a mi hermano. Casi tengo que jurárselo a Rafa cuando nació. —Nerea se ríe y Cruz la imita—. En serio, en su familia todos parecen casi gitanos y va y nos sale este rubiales con pintas de bebé nórdico... A ver si el próximo sale más morenito.

Entonces Cruz se fija en una ligerísima barriga que se

insinúa debajo de la ancha camiseta de color rosa que su amiga lleva puesta.

—¿Esperas otro?

—Estoy de trece semanas. Y aquí me planto, que quede claro. No quiero pasarme media vida dando teta. Rafa y yo decidimos que era mejor tenerlos seguidos.

Cruz asiente con la cabeza mientras acaricia la carita del niño. Él le lanza una sonrisa y se oculta enseguida en el hombro de su madre.

—¡A este granuja le encantan los mimos! —dice Nerea antes de dar a su hijo un sonoro beso en la mejilla que lo hace reír de nuevo.

—Y… ¿te quedas muchos días?

—Una semana más como mínimo. Mira, el sur es maravilloso pero los veranos sevillanos no son para mí. Le sumas las náuseas matutinas a no dormir de noche, ya sea por el calor o por Joel, y el resultado soy yo en el último mes: una piltrafa. Así que me he venido a casita unas semanas, a que me cuiden. Además, con eso de estar tan lejos y todo lo que ha pasado, hacía un montón que mis padres no veían a Joel. Ni siquiera andaba la última vez que estuvimos juntos.

—Claro. —Cruz no sabe qué decir. La capacidad de Nerea de charlar como si se hubieran cruzado el día anterior la admira y la incomoda un poco a la vez. Por fin se encoge de hombros—. Bueno, me voy para casa. Podríamos vernos un día si tienes un rato libre…

—¿Podríamos? ¿Tantos planes tienes? Por supuesto que nos veremos. Rafa se vuelve a Sevilla mañana y a mi madre le encanta hacer de abuela sin que yo esté por en medio metiendo baza.

—Mañana es viernes. Tengo que... volver a la cárcel.

Nerea se queda cortada por un instante, como si la realidad acabara de entrar con brusquedad en la escena.

—Mira, ya está —resuelve Nerea entonces con rapidez—. Quedamos la semana que viene, el miércoles o el jueves. Hablo con Eli y, si le cuadra, cenamos en su casa. ¿Te parece? Las tres. Como antes. Dame un beso, anda.

Cruz se deja abrazar y luego se despide con un saludo desde lejos de la familia de Nerea, que ha contemplado la escena sin intervenir. Mientras camina la corta distancia que la separa de su casa, se dice que es la primera vez que tiene un plan más allá de ir al trabajo o de comer con su madre. Recuerda lo que le dijo Eli, y lo que le comentó también la doctora Mayoral. Si invertía todas sus energías, tenía una vida por delante que merecía ser disfrutada al máximo.

Cuando Cruz se aleja, Thomas se plantea seguirla calle abajo. Sin embargo, opta por no hacerlo: ya sabe dónde vive y acaba de quedar una mesa libre detrás de la que ocupan la amiga con la que se ha encontrado y su familia. Intuye que averiguará más cosas sobre Cruz quedándose allí: al menos durante un rato, lo más probable es que ella sea el tema de conversación.

Cuarenta minutos más tarde, al dejar el bar, Thomas tiene la sensación de conocer un poco más a Cruz Alvar, y, en contra de lo que suponía, ha empezado a sentir un poco de simpatía hacia ella. Ya le sucedió cuando la vio acariciar la cara del bebé: el cuerpo tenso se aflojaba, sus rasgos adustos se dulcificaban... Thomas se dice que no debe dejarse influir por los comentarios sesgados de su amiga de la infancia y de la madre de esta, que hablaban de la pobre Maricruz, una chica descarriada que cometió un error fatal.

«La gente que te quiso de niño nunca llega a pensar lo peor de ti», piensa. Sin ir más lejos, él mismo es la prueba evidente.

Así que ahora mismo prefiere pensar en la cita nocturna de las chicas. Intuye que será un reencuentro entrañable... quizá con un final inesperado.

31

Lena sospecha que la invitación a cenar del subinspector Jarque es para compensar el tiempo que ha tardado en llamarla para comentar su informe. No puede evitar sentirse un poco apartada de los avances de una investigación a la que ha dedicado mucho tiempo y esfuerzo. O quizá está siendo demasiado quisquillosa. Sin duda el subinspector está bastante ocupado. Tanto que también dejó en sus manos la elección del restaurante y ella optó por uno de su barrio, Casa Dorita, donde la conocen bien. Por eso le han dado una mesa al fondo del local que suele estar reservada solo para grupos. Sabe que la conversación con Jarque requerirá un poco de intimidad.

Ahora Lena está en la puerta, mirando el móvil mientras se toma una copa de vino blanco para sofocar la sed, el calor y la impaciencia porque, al parecer, la puntualidad tampoco es una de las virtudes del subinspector Jarque.

El apartamento que Eli tiene alquilado en la calle Beethoven, bastante cerca del Turó Park, rebasa todas las expectativas de Cruz. No por sus dimensiones, sino por la zona y el mobiliario. Después de ocho años en una celda y casi tres semanas en el piso viejo de su abuela, al entrar en casa de Eli tiene la sensación de haberse colado en una revista de decoración. Todo —paredes, suelo, muebles— está impoluto, incluido un enorme sofá de color blanco cuyos cojines brillan como una falsa sonrisa de anuncio sobre el parquet de madera noble. A juego con el espacio, Eli las recibe deslumbrante, arreglada como si en lugar de una cena de amigas estuviera celebrando la recepción de un embajador. Por enésima vez en los últimos años, Cruz se pregunta de qué trabaja. Nunca se ha atrevido a preguntárselo, pero es obvio que Eli maneja dinero, no solo por el apartamento y la ropa, sino porque durante los años que estuvo en la cárcel nunca dudó a la hora de hacerle algún «préstamo» cuando ella lo necesitó. En la prisión también se compran cosas, sobre todo favores, y los regalos de Eli le habían facilitado bastante la vida.

Nerea lo observa todo con la mirada práctica de un ama de casa y se muestra tan perpleja como Cruz. Sobre la mesa, que da la impresión de estar suspendida en el aire —«Para no cargar un espacio tan pequeño», precisa Eli, como si fuera una experta en diseño de interiores—, hay unos cócteles ya preparados y un sobrecito con cocaína para cada una.

—Por los viejos tiempos —dice la anfitriona—. ¡Que empiece la fiesta!

Jarque llega a las 22.25, cuando Lena ya estaba convencida de que la había dejado plantada y empezaba a tomarse la segunda copa de vino blanco, servida con una sonrisa cómplice y algo compasiva por el camarero. La expresión de agobio del subinspector no deja espacio para los reproches, entre otras cosas porque ni siquiera aparenta ser consciente de la casi media hora de retraso. Sonríe al verla y logra, tal vez sin querer, que se sienta culpable por haber estado despotricando mentalmente contra él durante ese rato. En lugar del enfado, Lena siente ahora una conexión fugaz con esa mujer desconocida que fue su esposa y que casi con toda seguridad dedicó muchas horas a esperarlo durante su vida de casados.

—Está bien el sitio. No lo conocía —declara él mientras se quita la americana y la sigue al interior del restaurante.

Al llegar a la mesa del fondo, Lena se detiene ligeramente alarmada. Si bien pidió esa mesa apartada para que pudieran hablar con tranquilidad del caso, en el restaurante debieron de entender que se trataba de una cena íntima y han puesto un par de velas que, unidas al reservado, dan al encuentro un toque romántico que está fuera de lugar. Lena se sonroja un poco, pero el subinspector no parece percatarse de nada. Tiene hambre y lo único que desea es ver la carta.

—Joder, me estáis dando una envidia tremenda —dice Nere—. ¿Quién me mandaría a mí quedarme embarazada de nuevo?

—Ya, tía. No tenía ni idea. No se me habría ocurrido ofrecértela... —dice Eli—. La verdad es que es un gustazo tomar coca así, cómodamente en casita en lugar de apretujada en un cuarto de baño mugriento.

—O en un rincón de una celda —añade Cruz en voz baja.

Nerea desvía la mirada y Cruz se molesta un poco. Lo ha hecho ya varias veces, siempre que ella menciona cualquier detalle de su pasado reciente, como si la idea de la cárcel la incomodase.

Eli se levanta para ir a la cocina a buscar el postre y Nerea aprovecha su ausencia para murmurar:

—Menuda choza. Sabía que manejaba pasta, pero no a este nivel. Y eso sin trabajar mucho, no creas... Algunos tíos bien escogidos y punto.

Cruz le pregunta con los ojos y Nerea se encoge de hombros.

—Venga, Cruz, no me digas que te sorprende. Eli ya era puta cuando teníamos veinte años. Podía llamarlos *sugar daddies* o abuelitos cachondos. Para mí es lo mismo. Eso sí, está claro que no se lo monta con cualquiera.

Cruz piensa en las prostitutas que ha tratado en la cárcel, víctimas de la trata, adictas a las drogas o a un cabrón que las chuleaba. Poco tienen que ver con este ambiente y con el aspecto de su amiga, que ahora vuelve con tres copas de helado en una bandeja. Nerea ataca el suyo como si no hubiera cenado; ella, en cambio, se siente llena. Tampoco le apetece otra raya, así que se levanta de la mesa y se dirige hacia la puerta que da a una terraza de tamaño medio, tan llena a rebosar de plantas que parece una floristería. La distancia que la separa de sus amigas y los efectos de la cocaína le confieren el valor necesario para dar media vuelta y hablar de cara a la mesa.

—¿Recordáis la noche que pasó lo de Jonás? ¿Cuando me fui a Vilanova? No me seguisteis hasta allí, ¿verdad?

Nerea suelta la cucharilla del helado como si quemara y Eli la contempla con ojos consternados mientras niega con la cabeza despacio.

—¿De verdad quieres hablar de eso? —musita Eli.

—No sé a qué viene ese tono trágico, no es más que una pregunta. —Cruz se aclara la garganta antes de continuar—: Había alguien más cerca de la caravana esa noche. Podía ser alguien que simplemente rondara por allí, o también una persona que supiera lo que iba a hacer y quisiera verlo en directo. Siempre habíamos puteado a los tíos las tres juntas.

—Tú no nos dejaste que te acompañáramos —interviene Eli muy seria.

Nerea aparta la copa del helado y se lleva las manos a la barriga.

—Deberíamos haber ido —dice ella entonces—. Siempre he pensado que si no te hubiésemos dejado sola, las cosas habrían sido distintas. Que a lo mejor alguna de las tres habría tenido la sensatez de comprobar que no había nadie dentro de la puta caravana antes de que le prendieras fuego.

—O no, y entonces las dos habríais acabado en la cárcel conmigo. Quizá por eso no os mola reconocerlo —dice Cruz.

Eli se dirige hacia ella.

—Eh, para el carro. No sabemos nada de esa noche, Cruz. Te lo juro —dice—. Intentamos ir contigo y te pusiste como una moto. Ninguna de las dos teníamos coche e íbamos igual de colocadas que tú, así que ningún colega nos habría prestado el suyo.

Se detiene muy cerca de Cruz.

—Sin embargo, hay algo que sí que sé. Pensé que ya no merecía la pena contártelo. —Eli se pone muy seria—. En realidad, creo que te hará sentir aún peor… Pero como te empeñas en mirar hacia atrás, quizá sea mejor que tengas las cosas claras antes de empezar a pegar tiros al aire. Mi *sugar daddy* de la época conocía bien a la directora del hotel de Sitges y fue él quien me lo dijo. Jonás no quería alejarse solo de ti, tía. Quería huir de su vida, al menos por un tiempo. Poner tierra de por medio con un padre al que acababa de conocer, con una historia que su madre nunca le había contado. Estaba hecho un lío y tenía todo el derecho del mundo a largarse solo adonde le diera la puta gana para aclararse las ideas. Pero tú no le dejaste. —Eli se encoge de hombros—. Remover el pasado no cambiará las cosas, tía. Vive con ello y no le des más vueltas o acabarás cazando moscas.

Si algo no se le puede reprochar a David Jarque es que no haga honor a la comida. Se diría que llevaba varios días sin comer.

«O al menos sin alimentarse como es debido», piensa Lena.

Apenas han hablado de otra cosa que no fueran los platos, los primeros que han compartido y la excelente pluma ibérica que han pedido los dos de segundo. Cuando el camarero les deja la carta de postres Lena se atreve a sacar el tema. Nadie los molesta allí y ella cree que pueden hablar con libertad.

—Espere un segundo —le dice él—. No la he invitado a cenar para discutir el caso.

Ella se queda desconcertada.

—Quería agradecerle en persona el empeño que ha puesto en esta colaboración. El informe que me hizo llegar ha resultado de lo más revelador. Lo hemos estado discutiendo en comisaría y nos parece francamente útil.

—Bueno —dice ella sonrojándose un poco—, se trata solo de un perfil preliminar basado en los datos que tenemos hasta ahora. Incorpora algunas hipótesis que podrían verse confirmadas o descartadas en los próximos meses en función de los actos del sujeto.

—Por supuesto, y así lo hemos entendido. Mire, no es que dudáramos de su capacidad ni de sus conocimientos. Al menos yo. Sin embargo, no estamos habituados a esta clase de colaboraciones externas e inconscientemente tememos que se queden en el mundo de la teoría, que resulten demasiado vagas.

Lena asiente. No es la primera vez que escucha esas reticencias.

—La policía y los criminalistas nos expresamos en términos distintos —le dice Lena con una sonrisa—, pero eso no significa que no podamos llegar a entendernos.

—Al leer su informe, tuve la impresión de que lo estaba viendo... Me refiero al sujeto. No su cara, por supuesto, pero sí su mente. Me dio la sensación de que usted podía ver su alma. Igual le suena anticuado el concepto.

—¿Es usted creyente, subinspector? —le pregunta Lena con curiosidad.

—¿Pasamos ya a David, por favor? Lo de subinspector suele acabar en cuanto me quito la chaqueta y estamos casi en el postre.

Ella se fija entonces en que él no solo se ha quitado la chaqueta, sino que se ha subido las mangas de la camisa. Tiene unos brazos morenos y velludos. «Brazos de jornalero», habría dicho su abuela desdeñosamente.

—Contestando a tu pregunta, y no te espantes: sí, soy creyente. No lo fui durante mucho tiempo. Es decir, Dios me era indiferente. Sin embargo, a medida que fui haciéndome mayor... cómo podría explicarlo... Un día me descubrí entrando en una iglesia vacía solo para pensar y acabé charlando con algo que podía ser Dios. En nuestro trabajo a veces presenciamos cosas terribles, escenas dolorosas que se te quedan grabadas y que es impensable contar en casa. No voy a misa los domingos ni nada por el estilo, pero sí que tengo la convicción de que ha de existir algo más grande que nosotros, más poderoso, más comprensivo, porque si no este mundo desquiciado no tendría sentido. Así que, cuando me noto a punto de estallar, entro en una iglesia, suelto lastre echándole la bronca a Dios por permitir tantas barbaridades y luego le rezo un padrenuestro porque pienso que es el precio a pagar. Y porque no me sé ninguna oración más.

Lena se ríe y Jarque hace lo mismo.

—¿Y tú, crees en Dios? ¿O solo en la ciencia? —pregunta el subinspector.

—No soy creyente. Quizá no sea culpa mía: me crie con mi abuela y ella odiaba a los curas. Y a la policía, al ejército y a la Guardia Civil —añade Lena con intención—. De hecho detestaba a casi todo el mundo. A veces incluso a mí —confiesa sin querer. Y como siempre que critica a la vieja delante de un desconocido, intenta rectificar—: No es que fuera una mala persona; supongo que me crio lo mejor que supo. Con los años he comprendido que no puedo censurarle que se comportara tal y como era.

—Vamos, que no fue la abuelita entrañable de los cuentos.

—Te aseguro que no. Tampoco la bruja de Hansel y Gretel. Digamos que se quedaba a medio camino. —Lena se encoge de hombros—. De pequeña la aborrecía. Empecé a usar el nombre de Lena para olvidarme de su tono al llamarme Magda. Pensé que eso me convertiría en alguien distinto. En casa había una Magda sometida, cargada de tareas y a veces muy enfadada, y fuera una Lena más libre, más aventurera, en teoría más feliz... Aunque me temo que no terminó de funcionar. Magda sigue aquí dentro, perdida por alguna parte, reclamando su lugar.

«Y Lena tampoco era tan maravillosa como se creía —se dice para sus adentros—. Quizá porque durante bastante tiempo las dos compartieron el mismo contexto y los mismos escasos recursos económicos».

—¿Y a Magda también le interesan las mentes criminales?

—Yo diría que no. ¡Eso es cosa de la descastada de Lena! Igual que colaborar con las fuerzas del orden. Ni Magda ni mi abuela lo harían jamás.

Ambos sonríen. Y entonces David le pregunta por su carrera. Parece genuinamente interesado, así que Lena empieza a hablar. Serán los interrogatorios los que curten a los mossos a la hora de escuchar, pero Jarque se revela como oyente atento. Ella le habla de sus estudios universitarios, de los años en la clínica con adolescentes conflictivos, un trabajo que no la llenaba lo suficiente. De la súbita oportunidad de marcharse a Estados Unidos a estudiar lo que siempre la había apasionado, de los dos años que pasó allí y de todo lo que se ha derivado de su estancia en el extranjero: sus libros y sus colaboraciones en televisión. Sus charlas y seminarios sobre criminología. Su trabajo con ellos.

De repente el camarero aparece de nuevo y los contempla con fingida severidad.

—Ahora no me vengan con que quieren postre, ¿eh? El cocinero se fue hace rato.

Lena se vuelve y comprueba que las luces de medio restaurante están ya apagadas. Avergonzada por haber monopolizado la conversación, se escabulle fuera del local mientras David paga. Es tan tarde que se separan en la puerta, entre otras cosas porque ella vive a pocos metros y tendría poco sentido que él la acompañara hasta la puerta de su casa. La despedida es un poco brusca, o al menos a ella se lo parece: como si al volver a ponerse la chaqueta él recuperara el papel del subinspector Jarque.

Luego, ya en la cama, se imagina a David Jarque rezando un padrenuestro sentado en una iglesia vacía. La imagen se le antoja ahora extrañamente tierna.

32

Sobre la una de la madrugada la acera está desierta. Cruz oye a lo lejos el ruido de un camión de la basura —el choque del contenedor contra las palas que lo levantan, el rumor de los desperdicios al caer, el ralentí constante del motor— y acelera un poco el paso, no porque tenga prisa sino porque el estruendo le recuerda a los sonidos metálicos de la cárcel, y ella ahora mismo solo quiere silencio.

«Tampoco es pedir tanto, ¿no? Joder».

Podría haber seguido el viaje en el taxi que pidió Eli y que ha dejado a Nerea en la puerta del bloque de sus padres, a pocas calles de donde ella vive. En su lugar prefirió bajar y seguir a pie porque entre la cena, las drogas y las revelaciones tenía la cabeza hecha un lío.

«Un puto lío».

Pasa por delante del centro comercial La Farga y cruza la calle en diagonal, sin preocuparse de un tráfico que a esas horas es apenas un eco remoto. Avanza hacia su casa repitiéndose el nombre que había dicho Eli, Kyril Záitsev, y que ella no había oído en su vida. Intenta recordar si Jon lo había mencionado, si hubo alguna señal que podría haberle hecho sospechar que él estaba inquieto por algo. No lo consigue, y eso le jode. Debía de estar tan pendiente del viaje, tan ilusionada con el futuro, que no fue capaz de ver lo que tenía delante de las narices.

Y también se enfada un poco al comprender que Jonás no confió en ella. Prefirió dejarla de lado, incluirla en ese barullo de gente del que deseaba huir, metiéndola en el mismo saco que un padre recién encontrado del que difícilmente podía sentirse orgulloso.

Ahora que ha pasado un rato desde la noticia, Cruz se pone en el lugar de Jon. ¿Cambiaría su idea de sí misma si de repente se enterase de que por sus venas corría la sangre de un tipo sin escrúpulos, con una vida violenta, enriquecido gracias a los negocios más turbios?

«Ahora quizá no», se contesta cuando dobla la última esquina y se detiene un momento para dejar pasar al autobús nocturno que avanza a una velocidad excesiva.

Ahora que ha visto de todo y se ha pasado ocho años rodeada de mujeres que, en una u otra medida, habían cometido algún delito.

«Pero sí con veintipocos años cuando aún era una puta niñata. Y más siendo como era Jon», añade mientras cruza.

Desliza la mano en el bolso para sacar las llaves y al no dar con ellas inclina la cabeza mientras sigue revolviendo el interior.

Por eso no ve el coche que aparca en doble fila enfrente de su casa y apaga los faros.

Por eso avanza hasta que llega a la puerta, ya con las dichosas llaves en su poder, con ganas de meterse en la cama y dejar para el día siguiente la búsqueda de información sobre el tal Kyril Záitsev.

Por eso tampoco se percata de que alguien sigue sus pasos.

La pregunta se le ocurre de repente y la hace sin meditarla desde la cama, como si fuera un comentario casual, mientras Zenya termina de desmaquillarse en el cuarto de baño.

—¿Me estás hablando, mi amor? —La voz de su esposa llega hasta él a través de la puerta abierta del lavabo, por encima del ruido del agua—. Espera un segundo, ya salgo.

Zenya tarda bastante más en aparecer y para entonces Kyril se ha arrepentido de su pregunta intempestiva. La contempla, envuelta en una bata de satén blanco con pequeñas lentejuelas de un vivo color dorado, y se dice que Zenya no se permite el lujo de vestirse de cualquier manera ni siquiera en la intimidad.

—¿Decías algo de Andrej? —insiste ella.

Kyril observa su rostro, preguntándose por millonésima vez por qué las mujeres guapas insisten en cubrirse de potingues cuando están mucho mejor al natural. Es una belleza distinta, por supuesto, más imperfecta pero a la vez más auténtica.

—No importa… Bueno, te había preguntado qué harías si alguien le causara algún daño a Andrej.

—¿Y se puede saber a qué viene? ¿Le pasa algo a Andi? —La alarma le ilumina los rasgos y él se siente culpable.

—No, no le pasa nada. Era una pregunta hipotética, cariño —responde Kyril.

—Pues podrías dejarlas para la hora del desayuno. Acabas de desvelarme de golpe. ¿Seguro que no me ocultas nada?

Kyril niega con la cabeza.

—Andrej está durmiendo en su cuarto, a salvo de cualquier amenaza. Tranquila. Simplemente me ha venido a la cabeza la pregunta.

Zenya se quita el salto de cama, lo lanza sobre una butaca y los brillos dorados vuelan en el aire.

—¿Y quieres que te conteste? —pregunta.

—Es igual, cariño —dice él, y extiende el brazo para apagar la luz.

—Si Andrej corriera peligro, me lo dirías, ¿verdad? —insiste ella mientras se acomoda en la cama.

—Por supuesto que sí —miente Kyril—. Y me ocuparía de ello antes de que le sucediera algo. Puedes dormir tranquila.

Pronuncia esa última frase con la luz apagada. Nota el calor del cuerpo delgado de su esposa junto a él y siente la mano de ella buscando la suya.

—Lo mataría —susurra Zenya—. Si a Andrej le pasara algo por culpa de alguien, acabaría con esa persona con mis propias manos. Ni siquiera dejaría que lo hicieras tú.

—Eh, también es hijo mío... —protesta él, ahora en un tono más ligero mientras le aprieta la mano: la de Zenya es fría, siempre las tiene así, incluso en verano.

—No es lo mismo, mi amor. Los hombres nunca lo entenderéis. Las madres damos la vida a los hijos. Somos nosotras quienes debemos vengar sus muertes.

—¿Te has vuelto feminista de repente? —bromea él.

Zenya se ríe.

—Todas las mujeres listas siempre lo son, mi amor. Lo que pasa es que algunas somos además lo bastante hábiles para que los hombres como tú ni siquiera os deis cuenta de ello. Así todos vivimos más tranquilos.

Con esta última frase, ella le suelta la mano y se pone de lado, dándole la espalda. No es la primera vez que Kyril piensa que si las dos mujeres de su vida se conocieran, no se llevarían tan mal como podría parecer a simple vista. Esa noche él tiene a ambas cerca, ya sea en cuerpo o en espíritu.

Todo sucede tan rápido que Cruz tiene la impresión de que la acera ha desafiado las leyes de la física y se ha alzado ante ella. Justo antes percibió el agarre, las manos que se cerraban en torno a sus hombros, y el olor dulzón que se colaba por su nariz. Intentó mover la cabeza sin éxito; en cambio, sí que consiguió clavar el codo con fuerza en el cuerpo que la sujetaba por la espalda y así desasirse durante un segundo, el suficiente para saltar y caer de bruces.

Ahora oye un grito y trata de levantar la cabeza para pedir ayuda. Se lame la sangre del labio y apoya la mano en el suelo para incorporarse sin soltar del todo las llaves. Oye otro grito y un rumor de pasos aunque no distingue si se acercan o se alejan. Cuando por fin consigue sentarse en la acera se afana en recoger el contenido del bolso, esparcido por el suelo. Es lo único que se le ocurre o que puede hacer para recuperar el control. Al alzar la mirada ve a su atacante, la luz de la farola le enfoca la cara como si estuviera en un escenario. La visión dura solo un instante antes de que el individuo salga corriendo. La mirada fría y la boca de labios finísimos parecen quedarse suspendidos en el aire.

«Alguien sigue aquí», se dice repente.

Aparece una mano en su campo visual y la ayuda a levantarse del suelo. La misma voz que oyó gritar antes le está diciendo algo que no logra descifrar.

«Al menos este no me coge con fuerza», piensa al sentir el tacto del desconocido, que no la retiene sino que la sujeta. Se aleja un poco, igualmente, para verle mejor.

—Tranquila —le susurra su salvador espontáneo, un hombre de cabello castaño claro y barba que habla con acento extranjero—. Ya ha pasado todo. Se ha ido. Ya no hay peligro.

Ella casi asiente con la cabeza, aferrada a sus llaves

como si fueran un salvoconducto o una tabla salvavidas. Luego todo se vuelve negro; tan negro como la camiseta del hombre, que huele bien, a colonia cara.

Tan negro como la parte trasera de la furgoneta donde despertará media hora más tarde, aturdida y asustada.

Appendix

Agosto

33

A primera vista no hay nada que diferencie Hebden Bridge de Todmorden o Sowerby Bridge, los pueblecitos aledaños que Óscar y sus madres han visitado durante sus vacaciones en West Yorkshire. Sin embargo, al recorrer la calle principal de Hebden Bridge, salpicada de comercios, y al deambular por su curioso mercadillo, sí se percibe un aire más artístico, quizá con un punto *new age* pero francamente singular.

Un paseo a primera hora de la tarde bordeando el canal Rochdale les ofrece unas pintorescas vistas que se apresuran a capturar con las cámaras de sus teléfonos móviles. Barcazas rojas sobre el fondo verde, la chimenea de una vieja fábrica que se alza como si fuese la torre del campanario, el viejo puente de piedra y una iglesia en ruinas que, al atardecer, cuando la luz del crepúsculo se cuela entre sus muros sin techo, parece un espacio encantado.

Óscar no tuvo que hacer grandes esfuerzos para convencer a sus acompañantes de pasar una noche allí: si él es un apasionado del *true crime*, sus madres lo son de las series policiacas, y al saber que *Happy Valley* se había rodado en ese pueblo, aceptaron encantadas la propuesta. Que además el lugar tuviera fama de albergar más lesbianas por metro cuadrado que ninguna otra ciudad de Inglaterra también ayudó.

Así que han paseado con calma, han curioseado en las tiendas y han llegado hasta una galería de arte donde se exponen obras de autores locales, de bastante calidad según una de sus madres, que es aficionada a la pintura. Luego han cenado en la acogedora terraza del Old Gate, y a las nueve y media de la noche dudan entre tomarse una última cerveza o retirarse a descansar ridículamente temprano. Ellas optan por irse a dormir, sobre todo porque la temperatura se ha desplomado de golpe al caer la noche. Después de pagar, ellas regresan al hotel y Óscar entra en el local a tomar algo en lugar de quedarse fuera. Él tampoco lleva bien el frío.

Sentado a la barra pide una cerveza y comprueba que no le ha llegado ningún mensaje. Es algo que ahora puede hacer sin rodeos, libre de dos miradas acusadoras que le reprochan que esté tan pendiente del móvil, tan pendiente de recibir noticias de Sònia. Y no es que ella no le escriba, es que no le escribe tanto como él desearía.

Óscar le había enviado una foto junto al cartel de Hebden Bridge, y ella respondió con un par de emoticonos, uno de sorpresa y el clásico corazón, además de un «besos para mis suegras». Desde ese mensaje han pasado ya muchas horas, y a él no se le ocurre nada que decirle aparte de un insípido «buenas noches». Intenta evitar los «te echo de menos» y otras expresiones similares, que es lo único que escribiría.

Al revisar las fotos del día piensa que, como era de esperar, no hay nada en el pueblo que recuerde a la familia de Thomas Bronte. Ni siquiera sabe qué pensaba encontrar cuando insistió en pernoctar en su pueblo natal. Treinta años después de la muerte del hermano de Thomas, el único rastro de su existencia debía de ser una tumba en el cercano cementerio de Heptonstall, si es que lo enterraron allí. En la galería de arte se interesó por la obra de Jason Bronte, pero la chica del mostrador no dio visos de reconocer el nombre, y tampoco puede abordar a la gente del pub con preguntas a bocajarro. Todo apunta a que el misterio de Thomas va a seguir siendo eso, un misterio.

También tiene en el móvil la imagen que disparó sus sospechas. Ahora, a kilómetros de distancia, la razón de su curiosidad le parece peliculera y casi delirante. Es una captura de pantalla de un artículo sobre Sofía, la hijastra de la cuarta víctima del Verdugo. Bajo el enigmático titular «El Verdugo siempre cumple con sus promesas» hay una foto de la niña, con la cara borrosa para proteger su identidad, abrazada a un perrito blanco de peluche idéntico al que Thomas llevaba el día que se cruzó con él en el barrio donde residían la víctima y su familia. Esa coincidencia unida a la teoría de que gran parte de los asesinos en serie tuvieron infancias traumáticas activó sus ganas de indagar sobre el pasado de Thomas. Una investigación que no ha dado ningún fruto. Óscar da un trago a la cerveza y niega con la cabeza. Sònia tiene razón: su imaginación es demasiado morbosa.

—¿De vacaciones por aquí? —le pregunta en inglés una señora que se ha acercado a la barra desde una mesita.

Óscar responde afirmativamente y ella le sonríe. Debe de rondar los sesenta y lleva una bonita chaqueta de cuero marrón de estilo cowboy, mientras que su acompañante, que la espera sentada a la mesa, viste con un estilo mucho más convencional. Intercambian un par de frases más, en las que Óscar le cuenta que él y sus madres llevan unos días de viaje por Yorkshire y que al día siguiente prosiguen el camino. Ella sonríe.

—La verdad es que os vimos antes, cenando en la terraza, y sentimos un poco de envidia. A Claire y a mí nos habría encantado tener un hijo o adoptarlo, pero... Eran otros tiempos. Siempre lo vimos como algo fuera de nuestro alcance.

Óscar no sabe muy bien qué responder, así que opta por la fórmula educada de decirle que está seguro de que habrían sido unas madres estupendas, tanto como las suyas.

—Oh, yo no estaría tan segura —responde ella riendo—. Tengo poca paciencia con los niños. Claire seguro que habría sido una gran madre y por suerte su vida ha estado llena de críos. Fue maestra aquí en Hebden Bridge durante más de treinta años.

—¿Me deja que las invite a esta ronda? —se ofrece él,

después de un momento de incredulidad ante ese súbito golpe de suerte—. Tengo un amigo en Barcelona que creció aquí, así que es posible que ella lo recuerde.

—¡Dios mío! Qué pequeño es el mundo... Claro que te dejo pagar la ronda e incluso aceptaré otra más. Cuando Claire empieza a hablar de sus niños no tiene fin.

34

Todavía se siente un poco extraña al despertarse. Es solo durante un breve lapso, unos segundos de desorientación antes de que el cerebro identifique el entorno: la habitación pintada de azul, el ventilador de techo, la cómoda antigua, no tan distinta de la del piso de su abuela y a la vez mucho más moderna. Luego, cuando se levanta, el sentimiento de ser una intrusa va desvaneciéndose. Ya sabe dónde están los enseres de cocina y que el agua caliente de la ducha dura poco, apenas el tiempo justo para enjuagarse el champú. También ha revisado el cuarto del fondo.

«Aquí pinta Sònia», comentó el hombre que dice llamarse Thomas. «Por favor, no toques nada», añadió, como si se dirigiese a una niña pequeña, y luego, algo arrepentido, concluyó: «En este estudio estarás a salvo».

En esos pocos días, Cruz se ha dedicado a analizar en detalle lo que sucedió la noche de la cena con sus amigas.

El descubrimiento sobre el padre de Jonás y la agresión que sufrió en la puerta de su casa. Pero también piensa de nuevo en el ataque casi letal que había sufrido en la cárcel a principios de marzo. Recuerda la insistencia de Milady en que había sido cosa de «las rusas». Ella no le hizo mucho caso cuando volvió del hospital, pero ahora el nombre de Kyril Záitsev lo ha cambiado todo. Está casi convencida de que ese hombre trata de matarla, por venganza o por cerrar el círculo de la muerte de Jon.

Y luego está Thomas. El hombre que apareció en plena noche cual superhéroe al rescate. Al principio temió lo peor. Supuso que se había desmayado y se dijo que cualquier persona normal la habría llevado a un hospital y habría seguido con su vida.

«El estudio pertenece a una amiga que está fuera de la ciudad. Es una larga historia… En resumen, digamos que me lo ha prestado», le había explicado Thomas.

La alarma inicial, el miedo a haber caído en manos de un pervertido o de un loco peligroso se había esfumado tras los primeros minutos de pánico.

«No sabía muy bien qué hacer —le confesó él—. No quise llamar a la policía porque… bueno, uno nunca sabe. Quizá terminaba metiéndote en un lío. Vi que no estabas herida, solo inconsciente, así que se me ocurrió traerte aquí y discutir el tema contigo cuando te despertaras. Puedes irte cuando quieras, claro, nada te retiene. Por otro lado, me gustaría ayudarte».

Parecía decirlo en serio y era obvio que el ofrecimiento no iba acompañado de ningún otro requerimiento, ni económico ni de otra índole. En su mirada no había ni un átomo de deseo, y eso la tranquilizó.

Una noche en la cárcel habían visto una película clásica, una antigualla en blanco y negro en la que los personajes no paraban de hablar. Apenas recordaba nada del argumento, pero hubo una frase de los diálogos que se le quedó grabada. Decía algo así como que había que confiar en la bondad de los extraños.

«¡Como si a veces hubiera otra opción!», se dijo Cruz al despertar en ese estudio antes de relatarle toda su vida a ese desconocido considerado y generoso.

Ciertos nombres pasan a convertirse en relevantes en solo cuestión de horas. Thomas no había oído el de Kyril Záitsev en su vida y ahora se había vuelto omnipresente. Convive en su mente con los nombres de Cruz Alvar y Jonás Tormo, e incluso con el de Anna.

Víctimas y verdugos se intercambiaban los papeles en esa historia. Con una única excepción: Jonás era sin duda el único inocente, el que había muerto de manera horrible, el que merecía que le hicieran justicia. Y aunque intuye que eso es lo mismo que piensa Anna, y quizá lo mismo que pretende Kyril Záitsev a su manera, hay algo que le llama poderosamente la atención y que ha cambiado su perspectiva, otorgando a su papel de verdugo una dimensión hasta ahora desconocida.

Cuando subió a Cruz inconsciente en la furgoneta aún no lo sabía. Durante unos minutos acarició la posibilidad de desarrollar el plan que tenía previsto, es decir, llevarla hasta su sótano y proporcionar a la ciudad su víctima del verano, la que los medios esperaban con descarada fruición. Así podría relajarse hasta septiembre y disfrutar de unas semanas de calma con la tranquilidad de espíritu que da el trabajo hecho.

Puso rumbo hacia su casa, a la espera de sentir aquella excitación creciente que siempre lo acompañaba en esos momentos. Recordó la emoción intensa que lo poseía cuando iba a ejecutar a Mónica Rodrigo, la convicción inequívoca de que estaba haciendo lo que debía. Cada vez que pensaba en la chica que yacía detrás, respiraba hondo y trataba de experimentar aquella alegría íntima, aquel goce prematuro ante la perspectiva de cumplir con su labor; en su lugar solo sentía extrañeza, la incómoda impresión de haberse convertido en un peón de la venganza de otros, aunque entonces no sabía quiénes eran. No era que la chica le despertase la menor compasión, sino otra cosa muy distinta que identificó poco antes de llegar a su destino. Lo único que sentía por ella en ese momento era curiosidad.

«*Curiosity killed the cat*», le decían de pequeño. Pues bien, la curiosidad también había salvado a esa mujer, al menos durante unas horas. Cambió de opinión en el último instante y se dirigió con ella al estudio de Sònia. Ignoraba qué haría a continuación, pero lo último que necesitaba era tener a una extraña rondando por su casa.

Al día siguiente, cuando Cruz despertó y le contó su historia, con la sinceridad de los que no tienen nada que perder, él comprendió que su misión podía llegar un paso más lejos, adquirir una relevancia nueva. Quizá esa chica tuviera razón y, en ese caso, alguien había vivido ocho años en libertad tras haber cometido un crimen horrendo. Alguien que no había pagado las consecuencias de sus actos. Alguien a quien él adoraría ejecutar para lanzar un mensaje al mundo, a todos los que lo analizaban a distancia aplicándole todos los rasgos del psicópata de manual.

Los verdugos que se limitaban a cumplir con las órdenes eran cosa del pasado. Algunos, como el gran Nicomedes, habían realizado una labor indiscutible, pero siempre habían sido despreciados por su servilismo.

Los tiempos habían cambiado y él estaba dispuesto a demostrárselo a todo el mundo.

El buen verdugo ya no solo exponía los crímenes que la sociedad, ciega e ingenua, pasaba por alto. Ahora también era capaz de corregir la injusticia, de enmendar los errores, de desenmascarar al verdadero culpable por ardua que fuera la tarea.

Y si la culpable resultaba ser Cruz Alvar, si el relato de la chica se desmoronaba con el paso de los días, tan solo tendría que pedirle que lo acompañase hasta su casa. Supondría una decepción, no podía negarlo, pero el proceso sería de lo más sencillo. Ni siquiera haría falta narcotizarla: ella confiaba plenamente en él.

Cruz observa el móvil, que mantiene apagado porque teme que cualquier señal pueda delatar su paradero. El primer día llamó a su hermano para tranquilizarlo y le dijo que estaba bien, que necesitaba un tiempo para pensar. Desoyó sus consejos y colgó cuando empezó a notar los primeros indicios de su enfado. Le recordó que debía presentarse en la cárcel el fin de semana, ¿en qué diablos estaba pensando? Luego hizo lo mismo con Eli. Por suerte, solo tuvo que dejarle un mensaje de voz.

En su cabeza, Kyril Záitsev tiene un poder casi absoluto y es capaz de rastrear sus pasos. Las pocas veces que ha salido del estudio tiene la impresión de que las calles están llenas de espías. Tan solo se siente a salvo entre los turistas que rondan por la zona debido a la proximidad de la playa y la desorbitada oferta de alojamiento. Aun así, todavía no han vuelto a los índices de turismo de siempre y en algún momento se ha encontrado sola, paseando por unas calles que no conoce bien. Cuando eso sucede, la cara del hombre que la atacó reaparece en su mente con absoluta claridad. Por eso prefiere quedarse en el estudio, donde se siente protegida.

Su hermano tenía razón: Cruz debería haber vuelto a la cárcel el fin de semana, pero no se atrevió. La idea de sufrir un nuevo ataque dentro de los muros de la prisión la aterra y no encuentra nada que la distraiga de ese miedo. No sabe cómo pasar el tiempo. Ha mirado los cuadros, ha registrado los cajones sin el menor pudor, solo por aliviar el tedio. No ha encontrado nada interesante, apenas algunas polaroid. Hacía años que no veía una. Cruz se dice que la chica rubia que aparece en ellas tiene que ser Sònia, la pintora, rodeada de varios grupos de amigos.

Ella y Jonás también se hicieron fotos, sobre todo con los móviles, y ahora lamenta no tener un objeto físico, algo que tocar, un papel en lugar de una pantalla fría. Algunas las recuerda bien. Jon y ella en la caravana o en la playa, selfis a dúo o en solitario como regalo al otro, fotos de ella desnuda que Jonás coleccionaba en una carpeta. Ojalá tuviera el talento de la dueña del estudio y pudiera dibujarlo tal y como lo recuerda, piensa ahora.

Al parecer, como empezaba a decirle su hermano antes de que ella cortara la llamada, lo único que se le ha dado bien hasta ahora es joderle la vida a todo el mundo... Sobre todo a sí misma.

35

El azote de una ola de calor con temperaturas infernales es la noticia estrella.

«Se trata de una amenaza más real para todos», se dice Lena mientras contempla la maleta abierta encima de la cama.

Sigue dudando si marcharse o no unos días. El verano ha sido bastante benévolo hasta hace poco y eso la había persuadido de no alejarse de la ciudad. Las cosas han cambiado los últimos días: ahora el suelo arde y el aire es una masa densa y húmeda que ha sumido a la ciudad en un bochorno sofocante. Se recomienda a deportistas, ancianos y niños que no realicen esfuerzos durante las horas centrales. La poca gente que se ve por la calle parece ir al ralentí, como si Barcelona entera estuviera viviendo a cámara lenta.

Tras una noche más de insomnio preguntándose en qué momento su habitación se había transformado en un horno, Lena se ha levantado decidida a escapar de la ciudad aunque sea un par de días. El Verdugo podía actuar en cualquier momento y por ese motivo se sentía una irresponsable por pensar en vacaciones, hasta que se le ha ocurrido la posibilidad de buscar un lugar no demasiado alejado del que pueda volver si es necesario.

La simple idea de tomar el sol en la playa le da una pereza colosal, así que se ha decantado por algún pueblecito de montaña situado a menos de dos horas de aquí. A las seis de la mañana, la promesa de temperaturas más bajas de las fotos de Camprodón, con su riachuelo fresco y el monte verde, la han empujado a correr el riesgo. Nadie le ha pedido que renuncie a sus vacaciones, se recuerda para convencerse y decidirse a llenar la maleta. De hecho, nadie le ha pedido nada: no tiene noticias del subinspector Jarque desde la cena y eso también la ha desvelado un poco.

El teléfono suena con insistencia justo cuando estaba buscando un suéter fino, de manga larga, para llevarse en previsión del ansiado fresco nocturno de su lugar de destino. Lena atiende la llamada con la esperanza de que no provenga de la comisaría.

—¿Señora Mayoral? —pregunta una voz masculina.

—Sí, soy yo.

—Le habla Marc Bernal. Creo que no nos conocemos. Soy el abogado de María de la Cruz Alvar.

Lena recuerda haberle escrito por correo electrónico para solicitar la entrevista con Cruz. Pero tiene razón, no se conocen en persona.

—La llamo para preguntarle si ha estado en contacto con ella. Me consta que se vieron una segunda vez.

—Volví a entrevistarla antes de que saliera.

—Sí, sí. A eso me refería. Mire… el tema es que mi clienta tenía que presentarse el fin de semana pasado en la cárcel y esta semana en su puesto de trabajo, pero nadie la ha visto desde la noche del 28 al 29 de julio, es decir, hace exactamente una semana. Se ha emitido una orden de búsqueda. Yo intento localizarla para que acuda al centro penitenciario mañana viernes y para que podamos comenzar a negociar con el juez la regularización de su incumplimiento de las condiciones del régimen de semilibertad.

Lena asiente en silencio, preguntándose dónde puede haberse metido Cruz.

—Cruz cenó con unas amigas el miércoles 28 por la noche y, según ellas, no tenía intención de fugarse. Es más, recalcó que tenía que ir a trabajar al día siguiente, cosa que no hizo. Compartió un taxi hasta Hospitalet con Nerea Barrios. Se bajaron en casa de los padres de Nerea y Cruz continuó a pie. Ignoramos si no llegó a dormir en su casa esa noche o bien se marchó a primera hora de la mañana.

—Lamento mucho oír esto, señor Bernal —le interrumpe Lena—, pero no sé nada de su clienta. Me llamó un día, probablemente al poco de salir. No pude responder en ese momento y no le devolví la llamada. Si le soy sincera pensé que era mejor que no mantuviéramos el contacto.

—Ya. La entiendo, señora Mayoral. Muchas gracias por su tiempo. Si por casualidad supiera algo de ella…

—Me pondré en contacto con usted, no lo dude. Aunque lo veo poco probable. De hecho, estoy a punto de marcharme de vacaciones y no pienso estar pendiente del móvil. —Lena da por zanjada la conversación con esa mentira flagrante.

En cuanto cuelga, busca el número de Cruz y presiona el icono de llamada. La voz neutra que le informa de que el móvil está apagado o fuera de cobertura no le resulta en absoluto tranquilizadora.

Lena se dirige hacia su habitación y contempla la maleta abierta. Una parte de ella quiere irse, ya no a Camprodón sino mucho más lejos, a un lugar donde el eco del remordimiento no la alcance. La otra, con una vocecilla irritante y aguda, le repite con insistencia que la mala conciencia no entiende de distancias.

Lena respira hondo, termina de hacer la maleta y la arrastra hasta la puerta. Una vez allí coge el móvil de nuevo y, tras un instante de duda, busca otro nombre en su agenda de contactos.

—Te lo dije, Kyril —dice Bernal en cuanto finaliza la llamada—. Lena Mayoral no sabe nada de ella.

—¿Dónde cojones se ha metido? —espeta Kyril—. No puede haber desaparecido así, sin más.

Se encuentran en el despacho que Kyril tiene en su casa, ellos dos y un contrito Bogdan Lébedev. Han pasado siete días desde el rapto frustrado. Siete largos días en los que todo intento de localizar a Cruz Alvar ha sido infructuoso.

—¿Y se sabe algo del tío que la ayudó? —pregunta Kyril.

—No lo había visto nunca. Debía de ser alguien que pasaba por allí —murmura Bogdan. Consigue hacerlo casi sin mover esa boca de labios tan finos y el efecto es inquietante, como si la voz saliera directamente de su cabeza.

—Sí. Ya. Alguien que pasaba por allí en el preciso momento en que se te ocurrió ir a por ella. —Kyril es consciente de que lo sucedido no es exactamente culpa de su hombre de confianza, pero necesita descargar su ira en alguien.

—La calle estaba vacía, Kyril. El hombre salió de un coche, de repente...

—¡Como un fantasma, sí! —estalló Kyril—. Ya me lo has dicho. Pues no era un fantasma, idiota, ni tampoco era Batman: era una persona de carne y hueso. Igual que Cruz Alvar. Y los seres de carne y hueso no se esfuman en el aire, ¿lo sabías? Están en alguna parte. Aunque los inútiles como tú no sean capaces de dar con ellos.

—No está con ninguna de sus amigas —explica Bogdan—. Ni con su madre ni con sus hermanos.

—Eso último es cierto, Kyril —interviene el abogado—. No saben nada de ella desde el 29 de julio por la mañana. Y la policía también la está buscando.

—¡Genial! Pues entonces esperamos a que ellos nos hagan el trabajo y nos dedicamos a dormir la siesta mientras tanto. ¡Eso es! Como hace mucho calor, nos tumbamos un ratito y ya nos devolverán a esa rata asquerosa en algún momento...

—Tranquilízate, Kyril. Estás levantando mucho la voz —le advierte Marc.

Kyril Záitsev está a punto de responderle a su abogado en un tono que Marc Bernal no ha oído a menudo cuando se percata de que este señala con la mirada la ventana del despacho que da al jardín. Al otro lado, parado e inmóvil, está Andrej. No es la primera vez que sucede, ya de niño era aficionado a escuchar las conversaciones ajenas, quizá porque intuía que en su familia la verdad se escondía detrás de las puertas cerradas.

—Confío en ti, Bogdan —dice Kyril en un tono más calmado, imposible de oír desde fuera—. Sé que harás todo lo posible para encontrarla antes de que yo me enfade en serio. ¿Verdad que sí? Sería una pena que tantos años de servicio terminasen así, con este fallo imperdonable. Sí, lo has escuchado bien: imperdonable.

Kyril se vuelve hacia su hijo esbozando una sonrisa. Andrej ya no está allí. Al otro lado de la ventana solo hay césped de color verde y la luz aplastante del sol de verano.

36

En los últimos siete días, desde la noche en que llevó a Cruz al estudio de Sònia en Poblenou, el ánimo de Thomas ha experimentado un viaje gradual e imparable desde la euforia hasta el cansancio.

Es habitual que los sueños más exaltados terminen dándose de bruces contra la dura realidad, los artistas lo saben bien. No obstante, Thomas no contaba con que el propósito quimérico de su última aventura se despeñara por el precipicio tan pronto. Confirmar el relato de Cruz Alvar es misión imposible

No ha sido por falta de esfuerzo. Al menos de eso puede estar satisfecho.

Ha averiguado algunas cosas, detalles que como guijarros brillantes podrían haber marcado el camino hacia su objetivo, pero que han resultado ser pedruscos encaminados directamente al abismo.

Thomas ahora sabe todo cuanto es posible saber sobre Kyril Záitsev, pero no ha logrado dar con una sola imagen de ese individuo claramente alérgico a las cámaras. A la que sí ha visto es a su esposa Zenya en un absurdo reportaje sobre casas de ensueño en el que posaba como una diva al lado de su hijo, entonces adolescente, o sola en el imponente jardín de un chalet en Castelldefels con vistas al Mediterráneo.

Los contados artículos y menciones de Záitsev conforman la imagen del millonario metido en negocios inmobiliarios por toda la costa catalana, y también sugieren que la principal ocupación de Kyril es el blanqueo de capitales de otros compatriotas. Ha declarado en algún juicio por presunto soborno y su nombre debe de figurar en más de una causa de la brigada anticorrupción, sin embargo nunca ha estado formalmente acusado.

Una de las noticias enlazaba con un vídeo en el que el abogado del señor Záitsev, un tal M. Bernal, declaraba a la prensa que su cliente era un hombre de negocios intachable y formulaba la acusación velada de una cierta «rusofobia» por parte de las fuerzas del orden. Thomas se fijó en que el apellido del abogado de Kyril Záitsev y el que le había mencionado Cruz coincidían. Se dijo que debía aclarar el tema con ella en cuanto tuviera ocasión de hacerlo.

Záitsev realizaba frecuentes donaciones a obras benéficas y se rumoreaba que había contribuido a algunas causas políticas en los últimos años. Como es lógico, nada de eso último estaba confirmado. Y nada de lo encontrado aportaba información que no hubiera podido imaginar de antemano: un rico corrupto que en apariencia había dejado atrás los negocios más violentos para centrarse solo en los turbios, con una esposa hortera y un hijo que bizqueaba un poco ante la cámara.

«Una familia de la que huir», pensó al recordar a Jonás Tormo.

También ha hallado información sobre el hombre que atacó a Cruz en la calle. Un par de días atrás se dijo que quien intentó secuestrarla quizá seguiría rondando por su domicilio habitual a la espera de su regreso. Fue de nuevo a Hospitalet y aparcó cerca del piso de Cruz. Su corazonada se reveló correcta: no tardó en descubrir a un tipo de aspecto sospechoso apostado en la esquina opuesta, con la mirada fija en el inmueble.

Cruz tenía razón: eran unos ojos difíciles de olvidar porque apenas parpadeaban. El hombre presentaba rasgos eslavos y su complexión y apariencia general eran similares a la que él entrevió la noche de la agresión. El tipo estuvo allí durante un buen rato de guardia, fingiendo que miraba el teléfono móvil, aunque en realidad tenía la vista clavada en la puerta del edificio. Quizá pasara desapercibido para los transeúntes, pero no para él. La frustración iba apoderándose de sus facciones, su cara era la viva imagen de la impaciencia. Más de una hora después el tipo renunció a la vigilancia y se encaminó hacia un vehículo que tenía aparcado no muy lejos de donde estaba el suyo. Thomas bajó la cabeza cuando le vio aproximarse y luego le siguió. El desconocido conducía con prudencia, manteniendo la velocidad dentro de los límites obligatorios. Sin duda se dirigía hacia Castelldefels. Tomó la salida de la playa y avanzó por unas calles de casitas bajas. Entró en el garaje de una. Distaba mucho de ser la mansión de Záitsev que había visto en el reportaje fotográfico. No, esa era la casa de su empleado: lo bastante cómoda para que el sicario ruso se sintiera bien tratado, pero sin exagerar.

En cuanto el coche desapareció tras la puerta del garaje, Thomas dio media vuelta y condujo de regreso a Barcelona por una autovía cargada de tráfico. Y fue durante ese trayecto cuando empezó a considerar la posibilidad de rendirse. Su plan de encontrar a esa sombra que solo tal vez rondaba cerca de la caravana el día del incendio se tornaba más y más impreciso. ¿Qué podía hacer? ¿Volver al camping con la esperanza de que ocho años después alguien recordara algo? En las películas sucedían esas cosas, sí; en la vida real, no. Y, aun contando con esa remota posibilidad, ¿quién le decía que la sombra no pertenecía a alguien que simplemente pasaba por allí y a quien jamás lograría identificar?

Es más, ¿quién le aseguraba que esa sombra existió de verdad? No dudaba de la historia de Cruz. Solo sabía por experiencia propia que los momentos de tensión pueden generar recuerdos falsos. Lo que sucedió aquella noche era demasiado horrible para que Cruz asumiera su responsabilidad. Era más que probable que su mente hubiera buscado un punto de fuga y se hubiera inventado una silueta oscura e imprecisa con quien compartir una culpa insoportable.

Se cumple hoy una semana desde que empezó todo eso y Thomas es consciente de que debe acabarlo cuanto antes.

«Otra de las reglas del buen verdugo es conocer sus propios límites», piensa.

Él solo debe cumplir con la tarea que se impuso sin hacerse más preguntas.

Solo tiene que ejecutar a Cruz Alvar.

37

Sentada en un banco de la Gran Via, no muy lejos de la plaza Universitat, Lena mira el reloj de la facultad de Filología y Comunicación como si esperase oír las campanadas procedentes de la torre. Son las seis en punto y el calor sigue siendo agobiante. A esas horas debería estar en un paraje verde y fresco, lejos de una ciudad que se burla de los pobres empleados sin vacaciones, recordándoles su triste condición con unas temperaturas que rozan la tortura. Unos turistas agotados se dejaron caer hace un rato en un banco cercano y ahora contemplan la calzada con expresión abúlica, como si ese tráfico constante fuera más atractivo que la Sagrada Família o las casas gaudinianas.

Lena solo quiere acabar cuanto antes y huir aunque sea de manera fugaz. Ha postergado su salida para mantener esta conversación. Había comprendido que no hacerlo significaría echar a perder los días de paz que quería regalarse.

«La conciencia es a la vez testigo, fiscal y juez», decía su abuela.

Por suerte, al menos no era también verdugo, piensa ella. No tiene tiempo de darle más vueltas a la idea porque enseguida aparece su cita.

No esperaba que fuera tan puntual. Las personas de su clase suelen disponer de todo el tiempo del mundo y creen que a los demás les sucede lo mismo. Lena se levanta del banco para saludarla y el gesto brusco le provoca un mareo fugaz. La recién llegada extiende un brazo hacia ella, como si temiera que Lena fuera a desmayarse.

—¿Se encuentra bien?

—Sí, sí. Qué tonta. Es solo el calor —responde Lena.

—Es horrible, ¿verdad? Anoche tuve que ducharme de madrugada para aplacar el bochorno —dice Zenya Záitseva.

Thomas utiliza su llave para entrar en el estudio. El rumor de la televisión llega hasta la puerta y, con solo dar unos pasos, ve a Cruz. Se ha quedado dormida en el sofá, delante de la pantalla. Hace tanto calor que solo lleva puesta una camiseta de tirantes blanca y raída, una prenda que Sònia debió de desechar cuando preparaba el equipaje para Roma, y unos shorts minúsculos. La observa sin acercarse demasiado. No hay motivo para despertarla. Contempla la cabeza, apoyada de lado en el brazo del sofá, y el cuello desnudo, ligeramente doblado. Cierra los ojos y lo imagina aprisionado por el corbatín. Visualiza esa cara que ahora descansa dulcemente contraída por el terror. Solo tiene que pedirle que lo acompañe a su casa más tarde, cuando caiga la noche.

En unas horas todo habrá terminado.

En unas horas él volverá a ser el verdugo.

Mientras tanto se sienta a la mesa procurando no hacer ruido. Cruz ha dejado un vaso y un plato con los restos de un sándwich. Y más allá, esparcidas con descuido, unas cuantas hojas de papel. Las coge por curiosidad y empieza a leerlas.

El rumor del televisor desaparece. El estudio en sí mismo parece fundirse en negro. Durante los siguientes minutos solo existen esas cuartillas, escritas con tinta negra. Líneas llenas de tachaduras, algunas incompletas, que conforman una carta que Cruz ha dejado a medias. «Para Anna», reza la primera línea, a la que Thomas vuelve cuando acaba de leer el texto.

—¿Cómo está Andrej? —pregunta Lena mientras caminan por la Gran Via, en dirección opuesta a la universidad.

Zenya había propuesto que se reunieran en la calle y Lena estuvo de acuerdo: las paredes de los bares tienen oídos; en el exterior, las palabras se pierden, terminan evaporándose en el aire, pisoteadas por los coches o fundidas por el sol.

—Muy bien. De verdad —asegura Zenya—. No lo reconocería. Ha terminado Empresariales este año y seguramente se irá a estudiar un máster fuera. Aún no lo ha decidido. Kyril se negó en redondo a que se tomara un año sabático.

Por lo que recuerda de sus sesiones con Andrej, Lena está convencida de que el señor Záitsev considera los años sabáticos otra estúpida frivolidad moderna.

—Me alegro mucho. —Lena se detiene porque le cuesta mantener esa conversación mientras camina—. Zenya... No sé muy bien cómo decirle esto. Iré al grano: estoy preocupada por Cruz Alvar.

Si su interlocutora se extraña por lo que acaba de escuchar, no da señales de ello.

—Siempre pensé que no era buena idea que fuera a verla. Incluso llegué a decírselo por teléfono. Solo tenía que mantenerse alejada de este asunto.

—Lo intenté. A veces las cosas no son tan sencillas. Pero eso da igual, ese no es el tema. La cuestión es que Cruz sufrió un ataque muy serio en la cárcel, casi la matan, y ahora ha desaparecido. Necesito saber qué está pasando.

Zenya saca un cigarrillo del bolso y lo enciende. La mira a través del humo.

—Perdió el derecho a preguntar cuando aceptó el dinero. Cuando aceptó callar. ¿Por qué no se olvida y sigue con su vida? Por lo que he visto no le va mal.

Lena observa a la mujer que tiene al lado. Se dice que no hay nada mejor en la vida que tener un objetivo. Una misión que pasa por encima de todo y de todos. La de Zenya Záitseva es proteger a su hijo. Al principio, de sí mismo, de su introversión, de su carácter hosco, de su incapacidad para hacer amigos. Luego, contra todo pronóstico, de cosas más serias.

—Zenya, las dos sabemos lo que pasó aquella noche en la caravana.

—No. No lo sabemos. Ninguna de las dos estábamos allí. Y esa chica confesó.

Lena toma aire, despacio.

—Esa chica confesó haber prendido fuego a la caravana. Ahora ni siquiera está segura de eso. Lo que sí sabemos las dos, porque el propio Andrej nos lo dijo, es que él estaba allí. Que un día se enteró de que tenía un hermano y fue a buscarlo. Que los dos chicos se vieron varias veces. Que Andrej encontró en él a una figura masculina más amable que la que tenía en casa y se aferró a ella. Que, como Cruz, también creyó que Jonás se lo llevaría de viaje.

—Basta —la interrumpe Zenya—. Si ya lo sabemos, no tengo por qué escuchar el resto. Andrej no estaba bien en aquella época. No sabía lo que hacía ni lo que decía.

Pero Lena recuerda sus palabras a la perfección. También el estado alterado en que llegó a la consulta y como le contó, con una nota de histeria en la voz, lo que había pasado. Cuando Jonás le dijo que se marchaba solo, Andrej se había sentido traicionado. Perdido. Tenía quince años y mucha confusión acumulada. Reaccionó con una furia inusitada y golpeó a Jonás en la cabeza, dejándolo inconsciente dentro de la caravana. Luego se quedó por allí, agazapado entre los árboles, asustado y sin saber muy bien qué hacer. Entrada la noche apareció un coche conducido por Cruz Alvar.

—Zenya, no se trata de volver atrás. Jonás está muerto y Cruz ha pagado por ello. Y usted me...

Lena no logra terminar esa frase, al menos no en voz alta. No puede evitar decírsela para sus adentros, reformularla con otro sujeto.

«Y yo acepté callar. Acepté no poner en duda la confesión de esa chica a la que no conocía. Acepté una generosa cantidad de dinero que me permitía largarme de aquí y dedicar dos años a un máster en Estados Unidos a cambio de fingir que la confesión de Andrej era el delirio de un adolescente problemático. Acepté una compensación económica porque pensé que era una oportunidad que no podía desaprovechar».

A su lado, Zenya exhala el humo del cigarrillo contra el denso aire de verano.

—Acepté muchas cosas hace ocho años —continúa Lena—. Eso ya no tiene vuelta atrás. Pero ahora no puedo permitir que le pase algo a Cruz Alvar.

—Eso no es cosa suya, Lena. Ni mía, en realidad. Ni siquiera de Andrej. Eso es algo de Kyril y de Anna, la madre de Jonás. ¿No le parece irónico? Ella perdió un hijo y yo, un marido. Llevan liados desde entonces. Supongo que lloran y follan y planean vengarse. O quizá tan solo se quieren, qué sé yo.

Zenya la agarra del brazo y la mira directamente a los ojos, sin rastro de temor.

—Kyril acabará con la mujer que mató a su hijo. Lo

hará hoy, mañana, dentro de tres meses o de dos años. Eso si no ha sucedido ya. Ni usted ni yo tenemos el poder de evitarlo, así que será mejor que se olvide de ella.

—Kyril podría descubrir lo que pasó. ¿No ha pensado en eso?

La mano de Zenya se convierte en una garra.

—¿Cómo iba a hacerlo? Solo lo sabemos Andrej y nosotras dos. A ninguno de los tres nos conviene contárselo, pero a usted menos que a nadie. No pertenece a la familia, querida. Como Cruz Alvar, usted solo es una extraña que se ha metido en medio de nuestras vidas. Y que puede desaparecer en cualquier momento.

Zenya mira hacia los coches, hacia el autobús que avanza en dirección a ellas por el carril bus a bastante velocidad en ese tramo, y propina a Lena un leve empujón. Es un gesto casual, casi inapreciable, que tan solo la desplaza un par de centímetros hacia la calzada. El mensaje, sin embargo, no es inocente y en absoluto amistoso.

—¿Qué te parece? —pregunta Cruz, que acaba de despertarse y sigue tumbada en el sofá—. No sé muy bien cómo terminarla.

Thomas levanta la vista hacia el sofá. Al estar a contraluz es como si una voz le hablara desde la oscuridad.

—Está bien. Es muy... honesta —le responde.

—Me lo aconsejaron en la cárcel hace años. La terapeuta. No le hice ni puto caso. Supongo que estaba hecha un lío. Y sigo igual, la verdad.

Cruz se sienta y al hacerlo él distingue sus pies descalzos en el suelo y la camiseta blanca, que destaca sobre el fondo. Piensa que ha visto a Sònia muchas veces así, con ropa parecida, recostada en ese mismo sofá.

—No sé qué hacer, Thomas —dice Cruz—. Llevo una semana aquí, cagada de miedo cada vez que salgo a la calle. No puedo vivir así. Tengo que enfrentarme al mundo. A lo que sea. Esconderme como una cucaracha no es vida. Pero tampoco tengo valor para volver y enfrentarme a lo que me espera.

Thomas vuelve a mirar la carta.

—¿Quién es Anna? —le pregunta, aunque lo sabe perfectamente.

—La madre de Jon —dice Cruz. Tiene ambas manos apoyadas en la cara y los codos en las rodillas.

Él extiende las cuartillas encima de la mesa.

—¿Por qué no la terminas? —le propone con suavidad—. Aquí puedes quedarte unos días más. Luego ya veremos.

—La amenaza no va a desaparecer. Ese tipo seguirá buscándome. Cuando vuelva a la cárcel me atacarán de nuevo. ¿No lo entiendes? En realidad soy una zombi, una muerta a la espera de recibir la bala o el navajazo.

Cruz se levanta y camina descalza hacia la ventana.

—¿Y qué estarán pensando mis hermanos? Y Eli o Nerea… La gente que me quiere siempre acaba sufriendo. No es justo. Estoy hasta los ovarios de que paguen por mis líos.

—Creo que la prioridad ahora es que estés a salvo. Ya habrá tiempo para explicaciones.

—Sí, claro, la gente cree que siempre hay tiempo. Pero no es verdad. A mí me queda poco. Lo huelo, tío, lo presiento... Hace un momento, cuando vi que había alguien sentado a la mesa, pensé: «Ya está, ya llegó. Ese cabrón va a matarme pero es tan educado que me deja dormir la siesta».

Thomas siente que toda su cara se transforma y le sorprende que ella no lo vea. Que no note que le tiembla el mentón, que sus ojos brillan más, que se le resecan los labios y que se le ha tensado la piel, como si fuera un busto de vidrio que empieza a romperse. En algún momento los fragmentos de la máscara caerán ante él y su verdadero rostro saldrá a la luz.

—Luego te he reconocido —dice Cruz con una sonrisa—, y pensé que al menos no moriría hoy. Porque tú no vas a matarme, ¿verdad? Si quisieras matarme, ya lo habrías hecho...

Thomas respira hondo y fuerza una sonrisa.

Comprende que cualesquiera que fuesen sus planes se han estrellado contra una realidad no del todo comprensible que es incapaz de soslayar.

Matar a Cruz no sería una ejecución, sino un asesinato sórdido, ofensivo. Vulgar.

Los verdugos tradicionales no estaban autorizados a indultar a un reo. Pues bien, los tiempos ha cambiado y él puede perdonarle la vida a Cruz porque a veces el peor castigo no es la muerte, sino una vida de remordimiento e incertidumbre.

Él lo sabe bien.

También sabe que el tiempo corre en su contra. Apenas se percibe, pero el verano avanza, el sol se pone un minuto antes cada noche... Y eso significa que debe encontrar una nueva víctima. Alguien que cumpla con sus requisitos. Alguien que merezca morir.

38

La ola infernal de calor remite a partir de la segunda quincena de agosto para consuelo de quienes vuelven al trabajo en esas fechas y para alivio de los turistas que deambulaban desnortados buscando la sombra. Las noches son más soportables y eso hace que la ciudad respire un poco. Después de casi tres semanas en Inglaterra, Óscar soporta a duras penas la bofetada de calor. A veces se pregunta cómo siendo senegalés aguanta tan poco las temperaturas altas.

«A estas alturas, cariño, de africano ya solo te queda el color», suele responderle alguna de sus madres, y quizá sea cierto.

Lo que es seguro es que su regreso a Barcelona se ha convertido en algo tan deseado como temido. Por una vez, Sònia no tiene nada que ver con sus preocupaciones. Al menos no directamente.

El problema actual de Óscar no es amoroso, ni siquiera afectivo, sino de otra índole, y lleva despertándole a medianoche desde hace dos semanas. No sabe qué hacer. Mientras estuvo fuera podía inhibirse, como si las vacaciones justificaran su inacción, pero de vuelta en la ciudad, la realidad se impone. Por otro lado, él no es un individuo especialmente reflexivo y lleva demasiados días especulando sobre un asunto que no logra explicarse. Ni siquiera se ha atrevido a compartirlo con Sònia por teléfono. Primero lo postergó hasta llegar a casa y luego hasta haber hablado con Thomas y haberle mostrado la foto. La conversación con Claire y Janice, la antigua maestra de Hebden Bridge, le atormenta cada noche. Esa y otra, mucho más breve pero absolutamente desconcertante, que mantuvo con Claire al día siguiente.

—¿Así que conoces al pequeño Tommy Bronte? —preguntó Claire cuando Janice, su pareja, hubo hecho las presentaciones—. ¡Qué ilusión! He pensado muchas veces qué habría sido de él. Hay niños que no se olvidan, ¿sabes?

Óscar le aclaró que «el pequeño Tommy Bronte» tenía ahora treinta y siete o treinta y ocho años, y que vivía en Barcelona dedicado de manera colateral al arte.

—El artista de esa familia siempre fue Neil. Bueno, los Bronte eran una familia de artistas. La madre era una ceramista excepcional, y Jason Bronte fue un pintor muy reconocido. Supongo que ya lo sabías.

—Sí. También sé que Neil murió de pequeño. En realidad, no conozco la historia completa. A Thomas no le gusta mucho hablar de eso.

Por suerte, y tal como Janice le había advertido, a Claire sí le gustaba rememorar el pasado.

—¡Fue una tragedia espantosa! Espantosa... Me alegra saber que Tommy se ha recuperado de aquello. Pasó unos años duros. Difíciles. Él y toda la familia, claro. Pobre Katie... Nunca se perdonó, ni perdonó a Jason.

Óscar temió que el recuerdo fuera demasiado triste para evocarlo en una noche de verano tomando unas cervezas en el pub, pero Claire siguió hablando con naturalidad. Al fin y al cabo habían pasado más de treinta años.

—No me ha tocado vivir muchas desgracias parecidas, gracias a Dios.

—Tuvo un accidente, ¿verdad? —dijo Óscar para centrar el tema—. Se cayó a un pozo o algo así.

—¿Un chaval de nueve años? —saltó Janice—. Vamos, hombre, nadie se lo creyó nunca.

—No seas así, Jan. Esas cosas pasan... a veces. Neil pudo sufrir una mala caída.

—Fuiste tú la que me pusiste la mosca detrás de la oreja, Claire. Tú y medio pueblo. Todos los que conocíamos a los Bodman.

—¿Los Bodman? —preguntó Óscar.

Claire soltó el aire despacio.

—Los vecinos de al lado. Es mejor que te cuente lo que pasó esa tarde. Neil y Tommy estaban jugando al fútbol en el jardín de su casa, y la pelota se les coló en la propiedad de sus vecinos. Neil fue a por ella y, un rato después, al ver que su hermano no volvía, el pobre Tommy fue en su busca. Él lo encontró. Se había caído en un pozo que los

Bodman habían excavado en el jardín. El tema era que los dos padres, Jason Bronte y Albert Bodman, se llevaban fatal. Debo decir en descargo de Jason que nadie se llevaba bien con Albert Bodman. Era un bruto, siempre lo fue. Había prohibido a los niños de los Bronte que accedieran a su propiedad: decía que metían en líos a su hijo Charlie y que eran dos salvajes indisciplinados.

—Menudo imbécil —apostilló Jan.

—¿Y qué es lo que pensaba medio pueblo? —preguntó Óscar.

—Albert Bodman era un mal bicho, aunque en esos años gozaba de cierto respeto por aquí. Se definía a sí mismo como un hombre tradicional, aferrado a las viejas costumbres, cuando en verdad solo era un desgraciado racista y homófobo. A mí me odiaba —recordó Claire—. Llevaba a su familia con mano dura y no entendía la manera en que los Bronte criaban a sus hijos. Por eso a nadie le habría extrañado que de haber encontrado a Neil en su propiedad lo hubiera perseguido para echarlo. O algo peor... Como he dicho, resulta raro que un niño como Neil se cayera solo en un pozo.

—Tuvo que ser cosa suya o de Derek —terminó Janice—. Derek era el primogénito de los Bodman, un mastuerzo más cafre aún que su padre. De hecho, estuvo una temporada en la cárcel y luego ya no volvió a Hebden Bridge, gracias a Dios.

—Estamos chismorreando como dos viejas cotorras —intervino Claire—. Esa tarde los Bodman no estaban en casa, habían ido de compras a Halifax. No hubo pruebas contra ellos. En todo caso, me alegro mucho de que Tommy esté bien. Se merece ser feliz. No alcanzo a imaginar el trauma que le causó encontrar a su hermano muerto. Tommy lo adoraba. Cambió mucho después de aquello. Siempre había sido un niño tranquilo, que vivía a la sombra de Neil. Y el ambiente de su casa tampoco ayudó mucho, las cosas como son.

—Katie nunca había sido una mujer fuerte —sentenció Jan mientras apuraba la cerveza y se levantaba a buscar otra ronda.

—Es verdad —añadió Claire entonces—. Un día se culpaba de lo ocurrido y al otro se la tomaba con Jason. Como si alguno de los dos hubiera podido evitarlo. Esa tarde Katie había ido a hacer un recado a casa de los Clarke, el coche se le estropeó mientras volvía y se quedó tirada en la carretera. Al parecer le había pedido a su marido un montón de veces que reparara el coche y él… bueno, él era un hombre poco práctico. Supongo que los pintores son así, las tareas cotidianas no van con ellos.

Janice volvió entonces con las tres pintas.

—Conste que esta es la última —dijo Janice, y añadió sonriendo a Claire—: Luego tenemos que irnos o mañana no habrá quien levante a esta flor.

Óscar sonrió y miró el móvil. Eran casi las doce.

—¿Y ya no vive ninguno de ellos aquí, en Hebden Bridge? —preguntó.

Jan negó con la cabeza.

—Katie murió de cáncer cuando Tommy estaba a punto de terminar la secundaria. Y Jason… bueno, Jason bebía demasiado. Una madrugada tuvo un accidente de coche. Fue años más tarde, cuando Tommy ya era mayor. Debía de estar en la universidad o incluso trabajando.

—Fue en 2008, Claire. Acuérdate de que al año siguiente inauguraron ese hotelito carísimo y espantoso.

—Albert Bodman tendría otro infarto si viera su vieja casa ahora —comentó Claire.

—¡Eso seguro! Pero Jason Bronte también se extrañaría. Unos inversores compraron las dos casas cuando ya no vivían ni Albert ni Jason. Les pagaron un buen pico a sus herederos. Tommy tuvo que marcharse de aquí con los bolsillos bien llenos.

Óscar asintió. Siempre se había preguntado cómo había podido montar Thomas la galería cuando llegó a Barcelona. Sònia solo le había contado que tenía ahorros, sin especificar detalles.

—El dinero no cura las penas, pero te consigue una casa donde llorar a gusto —sentenció Jan, y nadie en la mesa le llevó la contraria.

Óscar está delante de esa casa ahora. Ha ido con Sònia en varias ocasiones, pero nunca él solo. Se pregunta qué opinaría ella si estuviera aquí, qué le diría, y prefiere no pensar en la respuesta. Quizá no coincidieran en los métodos, sin embargo, no le cabe duda de que sí en la curiosidad.

Una opción para resolver sus dudas sería hablar con Thomas cara a cara, y no es que él la haya desechado. Sin embargo, antes de presentarse y mostrar sus cartas, necesita asegurarse de que no corre ningún peligro. Y eso solo puede comprobarlo por su cuenta, sin que Thomas se entere.

Está seguro de que cuando haya pasado el tiempo suficiente, Sònia y él se lo confesarán a Thomas. Primero tendrá que contárselo a ella, claro. Ir un día y decirle: «No te lo vas a creer. El verano que te fuiste a Roma terminé medio convencido de que Thomas Bronte era el Verdugo. Incluso me colé en su casa para confirmar o descartar mis sospechas». Ella le dará una palmada sonora en la cabeza, como hace a veces cuando se exaspera, y los dos se reirán.

Aunque la teoría que bulle en su mente termine enfriándose, hay algo incuestionable: existe un misterio en torno a Thomas, a su hermano, a su infancia, a su vida. Claire se lo reveló involuntariamente el día después, cuando se acercó al hotel donde él estaba alojado y le entregó la foto.

«No sabía muy bien qué hacer. Jan me dijo que Tommy no querría recordar viejos tiempos después de lo que pasó, pero una nunca sabe... —dijo—. Al final he pensado que, si me la quedo yo, acabará en la basura cuando me muera. Para eso que la tire él. Es más, si no ha cambiado mucho, creo que en el fondo le hará ilusión. Le pondrá un poco triste ver a Neil, pero la conservará. Dudo que tenga muchas imágenes de esa época».

Es la misma foto que él tiene en las manos ahora y que todavía no se ha atrevido a darle. No sin antes comprobar que la ausencia de Sònia es la causa de que su cerebro no pare de fabular delirios. Para eso está ahí.

«Lo bueno del verano es que la ciudad se queda medio vacía», piensa mientras observa la casa de Thomas.

Colarse cuando él está en la galería no se le antoja fácil, pero al menos la calle está libre de testigos no deseados. Odiaría que algún vecino fisgón avisara a la policía de que un chico negro está rondando una de las viviendas.

Óscar avanza rápido, contento de pasar a la acción. Salta la valla del pequeño jardín sin problemas y luego se plantea cómo acceder al interior sin hacer mucho estropicio. Recuerda que uno de sus compañeros de facultad alardeaba un día de lo fácil que era forzar una puerta con un destornillador, poniéndolo en la cerradura y golpeándolo con cuidado hasta hacer saltar el bombín. La técnica tenía la ventaja de que podía disimularse colocando de nuevo el bombín, de manera que desde fuera no llamaba la atención.

Quizá fuera sencillo para su colega, para Óscar no lo es. De hecho, cada golpecito resuena en sus oídos como un cañonazo que va a alertar a todo el barrio. Unos minutos después se rinde ante la evidencia: su experiencia vital no lo ha preparado para allanar moradas. Se siente como un auténtico inútil, eso sí. Rodea la casa en busca de otro acceso, pero tanto la puerta trasera como las ventanas del salón están cerradas. Romper el cristal de alguna le parece demasiado arriesgado... Y entonces al levantar la vista ve su oportunidad. Es estrecha y necesitará tomar impulso para encaramarse hasta ella de un salto, pero la ventana del cuarto de baño de la planta superior está abierta.

Óscar no tiene grandes dotes de ladrón, en cambio, sí

es un buen atleta. Tras un par de intentos consigue agarrarse al alféizar y alzar el cuerpo para irrumpir en la casa a través de esa abertura. Respira hondo al entrar y rota los hombros, doloridos de los nervios y de la contorsión que ha tenido que hacer para colarse por la ventana. Recuerda vagamente el interior, así que se abstiene de encender la luz. A oscuras se siente de veras como un ladrón.

Se tranquiliza porque sabe que dispone de tiempo: la galería cierra tarde en verano porque los turistas salen a comprar cuando baja el sol. Desciende a la planta baja y como era de esperar no encuentra nada extraño allí. Entonces decide ir al único lugar donde Thomas podría ejercer sus actividades de verdugo.

La puerta que comunica la casa con la escalera que baja al sótano está cerrada con llave. Por un instante, se desespera. Sin embargo, esta cerradura sí cede con facilidad. Óscar activa la linterna del móvil y desciende despacio, convencido de que encontrará los típicos trastos y cajas, de que en cinco minutos podrá marcharse y escribirle a Sònia. De que todo lo que ha averiguado sobre Thomas tendrá una explicación lógica, pese a que a él aún no se le ocurra ninguna.

No es así.

En el centro del sótano hay una silla, y adosado a ella, un aparato que Óscar reconoce por las fotografías que ha visto en la prensa. Tarda unos segundos en asegurarse de que no es un espejismo, de que lo que tiene delante es un objeto físico. Real. Siniestro. Toca el hierro oxidado del collar y se aparta como si hubiera recibido una descarga.

Entonces la esperanza se convierte en pánico y el pánico en torpeza.

Quiere sacar una foto con el móvil y le tiembla la mano. Quiere subir rápido para salir de allí y sus pies resbalan una y otra vez en los escalones. Quiere contener el corazón para que no se le escape por la boca.

Debe subir esa maldita escalera.

Cuando llega al descansillo que está junto a la puerta del sótano ve que la luz del recibidor está encendida y se para en seco. Pese al caos que domina su mente sabe a ciencia cierta que él ni siquiera rozó el interruptor. Aún lleva el móvil en la mano, lo aprieta contra su pecho como si fuera un escudo y nota que los músculos de los brazos se tensan en una rigidez dolorosa. Sus piernas parecen de piedra. Con la espalda apoyada en la pared, oculto detrás de la puerta entreabierta, duda entre dar el último paso o retroceder escaleras abajo.

La casa sigue en silencio, pero esa luz es un grito, una sirena muda que avisa a su cerebro de la presencia de un peligro.

Tras unos segundos de angustia paralizante, se decide a moverse. Solo unos centímetros, los suficientes para entornar la puerta, asomar la cabeza y calcular la distancia que lo separa de la salida a la calle.

Respira hondo. Da un paso más.

Se prepara para empujar esa puerta y emprender una carrera desesperada porque cualquier cosa es mejor que quedarse encerrado en el sótano. Acuden a su mente unas imágenes que vio de niño en una película: un chaval trataba de huir del ataque de un tigre hambriento en plena selva. Él ya no es un niño, ni Thomas un tigre, se dice, y eso le infunde la confianza suficiente para no darle más vueltas.

Sale como una exhalación, dispuesto a embestir cualquier obstáculo que se interponga en su camino. El miedo es tan poderoso que sus ojos solo buscan la vía de salida, sin ver nada más. Por eso el golpe en la mandíbula le llega por sorpresa y lo desequilibra, dejándolo momentáneamente indefenso para protegerse del segundo impacto, que le rompe la nariz. El dolor es tan intenso que no puede evitar un alarido. Sin embargo, su grito queda sofocado por un jadeo que recuerda al de una fiera salvaje. Un cuerpo humano se abalanza sobre él y le hace caer de espaldas, escaleras abajo, de vuelta al fondo del sótano.

39

Esto no debería estar pasando. No es justo. Y Dios, si es que existe, sabe que he hecho todo lo posible por evitarlo. De todas mis víctimas, no hay una sola que no mereciese estar sentada en esa silla. Ahí, donde ahora está Óscar... Ni siquiera recuerdo su apellido, quizá nunca he llegado a saberlo.

Gelabert, Vela, Bodman, Claver, Rodrigo. Un grupo de personas que, además de su final, tenían en común otras cosas. Una mente perversa, un alma despiadada, pecados más o menos ocultos que la gente se empeñaba en pasar por alto o simplemente ignoraba. Como Borja Claver, el muy desalmado pretendía abandonar a su perro en Collserola. Lo ató a un árbol y salió corriendo. Hay que ser un hijo de puta para no sentir la menor compasión por los gemidos lastimeros del pobre animal, traicionado por quien debía cuidarlo.

Incluso Cruz Alvar se ha ganado más ese lugar de honor en el sótano que este chico.

Thomas vuelve la cabeza hacia la silla. Lleva un rato intentando no mirarla, esforzándose por borrarla de sus ojos y de su mente, pero ahí está. El sonido de la respiración de Óscar le recuerda que tiene trabajo por hacer. Después de la caída, ha tenido que hacer acopio de fuerzas para levantar el cuerpo inconsciente del suelo y colocarlo en el asiento. Para atarle las correas a las muñecas y cerrar el corbatín en torno a su cuello. Chas. Es un ruido seco que significa el principio del fin, el disparador de su fantasía. Algunas noches le parece oírlo en sueños y su cuerpo se estremece en la cama, se le seca la boca. Se avergüenza al pensar que ha llegado a tener una erección ante ese estímulo, como los sádicos al evocar el restallido del látigo. Esas son cosas íntimas, privadas, que en realidad le mortifican. Aunque nada le hace sentir tan expuesto como el acto que está a punto de llevar a cabo.

Esta no era la idea, Neil, y tú lo sabes. Tú más que nadie puedes dar fe de que nunca he deseado esto. Pero supongo que al final tenías razón, tú y los que son como tú. La pena de muerte siempre acaba con la vida de algún inocente. Casi me parece oírte, con ese retintín de niño sabihondo. Es lo que me habrías dicho una y otra vez si estuvieras aquí. Eso y otras muchas cosas, como que nadie tiene derecho a arrebatar una vida humana, por despreciable que sea. Que todos merecemos una oportunidad. Que el perdón es tan importante como el castigo. Bla, bla, bla...Yo te habría rebatido todos esos argumentos porque ya no soy un niño, mientras que tú sigues ahí, anclado en una infancia eterna. Los papeles han cambiado y ahora yo soy el mayor. Lo más triste de todo es que, pese a haberte quedado atrapado en tus certezas infantiles, en tu mundo de dibujos y de colores, ahora tendría que darte la razón. La pena de muerte implica en sí misma la posibilidad de que muera un inocente. Quizá todos los verdugos son conscientes de ello, y escogen no pensarlo, limitarse a obedecer, descargar la responsabilidad en quienes dictaron la sentencia. Yo no puedo escudarme en eso, no puedo alegar la menor duda sobre la inocencia de este chico. Su único error, su único delito ha sido descubrirme. Por eso esta ejecución no es digna de ese nombre. Es solo una muerte necesaria. Una condena insoslayable. Un crimen que revela mi auténtica naturaleza.

Thomas contempla la foto que encontró en el bolsillo de las bermudas de Óscar cuando lo subía a la silla. No tiene ni la más remota idea de dónde puede haberla sacado, y eso le inquieta profundamente. Recuerda que el chico había comentado algo sobre sus vacaciones durante la cena de despedida de Sònia. Sin embargo, él estaba tan subyugado por el relato de Anna que apenas le prestó atención. Ahora ya no importa mucho. Tampoco podría haber hecho nada para prevenirlo. Eso es lo peor de todo, lo más triste: en algún momento se puso en marcha una cadena de acontecimientos que ha ido avanzando inexorablemente hasta ese punto sin retorno.

Lo he intentado, Neil. Quizá no me creas, pero siempre he anhelado ser como tú, seguir tu ejemplo. Renegar de mi auténtico yo para acomodarme a lo que tú habrías querido. Pero no se puede reprimir la esencia de uno eternamente, porque esta siempre encuentra algún resquicio por donde salir. El día que hallé el garrote en aquel piso antiguo pensé que la vida me ofrecía la oportunidad de conjugar mi naturaleza con tus consejos. Ahora sé que era un regalo envenenado, un simple disfraz para justificar mis actos. Soy consciente de que ahora es el momento de deshacerme de él, de enfrentarme al mundo sin máscaras ni escudos. Quizá eso lo apruebes, Neil, aunque creo que ya no puedo preocuparme por lo que pienses de mí.

He llegado hasta aquí, ¿sabes?, y ahora debo emprender otro camino, uno sin peajes ni condiciones. No creo que puedas entenderlo desde tus nueve años, así que solo te pido que no me odies. Lo único que hago es obedecer a mi propia naturaleza, ser fiel a mí mismo. Sí, Neil, sabes que este paso que voy a dar es, en el fondo, un acto de madurez. Algún día tenía que hacerlo. Quizá la regla más importante para un verdugo sea saber retirarse a tiempo.

Nota las lágrimas y se las seca de un manotazo rabioso. Contempla al joven atado a la silla y piensa que ese ya no es Óscar. Ni siquiera es un reo. Ni él es un jodido verdugo. Ante sus ojos hay solo un hombre inconsciente que está a punto de morir.

«Fuera las máscaras», susurra mientras camina hacia él.

«Fuera los prejuicios. Fuera las excusas», dice cuando apoya las manos en el torno.

«Fuera las oraciones y los preámbulos».

En esa ocasión, en la que será su última labor como verdugo, la ejecución es ejemplar. El tornillo sale disparado con la fuerza precisa para horadar las vértebras y provocar una muerte instantánea. Tan rápida que Thomas ni siquiera tiene tiempo de saborear el momento. Combate la sensación de vacío, una ola fuerte y fría que surge desde la boca de su estómago y amenaza con derribarlo. Se aferra a la manivela de hierro hasta que el efecto se mitiga y todo su cuerpo empieza a calmarse.

Baja la cabeza hacia la cara del muerto y lo mira desde arriba, tal y como un día vio el cuerpo de Neil.

Luego se suelta, muy despacio, comprueba que ya puede mantenerse en pie. Parpadea varias veces hasta que logra enfocar la mirada. Debe conservar la cabeza fría si quiere llevar a cabo el plan que ha empezado a pergeñar mientras Óscar yacía inconsciente.

También debe comer algo. Lleva horas sin probar bocado y matar siempre le provoca una comezón en el estómago similar a la del hambre.

40

Otro escenario, otro cadáver. Mientras conduce hacia el lugar indicado, de madrugada, Lena se siente físicamente agotada. Agradece que la llamada la encontrara de vuelta de unas breves vacaciones que no lo fueron. En Camprodón constató que el calor era tan pegajoso como el remordimiento, y que ambos se adherían a la piel hasta dejarla húmeda de sudor. También constató que existía algo más inquietante aún: el temor.

Intenta alejar todo eso de su cabeza para enfrentarse a la escena que va a presenciar. La había llamado el subinspector Jarque en persona. Como la primera vez. Como si tras esos siete meses fueran necesarias las mismas fórmulas de cortesía.

«Basta, Lena», se ordena al mismo tiempo que aparca el coche.

A pesar de que todo ese litoral le parece idéntico, no le cuesta nada identificar el sitio: la concentración de vehículos con luces azules resulta inconfundible.

«Esta vez lo ha dejado en la playa —le dijo Jarque—. A lo grande, como un campeón».

Viendo la cantidad de curiosos que se han asomado al paseo marítimo de Castelldefels a las seis de la mañana, hay que reconocer que el sujeto le había echado valor. Por otro lado, un par de fingidos borrachos andando por la orilla del mar, a altas horas de la noche, tampoco debieron de llamar mucho la atención.

En esa ocasión nadie la detiene y ella se adentra en la playa notando como los zapatos se le van llenando de incómodos granos de arena.

—¡Señora Mayoral! ¿Lena?

Al reconocer la voz del sargento Estrada, Lena aparta la vista del suelo, odiando cada maldito grano de arena.

—El subinspector Jarque está con el forense. Ahí, junto al espigón. Lo depositó a los pies de las rocas. Ya le adelanto que está todo el pack: venda, nota, lesión en el cuello. Y algo más: a este lo torturó antes. El chico tiene varios golpes en la cara.

—¿El chico? —Lena se da cuenta entonces de que apenas había preguntado nada cuando habló con el subinspector.

—Sí. Este es muy joven, no llegará ni a treinta años. Un chaval de color, pero bien vestido, no crea. Las New Balance que lleva son carísimas.

Ella no quiere entretenerse en señalar que «de color» es una expresión ridícula y denigrante, ni que todo lo que acaba de decir el sargento podría ponerse como ejemplo de los prejuicios que siguen vigentes y de los que, al parecer, no se libraba la nueva hornada de policías. A Estrada solo le faltaba sugerir que las zapatillas podían ser robadas para no dejar ningún comentario racista por hacer.

El subinspector Jarque se dirige a ella en cuanto la ve entre el montón de personas que deambula por la escena del crimen. Parece tan agotado como Lena, y ella se pregunta una vez más si toda esa tensión no se cobrará su precio en el futuro.

—Ya tenemos la víctima del verano —dice Jarque—. Lo encontró un pescador aficionado. Le pareció oír ruido en las rocas desde el extremo del espigón, pero no hizo mucho caso. De madrugada, cuando se iba, vio al chico. Primero pensó que era un inmigrante dormido en la playa. Luego se fijó en las marcas de los golpes en la cara y llamó al 112.

—¿Dónde estaba la nota? —pregunta Lena.

—Doblada en el cuello de la camiseta. Sin más.

—Esta vez no ha llamado a la prensa —murmura Lena, pensativa—. Presupone que ya no hace falta. Todos estábamos esperando un nuevo cadáver.

—Sí. Ya ha conseguido lo que quería. Y nos ha vuelto a dejar en ridículo —dice Jarque—. Como si no hiciéramos nada, como si no supiéramos hacer nada. ¿Sabe qué me preguntó el otro día un periodista?

Lena se da cuenta de que él ha retomado el trato de usted y sonríe para sus adentros.

«Como usted desee, subinspector Jarque».

—Me soltó que quizá cuatro víctimas al año no eran suficientes para que pusiésemos todo nuestro empeño.

Que a fin de cuentas era un número de muertos soportable.

Ella niega con la cabeza, sin saber qué decir, y decide acercarse al cuerpo. Entonces ve al sargento Estrada corriendo por la playa hacia su superior, tan visiblemente alterado que le llama la atención. El subinspector se dirige hacia él y ambos deliberan en voz baja. La tensión de sus cuerpos se proyecta por la playa y llega hasta ella como una corriente silenciosa y cargada de expectación.

No tardará mucho en enterarse de lo que pasa.

La detención del Verdugo ha conseguido casi eclipsar el impacto de su último crimen. Una llamada anónima de un individuo con un marcado acento británico que se negó a identificarse informó a comisaría de que la noche anterior había visto a un hombre de mediana edad entrando en su domicilio de Castelldefels acompañado de un chico negro. Según el testigo, le llamó la atención porque el chico parecía herido o borracho.

Los mossos decidieron investigar la llamada porque los detalles de la ubicación del último asesinato aún no habían trascendido a los medios. Un grupo de agentes, dirigido por el subinspector David Jarque, acudió inmediatamente a la dirección que les facilitó el testigo e irrumpió en la casa.

Su propietario estaba ausente, pero se emitió una orden de busca y captura dadas las abrumadoras evidencias halladas en el garaje de la vivienda.

Una barra de hierro que aún presentaba restos de sangre y una maleta antigua cuyo contenido asombró a los agentes. El interior de la maleta albergaba un artilugio que parecía sacado de la peor de las pesadillas. El infame y tristemente actual garrote vil con el que el Verdugo había asesinado al menos a cinco personas, entre las que se encuentra Ó. S., un joven de veintisiete años, médico y residente en Barcelona, que tuvo la desgracia de cruzarse en el camino de ese monstruo sin escrúpulos. El presunto asesino de origen ruso, B. L., finalmente fue detenido horas después cuando regresaba a su domicilio, un lugar que ya ha sido rebautizado en la población costera como «la casa del Verdugo».

Guillem Reig/ *Digital 24*

41

El día ha sido tan largo que Thomas tiene la sensación de que en cualquier momento le fallarán las rodillas y se desplomará como un muñeco. Había pasado toda la noche en vela, primero en el sótano y luego en Castelldefels. Desde primera hora de la mañana ha seguido las noticias sobre la detención y ha estado todo el día pendiente del teléfono.

Sabía que Sònia le llamaría en cuanto se enterase, al igual que los otros. Se dice que había sonado bastante convincente, porque para el que escucha sumido en su propio dolor no es fácil distinguir la desazón del puro cansancio. Y ahora que todo parece encarrilado, ahora que tan solo debería descansar y recobrar fuerzas para enfrentarse con solvencia a los acontecimientos del día siguiente, debe hacer una parada más e interpretar la última escena del día.

Los vuelos entre Roma y Barcelona siguen llenos a finales de agosto y Sònia no ha conseguido una plaza hasta el día siguiente a las doce del mediodía. No le queda más remedio que convencer a Cruz de que salga del estudio cuanto antes. Es probable que Sònia ni siquiera lo pise, que se refugie en la casa de sus padres durante los próximos días, pero él no quiere correr ningún riesgo. Ya no.

Además, necesita a Cruz en otro lugar, representando el papel que le ha asignado en su plan.

Cruz está en el sofá, con la vista pegada al televisor, y se incorpora de un salto al verlo llegar. Las noticias de la tarde son un bucle del tema del día.

La captura del Verdugo. La última víctima.

Las declaraciones de los agentes y, cuando él entra en el salón, las de la criminóloga Lena Mayoral, que al parecer había estado colaborando con el equipo de los mossos que detuvo al todavía presunto psicópata.

Thomas se obliga a suprimir una sonrisa al pensar en lo que estará diciendo la especialista. Seguro que alardea de que sus conocimientos han sido de gran ayuda en la investigación.

«Ahora todos se jactan de sus proezas y de su duro trabajo, pero en el fondo saben que detener al Verdugo ha sido una pura cuestión de suerte», piensa Thomas.

—Thomas...

Se pregunta si Cruz habrá reconocido a Bogdan Lébedev como el hombre que la atacó en la calle. Enseguida comprende que sí.

«Mejor —piensa—, así todo será más sencillo».

—Veo que te has enterado —dice Thomas, y de nuevo

el cansancio del día es fácilmente confundible por algo parecido a la desolación—. Era él, ¿verdad? El pirado que intentó secuestrarte la noche en que aparecí.

Cruz asiente sin decir nada. Desde que vio por primera vez la cara de ese hombre, aquellos ojos inconfundibles, no se ha apartado del televisor. En cuanto tomó conciencia de que ella podría haber sido una de sus víctimas la asaltó un estremecimiento que no la abandona.

—¿Qué quieres hacer? —le pregunta Thomas, y Cruz se encoge de hombros—. Ya no tienes motivos para esconderte. El hombre que te atacó no tiene nada que ver con tu vida. Es un psicópata, un loco que esta madrugada ha matado a un pobre chico...

Thomas dirige la mirada hacia la mesa y ve la carta, terminada y copiada de nuevo, sin tachones, lista para ser entregada.

—¿Confías en mí, Cruz? —le pregunta.

Ella asiente con la cabeza, algo sorprendida.

—Creo que ha llegado el momento de que te entregues a la policía y retomes tu vida en el punto que la dejaste hace casi un mes.

—¿Crees que no lo he pensado? —pregunta Cruz—. Llevo toda la tarde dándole vueltas. Tengo miedo, Thomas. Aunque hayan detenido a ese salvaje. Temo que en cualquier momento alguien me meta un navajazo, en la cárcel o en una esquina.

Todo sería más fácil si él pudiera contarle más cosas. Le diría que es poco probable que Kyril Záitsev tenga ganas de verse metido en más líos ahora que su hombre de confianza ha sido identificado como el Verdugo. Aunque no puede asegurárselo y, siendo sincero consigo mismo, tampoco le importa.

—Entiendo que tengas miedo. Te repito la misma pregunta de antes. ¿Confías en mí?

—Y yo te vuelvo a responder que sí. ¿Por qué no iba a hacerlo? Te has portado de puta madre conmigo.

—Entonces hazme caso. Preséntate esta misma noche en la comisaría. Cuéntales lo que pasó la noche del 28 de julio; diles que ese tipo te atacó y que lograste huir. Que estabas aterrada y confundida, o en shock, lo que mejor te parezca, y que has estado escondiéndote desde entonces. Si puede ser, no les hables de mí, por favor. Te agradecería que me dejaras fuera de esto. Y mi recomendación es que tampoco menciones a Záitsev. Dentro de la cárcel estarás segura. No se atreverá a organizar otro ataque por el momento.

—¿Cómo lo sabes? —Cruz está procesando lo que le acaba de decir Thomas, pero le llama la atención esa certeza.

Thomas sonríe por primera vez.

—Intuyo que estará bastante ocupado. No puedo decirte más. Solo que no te dejaré en la estacada. Te prometo que intentaré ayudarte desde aquí fuera. Ah, y una cosa más: el primer día, cuando me contaste tu historia, ¿no me dijiste que tu abogado se llamaba Bernal?

—Marc Bernal, sí.

—Cambia de abogado. —Thomas se lleva un dedo a los labios pidiendo silencio—. No preguntes. Confía en mí. Y... Cruz, mírame. Sé que es horrible seguir adelante sabiendo que uno cometió un acto terrible. No, espera, no me interrumpas, por favor, sé de lo que te hablo y te voy a ser franco: buscar sombras culpables no te va a ayudar, no cambiará lo que hiciste. Prendiste fuego a esa caravana y Jonás murió. Es una putada, es una mierda. Tú no querías que pasara, pero fue así. Asúmelo y sigue adelante, o perderás el resto de tu vida enfrascada en una paranoia que no te llevará a ninguna parte. Si esa sombra existió, nunca vas a encontrarla. Y si solo está en tu imaginación, invertirás tu tiempo en una búsqueda inútil.

Thomas recuerda una cita latina que aprendió en inglés: «*A guilty conscience never feels secure*».

—Una conciencia culpable nunca se siente segura —le dice con dulzura—. Tienes que aprender a vivir con la inseguridad, a convivir con la incertidumbre. Es parte del precio a pagar por lo que hiciste, una celda de la que únicamente tú tienes la llave. Solo si lo asumes lograrás llevar una vida digna.

Ella suspira y se masajea el cuello, como si le doliera.

—¿Siempre has sido así de sabio? —le pregunta Cruz—. Apuesto a que sí. Seguro que eras el típico niño listo y mono que todo el mundo adoraba.

Thomas se ríe y está a punto de echarse a llorar por segunda vez en menos de veinticuatro horas después de años sin derramar una lágrima. Le gustaría sollozar como un bebé. Lleva tantos años queriendo ser como Neil, emular su carácter... y ahora que ha decidido ser él mismo alguien lo alaba en esos términos.

—¿Quieres que te dé un masaje? —le pregunta Thomas.

Cruz asiente.

Mientras desliza las manos por su cuello, Thomas ve en la pantalla del televisor la foto de Óscar. Apenas siente nada, tan solo una leve inquietud que va desapareciendo a medida que Cruz se relaja. Si ella cumple con su palabra, su testimonio será una piedra más en la tumba de Lébedev y él estará a salvo. Y si no lo hace, si algún día llega a contar que un hombre llamado Thomas Bronte la ayudó durante aquel percance, tampoco significará nada. Con un poco de suerte, él estará ya lejos, en otro país, y nadie podrá encontrarlo.

—¿Te das cuenta de que eres la única persona que ha escapado con vida del ataque del Verdugo? Eso te convierte en alguien muy especial —le dice Thomas en un susurro mientras presiona la yema de los pulgares contra la parte más carnosa de su cuello.

Septiembre

42

—Pues no, hay algo que no encaja. Lo siento. Quedan demasiadas cosas en el aire. Y todos somos conscientes de ello.

El inspector Velasco acaba de abandonar la reunión después de un florido discurso de elogio y agradecimiento al equipo y Lena no ha podido evitar expresar su disconformidad en cuanto se ha cerrado la puerta de la sala. Lleva días mordiéndose la lengua, intentando clavar la cuña de la duda en la basta piedra de la versión oficial. La roca, sin embargo, se mantiene sólida e inamovible.

—Siempre hay cabos sueltos —dice el subinspector Jarque con cautela—. Además, esa es nuestra labor, Lena. La jueza ha visto pruebas suficientes para imputarlo y el fiscal está dispuesto a seguir adelante. Debemos ir todos a una.

—Todos a una de cabeza al precipicio —murmura ella.

Busca apoyo en los dos sargentos, pero Jordi Estrada

mantiene una expresión impasible y hace mucho que dejó de esperar que Cristina Mayo se pusiera de su lado.

Para asombro de Lena, la sargento Mayo toma la palabra.

—Es cierto que cuesta imaginar al detenido en un parque infantil o cumpliendo la promesa de devolverle el peluche a la niña —dice, y Lena se siente tentada de abrazarla—. Con esa cara cualquier madre habría reparado en él.

—Por ejemplo —completa Lena—. Eso sin contar que el detenido no reside en la ciudad de Barcelona y que su trabajo de chófer de ese empresario ruso le obligaba a estar pendiente de su jefe todo el tiempo.

A Lena aún le cuesta decir el nombre de Kyril Záitsev. Pronunciarlo le llena la cabeza de imágenes oscuras.

—También le dejaba tiempo libre —alega el sargento Estrada—. Mientras el jefe estaba en una reunión o cuando no necesitaba el coche, él no tenía nada que hacer.

—No era un simple chófer, Jordi —le contradice la sargento Mayo—. Entre otras cosas porque su jefe no es un hombre de negocios al uso. Eso sí que lo sabemos todos.

—Me temo que lo que le pasa, Lena —interviene Jarque en un tono paternal que ella recordaba haber admirado en algún momento y ahora mismo detesta oír—, es que Bogdan Lébedev no se ajusta a la idea que usted tenía del verdugo. Y eso le molesta. Yo lo entiendo. Muchas veces nos formamos una imagen del sujeto que luego no se corresponde con la realidad.

Lena, que se ha mostrado casi siempre paciente y comedida, está a punto de estallar.

—Creo que tampoco hace falta que se ponga condescendiente, subinspector —dice con brusquedad.

—No es eso —replica él, obviamente molesto—. Deje que le cuente algo. Una historia que a lo mejor no se le ha ocurrido, pero que para mí tiene bastante lógica. La de un hombre que se crio en un ambiente duro, que sirvió en el ejército, que ha matado en la guerra y ha visto morir a gente. Un hombre que no es solo un chófer, sino que ha desempeñado tareas más turbias, violentas seguramente. Y un día, a ese hombre, a ese perro fiel que salta cuando un cabrón como Záitsev chasquea los dedos, se le ocurre que podría tomar decisiones por su cuenta. Que existe la posibilidad de convertirse en algo más que un sicario, en alguien importante, alguien que podría pasar a la posteridad por méritos propios. Alguien que no mata por encargo, sino porque quiere. Alguien que imparte justicia.

—Claro —asiente Lena con ironía—. Y entonces ese soldado curtido por la guerra que, como bien apunta usted, ha visto y hecho de todo, empieza a preocuparse por una familia desahuciada o por una chica a la que su jefe obligaba a mantener relaciones sexuales. ¿Me está diciendo que ese sujeto que ha descrito pasa a ser de repente alguien con conciencia social? No, no es que Bogdan Lébedev no se ajuste a mi perfil: es que no encaja en absoluto. Lo único que hay contra él es el garrote y una barra de hierro que cualquiera pudo dejar en su casa. Lébedev va a terminar sacándose de la manga una coartada para alguno de los asesinatos y el caso se vendrá abajo. Porque, más allá de las pruebas halladas en su casa, no hay nada que lo sostenga.

Lena se calla porque lo que acaba de decir no es del todo cierto.

Hay algo más, desde luego. El sorprendente testimonio de Cruz Alvar, que se presentó en comisaría al día siguiente de la detención de Lébedev. Según su declaración, el verdugo la agredió la noche del 28 de julio cuando llegaba a su casa. Un transeúnte desconocido que pasaba por allí acudió en su ayuda, y el atacante escapó. Luego, según sus propias palabras, sintió pánico ante un eventual regreso del agresor y recurrió a una amiga suya, una excompañera de la cárcel, que la acogió en su casa. Había permanecido escondida allí hasta que reconoció en las noticias el rostro de Bogdan. Cruz se había negado a revelar la identidad de esa amiga, que al fin y al cabo había estado ayudando a una prófuga, aunque en realidad nadie insistió demasiado. Dada la situación, lo importante no era eso, sino que Cruz Alvar era capaz de identificar sin lugar a dudas al hombre que intentó secuestrarla.

El subinspector se lo recuerda al instante y ella se queda sin argumentos: pensar en Cruz siempre la hace sentir insegura.

—Por eso de momento solo se le acusa de la agresión a María de la Cruz Alvar y del asesinato de Óscar Santana, señora Mayoral —zanja el subinspector Jarque en un tono que no admite más réplicas—. No digo que hayamos atado todos los cabos. Ahora empieza otra fase de la investigación en la que esperamos seguir contando con su inestimable ayuda. Creo que se ha entrevistado con el detenido en una ocasión...

—Entrevistarse es mucho decir, subinspector Jarque. Lébedev se ha negado a responder a ninguna pregunta más allá de su nombre y su edad.

—Vuelva a intentarlo dentro de unos días. El resto, concentrémonos en Óscar Santana —dice el subinspector—. Su cuerpo fue hallado muy cerca de la casa de Lébedev y tenemos restos de la sangre de la víctima en la barra de hierro que se encontró en su garaje.

—De hecho —interviene la sargento Mayo—, en cinco minutos tengo una cita con la última persona que vio a Óscar con vida. Aparte del verdugo, claro. Un tal Thomas Bronte. Se ha ofrecido a venir a comisaría porque así de paso acompañaba a la novia del chico a prestar declaración.

—Exactamente —dice el sargento Estrada—. Sònia Serra. He quedado con ella a las doce. ¿Me acompaña, Lena?

Lena no sabe si el sargento lo sugiere solo para que se le pase el enfado, pero no ve ninguna razón para negarse.

43

La declaración de Sònia Serra solo confirma que las muertes violentas tienen siempre víctimas colaterales. Como sucede con una bomba dirigida a un objetivo, la onda expansiva se extiende más allá, sembrando el dolor y el vacío a su alrededor.

Sònia no se presenta deshecha en lágrimas. Al contrario, dadas las circunstancias mantiene una entereza que podría calificarse de elegante, y su tono de voz es tranquilo, sin la menor nota de histeria. Por eso impresionan más la oscuridad que se adivina en sus ojos, las ojeras azuladas y el rictus de melancolía de unos labios que antes debían de tender a la sonrisa. La lentitud de sus gestos indica que ha estado tomando algún sedante y sus palabras desgranan la historia de una relación normal y corriente de no haber sido por aquel final cruel e inexplicable.

El relato de Sònia dibuja la imagen de un Óscar Santana vivo. Escuchándola, Lena percibe que en su interior va creciendo un sentimiento de rabia, como si la tristeza que emana de la boca de esa chica se transformara al llegar a ella en algo más turbio, más violento. Unas ansias de venganza poco profesionales y desde luego nada cristianas, incluso para una atea irredenta como ella. Casi se siente aliviada cuando Sònia Serra dice, en un tono de voz más agudo del que ha usado durante la entrevista, que «lo único que desea es que ese monstruo se pudra en la cárcel, que no salga de ella nunca, que no vuelva a pisar la calle en lo que le queda de vida».

Lena opina lo mismo, merece un castigo sin paliativos; ella está convencida de que los psicópatas como el verdugo no tienen redención posible. Deben ser alejados del mundo, encerrados para siempre, por atávico que parezca. Solo saben hacer el mal y reincidirán en cuanto tengan la oportunidad, porque su conciencia es un miembro amputado: solo queda de ella el eco de lo que debía haber sido.

«No mientas más de lo estrictamente necesario», se repite Thomas mientras toma asiento al otro lado de la mesa de la sargento Mayo.

—Gracias por venir, señor Bronte —le dice esta.

—De nada, faltaría más. Iba a traer a Sònia de todos modos. Por cierto, ¿pueden decirle que me espere si termina antes que yo? No quiero que vuelva sola a casa.

—No se preocupe. Creo que usted y yo acabaremos antes que mis compañeros.

Thomas mira hacia la puerta, como si su atención estuviera en la otra sala, pendiente de Sònia.

—Por la información del GPS del móvil de Óscar Santana sabemos que estuvo en su casa la tarde de su muerte.

—Así es —afirma Thomas, y en su cabeza reproduce el momento en que encontró el teléfono de Óscar tirado junto a la puerta del sótano; se había apagado con el golpe. Él estaba tan absorto en sus tareas que no se había dado cuenta de que Óscar no lo llevaba encima. Lo vio por casualidad al llevar el cuerpo a la furgoneta—. Pero no necesitaban el móvil para eso. Yo mismo se lo habría dicho.

—Claro. ¿Por qué fue a verlo? —pregunta la sargento Mayo.

—Óscar había estado de vacaciones en Yorkshire con su familia. Pasaron por mi pueblo natal... —respondió Thomas.

—¿Cuál es?

—Hebden Bridge. Era un pueblucho cuando yo era un niño, pero ahora se ha convertido en un lugar bastante turístico. El típico paraje de la campiña inglesa, ya sabe.

La sargento Mayo asiente con la cabeza a pesar de que nunca ha estado en esa zona y de que el único pueblo inglés que recuerda ahora mismo es aquel donde vivía Miss Marple, Saint Mary Mead, de cuya existencia alberga serias dudas.

—*Well*, el caso es que Óscar encontró una foto de cuando yo era pequeño y vino a traérmela —prosigue Thomas en tono casual, como si no fuera nada extraordinario. Tras pensar obsesivamente en el tema, llegó a la conclusión de que era más que probable que Óscar hubiera mencionado la fotografía a sus madres o a Sònia durante o después del viaje, y eso lo decidió a hablar sobre ella con naturalidad—. Estuvimos charlando un rato sobre sus vacaciones, sus impresiones de la región, y luego se fue.

La sargento Cristina Mayo asiente con la cabeza. La historia encaja con la localización. El teléfono había dejado de funcionar en esa dirección, lo que hacía suponer que el verdugo había raptado a Óscar no muy lejos de allí.

—¿Sabe adónde iba? —pregunta la sargento.

Thomas abre los brazos y se encoge de hombros.

—No tengo ni idea. Le dije que se quedara a cenar pero no quiso.

—¿Vio a este hombre por los alrededores de su casa ese día?

Él mira la foto de Bogdan Lébedev y niega con la cabeza.

—Lo he visto en la tele, claro —responde Thomas—. Pero no, no le vi. Ni a él ni a nadie parecido. Es una calle muy tranquila, ¿sabe? Creo que el único extranjero soy yo —termina con una sonrisa.

La sargento Mayo recoge sus papeles, dejando entrever que la entrevista ha concluido.

—Una cosa más, detective…

—Sargento Mayo.

—Oh, *sorry*, sargento. Tengo previsto marcharme dentro de poco. Necesito un cambio de aires. ¿Sabe si me necesitarán más adelante? ¿Puedo irme sin problemas?

—Podría ser que tengamos que ponernos en contacto —afirma ella—. Déjenos su número de teléfono y su nueva dirección en cuanto la sepa.

—Por supuesto.

Thomas abandona la sala deprisa con la excusa de recoger a Sònia. No podría haber causado una impresión mejor en la sargento y él lo sabe.

«Fuck you, bitch».

La entrevista con Sònia tampoco se prolonga demasiado. La chica se encontraba en Roma, y entre la actividad de ella y las vacaciones de él no habían tenido oportunidad de hablar a menudo los últimos días.

—¿Saben lo peor de todo? ¿Lo más irónico? Óscar estaba enganchado a la historia del Verdugo. Ya no me decía nada porque sabía que me ponía nerviosa. Me repele el morbo que despiertan estas cosas en la gente...

Es el único momento en que Sònia se hunde. Como si hubiera estado aguantando y de repente temiera perder el equilibrio, apoya las manos en la mesa y su cara palidece aún más. Le cuesta respirar. El sargento Jordi Estrada se levanta y va en busca de un vaso de agua y Lena intenta aplacar lo que a todas luces es el inicio de un ataque de ansiedad, cuyos síntomas remiten pronto.

Sònia logra controlar el ritmo de su respiración y poco a poco recupera el color.

—Estoy bien —murmura Sònia—. No pasa nada.

Entonces se fija en una bolsa precintada que hay junto a la carpeta del sargento y que contiene un móvil.

—¿Ese es su teléfono? —pregunta la chica.

—Supongo que sí —responde Lena.

—¿Puedo...? —Sònia extiende la mano para tocarlo.

Lena no conoce el protocolo. El sentido común le dicta que debe esperar a que regrese el sargento para autorizar algo así. Al fin y al cabo, ella es una colaboradora externa. Para su alivio, Estrada entra provisto de un botellín de agua y un vaso de plástico.

—¿Está mejor? —pregunta el sargento preocupado.

—¿Qué harán con su móvil? —pregunta Sònia.

—De momento es una prueba. Forma parte del escenario del crimen —explica el sargento—. ¿Quiere que se lo enviemos cuando termine todo esto?

Sònia niega con la cabeza.

—No, no, no es eso. En realidad solo quería una foto. Se la hice yo con su móvil mientras dormía y él se negó siempre a enviármela. ¿Podrían hacerlo...?

Jordi Estrada se encuentra con dos pares de ojos femeninos que lo miran suplicantes, algo a lo que nunca ha podido resistirse. Habían logrado desbloquear el teléfono días atrás, aunque su contenido no había aportado ninguna información relevante.

Unos minutos después, Sònia recibe la fotografía en su propio teléfono. Es un robado de Óscar dormido, completamente desnudo, en el que su cuerpo esbelto y fuerte destaca sobre un fondo de sábanas blancas.

Al terminar de tomarle declaración, Estrada y Lena acompañan a Sònia hasta otra sala, donde la espera un hombre de unos treinta y tantos años, de cabello castaño y barba recortada, que la abraza con afecto.

—¿Cómo ha ido? —le pregunta, y ella se abandona en sus brazos. Él la mantiene ahí, pegada contra su cuerpo, como haría un buen padre o un hermano mayor cariñoso. Al mismo tiempo logra enviar a los agentes un mensaje de empatía con la mirada—. Vámonos a casa —le susurra.

Lena los observa caminar hacia la puerta y sigue a Estrada, a la salita donde han realizado el interrogatorio en busca de sus papeles.

—Gracias por lo de la foto —le comenta Lena cuando ya están dentro de nuevo—. Ha sido todo un detalle.

—¡No se lo diga a nadie! —le pide el sargento.

—Palabra de honor. —Ella sonríe mientras se lleva una mano al corazón y él se dispone a recoger sus cosas para dejar libre el espacio.

Y en ese momento la pantalla del móvil que ha quedado sobre la mesa, el que pertenecía a Óscar Santana, se ilumina. El icono verde de WhatsApp brilla en la parte inferior indicando un montón de mensajes acumulados y otro nuevo, que acaba de llegar. Es un mensaje en inglés de una tal Claire. Lena lo abre, movida por la curiosidad, como si la irregularidad que acababan de cometer le diera permiso para continuar con otra. Lo traduce mentalmente.

Hola, Óscar. Espero que estés bien, querido. Me estaba preguntando cómo reaccionó Tommy al ver la foto.

Ya sé que soy una vieja que les da demasiadas vueltas a las cosas, pero no puedo evitarlo.

Para colmo, Jan no para de repetirme que no debería haberte dado una foto en la que aparecía ese idiota de Derek Bodman.

Ella no dice idiota, claro, ya la conoces.

Dime algo, querido, por favor. Xxx

«Derek Bodman», repite Lena para sus adentros mientras se dice que ese nombre se resiste a desaparecer del caso.

44

Es la segunda vez que Lena se sienta frente a Bogdan Lébedev en los últimos días. Antes de entrar en la sala, ha pasado un rato observándolo a través del espejo. Pese a que los sospechosos suelen imaginar que alguien los vigila, siempre hay un momento en el que bajan la guardia, y por un instante revelan su exasperación, temor o simple nerviosismo.

No ha sucedido nada de eso con Lébedev: él ha permanecido sentado, con la espalda recta, sin apoyarla en el respaldo de la silla, y con la mirada al frente, perdida en algún punto de un rincón vacío. Su porte desprende un aire marcial, el mismo que adoptaría un soldado experto que ha sido capturado por el enemigo y ahora se mentaliza para afrontar la tortura.

Lena intuía que, al contrario de lo que sucede con la mayoría de los sospechosos, cuanto más tiempo lo dejara solo, más preparado estaría para resistir.

Pone en marcha la grabadora e intenta establecer contacto visual con el sujeto. Sin duda, la cara de Bogdan es perfecta para las fotos de los periódicos. La línea de sus labios proclama a gritos su crueldad y sus facciones conforman una máscara impasible que muchos asocian con una absoluta carencia de emociones. Sin embargo, ella sabe que un psicópata asesino no tiene por qué mostrar ese aspecto físico. Lena desconfiaría mucho menos del giro en la historia si estuviera delante de un tipo encantador, magnético, atractivo incluso.

—¿Cómo estás hoy, Bogdan? —pregunta mientras abre la carpeta y finge buscar algo entre los papeles que contiene—. ¿Has conseguido descansar?

Tal y como era de esperar, él no responde, de manera que Lena sigue hojeando el contenido de la carpeta como si no encontrara lo que necesita. Por fin, sonríe y extrae de ella una fotografía.

—¿Sabes una cosa, Bogdan? Hay algo que me intriga mucho de ti. En realidad, no es lo único, pero sí lo que me llama más la atención ahora mismo. ¿De dónde sacaste el garrote? ¿Lo encontraste en algún sitio? ¿Lo fabricaste tú mismo? Es un modelo antiguo, con maleta incluida.

Se diría que no la oye, aunque ella sabe que él la está escuchando. Por un instante, Bogdan Lébedev frunce un poco el entrecejo, como si estuviera manteniendo una conversación paralela con otra persona que se encuentra lejos de esa sala.

«Tal vez con Dios —piensa Lena—, o con algún ángel vengador que le grita órdenes que nadie más puede oír».

Sentado en su despacho, Kyril entrecierra los ojos con la esperanza de que la oscuridad le conceda un poco de sosiego. Ha pasado un par de horas con el subinspector Jarque y una de sus sargentos respondiendo preguntas sobre Bogdan Lébedev. Cree haberse mostrado adecuadamente sorprendido, algo que no le ha resultado en absoluto difícil, y fríamente colaborador.

Cuando preparaba el encuentro había decidido que era la mejor actitud. Extrañeza, incredulidad, pero también buena disposición. Al fin y al cabo, ningún jefe tiene la culpa de que un empleado enloquezca: no tiene por qué preverlo ni tampoco detectarlo. Por suerte para él, hace ya bastante que los únicos que le buscan las cosquillas pertenecen a otro departamento de las fuerzas del orden.

Kyril Záitsev, que ha esquivado con maestría las imputaciones por delitos económicos, hace mucho tiempo que abandonó todos los negocios que no fuesen el blanqueo de capitales: ni armas, ni drogas, ni chicas. La creación de entramados empresariales para ayudar a algunos compatriotas a gestionar sus ganancias de manera legal era una ocupación un poco insulsa y muchísimo más tranquila. Negocios que se realizaban a puerta cerrada y sin escándalos entre políticos y empresarios, reuniones discretas y contactos, sobre todo muchos contactos. Ahora su nombre había saltado a la luz pública en un caso mediático, aunque fuese solo de manera colateral. Y eso no era bueno. Para alguien que se había labrado una sólida reputación era algo muy negativo y que debía zanjarse cuanto antes. A cambio de su colaboración, había logrado que la policía no difundiese su nombre ante los medios, al menos por el momento.

—¿Ya se han ido?

Él abre los ojos y asiente. Le extraña un poco que Zenya haya entrado en su despacho sin avisar, y no siente especiales deseos de charlar con ella. Aún hay cosas sobre las que necesita reflexionar.

—¿Crees que Bogdan guardará silencio? —pregunta Zenya.

Kyril, que estaba a punto de pedirle que lo dejara solo, apoya las manos en la mesa y mira a su mujer a la cara.

—¿Silencio sobre qué? —responde cortante Kyril.

Zenya toma asiento al otro lado de la mesa, como si en lugar de su mujer y la madre de su hijo fuera un oponente, alguien que ha venido a negociar.

—Silencio sobre esa locura tuya de matar a esa chica. Silencio sobre Cruz Alvar.

Llevan cuarenta y cinco minutos de preguntas. Cuarenta y cinco minutos de silencios. Lena ha ido desgranando el caso ante un Bogdan mudo y cada vez más desdeñoso. Es lo único que ha variado desde el inicio: si antes no la miraba, ahora hace un rato que la contempla con desprecio, como si lo peor de la situación en la que se encuentra fuera tener que aguantar el interrogatorio de una mujer que no parece cansarse nunca de oír su propia voz.

—Por cierto, Bogdan —le dice Lena con afán provocador—, debes de sentirte un poco frustrado, ¿no? Después de haber conseguido acabar con las vidas de seis personas, la única que se te ha escapado es una chica. ¿Te fastidió mucho no lograr cumplir tu tarea de verdugo con alguien como Cruz Alvar?

Y ahí lo tiene. Después de casi una hora de indiferencia, una emoción asoma al rostro de Bogdan. Lena la capta con rapidez, y decide ahondar en ello. Su tono cambia ahora, su voz recoge todo el desdén que ha ido encajando y lo devuelve en forma de ironía.

—Toda una vida de asesino, primero como soldado, luego como verdugo, y de repente aparece una tía y se carga toda tu reputación. Es una putada, la verdad. Cuando estés en la cárcel, orgulloso de tus actos, tendrás esa espinita clavada en tu... Iba a decir «en tu corazón», pero creo que más bien es una cuestión de hombría. Esta espinita clavada en los huevos.

La tensión del cuerpo de Bogdan se acentúa lo suficiente para que ella siga metiendo el dedo en la llaga del orgullo herido. Tiene la satisfacción de verlo morderse esos labios finos, casi inexistentes. Con un gesto rápido, apaga la grabadora.

—¿No te gustaría ir a por ella, Bogdan? ¿De verdad vas a permitir que el silencio te impida cumplir con tu misión?

Él parece desconcertado. En sus ojos hay algo parecido al interés.

—¿Sabes los años que te caerán con todo esto del verdugo? Si llegas a salir de la cárcel, serás tan viejo que no podrás matar ni a una mosca y Cruz Alvar seguirá viva y riéndose de ti. ¿Por qué no me cuentas la verdad, Bogdan? ¿Por qué no me dices que el asalto a Cruz no tuvo nada que ver con esta historia del Verdugo? Tú y yo sabemos quién te lo ordenó y por qué. ¿Vas a comerte este marrón por Kyril Záitsev? ¿De verdad eres tan...? Perdona que te lo diga así. ¿De verdad eres tan tonto?

Lena intuye que la espada ha atravesado la coraza. Percibe la duda, la violencia contenida, las ganas de abalanzarse sobre ella para machacarle esa boca que le está soltando las verdades a la cara. En el interior de Bogdan se está celebrando una batalla interna entre el soldado y el civil, entre el perro fiel y el hombre libre.

Gana el perro.

Bogdan respira hondo y vuelve a clavar la mirada en el techo de la sala.

«No es con Dios con quien se está comunicando», piensa Lena. O tal vez sí, si para él Dios lleva el nombre de Kyril Záitsev.

Zenya observa a su marido y, por primera vez en sus años de relación, teme que él le cruce la cara. Le ha visto hacerlo con otros, incluido Bogdan, y siempre ha sabido que esa posibilidad no era del todo descartable. Tampoco le preocupó mucho. Una asume ciertos riesgos cuando se casa con una persona como Kyril, pero no dejaría de suponer una desilusión que él recurriera a un gesto tan burdo como ese.

—No levantes la voz, cariño —le dice ella levantándose de la silla, como ha hecho él, para mantener el enfrentamiento verbal en términos de una relativa igualdad—. ¿Te acuerdas de lo que me preguntaste hace unas semanas? Querías saber qué sería capaz de hacer para proteger a mi hijo. A nuestro hijo.

—Esto no tiene nada que ver con Andrej.

Kyril obedece a su esposa: no grita. No obstante, la amenaza flota en cada una de sus palabras.

—Todo lo que te pase tiene que ver con él —razona Zenya—. Si Bogdan confiesa que obedecía tus órdenes, si cuenta la verdad...

—¡Nunca hará algo así!

—¿Ah, no? ¿Y por qué? ¿De verdad sigues viviendo en ese mundo ancestral de pactos entre machos? Por Dios, Kyril, ¿en serio te has hecho tan viejo?

Ella lo ve apretar los puños y clava los pies en el suelo, decidida a no retroceder ni un centímetro.

—Nunca me he inmiscuido en tus negocios, pero el tema de la familia es cosa mía —afirma Zenya, y a pesar de su enfado, Kyril siente una oleada de deseo hacia ella—. Así que escúchame. Si Bogdan contase la verdad, tú acabarías en la cárcel por instigar un asesinato. Eso ya sería bastante terrible para el futuro de Andrej, sin contar con todas las revelaciones que vendrían detrás. Tu historia con Anna, tu otro hijo... y su muerte.

—Bogdan no hablará —insiste Kyril sin molestarse en rebatir nada de lo que su mujer acaba de decir. En ese momento le interesa más averiguar qué sabe Zenya.

—Basta, Kyril. No pienso correr el riesgo. —Ahora es ella la que grita—. ¡No voy a permitir que el futuro de

Andrej esté en juego por culpa de tus ansias de venganza! ¡Por culpa de la muerte de un hijo bastardo al que viste media docena de veces en toda tu vida!

La bofetada, que Zenya esperaba y temía, pilla a Kyril por sorpresa, como si su mano hubiera cobrado vida propia y se hubiera decidido a actuar por su cuenta. Nunca se había planteado la posibilidad de golpear a Zenya. De hecho, una de las razones por las que abandonó el lado más violento de los negocios fueron las palizas sistemáticas que había presenciado e incluso propinado a las prostitutas rebeldes. Sin embargo, al ver la huella de los dedos en la cara de su mujer siente unas ganas incontrolables de seguir haciéndole daño.

La agarra de los brazos y la zarandea como si fuera una muñeca.

Ninguno de los dos sabe lo que habría sucedido a continuación, dónde habría desembocado esa pelea: en la cabeza de Kyril flotaba solo la palabra «bastardo» y lo único que deseaba era aplastar los labios que la habían pronunciado. Hasta que otra voz se sobrepuso al eco del insulto.

—¡Basta! —se oyó a voces desde la puerta—. No te atrevas a hacerle daño, hijo de puta. ¡Suéltala ya!

45

Una casa que intuye que vas a abandonarla se vuelve poco acogedora. Como si las paredes y los muebles lo presintieran, en cuanto entras te reciben con una cierta frialdad, casi con indiferencia. La bombilla que fallaba termina de fundirse, la cisterna empieza a gotear, el tirador del cajón que aguantaba solo por lealtad se quiebra en rebeldía. El espacio entero empieza a comportarse como un amante despechado.

Thomas ansía dejar esa casa. Ni siquiera ha vuelto a bajar al sótano. Lo limpió con esmero y cerró la puerta. Ahí abajo dejaba parte de su pasado y se preguntaba si los actos que había cometido habrían dejado huella en los muros o en el techo; si los gritos de sus víctimas seguirían flotando en el aire, si el horror se habría disipado sin más.

Siempre le habían fascinado los relatos sobre casas encantadas: la suya podía llegar a ser una, y él sería el causante. La idea de que los ocupantes del futuro deban convivir con los rastros de sus crímenes le resulta muy sugerente, incluso divertida. Imagina a los fantasmas de la casa —una amalgama de almas ajusticiadas que viven atrapadas en ese espacio subterráneo— asomándose de vez en cuando a la vida de la planta superior, inquietos o furiosos, desconcertados al comprender que no pueden subir.

De momento no hay indicios de actividad sobrenatural. Nada le desvela por las noches, lo cual es un alivio. Incluso Sònia, hundida como estaba en la desolación, mencionó que tenía buena cara. Los padres de Sònia y él mismo habían confabulado para alentarla, para casi obligarla a regresar a Roma. Quedarse en un estudio lleno de recuerdos compartidos no tenía sentido, le dijeron todos. Ella se negó al principio, pero al final cedió. En el fondo sabía que le convenía más partir que regodearse en el dolor.

«*Or whatever*», a él poco le importa ya. Se ofreció a acompañarla al aeropuerto y se despidió de ella, veinticuatro horas atrás, con la promesa de estar a su lado en cualquier momento si lo necesitaba.

Thomas ha perdido la cuenta del número de mentiras que ha contado en los últimos días. No es precisamente ajeno a la falsedad, pero incluso para él estaba resultando excesivo ese interminable duelo fingido.

A lo largo de todo ese día se ha permitido el lujo de sonreír abiertamente cada vez que ha pasado ante un espejo. La primera vez que lo hizo se alegró al comprobar que sus labios recordaban cómo formar el gesto. Había llegado a temer que se le quedara el rictus de condolencia para siempre.

Thomas ya sabe que ocultar las penas puede ser difícil. Ahora ha descubierto que disimular la alegría tampoco es un pasatiempo sencillo. Las cosas están saliendo bien, aunque no quiere pecar de un exceso de confianza. Pronto, su etapa en Barcelona terminará y él emprenderá una nueva vida lejos de aquí.

Su mirada viaja hacia la pared donde estaban los cuadros de Hebden Bridge. Se alegra de no conservar los vestigios de un pasado que ha decidido dejar atrás. Los ha llevado a la galería y ya ha vendido uno. A la gente le gustan esos parajes lóbregos de cielos gris tormenta, tal vez porque en Barcelona el cielo suele ser de color azul. Se ha quedado con uno con la intención de regalárselo a Germán antes de irse. Le encantará y eso le concederá una dosis de tranquilidad: siempre es mejor que dejar atrás a un examante cargado de reproches.

Thomas Bronte se marchará del país sin que nadie que tuviera trato con él pueda decir nada en su contra. La galería cerrará sus puertas antes de Navidad, con discreción —otro negocio más que no ha soportado la crisis—, y poco antes rescindirá el contrato de la casa. Vivir de alquiler concede una inmensa libertad, por eso no quiso comprar pese a tener suficiente dinero para hacerlo. Dinero que sigue en su cuenta casi intacto. Al revisar sus finanzas se ha llevado una grata sorpresa: el capital de la venta de la propiedad de Hebden Bridge no ha menguado tanto como pensaba. La galería no ha dado beneficios, pero tampoco ha requerido grandes inversiones ni ha supuesto pérdidas; y con sus traducciones ha cubierto los gastos mensuales sin recurrir a los ahorros. Desde pequeño Thomas ha sido austero y comedido. Mucho más que Neil, las cosas como son.

Se apoltrona en el sofá y contempla las imágenes que aparecen sin voz en el televisor. Temperaturas que bajan, partidos de liga, empiezan las clases.

«Ni siquiera el verdugo está por encima de la vuelta al cole», piensa sonriendo.

Ha seguido con intensidad las noticias, hasta la menor minucia, temiendo descubrir que por algún motivo el caso contra Bogdan Lébedev se había desmontado. La policía de aquí era bastante lerda y Bogdan tenía amigos poderosos... La posibilidad de una fuga no podía descartarse.

De repente ve la foto del Verdugo en la pantalla y se apresura a coger el mando a distancia para subir el volumen. Lo coge de la mesita, donde también se encuentra la fotografía que Óscar trajo consigo de Hebden Bridge. Si ya estaba de buen humor antes, lo que escucha está a punto de elevarlo hasta el júbilo. La noticia es la mejor que cabía esperar, su pasaporte definitivo para la libertad.

Bogdan Lébedev se ha suicidado en la cárcel.

El Verdugo ha muerto.

«¡Viva el Verdugo!», piensa, esbozando la sonrisa que creyó que había desaparecido para siempre. El alivio es tan grande que él se incorpora en un gesto instintivo de victoria.

Respira hondo y vuelve a sentarse, evaluando ese súbito e inesperado golpe de suerte. Siente ganas de gritar su felicidad a los cuatro vientos. Se conforma con decírselo al Neil de la fotografía, que lo mira con los mismos ojos brillantes que tenía en persona.

«Se acabó», piensa. Ya ha dejado de ser el Verdugo y ahora puede librarse también de Thomas Bronte. No puede quejarse: él siempre deseó ser ambos y ha tenido la suerte de ver cumplidos sus sueños.

«*Bye, Neil* —dice en voz baja—. *Goodbye, Tommy*».

Ni siquiera se molesta en despedirse del capullo de su hermano mayor.

En un impulso, acaricia el pelo de su yo infantil, ese niño con la nariz torcida y la mirada sombría que lo contempla desde el pasado como si no pudiera llegar a imaginar que algún día sería tan feliz como es ahora.

«*Hello, Charlie. How are you, buddy?*».

CUARTA PARTE

Otoño

Hubo un tiempo en el que ese sótano estaba limpio y va-
cío, en el que era un espacio inocuo al que todavía no
había llegado el garrote. Algunos días, al caer la tarde, el
nuevo residente bajaba la escalera y contemplaba el espa-
cio. Era una de las razones que le habían convencido para
alquilar esa casita.

Cuando estaba allí abajo, el hombre daba rienda suel-
ta a su imaginación y convertía el lugar en un escenario
donde personas sin rostro morían en sus manos. A veces
fantaseaba con estrangularlas e imaginaba las caras hin-
chadas y los labios amoratados; otras, se veía atravesán-
doles la carne con un cuchillo de hoja afilada y se rego-
deaba en sus chillidos y en el suelo cubierto de sangre.
Inventaba juegos macabros en los que las víctimas creían
tener alguna oportunidad de salir con vida para así pro-
longar su agonía previa.

Luego el hombre subía la escalera y cerraba la puerta.
Sus deseos quedaban atrapados en el sótano y él se decía

que así debía ser. Ese lado de su naturaleza no merecía emerger a la superficie: era mezquino, sádico, vergonzoso.

Impropio de alguien como Thomas Bronte.

Había necesitado años para llegar a ser Tommy. Primero tuvo que alejarse de su familia, trabajar mucho para huir de la pobreza de espíritu y de la vileza que lo habían rodeado hasta la edad adulta. Luego se lanzó a aprender lo que se esperaba del hermano pequeño de Neil: abrazó el arte como una vocación que aun sin poseer talento alguno, sí era capaz de estudiar, y también disfrutar.

Cuando llegó el momento clave, el de la venta de la casa familiar por una suma ridículamente elevada, no dudó. Con ese dinero podía comprar la nueva vida que siempre había deseado. Dejar de imitar a Tommy para ser él en una ciudad donde nadie los conocía, sepultar su identidad pasada como si Charlie Bodman también se hubiera roto la nuca en uno de los pozos de Hebden Bridge y su vida hubiera acabado allí y entonces.

Lo único de Charlie que no consiguió dejar atrás fueron sus fantasías sangrientas, la pulsión instintiva e inevitable que lo empujaba a bajar las escaleras y encerrarse en el sótano: un oasis oscuro lleno de cadáveres invisibles. Se decía que acabaría por olvidarlas. Se disculpaba arguyendo que no hacía nada malo, que nadie resultaba herido, que esa bizarra válvula de escape le permitía soportar la tensión de la vida.

Se recordaba a menudo que Tommy Bronte nunca se dejaría llevar por esos anhelos aberrantes.

Hasta que encontró el garrote y entendió que no había sido un hallazgo fortuito, sino algo definitivo. Algo que daba sentido a sus deseos. Algo de lo que podía llegar a sentirse orgulloso.

Hubo un tiempo en que ese sótano permaneció limpio y vacío. Ojalá su conciencia hubiera podido recuperar ese estado, blanco e inocente. Estaba seguro de que en algún momento él también estuvo libre de culpa. En algún momento que ya casi no recuerda, Charlie también fue solo un buen chico.

Lena

46

«Caso cerrado». Como si fuera un portón de acero del que se ha perdido la llave. Esa es la respuesta que, de manera más o menos sutil, Lena obtiene cada vez que intenta argumentar que en esa cámara acorazada se amontonan demasiados secretos.

Mientras evalúa las distintas posibilidades que le ofrece su armario para el plan de esa noche, Lena se da cuenta de que su mente está lejos de esa habitación y de ese piso, inmersa en los recovecos de los últimos acontecimientos. Finalmente escoge un conjunto y lo deja preparado sobre la cama; luego se dirige a la ducha y espera a que alcance la temperatura justa antes de quitarse la bata y dejar que el agua cálida acompañe sus reflexiones.

El suicidio de Bogdan Lébedev había sido para algunos el final perfecto. Los medios lamentaron que la historia acabase con ese dramático broche de oro, porque eso los privaba de lo que habría llegado de haberse celebrado el juicio. Por otro lado, la instrucción habría sido prolongada y eso siempre acaba aniquilando el interés del público.

Un suicidio, con su propio aire de tragedia, suponía un desenlace a la altura de la trama y el método escogido había generado toda suerte de especulaciones. Nadie sabía cómo había logrado Bogdan hacerse con una cápsula de cianuro en el interior de la cárcel. El ruso se acostó como siempre en su celda y a la mañana siguiente lo encontraron muerto. En algún momento de ese día alguien tuvo que proporcionarle la cápsula que luego él partiría con los dientes para que el veneno penetrase en su cuerpo. Una muerte rápida y, para algunos, demasiado misericordiosa.

«Igual que los soldados cuando eran capturados por el enemigo», se dice ella. Cierra el grifo y vierte una generosa cantidad del gel en la esponja. No piensa que el gesto es un conato de rebeldía ante las órdenes de su abuela, siempre austera en todo; hoy tiene la cabeza demasiado ocupada.

Para los mossos y la justicia ese final distaba mucho de ser el deseado, entre otras cosas porque con él se enterraban un montón de preguntas. Aun así, la línea oficial había quedado diáfanamente señalada por los mandos: la muerte de Bogdan Lébedev constituía el cierre del caso a menos que se produjese un suceso inesperado, es decir, una nueva ejecución. No era el mejor desenlace, ni el que aclaraba todas las dudas, pero a efectos prácticos resultaba indiscutiblemente eficaz.

«El verdugo había muerto. Caso cerrado».

Lena reflexiona, mientras se enjuaga, pensando que ninguna de las dos frases es cierta.

A diferencia del subinspector Jarque y los otros, ella sabe algo que redefinía el tema, al menos en parte. La acusación contra Lébedev se sustentaba en las evidencias físicas halladas en su casita de Castelldefels y en el testimonio de Cruz Alvar. Pero también era un hecho conocido que Bogdan Lébedev trabajaba para Kyril Záitsev. Y Lena estaba al tanto de que el empresario ruso tenía otros motivos para enviar a su sicario a matar a Cruz. No dudaba de que Bogdan fuera un matón a sueldo, pero eso no lo convertía necesariamente en el Verdugo.

El problema era que ella no podía ni quería mencionar ese tema.

Sale de la ducha y se seca con vigor, frota la toalla contra el cuerpo casi hasta hacerse daño. Se lo ha planteado sin cesar en los últimos días, la ansiedad la ha desvelado más de una noche, y siempre llega a la misma conclusión. Confesar ese error, esa ocultación de la verdad, ese soborno, al fin y al cabo, no solo daría al traste con su carrera y su prestigio, también la pondría en peligro. Ha elucubrado incluso con la posibilidad de confesárselo a Jarque en privado, pero por alguna razón en la que prefiere no ahondar no ha llegado a decidirse. Él es un subinspector de los mossos, no su amigo, y ella no se ve capaz de enfrentarse a esa mirada de padre severo. Tampoco está segura de que revelar lo que sabe de los Záitsev vaya a cambiar las cosas.

«Caso cerrado».

Vuelve a su habitación dispuesta a ponerse el conjunto elegido. Se viste con gestos rápidos y automáticos, mientras su cerebro sigue inmerso en el rompecabezas: los asesinatos de Marcel Gelabert, Agustín Vela, Borja Claver y Mónica Rodrigo han quedado atribuidos al Verdugo, ya que él mismo se inculpó en su llamada al periodista Guillem Reig. El de Óscar Santana no había llegado a admitirlo, pero el lugar donde abandonó su cuerpo confirmaba la tesis aceptada por todos de que Bogdan era el verdugo. Así pues, solo quedaba un caso en el aire.

Derek Bodman. El informe de la autopsia, realizada meses después de su muerte, confirma que es una posible víctima del Verdugo. El sujeto sufrió una ejecución parecida a la de los otros.

La víctima del otoño.

Derek Bodman, un nombre que ha reaparecido de nuevo en un lugar insospechado: en el teléfono móvil de Óscar Santana, el último ejecutado del verdugo, en un críptico mensaje sobre la foto que Óscar debía entregar a Thomas Bronte y en una captura de pantalla de esa misma fotografía donde aparece treinta años más joven. En la imagen en cuestión, tomada treinta años atrás, aparecen cuatro niños.

Lena sabe ahora que dos de esos críos están muertos.

Neil Bronte, el hermano mayor de Thomas, y Derek Bodman, la tercera víctima nunca reconocida del hombre que se hacía llamar el Verdugo. El mensaje y la fotografía también revelaban que Thomas Bronte había tenido relación al menos con dos de los reos del Verdugo: una amistad con Óscar Santana y otra, al menos en la infancia, con Derek Bodman. Podía tratarse de una casualidad, desde luego. Barcelona no es una ciudad tan grande como pretenden a veces sus defensores más fervorosos. Aun así, la proporción es cuando menos alarmante: de seis muertos, Thomas Bronte conocía a dos.

Plantada frente al espejo, Lena se contempla a sí misma, aunque de fondo las ideas siguen centelleando como fuegos artificiales en un cielo negro. Los niños. La foto. Y Claire Harper, la amable maestra que le había contado por teléfono la infancia complicada de Tommy Bronte, la tragedia que sufrió la familia, la opacidad que rodeó la muerte de su hermano Neil.

Aparte de por su relación con el Verdugo, el caso de Hebden Bridge es la clase de misterios que fascinan a Lena. Lleva semanas acariciando una idea que se perfila como el proyecto al que le gustaría dedicarse después de *Jóvenes asesinos*. La carpeta tiene el título provisional de «Crímenes impunes».

Decide volver al cuarto de baño para intentar disimular las ojeras y la capa de inquietud que el agua no ha sido capaz de borrar.

Mientras extiende la base de maquillaje, se dice que, por otro lado, existen pruebas físicas, tangibles y abrumadoras, contra Bogdan Lébedev, un hombre que decidió parapetarse tras una barrera de silencio primero y recurrir al suicidio después. Un individuo siniestro que había intentado matar a Cruz Alvar, según la confesión de la chica.

«Caso cerrado», concluye con un poso de amargura

que intentará ocultar, como las ojeras y las preocupaciones, durante la cena de esa noche.

La cena que Jarque le había propuesto con la excusa de celebrar precisamente eso.

El caso cerrado.

47

Esta vez, el subinspector se ha ocupado de la reserva y ella debe admitir que lo ha hecho con acierto. También se lo ha presentado a la hora prevista, antes que ella incluso, y la estaba esperando cuando llegó a Ca l'Estevet, un restaurante de atmósfera clásica y comida tradicional.

«Excelente», dice Lena para sus adentros después de probar un bacalao exquisito.

—La ocasión se merece un brindis —dice Jarque.

Sin duda se le ve más descansado y tranquilo que la otra vez que habían cenado juntos. Lena observa que esa noche no lleva la americana, sino una cazadora más deportiva encima de una camisa de cuadros oscuros.

—Pues brindemos —accede Lena, aunque no puede evitar que se le escape una sonrisa maliciosa al proponer—: ¿Por el caso cerrado?

—Por un trabajo conjunto que ha dado sus frutos —la corrige David.

Ella acerca la copa y se la lleva a los labios. Es un buen

vino, el regusto amargo que siente en la boca no tiene que ver con él. Jarque es lo bastante perspicaz para notarlo.

—¿Sigues sin estar convencida?

«Es absurdo negarlo», piensa Lena.

Por otro lado, lo último que le apetece es estropear la velada a su compañero de mesa. Si David Jarque quiere una celebración, ¿por qué no concedérsela?

—Es difícil, lo sé —prosigue él—. Hay casos que se te enquistan y a los que no se puede renunciar fácilmente.

—No es eso, David. No es una fijación personal. —Lena hace una pausa, buscando la manera de explicarse sin entrar en una confrontación—. Quedan demasiadas preguntas, demasiados cabos sueltos... Y me da miedo que siga libre por estas calles alguien que ejecutó con tanta crueldad a seis personas.

—Por estas calles, como tú dices, ronda mucha gente y la mayoría es buena. Sin embargo, sigo teniendo mucho de lo que preocuparme: vándalos, drogadictos, ladrones de casas, maridos que golpean a sus mujeres, fanáticos que esperan que Alá les hable al oído...

Ella sonríe.

—La eterna disyuntiva entre lo urgente y lo importante —añade.

—No, Lena, la eterna disyuntiva entre trabajar y enloquecer.

—Lo acepto. Deja solo que formule una cuestión: ¿por qué el verdugo se tomó la molestia de enterrar a Derek Bodman?

Jarque se encoge de hombros.

—Quizá quiso probar algo nuevo, tal vez tuvo un ataque de pánico y optó por ocultar el cuerpo... ¿Quieres dudas? Porque esa no es la única. ¿Por qué escogió a Borja Claver, por ejemplo? Por mucho que hemos escudriñado en su vida, no tenemos nada que explique ese crimen. Para todo el mundo era un buen tipo, en absoluto susceptible de «merecer un castigo». Lo mismo puede decirse del chico negro. Tú misma lo dijiste: los asesinos en serie de la realidad no funcionan como en las películas.

—*Touchée* —admite Lena con una sonrisa—. Pero no me digas que no existen indicios en contra de Thomas Bronte... —Baja la voz al pronunciar su nombre aunque la única mesa ocupada del restaurante está a metros de distancia.

Jarque asiente.

—Indicios no son pruebas. Sí, es raro que conociera al tal Bodman, y sin duda era amigo del último asesinado. ¿Qué puedo decirte? ¿Que las casualidades existen? —Hace una pausa para atacar su plato, un contundente *capipota* con pisto que resulta bastante inadecuado para esas horas—. Mira, Lena, llevo muchos años y muchos casos. Pocos se pueden calificar como perfectos. Y te diré algo más, para que te quedes tranquila. Hemos vuelto a hablar con Bronte.

—¿De verdad? —pregunta Lena.

—Un interrogatorio de rutina, o eso le dijimos. Confirmar que Derek Bodman era la tercera víctima del verdugo nos daba pie a investigar un poco sobre su pasado y el hecho de que ambos hubieran nacido en el mismo pueblo justificaba las preguntas sin mencionar la fotografía de Óscar Santana ni lo que te contó la maestra.

—¿Y...?

—Bueno, Bronte se mostró adecuadamente sorprendido. Admitió sin ambages que Derek Bodman y él habían sido vecinos en la infancia y nos dijo que le había perdido la pista hacía mucho. No se extrañó cuando le contamos que acababa de salir de la cárcel cuando vino a Barcelona, pero afirmó de forma taxativa que no lo veía desde hace casi veinte años.

—Ya. Y le creísteis...

—No había razones para lo contrario. Y hay algo más. Bodman voló a Barcelona desde Mánchester el 16 de octubre de 2020 y tenía previsto regresar a Inglaterra el día 20. Pues bien, el señor Bronte y su pareja de entonces, un tal Germán Costa, pasaron juntos ese fin de semana en un hotel rural en no sé qué pueblo del Pirineo. Se marcharon precisamente el viernes 16 octubre y regresaron el lunes día 19 por la tarde. Me dirás que queda aún la noche del 19 al 20 por justificar, y es cierto, pero me parece mucha casualidad que sus caminos se cruzaran. ¿Para qué iba Derek Bodman, un expresidiario, a recurrir a un vecino del que no sabía nada desde hacía casi veinte años? Ni siquiera tenía por qué saber que Bronte andaba por Barcelona.

Lena asiente con la cabeza despacio.

—Si nos creemos que no mantenían el contacto, desde luego que no tenía por qué ni cómo saberlo —replica ella.

—¿Acaso tú sigues en contacto con tus vecinas de la infancia? Y más aún teniendo en cuenta lo que te contó la maestra...

Jarque sigue comiendo y ella hace lo mismo, intentando llenarse de convicción con cada bocado.

—Además, piensa otra cosa —insiste él—. No cabe duda de que el garrote que encontramos en casa de Lébedev fue el usado para las ejecuciones. Podrás argüir que alguien lo puso ahí para incriminarlo, y es una posibilidad innegable. Sin embargo, ¿por qué a él? La vida de Bogdan Lébedev era muy discreta, su trabajo para Záitsev así lo exigía. Es muy improbable que si Bronte, residente en Barcelona y profesional del mundo del arte, fuera el asesino, hubiera escogido al guardaespaldas ruso que vivía en Castelldefels como cabeza de turco. No, Lena, y te habla el policía con años de experiencia: encaje más o menos con el perfil, era Lébedev quien tenía el garrote y quien atacó a esa chica que acababa de salir de la cárcel. Ergo, como diría nuestro querido inspector, Lébedev era el Verdugo.

«Este sería el momento —piensa Lena—. El "hable ahora o calle para siempre"».

Y ella elige callar.

—Además, Lébedev se suicidó. Los inocentes no se suicidan.

—Nunca he pensado que Bogdan fuera una persona inocente —dice Lena midiendo sus palabras.

—¡Me alegro de que estemos de acuerdo en algo! —concluye Jarque, sonriente—. Por cierto, aprovechando el insólito momento de armonía, me gustaría agradecerte tu esfuerzo una vez más. Y...

Él enrojece un poco y Lena se pone súbitamente nerviosa.

—Ya sé que ha habido malentendidos y tensión entre nosotros durante la investigación —continúa Jarque—. Sobre todo por mi culpa... Pero ahora que ya no trabajamos juntos, quiero decirte que me gustaría volver a verte. Eres... eres una mujer muy interesante y odiaría perder el contacto. Solo si a ti te apetece, claro. Debes de tener planes mucho más interesantes que salir con un policía de cincuenta y cuatro años.

La proposición llega tan de sopetón que Lena tarda unos segundos en procesarla. En todo ese tiempo nunca ha sido consciente de que hubiera la menor insinuación o el más mínimo acercamiento... La noche de la cena en Casa Dorita, Lena tuvo la impresión de que estaban a gusto juntos, nada más. Y ahora David Jarque la está mirando con una mezcla de afecto y deseo. Una parte de ella está a punto de tomarse la declaración con ligereza, desviar la proposición implícita con un «No te vas a librar de mí con tanta facilidad» o un «Por supuesto, seguiremos siendo amigos, ¿no?», recalcando lo suficiente la palabra «amigos» para dejar claro el tema. «Magda haría eso», se dice mientras sigue contemplando en silencio el rostro amable de Jarque, los ojos levemente ansiosos, y se imagina envuelta en esos brazos fuertes. Las relaciones nunca han sido su punto fuerte y hace mucho tiempo que está sola. «Demasiado», se dice Lena.

—Sí que me apetece, David —responde con franqueza—. Me apetece mucho, la verdad.

Las manos de ambos se rozan encima de la mesa. La sonrisa de Jarque es tan contagiosa que Lena se siente halagada y un tanto boba a la vez. Quizá por eso, para recuperar un poco el control de la situación, es ella la que da el paso siguiente.

—Tal vez deberíamos tomar el café en mi casa —dice entonces.

—Apoyo la moción. —Jarque levanta la copa para proponer un brindis que podría ser el último de la noche y el primero de muchos otros.

«Caso cerrado», piensa Lena, y por primera vez lo hace con alegría.

48

En las siguientes tres semanas, la vida de Lena se divide entre las largas jornadas de trabajo —con el fin de recuperar el tiempo perdido y cumplir con el plazo de entrega del libro— y los encuentros con David. Desde la noche de la cena han seguido viéndose con regularidad. La compañía es cada vez más placentera, como la charla y el sexo. La primera vez fue extraña, los dos estaban desentrenados, pero cargada de posibilidades que han ido materializándose con el paso de los días. A ella le gusta la amabilidad de sus formas, la manera en que la hace sentir deseada y a la vez tranquila, sus avances lentos y graduales que la excitan poco a poco hasta llevarla al orgasmo. A los casi cuarenta y un años, Lena se ha sorprendido al descubrir que la serenidad puede ser enormemente sensual. Ella, que siempre había odiado el otoño, se descubre ahora fascinada por su delicadeza, por los anocheceres tempranos, por la suavidad de unas temperaturas que encajan a la perfección con su estado de ánimo.

También ha tenido que viajar, sus clases en Madrid han vuelto a empezar y se ha desplazado para entrevistar a un par de protagonistas más de *Jóvenes asesinos*. Ya no le falta mucho, calcula sentada ante el ordenador y revisando los archivos que componen el libro. Algunos ya están redactados; otros, como del de Cruz Alvar, esperan una revisión.

La incipiente relación con Jarque casi ha logrado despejar sus dudas, y también sus temores. No ha vuelto a tener noticias de Zenya, y solo en una ocasión, al dejar el coche en el aparcamiento subterráneo que tiene alquilado, se sintió invadida por una súbita aprensión. La amenaza de la esposa de Záitsev fue sutil y firme a la vez. A Lena le gustaría decirle que Andrej no corre ningún riesgo.

«El pasado no se puede borrar», se dice cuando piensa en ello. Los cristianos pueden pensar que la confesión los exime de toda culpa; ella no.

Dos noches atrás tuvo un sueño angustioso en el que aparecía una nueva víctima ejecutada por el verdugo. La pesadilla fue tan real que había estado a punto de llamar a David para preguntarle si habían encontrado otro cuerpo, otra víctima del otoño. Pero la estación avanza y el Verdugo va quedando en el olvido. La historia que ocupó portadas ahora es solo un recuerdo, un montón de hojas secas desperdigadas por su memoria que cada tanto crujen en su mente, como si alguien las pisara. A pesar de que no ha vuelto a abordar el tema con nadie, sigue sin estar convencida de que el caso se resolviera de la manera correcta.

«Tal vez esto sea como la culpa —se dice—, algo con lo que un adulto debe coexistir».

Apaga el ordenador porque ha quedado con David para cenar en casa de él —será la primera vez que él cocina para ella— y quiere ir a la bodega a comprar un buen vino. Aún no se ha levantado de la silla cuando suena el timbre de la puerta de abajo.

—¿Quién es? —pregunta Lena, y de todas las respuestas posibles pocas la habrían extrañado tanto como la que recibe.

—Hola, Lena. Perdona que venga sin avisar. ¿No me reconoces?

No, pero no tiene tiempo de decírselo.

—¿Puedes abrir? Soy Andy... Andrej Záitsev.

Ella ha tenido miedo. Solo durante unos minutos, pero el temor ha existido y ha dejado su huella, a pesar de que nada en las formas de ese joven de veinticuatro años que tiene delante inspira la menor sensación de amenaza. A medida que los nervios se han ido disipando, Lena se da cuenta de que en otras circunstancias estaría encantada de comprobar que uno de los adolescentes más problemáticos de su consulta ha evolucionado hasta convertirse en el adulto que tiene ahora delante. Tranquilo, amable y volcado en sus planes de futuro.

—Me marcho a finales de noviembre —le dice Andrej—. El máster no empieza hasta enero, pero así me da tiempo a adaptarme a todo. El idioma, el clima... Dicen que en Boston hace un frío de cojones.

Ella sonríe y asiente con la cabeza.

—Nada que ver con el clima de aquí, eso desde luego.

—Es la primera vez que me marcho durante tanto tiempo, ¿sabes? Aparte de algún mes de verano a estudiar inglés. Mi padre sigue sin ser muy fan de perderme de vista.

—¿Cómo estás, Andrej? Y no me refiero a los estudios.

Es la primera pregunta personal que le hace Lena, y al formularla ambos retroceden en el tiempo y recuperan sus papeles con absoluta naturalidad.

—Bien —responde él con aplomo—. Mucho mejor que la última vez que nos vimos. Las cosas en casa mejoraron mucho. Creo que entendí que no podía seguir siendo como era. Tú ya me entiendes.

«Desde luego», piensa ella, y libre del pánico del primer instante, se atreve a decir:

—A veces cometer un error grave supone un punto de inflexión en nuestra vida. Todo cambia. Me alegro de que en tu caso haya sido para bien.

—Por eso estoy aquí, ¿sabes? En los últimos meses he pensado mucho y... —Andrej yergue los hombros, un gesto ligeramente marcial que debe de haber aprendido o heredado de su padre, y la mira con seriedad—. Me dije que debía venir a darte las gracias. Mi vida habría sido otra si... bueno, ya te lo imaginas.

Lena respira hondo. Ignora lo que él sabe sobre su silencio y ella no va a mencionar el dinero que recibió a cambio.

—No fue una decisión fácil.

—Supongo que no —dice Andrej.

Lena no ha visto nunca a Kyril Záitsev, de manera que es incapaz de establecer si su hijo se parece o no a él físicamente. Al observarlo ahora, decide que Andrej guarda una evidente similitud con Zenya: se adivina en él una fragilidad que en su madre debía de resultar encantadora cuando era joven. Los rasgos delicados, la frente amplia, el cuello largo, como de cisne, y una delgadez que en él es todavía saludable. Tiene más aspecto de poeta bohemio que de hijo de la mafia rusa.

—¿Y solo has venido para agradecerme eso? —pregunta entonces, aunque en el fondo le resulta evidente que no es la única razón: la charla con su madre sigue muy presente en su recuerdo.

Él aparta un poco la taza de té que Lena le ha ofrecido y la mira con los mismos ojos castaños que ella había visto enrojecidos, furiosos o escépticos y apagados, cuando comenzaron la terapia y Andrej tenía la mirada de un viejo cínico en la cara de un niño.

—Sí y no. Verás... Al final hablé con mi padre. No voy a contarte toda la historia porque sería demasiado larga. Lo pensé mucho y llegué a la conclusión de que él merecía saberlo y de que yo necesitaba su perdón para estar tranquilo.

—No tuvo que ser fácil.

—Vivir no es sencillo —repone él sonriendo—. Creo que me lo dijiste tú.

—Es posible —dice Lena sonriendo a su vez.

—Se lo conté, entre otras cosas, para evitar que se metiera en líos. Mi padre... Bueno, supongo que ya lo sabes.

Mi padre cree en la venganza, en la violencia... No le juzgo, ¿quién soy yo para hacerlo? Sin embargo, no podía permitir que le hiciera daño a esa chica.

—¿Te refieres a Cruz?

—Sí. Ella prendió fuego a la caravana, eso puedo jurarlo. Pero no es la única culpable y lo sabemos. Pensé que había llegado la hora de que mi padre también lo supiera, que sería la única manera de convencerlo para que la dejara en paz.

Lena se admira ante la honestidad del chico. Hasta antes de la entrevista con Cruz siempre se había preguntado cómo sería Jonás, el otro hijo de Kyril, el medio hermano que había desatado aquel caos emocional. Ahora empieza a pensar que quizá los dos chavales tenían más cosas en común de las que parecía a primera vista.

—Vivimos una especie de catarsis familiar. ¿Se dice así? —pregunta Andrej riéndose un poco de sí mismo—. Mi padre está mayor y la edad lo ha calmado un poco. No sé si me habría atrevido a hablar con él años atrás, la verdad. Mantuvimos una charla larga e... ¿intensa? No sé. Da lo mismo ya. Lo entendió, creo que me perdonó y me prometió que no le haría daño a Cruz. Mi madre me ha contado que estuviste preocupada por ella.

Lena sigue digiriendo la información. Son las mejores noticias posibles, pero le asalta una duda:

—¿Tu padre sabe algo de... de mí?

—¡Por supuesto que no! —exclama Andrej—. No hacía ninguna falta mencionar tu nombre. Para él solo la familia está al tanto de esto. Y es bastante obvio que Cruz

Alvar no recuerda nada de esa noche porque, de lo contrario, ya habría dicho algo al respecto, ¿verdad?

Lena asiente. Ignora si ese chico le está contando toda la verdad; lo importante ahora es asegurarle que Cruz no sabe nada, que él y su secreto están a salvo.

—Ella está convencida de que todo fue culpa suya. No te preocupes.

Andrej suspira aliviado. Ella se pregunta si, aparte de todo lo demás, no sería esta la información que él buscaba con esta visita.

—Entonces podemos olvidarnos del tema de una vez. Está sonando tu móvil, creo...

Lena va a responder cuando cae en la cuenta de que David debe de estar esperándola desde hace media hora. Le manda un mensaje para no tener que hablar con él en ese momento: «Lo siento en el alma. Se me fue la cabeza escribiendo. Llego en diez minutos».

—No te preocupes —dice Andrej al verla apurada—. Solo venía a darte las gracias por ayudarme hace años. A decirte que tengo un presente y un futuro gracias a ti. Y también a prometerte que esa chica puede estar tranquila. Nadie de mi familia va a hacerle daño. Ni a ti tampoco, claro.

Mientras camina hacia el lugar donde dejó la moto, Andrej saca el teléfono móvil. Sabe que su padre espera esa llamada y disfruta de la sensación nueva que está experimentando en las últimas semanas: por primera vez en su vida se siente mayor, un adulto capaz de tratar con él de igual a igual.

—¿Papá? Sí. Sí, acabo de estar con la psicóloga. Todo está resuelto. La tía de la cárcel no sabe nada. Sí, papá, claro que estoy seguro. Si hubieras visto lo colocada que iba esa noche tú también lo estarías, pero había que asegurarse, en eso te doy la razón. Pues ya está, se acabó. Y sin violencia. Te lo dije: las buenas personas necesitan tener la conciencia tranquila, así que resulta fácil convencerlas de que incluso sus errores han dado buenos frutos. En este momento, la psicóloga está orgullosa de sí misma y de mí también. Hazme caso, eso es más eficaz que cualquier amenaza o soborno. No va a hacer nada que perturbe esa paz, y menos aún jugarse su carrera por algo que, al fin y al cabo, ha terminado saliendo bien… Exactamente. Por este lado podemos estar tranquilos. Por cierto, papá, yo ya he cumplido con mi parte. No, no, no te estoy dando órdenes, no te mosquees. Solo te recordaba que ahora te toca a ti.

49

En su tercera visita a la cárcel de mujeres, Lena tiene la sensación de que el lugar impone menos. Quizá porque ya se sabe el protocolo o porque la guardia que la atiende al llegar la reconoce y la saluda.

Mientras espera a Cruz en la sala de visitas, rodeada de parientes o amigos de las reclusas, recuerda la última vez que la vio, cuando prestaba declaración en comisaría en contra de Bogdan Lébedev. Desde principios de septiembre hasta ahora no han transcurrido ni siquiera dos meses, y en cambio ella tiene la impresión de que sucedió hace una eternidad.

Lena se ha preguntado muchas veces en los últimos días si puede confiar en la palabra de Andrej. Algo en su interior le dice que sí, que ninguno de los que ahora saben lo que pasó la noche del incendio tiene el menor interés en sacarlo a la luz. Tampoco ella. En cambio, nadie puede prever la reacción de Cruz si llegara a enterarse de la verdad. Supondría un peligro para Andrej, y, por lo tanto, para todos los que de una forma u otra están implicados en el asunto. Incluida la propia Cruz.

La chica aparece enseguida junto con las otras presas que acuden a su hora de visitas. Se la ve distinta, menos desafiante que la primera vez y también menos apocada que en su segundo encuentro. Hay en ella algo más maduro y también una sombra de nerviosismo que intenta disimular.

—¡Lena! —exclama Cruz—. Me alegro de verte. ¿Ya has terminado el libro?

—La verdad es que no, voy retrasadísima... Yo también estoy contenta de estar aquí. Te debía una visita, y me alegro de verte francamente bien, la verdad.

—Sí. —Cruz se encoge de hombros y señala a su alrededor—. Todo lo bien que se puede estar en este puto sitio. Aunque ya me queda poco. Mi nuevo abogado está batallando para que recupere el régimen de semilibertad. A ver si con un poco de suerte puedo pasar la Navidad en casa.

Lena se decide a abordar el tema que la ha llevado hasta allí.

—Cruz... he estado revisando la entrevista que grabamos —comienza dubitativa.

—Sí, yo también he estado pensando en eso. No me parecía bien discutirlo por teléfono y tampoco quería pedirte que vinieras solo para esto.

—Dime —dice Lena.

—Esa historia de la sombra que vi la noche del incendio... —Cruz se encoge de hombros una vez más y luego se frota las manos—. ¿Puedes quitarla, por favor?

Lena la mira, perpleja. Era exactamente lo que iba a pedirle, pero ignoraba cómo enfocarlo. Ahora se limita a preguntar:

—¿Por qué?

—Es un poco complicado de explicar. Los días que estuve escondida después del ataque me dio por pensar y, después de darle muchas vueltas, creo que es mejor omitirlo. Parece que intente justificarme, echarle las culpas a otro. —Hace una pausa y mira a Lena directamente a los ojos—. Tengo que asumir lo que hice. Ya he pagado por ello, o casi. Que hubiera alguien más allí no cambia nada: yo quemé la caravana y Jon estaba dentro. No lo sabía, nunca le hubiera hecho daño, pero pasó. Perseguir sombras es un puto absurdo.

Lena asiente, intentando disimular su alivio.

—Supongo que después de una experiencia tan horrible como la agresión que sufriste en la calle, las cosas se ven desde otra perspectiva. Me estremezco solo de pensarlo.

—Creo que estoy un poco más curtida que tú. —Cruz sonríe y apoya las manos en la mesa, como si necesitara una base sólida para seguir hablando. De hecho, la voz le tiembla un poco—. Duró apenas unos segundos. Lo peor es el jodido miedo que se te mete en el cuerpo porque tarda mucho en irse. No paras de pensar en lo que podría haber ocurrido.

—Tuviste mucha suerte —le dice Lena, y lo cree de verdad. No importa que Lébedev fuera o no el Verdugo, iba a serlo para Cruz.

—Lo sé. Bueno, alguna vez tenía que ser afortunada en algo, joder. Me alegro de que fuera en esta ocasión.

Lena sonríe.

—No te preocupes. Esa sombra desaparecerá del libro. Creo que eres muy valiente.

Se produce una pausa en la que Lena intuye que la chica que tiene al otro lado de la mesa está valorando la posibilidad de confesarle algo. Ella se mantiene en silencio, expectante, y Cruz parece desestimar lo que sea que está pensando con un gesto brusco.

—Al final una tiene que aceptar la verdad. O lo que todos toman por verdad. No sé… creo que es mejor así.

—En este caso me alegro de haber venido hoy —dice Lena—. Cuando transcribí la entrevista ese detalle se me antojó…

—¿Falso? —pregunta Cruz.

—No digo que lo sea —responde con seguridad Lena—. Es solo que ahí, negro sobre blanco, sonaba a excusa, como tú has dicho. Un subterfugio para aliviar una conciencia culpable.

Cruz la observa, pensativa.

—«Una conciencia culpable nunca se siente segura» —cita—. A veces me recuerdas a alguien… a la amiga que me ayudó cuando me fugué.

—Es una buena frase —dice Lena—. Aunque sea dura.

—Supongo que sí. Pero se acabó, ¿sabes? También he pensado en eso. Llevo ocho putos años en la cárcel. Parte de la culpa tiene que quedarse aquí. No me estoy quejando, no digo que no lo merezca… Solo que todo este tiempo perdido tiene que servir también de algo, ¿no? ¿Qué sentido tiene si no?

—Claro que sí —afirma Lena—. Cometiste un error y has pagado por él. Tienes derecho a empezar de nuevo.

—Lo mismo me repito yo todos los días, y me lo creo, te lo juro. Luego, cuando llega la noche, me da por pensar que Jon ya no podrá empezar nada nunca y todo se me va a la mierda. Entonces me acuerdo de esa amiga de la que te hablaba. No recuerdo todo lo que me dijo... algo de convivir con la incertidumbre. —Sonríe de repente—. Es igual, supongo que las cosas irán poniéndose en su sitio.

—Yo en tu lugar no perdería el contacto con esa chica. Parece muy sensata.

—Lo es. Cuando se lo dije, se rio de mí. Pero es verdad, estoy segura de que ya de niño era el típico crío listo y mono que caía bien a todo el mundo.

—¿Crío? ¿No era una chica? —pregunta con tacto Lena.

Cruz se sonroja de repente.

—Mierda. Bueno, sí, no importa mucho que lo sepas: era un tío. No quería involucrarlo en esta movida, así que mentí. Tampoco ha insistido nadie sobre eso, por tanto supongo que puede estar tranquilo. No creo que volvamos a vernos. Tengo la impresión de que es una de esas personas que se cruzan en tu vida en el momento justo y luego desaparecen.

—Pues yo no era tan lista de pequeña pero al menos no voy a desaparecer. En serio, Cruz, espero que la próxima vez que nos veamos sea en la calle, o en un bar tomando algo. Ya tienes mi teléfono y te dejo también mi tarjeta con mi dirección de correo electrónico. Por si necesitas cualquier cosa.

Cruz la coge y la guarda en el bolsillo trasero de los vaqueros.

—La verdad es que hablar contigo me ha hecho mucho bien en los últimos meses, así que no descarto llamarte algún día. Es curioso, tengo la sensación de que cuando no puedes más, cuando toda tu vida es una puta mierda, aparece alguien que te ayuda a salir a flote. Primero tú, luego ese tío extranjero que me ayudó…

—¿Era de fuera?

—¡Joder, hoy sí que estoy sembrada! Suerte que no eres de la pasma… Sí, era inglés. De cerca de Mánchester creo que me dijo. Pero no te voy a contar nada más, en serio. No quiero crearle problemas.

Lena asiente muy despacio. A sus labios asciende una pregunta y ella lucha por retenerla dentro, por masticarla y engullirla porque intuye que ahora no es el momento de hacerla y porque una parte de sí misma ya sabe la respuesta.

Sola en su casa, horas después, observa la fotografía de los cuatro niños que se descargó en el ordenador. Intenta adivinar en sus caras, en la de Tommy y su mirada huidiza, al Thomas adulto al que apenas ha visto en persona. Lo que le ha contado Cruz en la cárcel le ofrece el vínculo que necesitaba, el que une a Thomas Bronte con el sicario.

Lena ya no alberga ninguna duda. El problema sigue siendo cómo desenredar la madeja sin tirar del hilo de Cruz, al menos de la parte que prefiere mantener en secreto.

Se dice que tiene que existir la posibilidad de atraparlo desde otro punto.

«Querer es poder», recuerda con una sonrisa amarga.

Ahora mismo, él debe de estar tranquilo, satisfecho de que su plan haya funcionado aparentemente a la perfección. Es muy tarde ya cuando se decide a abrir un archivo nuevo, como si fuera el de uno de los sujetos de sus libros, dedicado a «Thomas Bronte».

Cruz

50

—¿Ya has visto a tu amiga? —le pregunta Milady, y al hacerlo expulsa una bocanada de humo que se diluye en el aire fresco del patio.

Cruz a veces piensa que algún día Milady desaparecerá como la bruja de un cuento envuelta en una nube gris de tabaco.

—Pues si te refieres a la criminóloga, sí, la vi hace unos días.

—Seguro que no tuviste ovarios de soltarle nada de lo que te dije —aventura Milady. Lleva días repitiendo que Cruz debería pedirle dinero a esa mujer que está usando su historia para un libro—. Si es que nacisteis para pobres... Os toman el pelo como quieren. Luego ella se forra y tú te quedas a dos velas.

—Déjalo ya, Milady —dice Cruz aburrida del tema—. No todo se mide en dinero.

—Esa es la filosofía de los pobres y de los muy ricos —concluye la otra en tono desdeñoso mientras pisotea la colilla como si fuera a morderla—. Claro que todo se mide en dinero, boba. Lo que ganas, lo que gastas, lo que te guardas. Enséñame la cuenta corriente de alguien y te cuento su futuro. ¡Más fiable que las rayas de la mano, mira lo que te digo!

Feli se ríe y buena falta le hace. Anda un poco tristona desde que se fue Yolanda, la Pelopantén, como la llamaba ella. Nadie se atreve a decírselo porque se pondría hecha una furia. Después de tantos años presa, a la Feli le gusta tener una chica guapa en el grupo, no porque vaya a hacer nada con ella, simplemente disfruta mirándola.

Cruz se levanta del banco para no proseguir con un debate que no le interesa y ve que Yanet se ha refugiado sola en un rincón distinto del patio. Le da pena esa chica: las otras la rehúyen, incómodas ante sus aciagos presagios y cada vez más convencidas de que está perdiendo la razón.

«La locura asusta», se dice Cruz al sentarse a su lado y contemplarla de perfil sin que la chica dé señales de enterarse de su presencia. Se mantiene callada, con la vista fija en algún punto del edificio, como si fuera capaz de ver a través de las paredes.

—Yanet —le dice Cruz y, al no obtener respuesta, apoya una mano en su brazo—. ¡Eh... la tierra llamando a Yanet Flores!

La aludida reacciona despacio. Tiene la mirada desenfocada y Cruz piensa que, por brutas que sean a veces, Milady y la Feli tienen razón. A la caribeña se le está yendo la olla.

—Hoy es día de difuntos —murmura Yanet mientras esboza una sonrisa que no le llega a los ojos—. Hay que hacerles un poco de caso a los muertos, pobrecitos. Andan muy tristes allá abajo.

—A ti tampoco te veo muy contenta, la verdad. Tanto atender a los muertos no te deja tiempo para relacionarte con los vivos —la regaña Cruz con cariño.

Yanet asiente; la mirada perdida se ha esfumado y su cara vuelve a ser la de siempre.

—Es que no me da la vida *pa* todo, *amol*. Y ellos son muy enfadosos... a la que no les hago caso, cogen berro. Se cabrean —añade Yanet a modo de explicación al ver la cara de Cruz.

—Pues diles que te dejen un rato en paz para charlar conmigo, ¿vale? Aunque yo esté viva.

—Okey. —Yanet rota los hombros hacia atrás varias veces, como si estuviera estirando los músculos después de un duro ejercicio—. Las otras creen que estoy majara.

—No es eso, tía. Están preocupadas por ti... Tienes que entenderlas, estas charlas tuyas con los muertos no son del gusto de todo el mundo —dice Cruz.

—Ah, no me importa, no creas. Estoy bien así. Se apartan y me quedo tranquila, con mis cosas. O con la Cándida. Ella sí que me entiende porque le pasa lo mismo. Sabes que me avisó de lo tuyo, ¿verdad? De lo que ocurrió en las duchas. Me dijo: «Yanet, ve a decirle a tu amiga que se ande con ojo». Yo no soy capaz de ver esas cosas, ella sí.

—Pues algo de razón tenía —comenta Cruz para seguirle la corriente—. ¿Y te ha dicho algo más? Lo pregunto para que lo que sea no me pille en bragas otra vez...

—Me estás bromeando. No importa, yo te quiero lo mismo. Te voy a extrañar cuando te marches.

—A ti tampoco te queda mucho, ¿no? —pregunta Cruz.

—Siete meses, *amol.* —Yanet suspira—. Ah, y sí me ha *contao* algo más de ti. La Cándida, digo. Pero fue porque yo le pregunté, no creas que va chismeando de la gente a lo loco.

—¿Y qué te dijo?

—Pues deberías preguntarle a ella porque no la entendí muy bien. A veces la Cándida se pone demasiado mística... Me dijo que de momento podías estar tranquila porque habías hecho un pacto con un diablo, pero que no te fíes. Que los demonios se enfadan rápido y entonces nunca se sabe.

51

Quizá sea por lo que le dijo Yanet hace unos días. Quizá porque, recordando a Thomas, su conciencia culpable no le permite sentirse segura. En cualquier caso, Cruz afronta sus últimas semanas de encarcelamiento con el ánimo más alterado que cuando regresó al centro penitenciario. Había llegado convencida de que el ataque del que había escapado en la calle había sido obra de un loco, del psicópata apodado el verdugo. Sin embargo, a medida que han ido pasando los días, las noticias sobre Bogdan Lébedev han vuelto a despertar en ella los temores posteriores al asalto.

Kyril Záitsev. Las primeras noticias relacionaban a Lébedev con la mafia rusa en abstracto, pero posteriormente salió a la luz ese nombre. Ella lo leyó en los ordenadores de la cárcel y desde entonces intenta darle sentido a un puzle del que no posee todas las piezas. ¿Podía Lébedev ser el verdugo y, al mismo tiempo, hallarse bajo las órdenes de su jefe cuando la atacó en la calle? Los medios decían que se consideraba un justiciero y eso podía explicar que la hubiera escogido como víctima: «la asesina que salía en libertad antes de tiempo y, por tanto, merecía la intervención del Verdugo para hacer justicia». Esa era la tesis a la que ella trataba de aferrarse, la que se había creído hasta que leyó que el nombre de Bogdan Lébedev estaba vinculado al de Kyril Záitsev.

«Debería haberle contado todo esto a la policía —se repite ahora—. O al menos a Lena, joder».

Estuvo a punto de hacerlo en su última visita y no llegó a dar el paso porque recordó los consejos de Thomas y, por otro lado, porque tenía la impresión de que Kyril Záitsev no era un secreto suyo, sino de Jonás. Era lo mínimo que podía hacer en su memoria: preservar esa parte de su vida tan oculta como él hizo en vida.

«Tengo que hablar con alguien —se dice ahora—. Tengo que hablar con alguien o empezaré a darme cabezazos contra la pared de la celda como una puta loca».

—Thomas... soy yo. Cruz.

Ha aprovechado el rato que se les concede para llamadas y se ha decidido a realizar esa en lugar de las habituales. Ahora, al otro lado de la línea, solo oye silencio.

—No he olvidado lo que me dijiste, que no me pusiera en contacto contigo. Pero estoy asustada, Thomas, ya no sé qué pensar...

Por fin habla, y ella siente un atisbo de paz al reconocer esa voz.

—Tranquila. ¿Qué te pasa? —pregunta Thomas.

Cruz se lo cuenta. Le confía sus temores atropelladamente, sin conseguir hilvanar el discurso de una manera lógica: la relación de Lébedev con Záitsev, la posibilidad de que ella no fuera una víctima del Verdugo sino de una venganza por la muerte de Jonás.

Thomas la escucha. Como de costumbre, deja que ella se desahogue y una vez que intuye que ya se ha quedado sin nada que decir, él toma la palabra. Cruz cierra los ojos y se imagina que están de nuevo en el estudio de la pintora. Le parece incluso sentir sus manos en el cuello, masajeando sus omoplatos.

—Escúchame, Cruz —dice Thomas—. Te lo dije en el estudio. Záitsev no hará nada contra ti ahora. Lo último que le interesa es que su nombre vuelva a relacionarse con otro crimen. La policía está segura de que Bogdan Lébedev era el verdugo. ¿Quién sabe? Tal vez te escogió como víctima porque su jefe le habló de ti. No te dejes dominar por el pánico, no hay nada que temer... Y no hables de esto con nadie más. ¿Sigues confiando en mí?

—Claro, Thomas. Y tú también puedes hacerlo en mí, ¿eh? No le he dicho nada sobre ti a nadie, te lo juro. Les conté a los mossos que me había escondido en casa de una amiga y tampoco insistieron más.

—Muchas gracias. Te rogaría que eso siguiera así. Me gusta ser tu confidente anónimo.

Ella sonríe.

—Y a mí poder contar contigo —dice Cruz—. No es que me sobren los amigos precisamente.

—Yo siempre estaré aquí... como un amigo fantasma.

—Un fantasma con acento guiri. —Cruz recuerda de repente su última conversación con Lena—. El otro día estuve a punto de meter la pata, no te creas. Pero, tranquilo, no mencioné tu nombre. Solo se me escapó que había conocido a un inglés.

—¿Y a quién se lo dijiste?

Cruz cree notar una nota de alarma en la pregunta y se arrepiente al instante de haberlo comentado.

—No te rayes, Thomas —trata de tranquilizarlo Cruz—. No fue con la policía ni nada de eso.

—¿Quién era entonces?

—Una amiga —responde ella—. Bueno, en realidad hace poco que es una amiga, antes era solo una psicóloga que está escribiendo un libro en el que sale mi caso. No creo que la conozcas de nada, ni ella a ti. Se llama Lena Mayoral. Pero no llegué a decir tu nombre, o sea que no te pongas paranoico. Con que yo esté a punto de perder la puta cabeza ya basta.

A Cruz le parece oír un suspiro de sorpresa al otro lado. La despedida es rápida y le deja un regusto agrio en la boca del que intenta sobreponerse pensando en la parte más tranquilizadora de la conversación. Thomas está seguro de que Záitsev no supone ningún peligro y ella confía en él lo bastante como para creerle.

52

La tercera semana de noviembre el agua está muy fría y Kyril se ve obligado a nadar con ganas para entrar en calor. Le cuesta más de lo habitual. Cada brazada es un esfuerzo ingente, cada impulso con los pies implica un sacrificio. Andrej, en cambio, nada en línea recta, en dirección al horizonte, sin volver la cabeza. Su ritmo es demasiado rápido para un viejo como él. Además, en esos momentos no desea tenerlo cerca.

Prefiere quedarse atrás, parar y permitir que el mar helado le ayude a contemplar con objetividad el pasado reciente y el futuro inmediato. El próximo fin de semana su hijo volará a Boston, donde pasará casi un año entero.

«Es la mejor solución para todos», se dice al ver que Andrej saca un brazo del agua para saludarlo.

Él intenta responder con el mismo entusiasmo mientras se pregunta si uno puede dejar de querer a un hijo. La respuesta fácil, la que darían el noventa por ciento de los padres, es que no. Él no está tan seguro. Es capaz de ponerse en su lugar y comprender su reacción, incluso de perdonar su silencio de tantos años, pero cada vez que Andrej le sonríe o bromea con él, Kyril es consciente de lo que hizo.

Ahora su sonrisa es una ofensa; sus gestos, una afrenta... Y cada minuto pasado con él un interrogante que no consigue cerrar y que se extiende hasta ocupar toda la distancia que ahora los separa en el mar. La reacción de Andrej cuando intervino en defensa de su madre fue un gesto valiente. La confesión que llegó después, sin embargo, se convirtió en un alud de palabras que desterró a Kyril a un terreno que no suele pisar: las arenas movedizas del desconcierto.

Kyril se sumerge en el agua y bucea un poco mientras se dice que por supuesto se puede dejar de amar a un hijo. A lo que él no puede renunciar es al instinto de protegerlo. Es algo tan visceral como emerger a la superficie del mar cuando nota la falta de oxígeno y abrir la boca para llenar los pulmones de aire. Una parte de él quiere a Andrej lejos; otra, mucho más fuerte y poderosa, necesita saber que está a salvo.

Ante la verdad, ante aquel secreto que su hijo y su esposa le habían estado ocultando, Kyril ha actuado con la misma decisión con la que está nadando ahora mismo alejándose de Andrej con cada brazada.

Zanjó el asunto de Bogdan con un mensaje claro: una muerte rápida y valiente o una agonía insoportable. Su hombre de confianza no lo dudó y Kyril se sintió orgulloso de haberlo tenido a su lado durante tantos años. Han pasado dos meses y hay días en que aún espera encontrarlo cuando vuelve la cabeza, siguiéndolo como una sombra.

Está ya lo bastante lejos de Andrej para poder pensar en él con claridad. No puede negar que la frialdad de la que hizo gala después de su tumultuosa confesión es un rasgo que Kyril admiraría en todo hombre, pero que no necesariamente aprecia en un hijo. Ante su propia incredulidad, Andrej tomó las riendas. Se aseguró de que la psicóloga, de la que Kyril no sabía nada, mantendría la boca cerrada y de que nadie aparte de ella estaba al tanto del tema. Un nadie que incluía especialmente a Cruz Alvar.

Esa chica le lleva a la parte más complicada de la resolución de todo ese asunto, algo que sucedió hace apenas unos días y que aún le duele, como una herida molesta que la memoria hace sangrar cada vez que se detiene en ella.

El nombre de Cruz le conduce a su conversación con Anna, a la traición del pacto con la madre de Jonás. Al entierro definitivo de ese hijo que lleva años muerto para salvaguardar al que tiene vivo. Le quiera o no.

Había tenido que contárselo. No la verdad, por supuesto, solo la parte necesaria. A pesar de todos los planes de venganza, de todas las promesas que él le había hecho durante estos años, Cruz Alvar seguiría viva porque su muerte solo serviría para reabrir un caso que él necesitaba ver cerrado para siempre. La muerte de Cruz podía suponer el inicio de un montón de preguntas.

Por otro lado, Kyril ya no era capaz de reunir el odio

suficiente para acabar con ella porque eso significaba que también debería odiar un poco a Andrej, y ese es un paso que no se atreve a dar.

El odio es indivisible: necesita un objetivo definido, un solo destinatario. Una única víctima.

«Estás viejo», le dijo Anna, y el eco de la frase se transforma en una de esas corrientes submarinas que te acarician las piernas como un banco de algas frías.

«No hiciste nada por él cuando estaba vivo y tampoco eres capaz de hacerlo ahora que ha muerto».

Kyril sacude los pies para alejarse de esas frases injustas. Fue Anna quien primero lo apartó de su hijo, y quien veinticuatro años después decidió que este debía saber la verdad. Habría resultado fácil defenderse de sus acusaciones. Él prefirió encajar los insultos, endurecer el cuerpo contra su diatriba venenosa. Se escudó en la compasión como antídoto, porque, mientras aceptaba en silencio los reproches de una ruptura inevitable, comprendió que en esa historia existía una ganadora absoluta. Anna, que ya había perdido a Jonás, se quedaba ahora también sin su amante. Zenya, en cambio, conservaría a su hijo y a su marido.

Era un final inmerecido. Incluso cruel.

«Como todos los finales», piensa ahora.

Ha llegado el momento de nadar hacia la orilla, de dejar atrás esa corriente que le ha congelado los pies. Da un par de brazadas cuando tiene la sensación extraña de que una de esas algas se le ha colado en el cuerpo y avanza como una flecha por su interior dejando un rastro gélido y viscoso hasta detenerse, sin previo aviso, en el centro de su corazón.

Kyril jadea y engulle un trago de agua salada. Cierra los ojos para soportar la punzada intensa que le oprime el pecho. Sus piernas se doblan y el cuerpo se vuelve hacia el cielo. Su cara se contrae y su mirada busca en el horizonte a alguien a quien pedir ayuda. No logra distinguir a Andrej, quizá porque tiene la vista nublada por el dolor o porque la muerte ha empezado a cerrarle los ojos. Sus pies resbalan sobre el fondo húmedo y su cuerpo se rinde a lo inevitable. Su espalda se hunde en el mar mientras la mente evoca una escena distinta: la de Anna, joven y hermosa, desnuda e insolente, empujándolo hacia la cama con una sonrisa húmeda. Sabe que es un espejismo y dedica sus últimas fuerzas a regresar al presente real en lugar de engañarse con lejanos recuerdos.

Así ha vivido, piensa. Así debe morir.

Si hubiera aguantado unos minutos más, habría tenido la satisfacción de comprobar que su hijo nadaba hacia él con todas sus fuerzas. Sin embargo, el destino quiso que su última visión fuera un cielo borrascoso que se iba cubriendo de agua mientras él se sumergía solo en un abismo insondable.

53

Cruz:

Espero que no te extrañe recibir esta carta, ya que también tú escogiste este medio para dirigirte a mí. Supongo que a las dos nos resulta más cómodo volcar lo que sentimos en un papel que enfrentarnos cara a cara. Te aseguro que no tengo ninguna intención de hacerlo, y espero que esta sea la última vez que nos comunicamos. No te atrevas a escribirme nunca más.

En los papeles que aparecieron en mi buzón me cuentas que querías a Jonás, que él lo significaba todo para ti y que a su lado pasaste momentos inolvidables. Supongo que tu intención era conmoverme, regatearme el perdón con argumentos de adolescente enamorada que se cree que ese amor y su edad lo justifican todo. Siento decirte que no lo conseguiste. De hecho, voy a decirte algo que quizá te abra los ojos.

No es verdad, imbécil ignorante, no le amabas.

Te querías a ti misma cuando estabas a su lado porque eso era lo que caracterizaba a Jon: su bondad y su inteligencia se reflejaban en cualquiera que estuviese cerca de él. Por eso, cuando terminó la relación, te sentiste perdida, porque sin él volvías a ser la misma chica vulgar y carente de futuro que eras antes, y verte así te resultó tan insoportable que saliste como una fiera a destruir todos sus planes. Porque sin él tampoco tú tenías ninguno, tan solo el de retomar tu ridícula y mediocre vida.

Te he odiado por esto durante mucho tiempo y más de lo que puedas imaginar, tanto que ha sido lo único que me sostenía en pie. Pero ahora hasta eso me parece un esfuerzo que no te mereces. Sé que saldrás a la calle y espero no tener la mala suerte de que te cruces en mi camino. Por eso me marcho lejos, donde no creo que esto pueda suceder. Lo único que quiero es deshacerme de tu recuerdo, dejar de asociarlo con el de Jonás.

Ahora que ya no están ni mi hijo ni su padre en este mundo, que solo quedamos tú y yo, te diré algo que quizá te sorprenda: te deseo una vida larga, muy larga, y que cada noche, cuando te acuestes, cuentes todo el tiempo que te queda para sufrir su ausencia. Eso decías en tu carta, ¿no? «Sé que jamás volveré a querer a nadie como quise a Jon». Pues bien, quizá me engañe, pero prefiero pensar que es cierto, que en eso no mientes. Es el único consuelo al que puedo aspirar: que alguna madrugada, cuando estés harta de malgastar tus días con alguien tan ordinario como tú misma, recuerdes esta carta y pienses que hay una persona en alguna parte que está contemplando tu triste destino con la mayor de sus sonrisas.

Hasta nunca, Cruz Alvar. Ojalá no hubiera oído tu nombre nunca. Ojalá no vuelva a oírlo en el resto de mis días.

ANNA TORMO

A Cruz le gustaría romper esta carta, hacerla pedazos, aunque sabe que no serviría de nada. Recordará esas palabras durante mucho tiempo, si es que llega a olvidarlas algún día. Se las repetirá cuando sienta la necesidad de castigarse, ya no por sus actos de hace casi nueve años sino por su inconsciencia reciente.

¿Cómo se le había ocurrido dirigirse a esa mujer para implorar su perdón? ¿En qué momento había tenido la osadía de contarle sus sentimientos, como si a Anna Tormo pudieran importarle? Merecía todas las frases, todos los insultos, todo el odio transformado en palabras. Releer esas líneas era casi un acto de expiación.

Pero hay algo más, piensa luego, algo que Anna Tormo ha deslizado sin querer en medio de todo ese dolor, porque es el dolor al fin y al cabo lo que manejaba su mente al escribir.

«Ahora que ni mi hijo ni su padre están en este mundo».

«Te deseo una vida larga, muy larga...».

Triste o alegre, horrendo o esplendoroso, tiene un futuro por delante, uno sin amenazas al acecho. Tal vez, con un poco de suerte y de cabeza, sea un futuro que Jonás aprobaría desde donde esté.

«No —se dice de repente, a medianoche, cuando la idea le atraviesa la mente y la desvela por completo—. Un futuro del que yo, y solo yo, pueda estar orgullosa».

Y cierra los ojos, convencida de que Thomas estaría de acuerdo con ella.

Thomas

54

A Thomas le habría gustado que sus últimos días en Barcelona hubieran estado bañados por la melancolía típicamente otoñal. A finales de septiembre, cuando el suicidio de Lébedev le insufló una estimulante carga de oxígeno vital, se imaginó dedicando las semanas siguientes a despedirse de sus rincones favoritos de la ciudad. Y durante todo el mes de octubre dedicó a ello bastantes de sus ratos libres.

Paseó por los callejones estrechos y a veces inhóspitos del Barri Gòtic y se sentó un sábado al mediodía en la plaza de Sarrià, fingiendo leer el periódico cuando en realidad tan solo disfrutaba del sol tibio y del perfil más amable de la ciudad. A su llegada a Barcelona, antes de decidirse por la casita de la calle del Portell, había acariciado la idea de vivir en esa zona exclusiva de ambiente acogedor. Le pareció que era un buen lugar para Tommy Bronte, y un sueño casi imposible para alguien como Charlie. Al final, se impusieron la prudencia económica y la súbita fascinación por aquella vivienda con un sótano grande y vacío.

Ese sábado, ya que andaba por allí, pasó frente a uno de sus monumentos favoritos. Por mucho que uno acabe acostumbrándose al modernismo gaudiniano, y hasta llegue a aborrecerlo en algún momento, hay algo en la Torre Bellesguard que siempre le ha fascinado, quizá por su imagen de castillo de cuento.

Recuerda que incluso se planteó homenajear ese lugar dejando a sus puertas a su tercera víctima. Cuando resultó ser Derek, se negó en redondo a que sus restos contaminasen un espacio que para él era mágico. Su hermano no merecía terminar a las puertas de un castillo sino bajo tierra, en algún sitio sin nombre ni historia. Una tumba anónima para un muerto que solo había dejado en el mundo una huella de violencia y vulgaridad.

Había pensado mucho en Derek desde que aquel subinspector le había citado en comisaría e interrogado sobre él. Quizá no fueran tan distintos en el fondo: dos hijos de un mismo hogar mezquino donde la ira paterna, a veces desatada y otras solo latente, al acecho, siempre flotaba en el aire. Una madrugada se despertó angustiado por la idea y se dijo que nada en el Charlie de hoy guardaba el menor parecido con el legado que había dejado atrás su hermano Derek.

Para convencerse más planificó una serie de visitas conmemorativas. Volvió al casino de la Rabassada y recordó el cuerpo de Borja Claver, coronado por una ristra de luces navideñas. Pasó frente a la bodega de la carretera de la Bordeta donde Marcel Gelabert se tomó su última cerveza en mayo del año anterior. Incluso se atrevió a ir al parque donde había hablado con Sofía y la buscó disimuladamente entre los críos que correteaban por allí. No la encontró. Quizá ella y su padre se hubieran mudado, lo cual sería una buena noticia. La imaginó jugando con su perrito de peluche, libre para siempre de las torturas insidiosas de Mónica, y regresó a casa de un excelente humor. Una tarde antes del anochecer se acercó al estanque donde había depositado el cuerpo de Agustín Vela, y coincidió allí con un grupo de turistas. Una chica les hablaba del lugar y de las vistas sobre la ciudad con aquel entusiasmo profesional tan falso como eficaz tan típico de las visitas guiadas. En un momento dado, bajó la voz como si fuera a contarles un secreto y les reveló que el Verdugo había abandonado allí a su tercer cadáver. Él sintió la tentación de corregirla, de decirle que era el segundo, la víctima del verano, pero se mordió la lengua y siguió su camino con una sonrisa en los labios.

No. Lo que Derek había dejado atrás eran palizas a débiles, robos de poca monta y, sin duda, una larga lista de gente que le odiaba. Charlie, en cambio, podía presumir de haber hecho historia en la ciudad. De haber borrado de sus calles a unas cuantas personas que sobraban en ellas, incluido el propio Derek, cuya mejor aportación a la vida de su hermano pequeño había sido su parte de la venta de la casa de Hebden Bridge. Eso es lo único que puede agradecerle.

Charlie no había puesto pegas a guardarle la pasta a

Derek cuando este se lo pidió porque estaba en la cárcel y fuera le esperaba una larga fila de acreedores. El dinero le sirvió para comprarse un pasaporte nuevo y una identidad diferente. Durante mucho tiempo albergó la esperanza de que Derek no llegase a encontrarlo.

Tardó años en reaparecer, y él no sabría decir cómo logró dar con él, pero en cuanto tuvo noticias de su hermano mayor supo que debía ocuparse de ese pedazo de escoria como solo un verdugo sabía hacer.

Una tarde de mediados de noviembre, cuando ya todo lo relativo con su partida estaba organizado, se impuso la tarea de conducir hasta la playa de Castelldefels y contempló el espigón donde había depositado el cuerpo de Óscar Santana. Mientras paseaba por la orilla, mirando de reojo las rocas ahora colonizadas por una pareja de gaviotas vigilantes, se dijo que los libros que analizaban la conducta de los psicópatas tenían parte de razón. Le habría gustado sentir algo parecido al remordimiento, haber encontrado en su interior un atisbo de culpa. No halló ni rastro de ninguno de esos sentimientos. Solo una leve indiferencia, una frialdad incómoda y la certeza absoluta de que había sido inevitable. Era un recuerdo desagradable y por eso se enorgullecía de haber hecho acopio de valor para afrontarlo. Con los pies hundidos en la arena mojada se dejó acariciar la cara por una brisa impregnada de sal y de añoranza por la personalidad del verdugo. Se permitió el lujo de echarlo de menos como colofón al recorrido por los escenarios de su obra. Una ola traicionera le empapó hasta las rodillas y el frío lo despertó de su ensoñación.

El Verdugo había muerto.

Thomas desaparecería dentro de muy poco.

Charlie estaba a punto de empezar una nueva vida en otro lugar.

«Pero tú sigues siendo el mismo», le susurró una voz infantil que había dejado de oír desde hacía meses.

«*Not now, Neil. Leave me alone, ok?*».

Y entonces sonó el teléfono.

55

La llamada de Cruz desde la cárcel modificó el escenario en el que se hallaba. Se alejó de la playa como si el hecho de estar allí lo delatara, como si aquellas estúpidas gaviotas estuvieran observándole a propósito. Como si ese paisaje vespertino y vacío se burlara de él y le recordara que la suerte era efímera, que iba y venía como las mareas y que a veces te asestaba un golpe a traición.

Todo su plan, o mejor dicho todos sus planes de futuro, se asentaban sobre una base frágil sobre la que él mantenía un equilibrio que era más precario de lo que había creído.

Durante el trayecto en coche hasta su casa intentó ahuyentar los temores. Rememoró la conversación con Cruz y se preguntó si Lena Mayoral habría sacado alguna conclusión de aquel desliz. Se maldijo por su debilidad, aunque se perdonó a sí mismo pensando que el testimonio de Cruz en ese momento había sido clave para apuntalar las sospechas contra Lébedev.

No, no tenía nada que reprocharse. Sí, mucho de lo que preocuparse.

Obedeciendo a un impulso bajó al sótano y encendió la luz. No pensaba ponerles las cosas fáciles a los fantasmas. Solo quedaban una estantería llena de trastos inútiles, la mesa donde solía grabar sus podcasts y un par de sillas.

Por primera vez echó de menos la visión del garrote y se preguntó qué habría sido de él. Estaba en manos de la policía, una pieza esencial en el caso contra Bogdan Lébedev. ¿Y después? ¿Acabaría en un almacén, olvidado como su dueño original?

«Pobre Nicomedes», pensó.

Había conservado su libro de recuerdo. Sonrió al imaginar las conclusiones que extraería Lena Mayoral si lo descubriera allí. La sonrisa dio paso a una excitación largamente adormecida.

«Como de costumbre, tú tenías razón, Neil», susurró para sus adentros.

Al día siguiente se levantó muy temprano y planeó sus siguientes pasos con la cabeza despejada, libre de las nieblas húmedas de la playa nocturna.

Lena Mayoral podía barajar la hipótesis de que ese extranjero con acento inglés que había salvado a Cruz era él y acudir con sus sospechas a sus amigos de los mossos. Si era así, no tardarían en hacerle una visita y él debía estar mentalmente preparado, pero de momento no había sucedido.

La segunda opción, que también entraba dentro de lo posible, era la que arrojaba un escenario más favorable para sus intereses, aunque decía poco de la intuición de la criminóloga. Lena Mayoral podía haber pasado por alto la coincidencia de que el buen samaritano anónimo que rescató y acogió a Cruz era inglés, como el galerista que había sido el último en ver a Óscar Santana vivo y que para colmo procedía del mismo pueblo que Derek Bodman. Con sinceridad, y pese a las evidentes ventajas a su favor, casi sería una decepción que fuera así. Él merecía unos antagonistas de mayor nivel.

Y la tercera... esa era la que más le atraía. La que le despertaba un cosquilleo en el estómago y le abría un mundo de posibilidades. Quizá ella aspirase a desenmascararlo por su cuenta, a colgarse la medalla de haber sido quien atrapó al auténtico Verdugo cuando la policía ya había cerrado el caso. La recordó en la charla de la librería. Entonces no le pareció una mujer vanidosa, pero ¿acaso no lo eran todos los supuestos expertos? Era una opción que no podía descartar y que le emocionaba hasta la médula porque se abría ante él un sendero arriesgado y a la vez sugestivo.

La búsqueda, el seguimiento, la vigilancia... todo lo que había aprendido como verdugo puesto ahora a su servicio. Al servicio de Charlie Bodman.

No quiso hacerle más preguntas a Cruz, así que buceó en las redes y recabó datos sobre Lena Mayoral. Como suponía, no era precisamente una adicta a las redes sociales, pero durante el confinamiento del año anterior había sucumbido a la tentación de mostrar al mundo su pan recién horneado en casa y sus primeros paseos por el barrio. Él reconoció el mercado de Sant Antoni al instante y no tardó ni un minuto en dirigirse hacia esa zona que siempre le había parecido bonita. Callejeó sin rumbo durante una tarde entera sin cruzarse con ella y siguió buscando información con la intención de acotar un poco más el terreno.

«El mejor pulpo a feira de Barcelona y al lado de casa», comentaba en un post de 2019. La fotografía mostraba un bar de barrio, de esos que en Barcelona ahora suelen regentar los chinos. Lo localizó al día siguiente en la calle Viladomat.

Esa tarde tuvo suerte. Sobre las ocho, cargada con un bolso que parecía pesar una tonelada, apareció Lena Mayoral.

Iba hablando por el móvil y se la veía contenta. Incluso se paró para soltar una carcajada justo antes de doblar a la derecha por la calle Manso y entrar en uno de los portales del lado montaña, que decían en Barcelona. Salió de allí un rato después y se subió a un taxi. Él se dijo que hacía una noche excelente para irrumpir en pisos ajenos.

Aprovechó la salida de un chico que llevaba a un perro ansioso por pisar la calle para colarse en la escalera. Luego buscó el nombre de Lena Mayoral en los buzones. Subió a pie los tres pisos que le separaban de su apartamento y se plantó delante de la puerta.

Tener un hermano como Derek quizá le valió más de un bofetón cuando era niño, pero también había dejado algunos aprendizajes muy útiles. Uno de ellos era cómo abrir puertas con un plástico rígido. Sacó una libreta de la mochila e introdujo la tapa de plástico por el marco hasta que encontró el pestillo. Después extrajo la tapa de plástico y volvió a deslizarla justo ahí, haciendo fuerza mientras tiraba de la manija. No fueron más de tres minutos en los que no apareció nadie en la escalera. La puerta se abrió y él accedió al interior del piso soltando el aire que tenía retenido en el pecho.

Necesitó unos segundos para calmar la excitación de haber completado la parte más difícil de su plan. Fue rápidamente a correr las cortinas y a continuación encendió la luz. No es que la criminóloga viviera con muchos lujos, aun así el apartamento era cómodo y estaba muy ordenado. Repasó con la mirada los estantes y el interior en general hasta que encontró lo que andaba buscando.

El piloto del portátil, conectado al cargador, brillaba encima de una mesita auxiliar. Ese era su objetivo, al menos el mejor que se le había ocurrido hasta el momento. Si Lena Mayoral albergaba alguna sospecha sobre él, quizá la hubiera puesto por escrito. Era un tiro al aire, por supuesto; también era una oportunidad para averiguar más cosas. Por un instante valoró la idea de llevárselo. La descartó por arriesgada y zafia. No perdía nada por invertir unos minutos en poner en marcha el ordenador. Si Lena Mayoral había cogido un taxi a estas horas, lo más probable era que cenase fuera. Eso debía de concederle al menos un par de horas de las que solo habían transcurrido veinte minutos.

Se sentó a la mesa del comedor, abrió el ordenador y presionó el botón de encendido.

«*The fucking password*», cómo no. Era de esperar.

Probó con Lena21 y Lena2021; incluso con Barcelona21. La pantalla vibraba, como si se enojase ante ese intruso ignorante.

Ya había decidido dejarse de remilgos y llevarse el portátil. Estaba empezando a pensar en cómo desordenar el piso para camuflar el robo cuando recordó la biografía de la propietaria y el encuentro en la librería. Tecleó rápidamente Maryland sin ningún éxito. Buscó enseguida en el móvil la fecha en que ella había iniciado el máster. Ocho años atrás. Maryland2013.

Tuvo que reprimir un grito de satisfacción cuando la pantalla se iluminó, dándole acceso al ordenador. Entró en documentos y encontró uno llamado «Verdugo preliminar». Lo abrió por curiosidad, aunque por la fecha sabía que no le ofrecería grandes sorpresas.

Después revisó el historial de últimos documentos abiertos. No tardó en dar con uno que le llamó la atención. El archivo se llamaba «Thomas Bronte» y ocupaba la cuarta posición de la lista.

Lo abrió y se puso a leerlo.

Todo el mundo está convencido de que el Verdugo fue arrestado, de que ese es un caso cerrado. Es algo contra lo que de momento no puedo luchar, así que he decidido emprender este camino por mi cuenta. Espero demostrar, con pruebas tangibles, que Bogdan Lébedev fue un simple cabeza de turco, aunque no un inocente, y que el psicópata asesino del garrote es otro hombre, alguien al parecer libre de toda sospecha. Un sujeto llamado Thomas Bronte.

En esas quince páginas salpicadas de preguntas, de notas en los márgenes, estaban el Verdugo y Thomas Bronte. Ni una sola mención a Charlie Bodman.

Había tenido la precaución de activar la alarma en el móvil para que sonara una hora después; de no haber sido así, ese documento lo habría tenido absorto durante mucho más tiempo. Estaba llegando al final del texto cuando le sobresaltó el pitido de aviso.

Sigo sin encontrar la causa original, el detonante que convirtió al tranquilo Tommy Bronte en un psicópata asesino. Muchos dirán que fue la muerte violenta de su hermano, y es posible que así sea, pero en mi experiencia los niños suelen procesar el dolor con más eficacia de lo que los adultos piensan. Me inclinaría más por pensar que la vida del pequeño Tommy cambió de repente tras el trágico suceso, y que su hogar dejó de ser un lugar alegre y sobre todo seguro. No todos los psicópatas proceden de una infancia de maltratos, hay casos que lo desmienten. Sin embargo, la empatía mostrada por el verdugo con la niña Sofía apunta en esa dirección. En mi opinión (NOTA: SUBRAYAR OPINIÓN) resulta extraño que unos padres tristes se transformen en progenitores violentos. (EXTRAÑO NO SIGNIFICA IMPOSIBLE, CIERTO). En cualquier caso, las respuestas a estas preguntas no pueden vislumbrarse desde tan lejos. Para averiguar la verdad hay que ir al lugar donde todo empezó. Hay que hablar con las personas que trataron a esa familia.

Hay que desplazarse a Hebden Bridge.

Thomas dedicó dos minutos más en entrar en la aplicación de correo de Lena Mayoral y comprobar que había reservado un billete de ida a Mánchester para el próximo jueves 2 de diciembre y la vuelta estaba prevista el martes día 7.

Contó los días que faltaban. Apenas una semana. En realidad, tampoco necesitaba tantos... ya no.

Un último arranque de curiosidad le hizo abrir otro documento archivado bajo el nombre de «Cruz Alvar». Al leer lo que Lena había escrito del Verdugo y sobre sus dudas respecto a Bogdan Lébedev y a la agresión de Cruz, él entendió muchas cosas. No todas, por supuesto, solo las suficientes para deducir que esa mujer sabía algo más de lo que quería dejar consignado por escrito.

«Me temo que no puedo permitir que te vayas de puente, Lena», murmuró mientras lo dejaba todo tal y como lo había encontrado y abandonaba el piso con premura.

Había empezado a llover. Eso le dio la excusa perfecta para correr por las calles mojadas, para alejarse de ese lugar donde se habían unido presente y pasado. Para huir de sí mismo. Para llegar a casa y bajar al sótano, encerrarse en el único lugar donde se sentía a salvo.

Ahí había empezado toda esta historia y aquí debía terminar.

56

Y en el sótano está ahora, al amanecer del día 2 de diciembre, a punto de ejecutar el acto final. Desde la parte superior de la escalera contempla el escenario. Por fin, después de tantos meses, se había decidido a cambiar la luz, y la bombilla que ilumina la estancia en ese momento no es tan brillante como la que alumbró los últimos minutos de las vidas de los reos del verdugo, sino una más cálida, menos cruda.

«A juego con la víctima», se dice sonriendo.

Ha subido un momento a la cocina aprovechando que sigue dormida. En el garaje, dentro del coche, tiene la maleta que llevaba para el viaje. Solo ha sacado el portátil, que está en la mesa ya encendido.

En teoría, Lena Mayoral ha tomado un taxi a las 5.30 de la mañana en dirección al aeropuerto. Ignora si alguien más estaba al tanto de sus planes de viaje o si sigue manteniéndolo todo en secreto, tal y como se deducía del inicio del texto. Ya no importa. Es posible que alguien espere un mensaje o una llamada, pero no hasta más tarde. Lena debería estar a punto de embarcar en un avión con destino a Mánchester. En su lugar, está ahí. Atada a una silla. Profundamente dormida.

Hace unas dos horas él se hallaba en la puerta del inmueble de la calle Manso. Por los datos del billete de avión que encontró en su correo imaginó que a esas horas intempestivas de la mañana pediría un taxi. Contando con el trayecto y la espera, calculó la hora probable en que debían recogerla y llegó unos veinte minutos antes. Llamó al interfono y ella respondió adormilada, pero lista para bajar.

Fue tan sencillo esperarla en un rincón de la escalera y narcotizarla tal y como solía hacer el Verdugo.

Él había dejado el coche en la puerta, en doble fila. No tardó ni cinco minutos en introducirla en el asiento de atrás, junto con la maleta y el bolso. Cuando se iba, vio la luz verde del taxi acercándose. Durante el trayecto, oyó varias llamadas en el móvil de Lena que esta ya no pudo contestar.

Así que ahora están ahí, los dos. Sin verdugos ni garrotes, sin más armas que sus manos y el cuchillo que ha subido a buscar a la cocina y que sostiene en la mano derecha. Cierra la puerta del sótano y desciende despacio, saboreando cada paso, embargado por una emoción que mezcla el miedo con ese hormigueo que te asalta al situarte al borde del precipicio, mirando hacia la inmensidad del fondo.

Lena cabecea atada a la silla. Se detiene ante ella unos minutos a la espera de que despierte. No tiene ninguna prisa. Ahí abajo, en ese espacio más allá del bien y del mal, el tiempo no tiene la menor importancia. Es una variable accesoria, prescindible.

En el sótano entran en juego muchas otras cosas.

Ella tarda unos quince minutos más en volver en sí. La expresión de sorpresa que al instante pasa a ser pánico le enmascara las facciones. Como los antiguos reos, intenta gritar y, al igual que a ellos, le fallan las fuerzas. De todos modos, ha tenido la precaución de amordazarla.

A él le gustaría que pudieran hablar. De hecho, lo necesita porque la curiosidad le empuja a querer saber lo que aún desconoce. Y porque no quiere que acabe enseguida. Tal y como había soñado siempre, ha llegado el momento de jugar un poco, de prolongar la escena anterior a la muerte. Por eso aguarda hasta que la criminóloga comprende que sus esfuerzos por pedir ayuda son una pérdida de tiempo, y entonces se sienta frente a ella. Tiene el cuchillo en la mano e intenta esbozar una sonrisa amable.

—Bienvenida a mi casa, Lena —le dice entonces—. Creo que ya sabes quién soy. Shhh... No... No intentes gritar porque entonces no te podré quitar la mordaza. Deberías saber ya que nadie te va a oír. Igual que nadie oyó a los que estuvieron atados a esta silla antes que tú. Claro que ellos se encontraban en peores condiciones. Tú eres afortunada. Al menos puedes mover el cuello.

Le acerca la hoja del cuchillo al muslo cubierto por el pantalón para hacerle un corte ligero, no más profundo que un arañazo. Ella cierra los ojos. Al sentir el dolor su cara se contrae en un gesto que él encuentra delicioso. Se reprime para no hacerle otra herida. Aún no es el momento: el placer será mayor si espera.

—Seamos amigos durante un rato, señora Mayoral. ¿Puedo llamarte Lena? ¿Sabes una cosa? Siempre he querido ir al psicólogo, pero nunca he encontrado el momento. *Life gets busy...* En cambio, ahora mismo no tenemos nada mejor que hacer. Si me prometes que no habrá gritos, te quitaré la mordaza y así podrás vivir una experiencia que muchos de tus colegas envidiarían. Entrevistar al Verdugo. Solo tres preguntas, tampoco tenemos todo el tiempo del mundo, no te creas. ¿Puedo confiar en ti? ¿Conservarás la calma?

Lena asiente y él, muy despacio, retira el trozo de tela que le cubre la boca.

—Qué bien. No sabes cuánto me alegra poder charlar un rato contigo. Tan solo tengo una regla más. Iremos alternando: tú preguntas y yo respondo. Sin mentiras, por supuesto. Uno detrás de otro. Tres intervenciones para cada uno.

Lena debe de imaginar que todo eso no es más que una manera de prolongar lo inevitable. Tiene que intuirlo... Pero la esperanza es ciertamente lo último que se pierde, incluso cuando la muerte te mira de cerca y te sonríe, así que ella asiente con la cabeza.

—Va, empieza tú. Por cierto, hay muchas cosas que ya sabes, las he leído ahí, en tu texto —dice él señalando el ordenador—, así que intenta aprovechar la oportunidad.

—¿Y luego qué? —murmura Lena con la voz ronca.

—¿Esa es la primera? *Fuck*, qué decepción... Bueno, también entiendo que en un momento así te intereses más por ti misma que por mí. Después te mataré, eso ya lo habrás deducido. Sin embargo —añade acariciando el corte con la punta del cuchillo—, si te ganas mi respeto lo haré rápidamente, de un solo tajo en el cuello. Si no... *well*, ahora se lleva la *slow food*, la *slow life*... La muerte lenta no es nada agradable aunque resulta mucho más intensa. —Carraspea antes de seguir hablando—. Ahora es mi turno, y recuerda, dime la verdad. ¿Cómo sabías que Bogdan Lébedev era un simple sicario que perseguía a Cruz por órdenes de su jefe?

Ella traga saliva. Por un instante parece que está a punto de negarse a responder.

—Conocía a Kyril Záitsev y sabía que era el padre de Jonás. Me pareció probable que hubiera ordenado a su matón que acabara con Cruz.

—Buena respuesta. Te toca y, haz el favor, busca algo más interesante que antes.

Lena respira hondo. Él prácticamente la oye pensar.

—Derek Bodman —dice ella por fin—. ¿Cuándo lo mataste?

—*That's a question!* —Él chasquea los dedos—. El mismo día en que debía salir a tomar un avión. Me había avisado de su llegada, así que lo vi el viernes y le di dinero, a Derek siempre le hacía falta; le prometí más si volvía a verme el lunes. Ni siquiera tuve que traerlo hasta aquí. Vino por su propio pie. Entretanto, Germán y yo nos fuimos de fin de semana fuera. ¡Ahora me toca!

Él se levanta de la silla y camina con rapidez de un lado a otro, como si estuviera pensando.

—Voy a seguir con el tema anterior —dice él—. Has dicho que conocías a Kyril Záitsev. Por cierto, ¿sabes que ha muerto? Conste que no he tenido nada que ver con eso. Era un pez demasiado grande para el Verdugo. Ah, mi pregunta no era esa, no quieras hacer trampas. Dime: ¿de qué lo conocías? No acabo de entender dónde se cruzaron vuestros caminos.

Lena contesta con rapidez, como si hubiera tenido tiempo de prepararse el discurso.

—Traté a su hijo hace años, antes de irme a Estados Unidos. Era un adolescente con problemas y su madre lo trajo a mi consulta.

—¡Vaya! Eso no se me había ocurrido. La vida está llena de casualidades. Llega el momento de la pregunta tres. *Come on*, sorpréndeme. Gánate una muerte indolora y rápida.

Ella lo observa y él ve asomar un destello de inteligencia en sus ojos. A pesar del terror, a pesar del narcótico, ella ha entrado en el juego.

—¿Por qué vino Derek a pedirte dinero? Hacía años que no os veíais.

—¿De verdad no se te ha ocurrido nada mejor? Derek, Derek, Derek… Siempre fue un capullo, como decís aquí. No sé cómo averiguó mi paradero. Vino a pedirme pasta, por los viejos tiempos.

—Jugábamos a decir la verdad —afirma ella—. Y acabas de mentirme.

487

Él le acerca el cuchillo al cuello y la agarra del pelo.

—¿Me estás llamando mentiroso, querida? ¿Te parece prudente?

—Vas a matarme igual. —Casi no puede hablar; cada vez que pronuncia una palabra, la hoja le araña la piel—. Pero has sido tú quien ha dictado las reglas.

—Okey. Tú ganas. Ahora me toca a mí. Me has dicho que conocías a Kyril porque trataste a su hijo. Y te creo. Pero tiene que haber algo más para que decidieras guardar ese secreto para ti. ¿Por qué no les contaste a tus amigos de los mossos la verdad?

—No voy a decírtelo —responde ella—. Me has mentido. Se acabó el juego. No eres de fiar. Eres tan tramposo como tu hermano.

—¿Qué?

—Derek no habría venido nunca hasta aquí para ver a Tommy Bronte. Y Tommy nunca le hubiera dado dinero a Derek. No... Tommy era un crío afable, un buen chico de una familia normal que nunca habría matado a nadie. —Lena hace una pausa momentánea y él percibe el triunfo en los ojos de la víctima, una visión que le resulta profundamente turbadora—. Derek viajó a Barcelona al salir de la cárcel para visitar a alguien más cercano que un vecino de la infancia. ¿No es verdad, Charlie?

La sangre le salpica la cara antes de que él pueda ni siquiera saber lo que está haciendo. Mira la hoja del cuchillo, teñida de rojo, y toma impulso para volver a clavárselo en el pecho cuando de repente la puerta del sótano se viene abajo y un batallón de agentes armados ocupan todo el espacio. Sus voces resuenan en las paredes del sótano y él comprende que el juego acaba de terminar.

Se aparta de la silla y lanza el cuchillo al suelo mientras ve como la camisa de ella va cubriéndose de una capa húmeda y viscosa. Un minuto después, mientras le derriban y le ponen las esposas, se dice que nunca debió correr el riesgo de volver a ser Charlie Bodman.

Al pobre Charlie nunca lo había acompañado la suerte.

57

—¿Puedo pasar?

Lena vuelve la cabeza desde la cama al oír esa voz. A su lado está David. Apenas ha abandonado su puesto a lo largo de la última semana. Siempre allí, al pie del cañón, desde que la sacaron malherida del sótano. La incisión en el pecho no había atravesado ningún órgano vital, pero le provocó una pérdida de sangre importante. Aún se siente muy débil.

—Si molesto, vuelvo en otro momento —dice Cruz en voz baja.

—No. Me alegro de verte... —responde Lena con un hilo de voz—. Eso significa que ya estás fuera, ¿no?

David se levanta para saludar a la visitante.

—Aprovecho que tienes compañía para ir a tomar un café, ¿te parece bien?

—Claro —susurra ella.

Contiene el impulso de decirle que no se demore demasiado. Es ridículo, ahora está a salvo, y sin embargo perderlo de vista la sume en una ansiedad difícil de controlar. Cuando se recuperó de la operación, le preguntó cómo habían llegado en el momento justo.

«Ventajas de tener un novio mayor y anticuado —le murmuró él al oído—. Uno que se despierta temprano y tiene la genial idea de ir a tu casa para llevarte al aeropuerto. Me encontré ahí con el taxi y no había ni rastro de ti por ninguna parte. Podías haber cogido otro, claro, pero era raro, así que te llamé y no contestaste. Eso me mosqueó. Me planté en el aeropuerto y acudí a la puerta de embarque del vuelo que debías tomar. Si me hubieras contado la verdad, habríamos llegado antes, pero tuve que averiguar por mi cuenta que tu destino no era Berlín, sino Mánchester. En cuanto lo supe, me dije que esa ciudad significaba solo una cosa: ibas a investigar a Thomas Bronte. Así que me fui con los chicos para su casa».

—¿Cómo estás? —le pregunta Cruz después de que Jarque haya salido—. Aparte de bien acompañada...

—Hecha un asco, la verdad —responde Lena con franqueza, y luego añade—: Los médicos dicen que voy mejorando.

—Te he traído bombones —dice Cruz, y al sacarlos del bolso rompe a llorar—. Lo siento, Lena. Lo siento tanto...

—¡Por favor! Para. Tú no sabías nada de Thomas. Él te ayudó, se portó bien contigo... No tienes la culpa de nada. Estoy segura de que podía ser un tipo encantador.

—Sí que tengo la culpa. Claro que sí. Yo le hablé de ti, le conté que habíamos hablado sobre él. ¡No hago nada a derechas, joder! Sería mejor que me encerraran para siempre en una celda y tirasen la llave al mar.

Lena extiende la mano para coger la de su amiga. La nota caliente, quizá porque la suya aún sigue helada, como si la sangre perdida la hubiera dejado fría para siempre.

—No, Cruz. Soy yo la que tiene que pedirte perdón. Pensaba hacerlo en cuanto saliera de aquí, porque no sé si tengo fuerzas para contarte lo que debes saber. Solo te pido que no te enfades conmigo hoy. Guárdame los reproches que merezco hasta que salga de aquí. ¿De acuerdo? ¿Puedo contar con eso?

Cuando David regresa a la habitación, Lena tiene los ojos cerrados y Cruz ya se ha ido. Se sienta en la cama y le da un beso en la frente para comunicarle sin despertarla que no está sola, que puede dormir tranquila. Que él no se va a mover de ahí.

La celda es una especie de sótano en miniatura, una reproducción ridícula de lo que tenía antes. En cierto sentido, le hace pensar en su habitación de Hebden Bridge. Allí también pasó horas solo, rodeado de personas hostiles. Quizá ese fuera su destino, al fin y al cabo. Volver al inicio. Estar encerrado, absorto en sus pensamientos, viajar con la mente a otras casas, otros países, otras vidas.

Cuando cierra los ojos, Charlie también puede soñar que es Thomas o que vuelve a ser el Verdugo, o incluso que se ha convertido en alguien nuevo, una persona a la que aún no conoce del todo.

«Eso es un consuelo de tontos», se dice cuando constata la realidad que le rodea.

Pero ¿qué es la existencia sino un consuelo constante que nos ofrecemos para no rendirnos? Un viaje cargado de aspiraciones que pocas veces se cumplen. Un camino de una única dirección en el que nadie te permite retroceder: solo avanzar hacia el final a través de zonas nebulosas e inciertas... O salir de él de manera brusca y precipitada, borrarse del mapa, dejar la partida a mitad del juego.

Él no está preparado para abandonar aún. No siente deseo ni ansia de rendirse. El futuro quizá se aparezca ante él como el cuadrado negro, la obra del ucraniano Malévich, pero esto es solo ahora. Ya ha pasado por momentos similares, periodos en los que creyó que jamás superaría el destino oscuro al que su entorno parecía abocarle. La fantasía siempre lo había salvado del desánimo.

La misma cualidad que luego le sirvió para comprender el arte y a sus creadores, y, por otro lado, para escenificar en su mente esas vivencias oscuras que tanto deseaba experimentar. Y tampoco se puede quejar demasiado: la mayoría de la gente nunca llega a ver cumplidos sus sueños. Él ha logrado realizar algunos, sobre todo en su papel de verdugo; lo mejor es que todavía le quedan otros por alcanzar.

Algunas noches, cuando está a punto de dormirse, recuerda la sangre en el muslo de la criminóloga y lamenta no haber podido llegar al final. Al menos el destino podría haberle concedido ese favor... Aunque el fracaso siempre ha sido un acicate para él, un estímulo para seguir adelante. Dicen que la ilusión es una gran aliada de la esperanza: por eso las personas sobreviven a las torturas más infames, a los encarcelamientos más duros, a los tratamientos más dolorosos. Creen, como él, que en algún momento, por remoto que sea en el tiempo, el presente volverá a sonreírles.

«Es la ventaja de no ser Thomas Bronte», concluye a menudo con una sonrisa súbita que desconcierta a quienes le rodean.

A diferencia del pequeño y consentido Tommy, Charlie había aprendido desde niño que la vida era una carrera de obstáculos, una pista sembrada de vallas como la que lo separaba del jardín vecino.

Epílogo

Hebden Bridge, West Yorkshire, 1990

Charlie lleva un rato oyendo jugar a Neil y a Tommy en el jardín de al lado. Es de lo poco que su padre no puede prohibirle y le sirve para imaginarse que está con ellos. Intuye lo que dirá Neil y lo que preguntará Tommy, a veces incluso anticipa las respuestas y lo que van a hacer.

Por eso hoy está intranquilo, porque está seguro de que en algún momento sucederá lo inevitable. Nunca falla: uno de los dos chutará con mala puntería y el balón rebasará el muro. Y si eso pasa, Neil vendrá a recuperarlo y lo encontrará así. Su única esperanza es que la señora Bronte vuelva pronto y los haga entrar en casa ahora que está anocheciendo.

Por una vez, prefiere convivir con el silencio en lugar del bullicio, prefiere la soledad a la vergüenza.

Todavía le duele el hombro por donde lo agarró su padre para sacarlo a rastras al jardín. A los seis años, Charlie no entiende cómo una simple tapia separa dos mundos tan distintos.

Gritos contra risas.

Palizas contra advertencias.

Derek contra Neil.

No es justo. Y para colmo tiene que aguantar que Tommy lo tache de cobarde. Al contrario: es Tommy quien se asusta por cosas ridículas como la oscuridad o los fantasmas. Él tiene miedo a personas reales, a peligros de verdad. A su padre, a Derek, a los golpes... Tommy no puede entender eso.

Entonces, tal y como preveía, la pelota cae a unos metros de donde él se encuentra. Charlie intenta alcanzarla, se tumba en el suelo y se arrastra cuanto y como puede para llegar hasta ella y lanzarla de vuelta sin que tengan que venir a buscarla.

Es inútil, la cuerda que lo sujeta, la misma que usaban para atar a Buster, le tira del cuello y le impide sus propósitos.

«A ver si así aprendes a obedecer», había dicho su padre, y Derek se había reído.

Luego se habían ido todos a Hallifax y lo habían dejado solo allí.

«Para que reflexiones, enano», añadió Derek desde la puerta mientras le mostraba el dedo corazón con sorna.

Charlie a veces se pregunta si a él le hicieron lo mismo y por eso ahora se divierte viendo cómo le castigan. O quizá solo es idiota.

Oye unos pasos rápidos que le indican que sus temores

no eran infundados, y lo único que se le ocurre es retroceder con la esperanza de que Neil coja rápido el balón y se vaya sin verlo atado como un perro. Como de costumbre, la suerte no está de su lado.

—¡Charlie! ¿Estás ahí? —pregunta Neil—. ¡Qué susto! Creía que era el fantasma de Buster.

Neil se ríe porque va de mayor y no cree en apariciones. Su cara cambia en cuanto lo ve y, sin pensarlo mucho, saca una navaja pequeña del bolsillo del pantalón para cortar la cuerda. Siempre la lleva encima y presume de su habilidad con ella, como los exploradores.

Charlie le deja hacer, porque no sabe cómo explicarle que si su padre no lo encuentra atado cuando vuelva las cosas se pondrán mucho más feas.

—Vente a mi casa —le dice Neil, arrodillado en el suelo a su lado—. Tenemos que contárselo a mi padre. Él te ayudará.

Neil no lo entiende. A pesar de lo listo que es, no comprende nada.

—No —protesta él—. No se lo digas a nadie. ¡No quiero que nadie se entere!

Pero Neil es mayor, y cree que solo por eso ya sabe lo que hay que hacer.

Charlie ve reflejada su propia vergüenza en los ojos de Neil y se levanta para huir de esa imagen.

—Esto no está bien, Charlie —le dice Neil—. ¿No lo entiendes? No tienes por qué pasar por esto.

Neil habla como Jason, el pintor, y como seguramente lo hará Tommy algún día. Lo coge de la mano y tira de él con suavidad. A Charlie le gusta su contacto y por eso se deja arrastrar unos pasos antes de detenerse.

—No, Neil, déjame. No puedo.

—Vamos a mi casa. No seas tonto, no permitiremos que te hagan daño.

Neil ignora cuánto le gustaría a él vivir allí, con sus padres, con él como hermano, en lugar de estar atrapado en ese montón de chatarra. El sol se ha puesto y el viento agita las ramas de los árboles. Por suerte, está oscuro y Neil no puede distinguir sus lágrimas.

—Como quieras —dice Neil entonces—. Pero voy a contárselo a mis padres igualmente.

Charlie piensa entonces que no debería decir esas cosas, que no tiene ningún derecho, que se las da de valiente, como Tommy, porque nunca ha sabido lo que es el miedo de verdad, porque no ha convivido con él.

Es ese temor, el mismo que casi siempre lo paraliza, el que le hace dar un salto hacia delante y empujar a Neil con tanta fuerza que él mismo se cae de bruces al borde del pozo.

Extiende la mano en el vacío y busca el fondo con la mirada. Espera unos minutos, ahí tumbado, convencido de que antes o después oirá algún ruido o verá una sombra, de que Neil le gritará desde abajo que le tire una cuerda para ayudarlo a subir. Pero lo único que llega a sus oídos es un silencio tranquilo, indiferente, como si nada hubiera sucedido.

A medida que pasa el tiempo todo lo que le rodea —el cielo, los árboles, el foso— va tornándose igual de negro.

El viento le seca las lágrimas y las hojas gimen bajo sus pies mientras él se pone de pie muy despacio y camina hacia el rincón más remoto del jardín. Desde allí, acurrucado en el suelo, cierra los ojos y se abandona al susurro de las ramas pensando que, por primera vez en mucho tiempo, no siente miedo, ni culpa, ni vergüenza.

Solo un poco de frío y una extraña sensación de paz.

Agradecimientos

En primer lugar, quisiera mencionar aquí a dos grandes escritores que nos han dejado demasiado pronto. Mi más sincero recuerdo para Domingo Villar y para Alexis Ravelo. Además de vuestras magníficas historias, se quedan conmigo recuerdos compartidos, charlas eternas cargadas de humor y, por extraña que suene la palabra en estos tiempos, de bondad. Quienes los conocieron saben que no miento: además de autores con un talento indiscutible, ambos fueron, esencialmente, dos buenas personas.

A los miembros del Bar Cuti, un oasis casi imaginario frecuentado por grandes personas reales.

A los amigos que siempre están y soportan mis paranoias con estoicismo y cervezas. ¡Os debo unas cuantas esta vez!

Al mundo de la novela negra: festivales, lectores, blogueros, periodistas y autores. No lo decimos a menudo, pero formamos un gran equipo.

A las librerías que siguen confiando en que estos simples objetos llamados libros pueden ser las armas más poderosas para comprender, cuestionar y cambiar el mundo.

A Vicente Garrido y Paz Velasco de la Fuente, cuyas obras sobre psicología criminal y sobre la personalidad psicopática me han acompañado a lo largo del proceso de creación del protagonista de esta novela.

A Ella Sher, por su disponibilidad constante, su ilusión contagiosa y sus sabios consejos.

Al maravilloso grupo de profesionales de Penguin Random House que, desde la sombra, trabaja siempre para ofrecer a los lectores un libro mejor. Gracias por una cubierta fascinante, por un delicado trabajo con el texto y por las iniciativas comerciales que lo visibilizan. Es un placer y un privilegio contar con vosotros.

Y, para terminar, una corta reflexión. Esta es mi séptima novela publicada, y con las seis anteriores he tenido la suerte de contar con la visión de dos grandes editores. Pues bien, dicha suerte sigue acompañándome, así que quiero dar las gracias sobre todo a las dos editoras que han velado por el buen desarrollo del Verdugo desde que era tan solo una idea más o menos difusa.

Por lo tanto, gracias a Ana María Caballero por su amabilidad constante y su atinada lectura. Y un agradecimiento enorme y especial a Carmen Romero: en primer lugar, por su paciencia y su optimismo alentador, y en segundo, y casi más importante, por su análisis certero y diáfano del texto. Contar con una mirada tan aguda y experta es exactamente lo que necesitamos quienes perseveramos en este oficio ancestral de narrar historias y lo hacemos sin imágenes, sin música, sin efectos especiales: solo a través de palabras, frases, párrafos, e incluso silencios.

Llamadnos locos, pero mientras haya lectores al otro lado, seguiremos así, contando el mundo con palabras. Por eso mi último agradecimiento va para los hombres y las mujeres que han llegado hasta aquí, hasta la penúltima línea del texto. Espero no haberos defraudado.